吹不散眉弯

安宁 著

十周年纪念版

江苏凤凰文艺出版社
JIANGSU PHOENIX LITERATURE AND ART PUBLISHING, LTD

目录

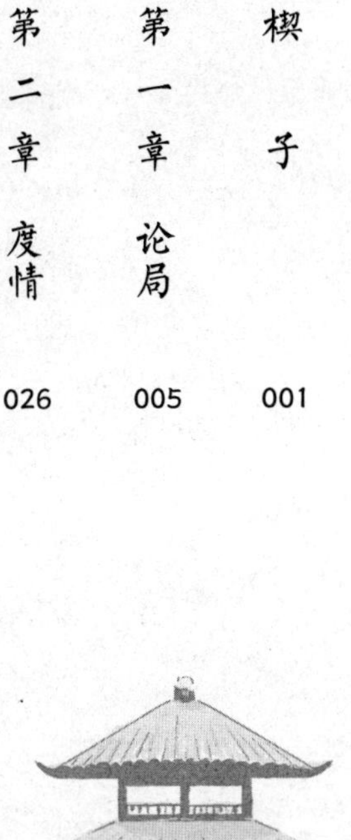

吹不散眉弯

公子不垂堂，一笑平千古

楔 子

北宋天禧年间。

在汴梁城内外，如果有人问开封府府尹是谁，路人可能一时答不上来，但若问开封府首富是谁，则连稚子都可脱口而出：当然是白府。

从城中心宣德楼前的御街往南，到南门大街一路东行，经过大相国寺、高阳正店、第二甜水巷、桐树子韩家和十三间楼，出了宋门之后，坐落于东南面汴河河畔不远处，便是独占一隅地逾百亩的白府。

府内最有名的不是佳木葱茏、奇花灼闪，不是白石雕栏、九曲游廊，也不是清流迂回、阶石甬道，而是五座错落相间、布局精妙的园囿楼台，每一处院落的结构和筑造都巧夺天工。

时人有诗云：府乃清樾中，飞檐见千里。

白府的发家自有渊源。

已过世的白老太爷是当朝刘太后的义兄刘美的表舅，在刘太后还是年轻的刘皇后时，老太爷在汴梁城里就已拥有不少物业，其时刚登上皇后宝座的刘娥欲揽后宫大权，不可避免需要大笔银子来打点各处，笼络人心，而财路来源正是她最头疼的问题。

当朝有律法，后妃不得与外戚过从甚密，羽翼未丰的刘皇后为免落人诟病，找到并非直系皇亲国戚的白老太爷，与他如此这般密谈了几个时辰，此后不久，白老太爷便神不知鬼不觉地承揽了京畿附近的几大瓷窑。

在白老太爷大量秘密送入宫中的金锭银元的支援下，刘皇后终于得偿所愿，没几年便独霸后宫，乃至问政朝野。

后来白老太爷去世，白府的营生在白老爷手中得到快速扩张。

白府不但在热闹繁华的汴梁府内拥有大量酒楼、客栈、食肆、茶坊、厩苑，京城附近几个畿县更有数不清的田地屋契隶属其名下，在汴梁之外的大名、真定等七府也置下了无数物业。

白老爷不仅专营瓷窑，还奔赴江南之地、太湖之滨，罗纳了最出色的绣女和技师做锦绣织造，同时出钱出力扶持宗族内有才之士入朝为官，每逢旱涝季节庄稼失收，更广开粮仓善济乡民。

历经白老太爷和白老爷两代人的积德福荫，白府在汴梁的地位已是无比尊崇，仅次于皇室，连朝官都礼让三分。

天禧二年，刘皇后取侍女李氏所出作为己生的皇子册封为皇太子，时年太子赵祯七岁。

深谋远虑的白老爷向刘娥请求，欲把与太子同年且是白家三代单传的独子白世非送进宫里做太子侍读。刘皇后当权后曾贬谪不少重臣，但一直没忘记白家当年援助她的恩情，当即下旨接白世非进宫。白世非不但聪颖过人，更兼才艺超群，进宫后很得刘娥宠爱。

乾兴元年，先帝崩于延庆殿，十二岁的太子赵祯即位，尊称刘皇后为皇太后，太后垂帘听政于勤政殿西庑，与小皇帝一同处理国事，如此这般又过几年光景，刘太后已是权倾天下，唯我独尊。

在刘娥执掌朝政大权之后，白老爷却婉言拒绝了太后欲给白世非的加官封衔，反倒把他接回府来，开始让他学习营商之道。

此时的白府，已是富甲天下，举国无人能及。

却说这年入冬后，汴梁连日刮起朔风，低垂的暮空阴云布合，大雪纷纷扬扬，如漫天飞花，到处琼檐玉枝，楼台银装素裹。

天寒地冻，暮色早暗，未及黄昏城内已近无行人，唯巷子深处似隐隐见一缕炊烟，薄丝袅袅地隐在大雪中，融成灰蒙蒙的一片。

此时无人的南门大街上，一位约摸十五岁背着包袱的青衣少年正由东往西而行。

在他前方不远，有位披着丝袄由小丫环打着绿伞的少女向他迎面走来，那小丫环手中挽着篮子，篮里供品、酥果等物件一应俱全，可见两人刚从大相国寺里祈完福出来。

远处隐隐约约传来驰骋之声。

嘚，嘚嘚，嘚嘚嘚嘚……

急促的马蹄声伴随着清脆的呼喝渐渐由远而近，“驾！驾——”

少年抬眼望去，一匹神骏马驹在茫茫大雪中疾驰而来，由于马匹来势太急加上雪花飘飞遮眼，使人一时看不清半伏在马上之人的容貌，只依稀可见被啸风扬起的雪色貂裘下似乎也是年少身影。

就在骏马飞速奔至少女身后时，一道小小的身影忽然从小甜水巷里横穿出来，那扎着丫髻的小稚童边跑边不住回头，惊惶中根本没注意到巷子出口处人烟稀渺的大街上竟恰有快马驰来。

不意有童子突然从旁冲出，马上少年大惊，眼看一童一马就要撞上，说时迟那时快，他手中缰绳闪电般猛然一勒，“喝——”

伴随小童收势不住的细稚尖叫，疾驰的白马被骤然扯停发出一声厉嘶，后蹄硬生生刨向半空，整个马身几乎竖立，强大冲力把马背上的少年甩起两尺高，在他被抛得血气冲涌头晕目眩的瞬间，不意手中紧勒的缰绳使马身偏了方向，跃落的马蹄竟朝着被响声惊扰后正回过头来的少女踢去！

少年大急，足下猛蹬，手中缰绳疾扯，却无法控制马匹下落之势。

就在这千钧一发的瞬间，近在少女咫尺已然吓傻的小丫环忽然被人一掌拍向六尺外的雪堆，与此同时早已花容失色的少女骤觉腰间一紧身子一轻，原本就要踩落在她前额的马蹄霎时远在眼帘丈外，咚的一声落在她原先站立处，将一地琼雪踏得碎溅。

马上之人飞身跃落地面，清俊飘逸的少年面容上露出佩服之色，冲青衣少年抱拳施礼：“多谢兄台相助，不然小可今日定然闯下大祸。”又彬彬有礼地向少女道：“小可一时鲁莽，冲撞了姑娘，万请姑娘见谅。”

青衣少年放下少女，作揖还礼。

那少女定下神来，脸色仍微微发白，向两人各施了一个万福，眸光从白衣少年顺手自雪堆中扶起的丫环身上转向扑倒在路面的小童，她轻步过去，蹲下身来，伸手欲相持一把，却遭对方猛然推开。

她这才注意到小童粉嫩的手背泛起青乌之色，不禁怔了怔，依这厚厚的积雪，即使摔倒也不应有擦伤才是。再看那孩子，不过年约十岁，似粉妆雕琢的小脸上充盈着敌意，大大的童稚的双眼内蓄满恐惧的晶莹泪光。

白衣少年和青衣少年一同走了过来，关心地问："怎么了？"

"是不是摔着了？"

此时巷子中忽然远远传来惊呼："失火了！失火了！"

有人开门出来，关心地问："谁家失火了？"

"右谏议大夫家！"

"真稀奇，这大雪天的怎么会起火？"

"闲话少说，赶紧都去帮忙吧！"

不多会儿，就见各家各户执桶拿瓢，沿路奔走相告赶去救火。

两少年不无愕然地相视一眼。

少女的目光落在小童颈间打造精致的金锁片上，仿佛想起什么，轻轻啊了一声，怜惜地道："原来是你。"

第一章　论局

皇城宫殿内

天圣五年。

在白世非十七岁生辰礼后不久，勤恳克俭的白老爷积劳成疾，拖了几月后终究药石难治。白老爷一生不曾纳妾，与唯一的结发妻子恩爱情深。他去世后白夫人伤心过度，终日不饮不食，也于同年撒手人寰。

痛失双亲的白世非伤心欲绝，坚持守孝三年，把全部心思投入到亡父留下来的生意中，对里外说媒一概谢绝。尽管他明确放话不会成亲，这三年间也还是有无数媒婆子踏破白府的门槛，虽然最后都无功而返。

天圣八年，年届二十的白世非守孝期满。

这日承明殿内忽然宣下一道懿旨，太后命人召白世非进宫见驾。

精镂的白釉剔花炉里无声暗燃着不知名的香料，一缕奇异幽香浅淡地充盈于华室内，在吐纳之间似有似无地从鼻端前飘过，微微地一呼一吸后沁人心脾，极其清雅宜人。

倚窗而放的紫檀椅上铺着织就七色牡丹的软垫。

白世非姿态懒散地倚坐椅里，洁亮黑发一丝不乱地束在金丝精琢的锦冠下，冠上一颗比瞳仁还大的夜明珠光华隐隐流转，绣金流苏冠带垂在肤白如雪的俊颜两边，极年轻的玉面上双眉斜飞，星样双眸因背着夕照而显得有丝幽诡，削挺得恰到好处的鼻梁下薄唇正因带笑而嘴角微弯。

他随手拈起茶案上的梅子放入嘴中，时而鼓起腮帮，时而嘟起樱色双唇，仿佛在无声地吮吸着果蜜的美妙滋味，却一点也不急于咀嚼，仅仅只是这样慢悠悠地含玩，任其在嘴内翻覆生津。

已年过六十的太后刘娥端坐在卧榻的正中央，肤色依然白皙，不细察根本看不出眼角下隐着的淡淡细纹，仿佛对白世非不合规矩的孩子气举动丝毫未见。她慢条斯理地呷了口茶，合上盖，把杯子轻轻一抬，侍奉在旁的宫女便立刻上前接过。

“这日子走得恁是飞快。”她终于开口，似含笑，又似轻微感慨，“一眨眼你爹娘过世已经三年了。”

“小可时时还会梦见他们。”把梅子压在齿腔边沿，白世非慢应。

刘娥叹道：“难得你坚持居丧三年，这份孝心实在可嘉。”定在他脸上的眼光略长，“而今孝期已满，却有何打算？”

白世非懒懒应声：“不孝有三，无后为大，当务之急自然是先娶妻。”

“可相中了哪家闺秀？”刘娥随口问道。

“邵印挑了几户人家让小可过目，论样貌当数参知政事晏书的长女晏迎眉，论才情则还是兵部尚书夏竦的幺女夏闲娉，不过论知交嘛——却是集贤殿大学士张士逊的独女张绿漾，也算和小可青梅竹马了。”口中梅子一转，他鼓起半边腮，面露愁苦之色，“唉，花多乱眼，也不知选哪个才好。”

刘娥和蔼地笑了笑：“你这小皮崽子。”腕一抬，茶已就手，慢慢啜过，才又道，“夏竦那未出阁的小女儿我倒是见过一面。”

夹在两排贝齿当中的梅子，不为人知地被轻轻咬下两道浅痕：“哦？”

话声方落，门外已响起唱喏：“皇上驾到。”

身着紫色常服的赵祯大步走进房来：“母后。”回身一摆手，阻止了白世非没什么诚意的要跪不跪，一脸兴奋之色，“好小子，朕找你找得好苦啊，这半个月来你府里一直回话说你人在江南，怎么昨儿个母后一宣你进宫，你就已经回来了？”

白世非嘿嘿干笑：“真的就那么巧，小的前天晚上刚到家。”

“废话少说，你且随朕来，上回你摆下的那局棋谱，朕可找到高人解开了。”赵祯走到刘娥身边，面带央色地扯她衣袖，求她放人，“母后可叙完旧了吗？”

刘娥经不住他缠磨，莞尔一笑："好好好，世非你随皇上去吧。"

白世非无奈起身，懒懒地行了礼，跟在赵祯身后退出。

刘娥目送两人说说笑笑地走出房外，浅淡笑容自脸上褪去，目光逐渐变得深沉，她把茶盏递下，向后方侧了侧首，一道身着高阶侍卫服的高大身影便从屏风后走了出来。

"你怎么看？"刘娥淡声问。

她最亲信的近侍，殿前司都指挥使兼带御器械卫周晋恭声应道："属下以为，皇上来得似乎巧了点。"

刘娥不动声色："那么你觉得是白世非利用了皇上呢，还是皇上已和他联手对付哀家？"

"这个……属下不敢妄自断言。"

刘娥神色沉凝，挥了挥手："你下去吧。"

周晋迅速退下。

出了庆寿宫的赵祯和白世非两人，相偕往崇政殿而去。

"母后什么意思？"赵祯问。

白世非吐出嘴中梅核，以掌心承接，尔后指尖一弹，那核子没入廊庑外的花卉中消失不见："太后希望我娶夏竦之女。"

赵祯轻勾唇角："当初朕立后时，本相中骁骑卫上将军张美的曾孙女，可是母后认为她不如平卢军节度使郭崇的孙女，最后朕还是立了郭氏为皇后。"他看白世非一眼，"你自己好生考虑。"

白世非浅浅一笑："是得费心思量呢。"

暮色时分，一顶华贵轿子从东华门出宫，穿过桑家瓦子、榆林巷，出了宋门，回到门廊檐桅峻峭的白府府邸。

白世非走过满铺水痕白石的前庭，大管家邵印从厅内迎了出来。

长得颇有福相的邵印五十开外，总领府内大小事务，为人甚是慈祥，经历白府两代人事的他对各种富贵排场早司空见惯，不但处事老到，更兼满腹经纶，与来府走动的高官贵人应对得体，举止比普通有钱人家的老爷还要通达圆融。

"庄中卫托人给公子送来书信。"邵印递上信笺。

白世非接过，边看边往书房闲步走去，三两眼掠毕信中内容，他的唇角弯了起来，把信折起收进袖中，道："你速准备一份草帖子送去晏府。"

邵印足下一顿："公子的意思是……"

"我要娶晏书的女儿晏迎眉为妻，越快越好，你赶紧去办。"

"是。"邵印惊讶，虽不明白为何一向对婚事连提也懒得提起的主子忽然变得热衷起来，却也没有多问，只匆匆领命而去。

芙亭水榭边

上达朝廷百官，下至山野乡民，整个汴梁城内外全不曾料到，还未待各大官媒私媒捷足先动，孝期甫满的白世非忽然就已向枢密副使、参知政事晏书家递了求亲帖子，请求迎娶年满十八岁的晏迎眉为妻。

消息传出后，不知震破汴河两岸多少颗痴情暗许枉盼三年的芳心。

名门望族的白府与贵为当朝重臣的晏家不但门当户对，白世非与晏迎眉更是出了名的郎才女貌，可以说是东京城里寻天觅地也难得般配的一对佳偶，于是当媒婆子往晏府递去帖子，双方一拍即合。

紧接着白府便送去喜帖子和许口酒，晏府还了回鱼箸，媒婆子择定吉日下了彩礼，就这样商定九月癸丑的大婚之期。

日出日落，花开花谢，转眼已到满城金盏争妍时候。

"尚坠。"

"嗯？"

晏迎眉望向窗外，远处一片灰霾迷蒙，天际泛黄，似有大风扬起尘土。

在她身后，所有侍女已被屏退，只余下尚坠熟练地帮她绾着发丝："报晓的说今天天色阴晦。"

"阴晦。"晏迎眉轻轻重复。

尚坠笑笑："历日上今儿可是宜嫁娶。"细心地给晏迎眉戴上金丝髻，再把成套缀满珠玉的簪钗一一插上。

"不知为何，这几日我的眼皮总跳个不停。"

"自定亲以来你夜夜看书到三更，这段日子没睡过一顿安稳觉，眼珠儿焉能不疲劳？"

晏迎眉垂下头："还是没有消息吗？"语气十分怅惘，又隐隐担忧。

拿着梳子的手在半空顿了顿，尚坠低声答道："没有呢。"

主仆两人再不作声。

直至打扮停当，晏迎眉站起来，展开大红双袖，看向铜镜中穿着精致华贵金丝绣服的自己，低声自语：

“纵是有情袍，嫁与一生休。”

尚坠静静看着她，外间闺房里不时传来千金小姐们的玩闹嬉笑，那些快乐的扰攘声与门内的消沉显得格格不入。

看了看窗外天色，尚坠提醒：“时候不早了。”

晏迎眉点点头，对镜环袖贴襟，收拾好心事，抬步走出妆房。

才露面便引来阵阵艳羡惊呼：“迎眉你今日特别漂亮！”

“哇！这绣工何等精妙，待我出嫁时也要一件这样的！”

“你别做梦了！我听说这霞帔是白家特地找了十二个绣女为迎眉绣的。”

晏迎眉淡淡笑着，任由她们又是撩袖又是惊叹地围着自己打转。

尚坠远远站在角落，看着这满室如花美眷、蝶衣生香。

“我的小姐们！都装扮好了吗？接亲的可是已候了多时！”门外传来婆子的催促声。

“好了好了！马上就来！”

彩衣萦乱，莺声婉转，女眷们簇拥着新娘子一行人浩浩荡荡在喧嚣中渐去渐远，室内香气仍余有缭绕，却已是人去楼空，空荡杂乱的房内变得异常寂静。

尚坠拣了张凳子坐下，俄顷，才从袖底抽出张白笺来。

沉思良久，她终于还是就着喜烛把白笺烧成了灰，回到隔壁自己的寝房，挽起早已收拾好的小小包裹，将门掩上，转身走出几步后，不觉停了下来，回首朝那间住了六年的屋子看罢最后一眼，眉间略有些茫然若失。

从此以后，她将跟着晏迎眉同往陌生的白府生活。

行毕各种仪式，轿手起罢檐子，迎亲队伍终于出门，乐师一路吹吹打打，沿途引得无数人围观，热闹非凡。

当花轿回到白府，恭候多时的阴阳先生唱了喜喏，撒了谷豆，媒婆子将晏迎眉扶下轿来，踏上早铺好波斯红毡的地面，有人捧着一面铜镜在前方倒行，将新娘子引入府门。

插不上手的尚坠不远不近地跟在熙熙攘攘的众人身后，偶尔转瞳悄然顾盼，白府里到处张灯结彩，一道道门楣檐拱无不披绸挂缎，喜意盎然，显然把婚礼当足了浩大盛事在办。

夫家如此重视，想来这应是桩极好的姻缘，她暗觉安心。

一行人经过厅中虚帐时，不远处的雕廊里红影乍闪，她定睛望去，只见廊下柱后站着一名身穿绣金喜袍以珠冠束发的男子，长着一张绝世的俊颜玉面，修身倜傥，仿若临风，眸光隔着人海瞥过晏迎眉的大红流苏头盖，神色要笑不笑的，慵闲表情仿如看戏一般。

尚坠只觉那人明明是新郎官的装扮，眉宇间却毫无喜意，扫过晏迎眉的一眼犹似美人如花隔云端，轻浅带笑的俊容以为无人看见而不经意流露出一抹事不关己的旁观之色来，表现得恁般置身事外。

下一瞬，那双流波幻转摄人心魄的清洌眸子向尚坠掠来，在迎上她疑惑而悄然地打量时不觉定了定，似微微一怔。

尚坠慌忙垂首，有些无意中窥见他人秘密的心虚，再不敢胡乱张望，提起裙摆快步跟上前去。

待她们往新房去远，白世非才抬步走将出来，眸光掠停在落于人群最后的嫣然身影上，心口仍有些微迷离不解的恍惚，才刚那一眼，那从未谋面的丫环仿佛与他说了什么似的。

前厅里邵印正有条不紊地安排着各项杂务，看见白世非出现，连忙迎上前去："幸亏二管家想得周到，多腾了两间库房出来，如今所收贺礼已把一间堆满。"

白世非眨眨俊眸："锋璿可有礼到？"

"不曾收到中卫大人的贺礼，倒是太后和皇上各赐了贵重物件。"

白世非漫不经心地一笑。

此时小厮领着一名清癯文士从门外而来，白世非连忙带同邵印上前，深深作揖："小侄见过张叔父。"

集贤殿大学士张士逊含笑捋须："恭喜贤侄今日大喜啊。"挥手叫下人送上贺礼，脸上似有苦难言，"这是绿漾那丫头特地命人做的，我拗她不过，只得携来，还请贤侄莫怪。"

邵印上前收下，在白世非的示意下把绸盒打开，内里是一个大葫芦背着一个小葫芦的和田玉件，这原本意为背子牵孙——百子千孙，十分富贵吉祥，却不料那个大葫芦底部竟还浅浅雕着一副横眉怒目的少女脸孔。

就差没留字指责，君心因何弃，奴恨胆边生。

白世非扑哧一声笑了出来。

邵印赶紧命小厮登记在簿，待主客二人寒暄过后，将张士逊延请入席。

络绎而来的宾客多是权贵官商，汴梁城内稍有身份头面者不曾有一人缺席，便连附近州府的商贾望族，但凡和白府有生意往来的全都不辞路途遥远，特地派身份相当之人亲临到贺。

筵席依原定的吉时开始，酒过三盏，新娘子被从里间扶出来，白世非的眸光率先落在晏迎眉身侧的尚坠脸上，与她对视了一眼，那幽然眸波让毫无防备的尚坠心口怦然一跳，不知为何骤觉异常紧张，脑海里不由自主地掠过念头，原来他就是闻名汴梁的白府公子。

在尚坠飞快撇开无措眸光后，白世非的视线才转向晏迎眉。

然而从未有过的心猿意马，让他无心听取一旁主持行礼的婆子在说什么，新奇而异样的眸光时不时窥溜向始终在另一边扶着新娘子的丫环，在她终于察觉他的意图而慌乱地低低垂下粉霞颊边避而不视后，他心里涌起一股难言的愉悦和怅惘来。

“一拜天地。”媒婆子高声唱喏。

一对新人依言而行。

“二拜高堂。”待得礼罢，又唱，“夫妻对拜。”

白世非转身面向新娘子，微向上掀睫的眸波却不由自主又掠向了尚坠，因为她和晏迎眉近在咫尺，所以外人完全不察，只以为白世非多情看顾的是新进门的妻子，唯独尚坠感受到了他微乎其微的异样，愈加局促不安起来。

全身被笼罩在强大的压迫感中，让她知道他摄人魂魄的眸光仍没移开，焦虑与恐慌交加，她被逼得失措抬首，飞快瞥过他的眼风原是想请求这人别在拜堂现场如此逾距，不料他正要朝晏迎眉揖下身来，一刹那接上她躲避已久的羞急惶眸，白世非的瞳心闪过一抹不加掩饰的惊喜，色泽幻变中微微侧身，垂下的淘气长睫在最后瞬间收入她脸上骇色，悠悠地向她拜了下来。

披着红头盖的晏迎眉自始至终对横生的汹涌暗潮丝毫无觉，若不是媒婆的当头一喝“礼成”将尚坠震醒，她险些当堂失态。

再不敢多望白世非半眼，她尽全力凝收起慌乱不已的心神，一丝不苟地陪着晏迎眉敬了酒，在新郎官以牵巾引了新娘子去祠堂参拜过白府列祖列宗，烦琐仪式一一作罢之后，尚坠与晏迎眉两人不约而同都悄悄松了口气。

新娘子再度被扶入新房，外间筵宴则一直摆至月上中天，白世非被各席起哄相缠，无一刻得以脱身，到宾客散尽后，别说府内仆婢们全都累得人仰马翻，便连他也是面露倦容。

好不容易能坐下歇息，贴身小厮白镜端上热茶。

邵印禀道："已按公子吩咐把夫人安置在了疏月庭。"

白世非接过清茶，轻抿了口："你去告知一声，请她自行就寝。"

邵印一怔："不知——公子今夜住在哪厢？老奴好让人准备着。"

"本公子几曾宿在他处？"自然还是回他的寝居第一楼，浅浅笑应后放下茶杯，起身，"今儿你们也忙坏了，都早些回房歇着吧。"说罢撇下惊疑不定的老仆，闲步出房。

沿着第一楼外的院径往北不远，是依湖而筑的白氏林苑。

那湖有个独特的名字叫秋水无际，苑园内奇林秀木，曲径通幽，碧水如翠的湖上亭台衔吐，绿荫映红，是汴梁府内四大名园之首，名闻天下的八景之一汴水秋声，便是指秋水无际湖。

弦月西斜，如钩样清寒的光挂在水榭高高的檐角上。

白世非信步踱到以往惯常独处的湖边芙亭，在暗夜和树枝的掩映下，才刚在石凳上落座，便看见夜色中一道纤细的人影漫步而来，走过他才刚经过的石径，到达岔路口时似因环境陌生而迟疑了下，最后折往被水面映得较为光亮的湖中水榭。

倚着水榭的雕花白玉柱坐在横栏上，疲累不堪的尚坠看了看无人的四周，再顾不得礼数，把腿也抬了起来平搁于栏杆上，套在棉鞋里的小小双足跷叠在一起，束腰的绶带不经意滑下，长长的带梢荡至水面，她一动，湖里便是一圈涟漪。

轻蹙的眉心仿佛盛满无法与外人道的心事，月光落在她微仰的脸，映照在她投向遥远天际的忧郁眸子，再沿着衣裳斜洒落地，照得水榭内半暗半明，把手中笛子凑近唇边，下一刻，清越中带着一丝孤寂的笛音滑过夜色下宁静的湖面。

秋夜微寒的风吹来，水波泛起点点粼光。

良久，一曲既尽，笛声悠然而止，湖边芙蓉树被风吹得时而摇曳，暗绿枝丫的阴影在水面上无声跳跃。

白世非一动不动隐匿在亭内，直到水榭中的倩影起身离开，目送她逐渐走远，最后在夜色中消融不见，他才回过首来，凝神想了想，忆起白日所为，胸中仿佛仍萦绕着一丝心荡神驰的余味，唇边溢出似有似无的笑痕。

无边孤寂的这一处角落，也许，以后会变得有趣些了。

疏月桂香早

清早五更方过。

白府内一道男性身影沿着雕廊匆匆而来，毫不犹豫进入仍是沉寂无声的第一楼，直奔白世非的寝室而去，在他到达房门口时，旁边忽然传来一声低喝：“谁？”

那人回首，一张阳刚的脸带着些微憔悴，下巴全是青茬，似乎一夜未睡。

白镜连忙行礼：“小的见过中卫郎大人。”

庄锋璿嗯了一声，推门闯入：“世非。”

床上人被叫声惊醒，睡眼惺忪中看见是他，松懈下来。

“我决定辞官。”庄锋璿道。

翻了个身，犹自寻睡，只嘴里呢喃：“辞官啊……”

庄锋璿抓着他的里衣领子将他扯起身来：“我打算出去闯一闯。”

白世非整个人软绵绵地耷拉着脑袋，嘴里无意识地重复：

“好……闯一闯……”

“世非！”

打了个哈欠，勉强将眼皮撑开一线，困意依然浓郁：“庄大兄台……不管你想做什么或者要我做什么，我都允诺你……可不可以请你高抬贵手放我重新滚回床铺了？”

庄锋璿既好气又好笑，只得松手。

迷迷糊糊地在床上又赖了好一会儿，睡意随着越来越明的晨光渐渐消退，当再睁开眼时白世非已全然清醒过来，视线掠过房中，哪还有庄锋璿的人影？

“白镜——”他曼声叫唤。

门外白镜应声端着水盆进来：“公子，庄中卫说他先走了，上午还要进宫当值。”

白世非失笑：“难为他了。”

“什么？”

“没什么，好困。”懒懒地掩嘴微欠，翻开被子下床。

大清早被人揪起，睡意不足的困顿让白世非觉得心情不爽，很不爽，越来越不爽，最后不爽到他忽然来了雅兴，洗漱后对白镜嘿嘿笑道："我去疏月庭打个转。"

府内鸟语清啼，不知何处传来幽然花香，青翠晨景煞是怡人。

习惯早起的尚坠独自在林苑里散步，远远看见一棵老树玉桂开了，信步上前，攀折了几枝，看看天色，盘算着晏迎眉已该起来，便往疏月庭回去，漫步至拱门外时，始料未及地和从庭院里出来的人打了个照面。

心口一跳，继而自厌地咬了咬唇，将不请自来的莫名感觉排拒在外，她屈膝请礼："姑爷早。"

意外看见她，白世非脸上的笑容变得出奇欢快，仿佛原本就有什么事让他的心情特别好，如今更是好上加好，不再急着离去，也完全不介意她疏冷无比的口气，停在她身前，他存心逗趣："你家小姐起得真晚，不过我刚刚替你叫醒她了。"

尚坠不自觉皱了皱眉，天色方才见晓而已，哪里就晚了呢？低声应道："其实小姐一贯早起，只是昨晚看书看得晚了，今早才略迟了些。"

什么她家小姐，难道她家小姐不是他的夫人吗？这人也不知怎么做夫君的，新婚之夜就与妻子分居两处，小姐昨夜好不容易三更过后才睡下，他却一早就来打搅，这性子也未免太过叵测。

她脸上的不豫之色像是让白世非突然想到了什么，扇子拍拍掌心："我刚才忘了交代晚晴，让你家小姐三朝回门后别再出府，过些日子我有朋友来，要介绍给她认识。"

不期然忆起他昨日的孟浪，尚坠几不可察地微撇嘴角。

望进她没来得及掩藏一丝不以为然的黑瞳，白世非差点笑出声："不是什么猪朋狗友哦。"含谑带笑的语调满溢逗弄之意，如愿看见她的双颊因想法被识破而微微赧红。

好玩，想了想，他刻意补充："我那位朋友姓庄呢。"

毫无意外看见她陡睁的眼眸里飞掠过狐疑还是惶恐，粉嫩唇角因紧张而薄薄抿起，眼神有刹那的游移，小脑瓜里似千念电闪，仿佛不明白他是什么意思，又仿佛害怕他所说正是她所顾忌，一时间不知他意欲何为，只能哑口而无法应对。

他不失时机地又加一句："他很厉害哦。"似说了什么，其实又什么都没说，恶意十足地只为吊她胃口。

尚坠再忍不住，福礼道：“姑爷见谅，奴婢还有事在身，容奴婢先行告退。”虽然年仅十六，天生聪颖的她已晓得他在戏弄人，而他无端的举止让她心里隐隐约约又翻起了某种惊惶，只想赶紧避开。

“啊？”白世非一副明显失望的表情，似惋惜她对这个话题不感兴趣，言若有憾道，“既然如此，那就算了，我本想说他可是个中卫郎呢——不过算了，你去忙吧。”离开时顺手抽走她怀里的花枝，“好丑，我帮你扔了。”

背对着她，走远之后，他强忍了许久的闷笑才爆发开来，那丫头瞬间煞白的小脸简直让他满意得不行，心情终于十分舒畅。

面含恼色的尚坠定在原地，心有不甘地狠狠瞪了眼他双肩隐隐抽耸的背影，穿过拱门，走进疏月庭。

乍然看到婢女们全呆立在屋子门口。

她惊问：“你们怎么了？”

被邵印派来侍奉晏迎眉的丫头晚晴犹有余惧地颤声答道：

“才……才刚大家方醒过来，不知怎么回事就听到屋子外突然砰砰巨响，我们吓得全奔出来，一看却是公子爷，不知为何大发脾气把门扉踢得哐当直响，夫人在房里被吓得惊呼，结果公子爷嘿嘿一笑，说其实没什么事，然后，然后……他就走了……”

尚坠愕然，然后便气红了小脸说不出话来。

外边院径中，白公子的笑容别样欢畅，既然庄兄台不让他好眠，他索性也不让别人好睡，是他死去的爹教的，做人什么都可以吃，就是不可以吃亏。

只没想到小丫头居然起这么早，成了漏网之鱼，那就换个花样吓吓她，她被唬得一呆一呆的样子真是让他相当开心，还有这几枝香气袭人的玉桂，开得很不错呢，非常适合插在他书房中那个半人高的白釉剔花缠枝梅瓶里。

百载玉笛闲

三十出头的二管家邓达园是在白老爷去世之后被白世非聘请回来，帮手打理白府遍布各大州府的生意，他为人沉默内敛，却精明锐利，不但心细如尘，秋毫明辨，而且说一不二，赏罚分明，让各房从事敬畏不已。

匆匆赶到书房，邓达园挥退一旁的小厮：“宫中有密函到。”

白世非漫不经心地从书案后转过头来："说什么呢？"

邓达园把手中蜡丸捏碎，阅罢："太后欲于天安殿庆寿。"

白世非不以为意地垂首继续翻阅账本："她不是今日方有此意，去年便曾差人向皇上旁敲侧击，皇上倒是一片孝心，主动往她跟前请旨，要在天安殿为她贺寿，偏那时她却又为名声而假意推辞。"

邓达园不赞同地摇了摇头："天安殿历来为我朝天子行庆典之所，她虽然手执朝政大权，然身份总归只是后宫内属，让皇上和百官一起在天安殿给她叩头庆寿，怎么说也不适宜。"

"可不是嘛，家礼与国礼焉能混淆？这事被宰相王曾知道后，随即和晏书联名上疏，说什么'陛下以孝奉母仪，太后以谦全国体，请如太后令'，就这么两句话把她堵成了哑巴，还发作不得，朝上的几个老臣子暗乐不已，后来皇上颁令天下，把她生辰之日定为长宁节，才算稍稍平息她的心头闷气。"

"如今她再度谋划这事，莫非是已成算在握？"

"王曾、晏书等朝中重臣也是如你般看法，把她当后宫内属看待，时时进谏牵制她的行事，没想到去年王曾反被她授了个玉清昭应宫使，兼领玉清昭应宫大小事务，这可是极荣显的一桩事，朝中众人还以为她气量宽宏，不料六月下旬，玉清昭应宫无端起了大火，偌大一座琳宫玉宇被烧成焦黑废墟，王曾监管不力之名坐实，累表待罪，最后被罢相去青州做了知事，这招杀鸡儆猴倒也让朝廷上安静了好些时日。"

邓达园一惊："如此看来，她始终还是想着享同天子礼遇。"

白世非轻笑不已："我听说她曾私下向大臣探问对武则天的评价，还打算依据帝室礼仪建立她姻家刘氏七庙，后来遭副相鲁宗道力谏才打消了念头，而今鲁宗道已经去世，王曾被罢，晏书虽暂得周全，却也是自身难保，唯独吕夷简被提拔为首相，这朝廷势力在她手中已更替得七七八八，料来今年她当可心想事成。"

邵印从门外进来："宫中传来太后口谕，宣公子觐见。"

邓达园皱眉："按说公子也不曾参与到那些乌七八糟的倾轧之事当中，怎么就被盯上了呢？"

白世非苦笑着放下手中笔管："我就是因为不曾参与，才大大坏了事。"前几年只顾照看府中生意，对朝廷之事不闻不问，结果等到警觉不好时，已成人为刀俎我为鱼肉之势。

大婚还未满三朝之期，那边旨诏已当头甩来要他进宫见驾，可见全不将他放在眼里。话又说回来，刘娥竟能静观其变，隐而不发，直待他真正成亲之后才宣召，也算忍功一流。

她那多年养成的行事谨慎、滴水不漏的性子，或许，是他唯一的机会。

弯了弯朱唇，白世非出门而去。

皇城内，刘娥居住的庆寿宫中。

仪态端庄的郭皇后偕同表妹兵部尚书夏竦之女夏闲娉陪坐在侧，有汴梁第一美女之称的夏闲娉还是位不可多得的才女，琴棋书画无一不精，绝美容颜似轻愁淡染，神情哀婉动人，分外叫人怜惜。

周晋立在刘娥侧后方，安静如影子。

淡淡瞥了眼夏闲娉，刘娥轻呷杯中芳茗：“你的心意皇后也曾与哀家说起。”只没想到在她一番暗示后白世非竟还是逆意而行，多少有些令她措手不及，“那小子在定亲之时便把婚事闹得街知巷闻，开封府上下哪个不晓他对晏家女儿情有独钟，哀家若在那时插手，岂不是叫天下人笑话，还会落得一个棒打鸳鸯的恶名。”

“太后所言极是。”夏闲娉轻声恭应，“只怨小女子福薄缘浅。”

一旁郭皇后叹息：“看样子合该你命中有此一劫，怎的哪家的子弟不好遇上，偏偏花朝节时遇见了他，就连皇上也说了，那人是真正片叶不沾身的主儿。”悄微窥向太后，万般无奈道，“而今他又娶回了正室，这下哪还有什么法子可想呢？”

夏闲娉轻轻咬唇，垂睫内似泫然欲滴。

太后却笑起来：“得，皇后今儿个是挤对哀家来了。”

皇后慌忙起身：“儿臣不敢，还望母后恕罪。”便要跪拜下去。

“起来吧。”刘娥搁下茶盏，“既然哀家已过问这事，少不得要给你们姐妹俩费点儿心思。”

夏闲娉喜出望外，随即破涕为笑，起身盈盈拜谢。

有内侍拿着一管绿玉制成的笛子进禀：“内藏库收了一件珍品，命人送与太后玩耍。”

周晋见了，面现奇色，竟失声轻咦出来。

那笛子通管翠碧，入手冰凉，晶莹滑亮得幽光照人，竟是极好的无痕翠玉制成，笛梢系着的五彩金丝织成的穗带煞是雅致奇巧，刘娥接过时不由得多看了几眼，又听闻近侍发出惊异之声，便添了三分兴致，回首问："这有什么来历吗？"

周晋上前躬禀："倘若臣没猜错，这笛子应是问情笛。大约两百年前，绿林里有对极出名的神仙眷侣，男的叫梵问天，女的叫柳还情。梵问天少年成名，十七八岁就已经是响当当的人物，在他二十岁那年，与乐工之女柳还情一见钟情，那柳还情完全不谙武功，原本前程无量的梵问天为了她就此退出江湖，两人携手归隐山林。"

夏闲娉脸上露出艳羡向往之色，引得周晋眼角余光一掠而过。

他低首继续道："约摸十年过后，有一回武林中人聚集在万泉峰争夺一块千年寒玦，梵问天忽然从天而降，只是刹那之间，寒玦已被他取去，而还没待众人看清身影，他已然消失，只远远笑着抛下一句'你们争来夺去扰我清净，不如我拿去给还情做支笛子'。之后江湖上便流出传言，说他寻到不世出的名匠给柳还情雕了一管问情笛，但是世上却不曾有人见过那管笛子。"

太后听得津津有味："竟还有这般轶事，倒也有趣。"

"传说柳还情更谱了一支问天还情曲，只是也始终没人听过。"

"回头找个乐师来，且让哀家听听这玉做的笛子有什么特别之处。"刘娥吩咐，转首便见夏闲娉似有跃跃欲试之意，因而垂询，"莫非你会吹奏？"

"小女子确曾学得几曲，只恐污太后圣耳。"

刘娥方要作声，外间内侍已唱道："白家公子求见——"

她便按下了闲话，将笛子搁回案上："宣。"

夏闲娉乍闻白世非到来，不由得面露惊喜，却接到郭皇后打来的眼风，虽暗地恋恋不舍，也自知不宜再逗留，只得起身一同请去。

刘娥也不留她们，挥了挥手："去吧。"

危堂细数遍

两女子退至门外时与白世非迎面遇上。

白世非停步向郭皇后施礼，含笑风流的眸光转而停在夏闲娉脸上，朝她也是闲适一揖。

夏闲娉含羞带俏地还了万福，直至从他身边走过，仍不由自主拧首回望他的背影，脸上柔弱之风已一扫而空，取而代之的是一抹痴情和深沉炽芒。

房中刘娥正低头品茶，房外的这一幕便全落入周晋眼内，下一瞬白世非精敏的眸光已朝他射来，周晋敛目不及，两人的视线在刹那接上，只短暂瞬间白世非已转视刘娥，清澈见底的流光双眸仿佛一念未生，只笑着请安。

刘娥招呼他坐下，笑道："昨儿是你大喜之日，哀家本不应今儿便把你叫进宫来，只是这几日哀家心里总有些郁结，偏生宫里头又没一个哀家看着顺眼的，所以才想找你来陪哀家解解闷儿，可莫要见怪了。"

眸光被案上玉笛引得定了定，白世非轻笑闲应："太后此言岂非折煞小可？旁人便积几辈子德，也未必积得小可这番荣耀，别说只是解闷儿，太后便是要小可肝脑涂地，那也是小可天大的福气——倒恕小可多嘴问一句，不知太后何故坏了心情？"

"说起来呢，其实也不是什么要紧事儿，也就今儿个早朝，有大臣上奏说哀家的寿辰快到了，提议是不是在天安殿举行庆贺典仪，谁知那秘阁校理范履霜竟当场反驳说此事于礼不合。"刘娥的目光一反和静，变得三分凌厉，隐隐暗藏杀机，"本来以哀家这把年纪过一年便少一年，贺寿之事办与不办都已等闲，只是那范履霜在朝廷之上如此下哀家颜面，叫哀家一口气堵在心尖儿上，实在难以下咽。"

面对她渐沉的脸色，白世非微敛慵懒姿态，俊美五官却依然不温不火。

"太后不但贵为天下之母，自先帝驾崩后历年来更为本朝竭尽纲政，就算不论劳苦功高，便于情于理，行那大寿之礼也是顺理成章，范履霜不过是冥顽不化的一介腐儒，太后又何必为了此等人劳心动气？"

刘娥缓了缓神色，眼风瞥向他："本来嘛，小小一个范履霜要办他还不容易？真正让哀家头疼的，当初却是晏丞相将他力荐入朝，可巧这举主晏书而今又成了你的新晋岳父，哀家就算不看僧面，也得看佛面不是？"

白世非微微苦笑，这招恩威并重，使得真是恰到好处。

倘若范履霜被办，举荐人晏书自然难免受累，他这女婿才刚做了一日，总不能眼看着新任丈人落难而置之不理，看来今日是难以全身而退了。

一顿厉词之后，刘娥似乎心情舒畅了些，脸容有点似笑非笑的，不经意转了话题："才刚你过来时，夏竦之女和皇后正好从哀家这儿出去，你可有遇见？"

"在门外碰个正着。"

“那小娇娘不但长得花容月貌，为人更是谦恭有礼，甚得哀家欢喜。”

白世非懒懒一笑，眸光不经意间再度落在案面玉笛上，睫下流波一闪，笑容漾了开来：“这笛子像是由极好的翠玉雕成？天下间的稀奇玩意可都跑太后这儿来了。”

见他忽表兴趣，刘娥笑着拿起笛子递去：“内藏库今儿刚送来。”

白世非接过于指间把玩，似爱不释手，眸带祈盼地道：“小可斗胆想向太后讨了这件赏赐，不知太后可肯割爱？”

刘娥眼底飞掠过满意之色：“这种小东西宫里不知多少，你喜欢便拿去吧。”在宫女的扶挽下换了个坐姿，微现疲态。

白世非识趣起身，谢了赏后拿着玉笛笑退出房。

房中刘娥的目光瞥往周晋，他脸上有明显的疑惑之色。

“你是不是不明白为何哀家这就放他走了？”

周晋躬应：“臣愚钝，还请太后明示。”

唇边泛起淡淡笑意，刘娥满含欣赏地叹息一声：“那孩子真是百伶百俐，哀家命他娶夏竦之女，他虽然没有直接应承，却向哀家开口讨赏，这岂非是和哀家达成了交易？”

周晋恍然：“就是说他已经允诺了太后要娶夏闲娉？”

“允是允了，却没有许下日子，哀家倒也想看看他能扛到几时。”

以她的身份以及多年来和白府的交情，总不好明刀明枪对一个后生晚辈逼婚，难能白世非领会她的意思后极其巧妙地回应，丝毫没有揭破双方之间那层一触即破的关系。倘若他不甘受摆布，年轻气盛而一意抗旨使她骑虎难下，那可就两两难堪，她说不得也就只能把事情办下去了。

门外白世非还没走几步便见赵祯站在雕廊里，似已等候多时。

他毫无困窘的闲适笑容让赵祯忍不住叹道：“朕特地晚来一步，本想瞧瞧你受挫的模样，如今看来你好像又过关了？”

白世非嘿嘿笑道：“太后的庆寿已成定局，皇上或去主动筹办起来？”

赵祯脸一沉：“届时朕之尊严将置于何地？”

白世非懒声：“权当孝顺一下老人家，让她再逍遥一两载好了。”

赵祯略为疑虑地看向他：“你真有把握？”

白世非的眸光忽然变得极深，如渊水无底：“也许还会更短。”

他娶晏迎眉无非是存心违逆圣意，不出所料，刘娥果然不快，将他找来巧言威逼，他由是顺势表现出屈从懿旨，仿佛三分浪荡心性到底比不过厄难可能真正临头的恐惧，不得不识时务地低头服软。

这一招将计就计的审时度势，使得刘娥心生大意，到底小觑了他，只要她没怎么把年纪轻轻的他放在眼内，这便足矣。

“她有没有说怎么处置范履霜？”赵祯问。

“他暂时还无碍，请皇上安排下去，找些不同派系的中低级官员，令其中几位阿谀献媚，奏请太后于天安殿受尊号册封；另几位则上疏陈情，要求她撤帘罢听，还政于万民天子。”

赵祯略怔了怔，然后便领悟过来，笑道：“你在给她找事儿？”

朝中各方势力相持拉锯，不管哪一方上表都必然会遭到敌对方的反对，这几来几往，非得大为浪费朝议时光，以及吸引住刘娥的全副心思，毕竟和朝廷之上相比起来，不成气候的纨绔少爷白世非对她而言，只是小事一桩。

“拖着她，让她没空再找我解闷儿。”以便他可抽身去做安排，“对了，我想跟皇上要个人。”

“谁？”

“中卫队领卫郎庄锋璿。”

娇色此时妍

白府府邸坐北朝南，大门极其雄峻华瑰。

进门后的前庭铺满水痕白石，极为开阔，前厅约在三十丈开外，设有宽敞门房，往里依次是客厅、中堂、后堂和膳厅，每进庭院皆以上等青砖琉璃瓦构建，青石柱础，台明挑檐，悬山斗拱，五脊六兽，无不精雕细刻。

华贵精致的客厅是迎宾之所，两旁有阔落的偏厅、书房和致宝斋，中堂两侧是画室、琴室和茶室，后堂则有专门招待女眷用的花厅，其余管事房、库房、斋堂、绣楼、武院、佣仆居所等不一而足，鳞次栉比地分布在主宅的东西两厢。

出了后堂，约两百步远巍峨气派的画檐雕廊尽处，是甲第星罗的寝居群落，东侧疏月庭、西厢饮绿居、东北听风院和西北的浣珠阁各独成一格，从四个方位环拥着正中白世非居住的景园第一楼。

经过寝居院落再往里去，便是叠石参差、花木扶疏的白氏林苑和秋水无际湖，于后山上僻静幽清处建有白府祠堂。

入府未几，尚坠已迅速熟悉了周围环境。

成亲后的第三日一早，晏迎眉带着婢仆，在白世非的陪同下回娘家拜门，在晏府吃过酒，闲话半日，按俗礼惯例，晏家包好彩缎、油蜜、蒸饼等物件，又请一队鼓乐伎工，吹吹打打地将他们送了回来。

还没到前厅，邵印已迎了出来："公子，中卫郎来了多时。"

白世非笑形于色："他人在哪儿？"

"正在偏厅用茶。"

白世非转头对晏迎眉道："夫人且随我来，我给你介绍一位知交。"

眼角余光不露痕迹地收入晏迎眉与尚坠两人的神色，前者乍然闻讯一脸喜出望外，当下便展了愁眉，后者则是脸容霎地一白，手指不自觉轻攥束腰的缎带，似微微惊疑不安。

这小丫头还真有点意思。

一行三人踏进厅里，里面正背着手观赏墙上山鹧荆雀图的男人回过头来，如熠似炬的目光视周边如无物，直直落在白世非身后晏迎眉的脸上。

晏迎眉只觉脚下一浮，身子便晃了晃，尚坠飞快扶住她。

不过眨眼之间，尚坠的手腕已被白世非捉了过去，在她圆张小嘴无法反应的惊骇中，他把她扯到自己身边，笑道："小美人，你跟我来，我有件好东西要送与你。"将她强行拖出门外。

尚坠既急又羞，却怎也挣不开白世非的手，直被他挟持进了隔壁书房，一直走到书案旁边，他在侧首时见到她脸上羞愤之色，没多少歉意地朝她嘿嘿一笑，倒也收起了逗弄的念头，松开她，拿起案桌上的笛子递过去。

眼底绿意幽幽，那羌管晶莹碧透似能沁人心脾，笛梢系着的金丝穗带光泽华奇，全不似一般绣线织就，尚坠的恼怒一时便被惊讶代替，按捺不下心底愕然，问："姑爷怎知奴婢会吹笛子？"

"啊……"不防她有此一问，白世非转开眼眸，轻轻皱了皱鼻子，然后咧嘴一笑，很无赖地回首，理所当然般应道，"这府中大小事情，本公子想要知晓哪一桩会不能够？"

没有告诉她，这些夜里她在水榭中吹笛时，他都在湖边喝酒。

那寂静怡人的苑园一方，自双亲去世后三年来一直是他独处之地，没想到在某个夜里，忽然加入了一把与他心境相同的笛声，他很惊奇，但因为她不算打搅到他，所以他也没去惊扰她。

从父母过世后他便深深明白，人在夜静时分那种想隔离于世的苍凉，无边孤寂。

“那——不知姑爷为何给奴婢如此重赏？”尚坠狐疑又问，在晏府长大的她打小耳濡目染，这笛子入眼便知不是寻常之物。

“我前几日不是取了你的桂花？”

那天进宫面见刘娥，出生以来就于富贵浮华中博览无数宝物的他自然一眼看出，茶案上放着的玉笛是由绝世翡翠精琢而成，反正眼下无论如何都得应允刘娥的要求，索性放肆些开口讨赏，一则可令刘娥对他放心不疑，二来也正好还他对这小丫头的夺花之情。

“姑爷——”

“以后别再叫我姑爷。”白世非打断她，这两个字听起来总觉十分别扭，改日还是让邵印把称呼之事给处理了，在书案后落座，挥了挥手示意尚坠退出去，开始执笔批阅从各地飞传回来的营业卷宗。

尚坠却没有动，看了眼书案旁枯枝犹在的梅瓶，再望向低头批案的他，轻声唤道：“公子……”

白世非抬起头来，有丝惊讶她还留在原地，面容不由得轻微带笑，看着她，他柔声道：“说。”

心坎那丝异样情愫再度涌起，早在遇上她之前，他已介入太后与皇上之争，身系千般秘密，处境凶险万分，不定什么时候就会突然被人取去首级，由是他才没再继续招惹她……

“如果奴婢明早——再去给公子折几枝花，公子是不是可以——再送奴婢一样东西？”她细声慢气地道。

如画双眉斜飞向鬓，白世非真正笑了出来，捋袖放下笔毫，双手交握着很有兴致地看向书案对面，那位应该是白府有史以第一个企图在这府内与他商谈条件的巧婢。

瓜子脸娇艳嫩白，肤如粉琢，最好看还是叶眉下那双宝石似的眸子，黑亮如一泓湖水，顾盼时流光若隐若现，当她定睛看人，瞳仁更像古井深潭，有种说不出来的特别韵味，会吸引人不由自主地与她相望，而她似乎也自知一双美眸太过惹眼，时时垂下眼睑刻意掩藏。

四目相投，两人都不说话。

在他专注得逐渐有些火热的眸光下，最后还是她略别了别首，不肯再望向他。

已心神微荡的他却没有收回视线，依然定睛凝视，她低垂的长睫下，俏鼻两侧从樱桃小嘴的腮边蔓延至白玉耳坠，都已飞起淡淡的诱人微霞，绮罗裙在腰间束得曲线玲珑，小小腰身不盈一握，如无意外他的下巴应该可以搁在她的头顶，或许还可以在她青丝泽亮的鬓边闻到一丝幽香……

“姑爷。”

“啊——”如梦方醒，他不无尴尬地干咳两声，收回视线，一时间房内气氛奇异，两人都不知望向什么地方才好。

白世非只觉腹腑内柔肠余荡，心头似被丝丝细线绕得微微酥麻，让人回味不止，却又形容不出那奇特感觉，只从薄玉脸颊一直延伸至耳后根，同样浮现极浅的淡淡绯印。

清清喉咙，他道：“你想要什么？”

忽然就想，此刻她便开口要天上的月牙儿，他也会搬云梯去为她摘了。

“尚坠只想要回小姐。”

白世非一怔，定睛瞧向她，想从她只垂眼看地的小脸上寻一丝何出此言的端倪，俄顷，这个想法就被他放弃了，他笑笑：“你我皆知，他们两人情投意合。”

“可是小姐已经嫁给了姑爷。”

又是姑爷，这两字听得白世非开始皱眉。

“小姐和庄中卫有缘无分已是不争的事实，姑爷为何还要促成他们？”问话中暗含不满，万一以后有些什么事端，岂不叫晏迎眉清誉尽毁？

白世非不可思议，看着她笑：“那么你觉得我应该怎么做呢，小尚坠？”

“我家小姐出自名门，不但容貌过人，性情贤淑，更知书达理，尽晓才艺，和姑爷不是很相配吗？”

原来如此……白世非微闷地趴在书桌上，然后才斜眸向上，挑眼看她：“所以当初是你，而不是你家夫人，托人在外面打听我？”

她脸蛋一红，没有否认。

幸好啊，他品行端正，记录良好，劳劳碌碌，勤勤恳恳，日日在家，从不滥交，否则怕还入不了她的法眼。软绵绵半个身子都挂在书桌上，他似没有力气，半眯的眼眸却盯着她的长睫：“我想你只是拦截了他们二人最后的书信往来，却一点也没有看过其中的内容？”

尚坠倏然抬首，迎上白世非既淡且远的目光。

“个中内情你可以去问你家小姐，至于锋璿为什么会在这里，那就全然是因为你了，他一直没有收到晏迎眉的消息，担心她是不是被我美色所惑已以身相许，所以忍不住亲自来府一看。”

其实庄大兄台是熬不住相思，兼来辞行，明日他便与庄锋璿出门往秦陕两地，不过他才不会告诉这丫头实情，她不是要为了她家小姐鞠躬尽瘁吗？他偏要让她觉得是她对不起她家小姐，就让她负疚到死好了。

白皙无瑕的手指掩至唇边打个懒懒哈欠，他再看也不看她，俊雅的脸庞侧枕在两手交叠的长袖上，准备埋头午睡。

脸上一阵红一阵白的尚坠作声不得，下一刻反应过来保持睡姿一动不动的白世非其实已是下了逐客令，她真个又羞又悔，慌忙请礼：“奴婢该死，对姑爷多有得罪！奴婢这就告退。”

“顺手关门。”他的声音从衣袖里闷闷透出。

她咬咬樱唇，低头离开，走到门口时听到背后传来一句。

“小尚坠，下一次，下一次你再叫我姑爷，我会把你连同晏迎眉一起赶出府去。”

第二章　度情

倾杯夜未央

白世非往秦陕处理马匹交易十数日后，叫人捎了书信回来，说是须往益州也走一趟，打点那边的金银交易铺，未几，又来信说还得绕道往杭州而去，见一见几个行会的行老。

倏忽之间，便过去了个把月。

这日晏迎眉打算往大相国寺烧香，起来后晚晴侍候她洗漱，梳头簪钗时看见妆奁里的胭脂盒子已经薄浅见底，随口道："夫人，这胭脂快用完了，可要叫大管家让外头送些儿过来？"

晏迎眉笑道："我这胭脂千金难买，外头可送不来。"

晚晴好奇地拿起盒子瞧了瞧，白玉清透的盒身衬得内里的脂饼颜色异常鲜艳，还有一股清香，似乎确实比外头卖的纯正许多，把盒子翻过来，底下却没有刻名篆印，不禁问道：

"这是哪家胭脂铺子出的货？"

门吱呀一声响，尚坠从外走进来。

晏迎眉笑着回首："你来得正好，我这儿胭脂用剩无几了。"

尚坠行近两人，接过晚晴递来的盒子，看了看，用指甲在脂面上轻轻反刮三下，将粉末置于掌心，尾指挑了点瓷杯里的清水滴在上面，双掌合起微抚，将红脂稍濡开后匀拍在晏迎眉的两腮，不几下已如樱似霞，淡香微萦。

她在专注中低道："赶巧秋石榴还开着，这几日便做一些。"

晚晴霎时瞪大双眼："这——这是坠子你做的？"

晏迎眉弯起眸子："可不就是她亲手做的。"

尚坠拿起妆台上的碧镂牙筒，拣了一支细簪，用簪尖往牙筒里挑了些绛红的脂膏，轻点在晏迎眉唇上，然后把那镶金饰玉的簪子倒转过来，以簪头一片狭细花瓣全神贯注地将点点口脂往晏迎眉的唇弧两边抹开，小巧的檀口霎时嫣然生辉。

一双清盈水眸这才回头对上晚晴："你叫上晚玉她们，去给我采几篮子石榴花，最好是还未开苞的花骨朵儿。"

晚晴应声，兴冲冲跑了出去。

尚坠又从奁里取出粉盒，以簪上薄如蝉翼的玉片把粉饼表面微微刮散，手中绢纱拢成鼓囊，蘸取饼粉浅扑于晏迎眉颊边，令腮色透红，再用掌心细拍几下使脂粉服帖，妆罢她直起身子，退后几步，定睛将晏迎眉精致无瑕的妆容左右审视一番，满意地笑了笑。

晏迎眉对她道："我看今儿你也别跟我去上香了。"

尚坠用绢纱把簪子擦净，将妆奁收起，就着角落立架上面盆里的清水净了手，看了看窗外，朝阳初耀，秋光大好，便道：

"也成，今儿天色晴朗，宜做活计。"

利索地为晏迎眉穿戴妥当，再收拾好拜神用物，尚坠唤来一个小丫头，交与香烛果品篮子，把样样事都叮嘱仔细了。

近午时分，晚晴和晚玉采完花回来，便见尚坠在用沸水一遍遍温着装在瓷瓶里的藿香酒，屋里香气缥缈，一旁放着洁净的棉花。

晚晴不解："你为何不把那酒直接煮热？"耗费这工夫作甚。

"这酒里添了丁香和其他香料，用煮的香味会飘散，只能慢慢温烫。"尚坠凝神试酒温，"应该可以了。"用竹筷把棉花戳入酒中，然后用绢布把瓶口封了起来。

晚玉见她此举，奇道："这是干什么？"

"让香料和白棉的香味全部沁出到酒液里。"

"要泡多久？"

"若是夏日一天一夜即可，春秋二季为两天两夜，冬季则需三天三夜。"

晚晴咋舌："而今已入秋，可不是要泡上两天两夜？"

尚坠耐心应是，转身将石榴花的花苞剥壳，把花瓣研为浆末，用清水调成稠状，再把预先烧好的落藜和藿蒿的草灰过水，滤取清汁淋在花泥上，接着用绵绢包起花泥拧绞，盛取红色的花汁。

一旁几人看得津津有味，晚晴叹道："这可真是件磨人功夫。"

"唯有这样才能把石榴花里暗含的诸般杂色杀离。"尚坠应道，把盛着花汁的瓮器慢慢倾斜，泻去上面的清汁，直到已变得厚浓的纯红汁呈现眼前。

把红汁装进通油瓷瓶，捧到角院的小灶房里置于锅中，架起干柴慢煮，待水沸后，她又往锅里添了小半瓢冷水，如此反复多趟。

约摸一刻漏过去，瓶子中的水汽渐渐挥发，原本散发在汁液里肉眼几不可见的微粒一样的花末渐渐浮集起来，在微沸的绛红色水面凝结成密密厚厚的一层。

又煮了会儿，尚坠才把柴火熄掉。

"这就好了吗？"晚晴好奇地问。

"等冷却后将里面的稠浆捞出来，细揉成泥，放进绢袋沥干便好。"像这般晴好天气，只须晒几天便能干透，可入妆奁。

晚晴不解了："既然这样，为何你还浸那劳什子的香料酒？"

"这只是面脂，那酒是备来做口脂之用，你们谁和大厨房相熟的？我要一些新鲜的牛髓做用途。"

"我去和二管家说说。"一直没怎么开口的晚弄应道。

三人一同转头看她，眸光无不惊讶。

晚弄被瞧得微为尴尬："我……我和二管家是同乡。"

"那就这样吧。"

当下再无事忙，各自散去。

光景如梭，两轮日出日落之后，那藿香酒已然将香料浸透，这日一早尚坠便吩咐晚晴把朱砂研成粉：

"动作要慢，力道须均匀，磨得越细越好。"

说着把酒瓶里的东西全倒出来，滤去棉花和各种香料后将酒液装入新瓶，以热水洗净牛髓，剔除碎末，添加进瓶子里。

丫头们见她又捧着瓶子往外走，忙跟上去："还是要烧吗？"

"嗯，这回得用旺火大烧。"

就在她们出了屋子拐向角院的当下，已消失了大半个月的白衣身影出现在疏月庭拱门的门口。

“她们干吗呢？”白镜看着几道齐走而去的背影低声讶道。

白世非的眸光却落在院子里的木架上，架上摆着一个小簸箕，仿佛正在晒着什么，他走过去，看了看簸箕里几个大小不一的绢袋，抬手把其中一个打开，石榴花的芬芳扑鼻而来。

仔细一看袋子里头，他不由得惊讶轻咦，以小指抹了点儿，缚好袋口放回原处，回首笑吟吟地对白镜道：“你过来。”

不疑有他的白镜趋步上前，只见袖影一晃，他脸上已被白世非的手指刮了一下，顿时退后几步：“公子你——”

白世非盯着他颊上的嫣红之色，竟然真是胭脂，心内惊奇愈甚，转眸望向已走到角院东侧的那道身影，笑容一深：“走，看看去。”

灶房里尚坠簇火烧着瓶子，每当瓶中香液滚沸，她便往里加入牛脂，随滚随加，数回后把火旺的薪柴撤了改为微烹，慢慢掺进朱砂，调入青油，以竹筷不住搅拌，使膏状浓稠而色泽均匀。

不会儿灭火时，瓶中凝结的红脂已极其鲜艳细腻，香气蕴郁。

从灶前站起，抬袖拭了拭额上渗出的细汗，这番琐碎工夫做下来，她的鬓边已有些凌乱，对开的门窗之间偶有风息穿流，拂面吹起几缕发丝，垂落时缭眉绕睫，衬着底下一双微微敛眯的点漆瞳子，有种别样的慵柔风情。

“等凉下来后会再凝固些，可算是完事了。”将迷眼的乌发撩至耳后，尚坠望向晚晴等人，“我特地多做了份儿，小姐有几管碧镂牙筒，约摸不过五寸，把它们盛满之后余下的你们分了罢，还有外头晒着的胭脂，除出那个绣荷的绢袋子，其余你们也拿去。”

几个丫头一听，不由得齐声欢呼：“坠子你真好！”

爱美之心人皆有之，何况几人正值豆蔻年华，不说逢年过节时喜扮妆容，便平日也想把自己装扮得出众一点，然而质品好的脂粉价钱都不便宜，对她们而言这等开销尤为奢侈，所以一听尚坠这话自然喜出望外。

见她们开心得抱成一团，尚坠禁不住也轻笑开来。

白世非躲在走廊的窗扉后，凝视着她的笑靥，眸光幽深流转，好一会儿后，才悄然转身离去。

出了疏月庭，白镜忍不住问：“她们到底在煮什么东西？还有坠子的说话怪怪的，什么口脂，那不是娘儿们用的吗？”

白世非瞥了眼他脸上尤不自知的红印子，轻莞一笑。

“唐人段公路在《北户录》里写到，古人用红蓝花做烟支，也就是如今的胭脂，书中曾提及前朝睿宗的女儿代国公主偶然间发现，用石榴花也可做成胭脂。”

至于口脂的制作，在北魏贾思勰的《齐民要术》里也有记载。

说着说着，便仿佛自言自语，心头疑问挥之不去，为何一个普普通通的丫头，竟似通读过便连大家闺秀也甚少接触的古籍，不仅如此，她竟还聪颖得学以致用，以一己之力把这女儿用物做了出来。

白世非一走就是个把月，好不容易回到府中，忽然各等达官贵人、将军驸马、使节都尉全都闻风而至，甚至一些神秘的江湖豪杰也登门造访，府内常常不是杯筵酒席就是曲水流觞，热闹非凡。

此等广阔交游让打小深居简出的晏迎眉与尚坠看得目瞪口呆，然后便不堪叨扰头疼万分，避居在疏月庭里不再出来应酬，白世非也随她们去，只着邵印对外声称夫人抱恙在身。

如此纷乱繁杂了好些时日，终于难得安静下来。

入夜后尚坠如往常一样走进水榭，坐在白玉栏上吹笛。

水流长不息，月圆复月缺。

笛子是十三岁那年在晏府跟一位师太所学。

她记得很清楚，那日门房来报，说外面有位师太求见晏夫人，当那位师太被迎进、见到站在晏迎眉身边的她时，神色变得不明所以，开口就要求和晏夫人单独相谈，半个时辰后从里间出来，忽然就问她：“你可想学吹笛子？”

她惊讶无措地望向夫人。

晏夫人说：“看来你和师太有缘，无妨学学。”

自从进晏府以来，她一直是晏迎眉的贴身丫环，由于晏迎眉待她亲厚，很多时只叫侍奉身旁，样样皆可吩咐别的丫头小厮，所以她的身份到底有点不同，不说寻常佣仆不能支使她，便是晏大人的几房姨娘轻易也不会劳动她做事，所以她时时得些清闲，清晨和傍晚都去客厢跟师太学习吹笛。

歇息时也曾好奇询问师太是何方人士，她只说自己法号真明，对于她的其他问题则笑而不答。

就这样过了一段日子，某夜师太在听她吹完《浔阳夜月》后说：“可以了。”顿了顿，看着她又道，“你我今日，也到了缘尽之期。”

她一愣，知道无法挽留，心里慢慢难过起来。

翌日师太作别，从那之后，尚坠再也没有见过她。

这些年来，每当夜深吹曲时，总会不期然想起旧时往事，师太对她那种奇异的关爱，她不曾从别处获得过，只可惜世间美好的东西皆如斯短暂，唯有记忆如同这阴晴圆缺的月亮，能够长久。

放下笛子，她轻拧绥带末端的水渍后起身，沿着九曲八弯的水上长廊离去，身影在黑暗中越行越远，直至最后终于消失。

依湖而建的亭子笼罩在树影下。

黑暗里，忽然一个温和带笑的声音响起：

“这一首，又叫什么名字？”

“《新倾杯乐》。”另一道低沉的声音说，“《敦煌卷子谱》有《倾杯乐》，据《唐音癸签》记载，此曲为裴神符所作，属中吕商调，《礼乐志》里还曾载，前朝玄宗曾使马舞《倾杯乐》数十曲，后宣宗李忱喜吹芦管，自制了一曲《新倾杯乐》。”

“这酒也喝完了，曲也听完了，半个月也过去了，你可待怎的？”原先说话的人微笑着发问。

沉默片刻，那人不答他的问话，却道：“我一直忘了问，这管问情笛你从哪里得来？”

带笑的声音变得惊奇：“没想到你对音律竟精通至此，居然能听声辨笛。”

“回府那日陪你在这喝酒，平生第一回听到如此奇妙的笛声，那动听音色全不似普通的竹管吹奏出来，我却思前想后也想不出，天下哪位制笛的名匠曾有不是竹制的佳品传世，后来才想到了传说中的问情笛。”

“哈，那你又怎知是我得来？”

“如此奇珍在白府出现，除了自世非公子的手里流出去，我想不出还有第二种可能。”

“果然是庄锋璿。”白世非微笑，“从宫里头带出来的，老太婆逼我娶夏竦之女，我向她要一管问情笛，两不相亏，只是拿回来我又没用处，就赏给了那小丫头。”

“你也果然是白世非。”庄锋璿抬眼看他，目光内不无含义，向太后讨一件失传百年的宝物，就为了随便打赏给一个丫头？“说起宫里头，朝上最近颇为热闹？”

“是挺热闹，老太婆终于顺遂所愿，登上了天安殿接受百官朝贺。”

“不过奏请她还政之人也越来越多，只可惜无一例外都遭到了贬逐。”庄锋璿看了知交好友一眼，“她如今有心谋皇上之位，所以皇上方倚重于你，然而自古伴君如伴虎，倘若一日你真个领了上风，她杀个回马枪去与皇上联手，届时皇上会不会也恐你拥功自重？毕竟不管那娘儿俩如何明争暗斗，你这帮手始终只是个外人。”

白世非脸上微笑依旧：“你看她眼下心想事成，一无违愿，心里不知多舒坦来着，由此不定便会得意而忘形，又或变得愈加雄心勃勃。”这世间上有种人，得些好处后通常会见好就收，相反，又另有一种人，往往见风使尽舵。

庄锋璿略略有些领悟，半沉思后道：“你说得没错，她谋划了那么些年，好不容易如今终于有些光亮苗头，即使生性再谨慎，也难免因心急而大意，只全心想早日一试行事。”

“到那时，谁又知道她还会做出些什么来呢？”

庄锋璿惊叹：“你这招先坐山观虎斗果然妙算，按眼下情形看来，全不需旁人出头，太后自个儿便会逼得皇上跳墙，只要她恃权而行，把事情做得绝了，届时皇上与她定成水火不容之势。”

日后她便有天大的悔意，必然也为时已晚。

白世非嘿嘿一笑，正如庄锋璿所言，旁人参与宫廷中事自古以来确是帝家大忌，无论所辅助一方是成是败，最后大多自身难保，前车之鉴为后事之师，不到万分的把握，他焉能轻易真正动手。

既然那老太婆非把他扯进来不可，为了报答她，他怎么也得绝她的后路。

更声半遥响，西斜月色深。

白世非看向庄锋璿：“你真打算白待这儿半个月，连人也不正面再见一回，就这样不辞而别？”

庄锋璿沉默，半晌方道：“见她徒然令她伤情，还是过些时候，等我在南方站稳了脚跟，再回来从长计议。”

白世非掩嘴，打了个懒懒哈欠：“你请自便，本公子可要歇息去了。”说罢自顾自笑着起身，踱出亭去。

在开满雍容华丽花朵的芙蓉树下，淡银月光映落在一身飘逸白衣上，合体无瑕的绫罗由精致服帖的领口往下，经腰间玉带扎起后流畅直落，下襟沿着修身掩至足踝上方以纯白银线勾出图案的锦鞋，袍摆被风微微吹起。

星光一样的眸子因映入了湖水月光而出奇清亮。

月色真的不错呢，心情很好地朝着夜空中的皎洁月晕微微一笑，白世非回首，很无情地，丝毫不理会那个沉默的男人身上散发出来的抑郁，笑容不改：“你说我是回第一楼，还是去疏月庭过宿好呢？”

亭内男子霍然转首，手中连酒带杯向他掷来。

白世非慌忙避过，笑容愈加浓郁，背起双手离去，月光在地面拉出无限长的影子。

《倾杯乐》？看来他府中事，那丫头倒也不是全不上心……

暖炉会一堂

天气转凉时候，便到了暖炉会之节。

一大群年轻的官家哥儿、富绅子弟们偕着如花美眷或偕正值芳华的姊妹蜂拥来到白府，与白家世交的张士逊的掌上明珠张绿漾和弟弟张玮缙自然是必不可少，也在应邀之列。

因有女眷来府，三管家商雪娥也出来客厅里招待。

年过四旬风韵犹存的商氏是府里唯一的女仆领，她原是白老夫人的陪嫁侍女，曾许配出去，不料几年后前头人亡故，她背着寡妇的身份，又无子息，在婆家无所依恃，最后只好又回到白府来求老夫人收留。

老夫人还在世时，商氏一直忠心耿耿，更把亲眼看着长大的白世非当心肝宝贝，白世非在父母双逝后举世孑然无亲，自然而然奉母亲身边旧人为半个长辈。商氏因着与他有这等特殊情分，所以在白府地位甚高，便连根基深厚的邵印有时也让她一两分。

这日府内宰杀了羊羔儿，祭罢祖先烧去寒衣，众人随意分为几席，沃酒炙肉于火炉中，围坐饮啖，有口才诙谐之人不时说些趣话段子，引得哄堂大笑，气氛甚为欢畅。

时逢节气，邵印为不失礼数，还是让人去疏月庭请了晏迎眉。

也因为是过节，晏迎眉心想总也得在外人前做做当家主母的样子，所以领了尚坠姗姗而来。

当两人走进大厅，坐在白世非身边的张玮缙率先看见，目光自行忽略已做妇人打扮的晏迎眉，落到尚坠脸上时只觉眼前一亮，侧头与白世非耳语："这是谁家的丫头？"

白世非抬起头，只与尚坠视线交会的一瞬，她已是下意识飞快避了开去，他心里既觉好笑，又有点不是味儿。

"天啊！完了！完了！我的魂没了！"张玮缙压低声音，那丫头深潭黑玉似的一双大眼，不经意间掠过他时仿佛蕴含无限深意，就那一眼，已夺去了他的心魄，"世非，你认不认识她家主母？快想办法介绍予我！"

白世非浅浅一笑："自然认识。"将手中酒饮尽，定睛看着垂首跟在晏迎眉身后的尚坠，低声回道，"那一大一小都是我房里的。"语毕以眼风示意邵印把人招呼到自己身边来。

张哥儿像被人塞了一颗鸭蛋在嘴里，大大圆张着嘴，再说不出话。

白世非言下之意，分明是要他趁早死了这条心。

长叹一声，他颓丧地捶捶心口，若是别家的丫环，他说不得要想个法子把人夺来，但是白世非的嘛，唉——

挨着张玮缙而坐一直凝神倾听两人说话的张绿漾，满溢兴致的双眼骨碌碌地转，隔着张玮缙推了推白世非，极好奇地低声问道："世非哥哥，你什么时候房里收了人了？外头好像没听说嘛。"

白世非倾身过去在她耳边悄声回道："刚收的。"

张绿漾朗声笑了出来。

这亲昵动作落到行近来的晏迎眉及尚坠眼里，前者不由得掩嘴轻笑，后者则在白世非含笑起身迎接时敛起眼底的三分鄙视，白世非见她不但刻意回避自己的目光，脸容上更隐隐似有不以为然的冷夷之色，才醒觉自己坏了事，无奈地再看她一眼，一时也无法可施。

被白世非一句说话打沉了心思的张玮缙，犹自侧首痴痴看着尚坠，这失仪之态收入晏迎眉眼内，不由得轻轻皱了皱眉。

张绿漾见了，撇撇嘴角，用手肘撞撞自家兄弟，狠瞪他一眼，俯唇在他耳边擦着牙齿骂道："你少给我丢人。"

张玮缙回过神，笑嘻嘻地回咬她耳朵："姐，我看世非和他娘子模样像是不甚恩爱，不如你也嫁进来，设法把那丫头赶出府去，这样我就有机可乘了！”

张绿漾失笑：“你想得美呢！”手下使暗劲掐了弟弟一把，在他的龇牙咧嘴中以下巴往晏迎眉的方向比了比，“你说，她和我谁更好看些？”

张玮缙想了想：“姐，你要听实话吗？”

张绿漾又掐他一下：“自然是要听实话。”

张玮缙眯眯笑：“我觉得还是那丫头长得更俏一些。”

张绿漾恼得一巴掌拍在他后脑勺上，攀过身去和白世非说话。

也不知自己是不是疑心生暗鬼，白世非笑着应付张绿漾时总觉如有芒刺在背，一颗心七上八下的，却又不能够直接回过头去察看尚坠，略一失神，便被叉戟儿烫着了手，当场轻哟出声。

邵印慌忙上前：“公子烫得可厉害？要不要老奴去取些灵芝雪膏？”

“不碍事。”白世非闲应，脑中灵光一闪，忽然便计上心头，“你且加张凳子来。”

“是。”邵印依言而行，在他和晏迎眉之间添了坐具。

“小坠。”白世非回首，唇边弯出大大笑弧，“来给我烤些脔肉。”

晏迎眉闻言一愣，抬首看了眼眸光灿闪的白世非，再回头看向不情不愿的尚坠，她的脸容上似有一丝懊恼，晏迎眉心下登时雪亮了几分，忍不住也笑出来，有意无意地帮腔：

“既然公子吩咐，你就过来吧。”

连自家主子都开了口，更兼在座的目光全向自己投来，因局促而微红了脸的尚坠不得已上前，落座时却悄悄把凳子往晏迎眉的身边移了移。

白世非心情极度愉悦，把叉戟儿递给她，“我要吃蹄髈后边的，三分肥七分瘦。”像是怕她听不清楚，边说边往她这边挨过来。

“奴婢知道了。”尚坠着急轻应，生怕他还要再靠过来。

晏迎眉暗暗好笑，瞥了白世非一眼。

白世非嘿嘿笑着只装没看见。

尚坠选了肉片用叉戟扎好，放到燃着炭火的围炉上头炙烤。

白世非一手托腮就膝，一手握着玛瑙刻花酒杯，兴致勃勃地倾身看她把叉戟翻来覆去，不时横加指点：“叉儿离炭火太高了，这样熬熟的肉片会不够滑嫩，低一点低一点。”一会儿之后，又似熟稔地以肩膀蹭蹭她的肩头，“哎呀呀，小坠，该上桂花蜜了，再不上肉片儿要老了。”

尚坠有些手足无措，就那么一点地方，她避也避不得，发作也发作不得，只能闷忍，抹上蜜，把烤好的肉片卸在他面前的六瓣海棠玛瑙花式碗里，终究还是忍不住侧过头来恼视他，却不意接上他凝视的眸光，清幽中有些说不清道不明的含义，微弯眼梢还带着一抹恶劣捉弄的邪气。

她的心口不由得轻轻一颤，继而便怒火中烧，他果然是故意的！

白世非见她一张小脸已气得沉如墨斗，就只差没把手中紧紧握着的叉戟儿往他跟前摔来，心头大乐之余倒也不敢再继续放肆，以牙箸夹起肉片放进嘴里，嚼食后大为夸奖一番，之后便放过她，转去与旁人说笑了。

侍奉在旁的邵印将这番情形看在眼内，脸上微露欣慰之色，转头不意见到商雪娥面有不豫，便低声圆场道："这汴梁城里哪家少爷没几个通房丫头的？难得咱们公子也终于开窍了。"

商雪娥低应："这丫头若像晚晴、晚弄一般乖巧听话倒也罢了，可你看她，光模样儿已长得是招蜂引蝶，我听说平日在房里和那位也不分尊卑，按说被公子相中那是她的福气，怎也该好生侍候着，可才刚你也瞧见了，这丫头片子的脾气倒像比咱公子还大咧。"

莫说这汴梁城，便在皇城里头白世非也是极矜贵之人，这些年来也不曾见他欢喜过哪家娘儿们，这会儿却摊上了个不长脸的下婢，可不让人觉得气愤？

"你也不想想，咱府公子是何等人物，什么风浪他没遭过见过，这么个小丫头他还不能治服帖了？再说了，公子的事儿哪会轮到你我操心，大妹子你还是由他去吧。"

邵印有意无意地点明主仆有别，商雪娥一时便不再作声。

三脆羹独上

白世非很快便发现，那个叫尚坠的小丫头连日来一直刻意避着他，从原本只是回避他的目光，已经变得开始躲避他的人。

不管两人是同在某处厅堂，还是出入琴房茶室时遇上，保管她在他面前永远低首垂眉，行过礼后不是避到一边就是匆匆离去，倘若是在廊里远远见着他，她肯定一拐弯就没了影儿，他绝不用妄想她会往他跟前走来。

他既好气又好笑，同时心里那丝不是滋味的味儿又更浓了些。

虽不说貌若潘安，才比子建，但从小到大周遭哪个不把他捧在手心，走在州街上哪处不是千人作揖？便连当朝太后面上也当他如珠似宝，为开封府稍能攀得上白府家势的大户人家说媒的婆子，自他弱冠之年后不知踏破了白府多少门槛，每年元夕灯夜，清明踏春，花朝赏花，差婢女偷偷给他递诗信绣帕的名门闺秀更是不胜枚举。

有生以来，几曾试过被女子视若鬼魅，避之则吉？

最要命的是京城里那么多绝色佳人他一个也看不上眼，却偏偏就似对那小丫头动了心思，由此她这么刻意的回避，让他的心情渐渐变得有些郁结了。

尚坠的异样别人可能看不出来，但却逃不过和她一同长大的晏迎眉的眼睛，然而无论是晏迎眉旁敲侧击，还是端起架子逼问，也始终问不出个所以然来，尚坠只一口咬定是她自己多心。

这日午膳，待晏迎眉入座后邵印便扬声吩咐："看菜。"

晏迎眉一怔："公子不是还没到吗？"

邵印躬身应道："公子贵体违和，吩咐说今儿不出来用膳了。"

"他怎么了？是不是天气转寒，不小心着了凉？"

"倒也不曾着凉。"邵印顿了顿，才道，"只说是胸腑有点气闷。"

晏迎眉侧头看了眼身旁的丫头，忍不住微露笑意。

尚坠垂下双睫，避而不视晏迎眉含三分深意的眼波。

端上来的菜肴有大蒸枣、雕花梅球儿、酒醋肉、花炊鹌子、润鸡、五珍水晶脍不等，待都摆放整齐后，晏迎眉对邵印道：

"大管家，劳请给我盛一碗三脆羹来。"

邵印即着人办来。

晏迎眉转过头去："尚坠，你把汤羹给公子送去。"

在场侍奉的仆婢尽皆明显一愣，要知道这案桌上的所有菜肴，不须吩咐也自会给第一楼送去同样的式份，邵印才要上前禀明，晏迎眉已摆摆手："让她去走一趟。"

邵印眼底敛了敛光芒，取过托盘把汤碗摆好递与尚坠。

尚坠推辞不得，只好接过。

邵印将她送出厅外，说道："坠姑娘，如果院门处没人招呼，你直接进去便是了，公子爷肯定在屋子里头。"

她轻应了声："是。"

端着托盘一路慢慢行去，越近越觉心底微微惊慌。

步履迟疑地进入白世非居住的院落，沿着遍布奇花异草的曲径回廊往里，走过长长的花架和幽静角院，到达四方檐柱顶立、虹梁肃穆巍峨的两层楼阁，这阔落宅第便是闻名开封的第一楼。

庭院内竟真如邵印所言，不闻人影人声，小厮们和白镜全不知哪儿去了，尚坠看看手中托盘，只得踏上台阶，轻步从檐廊下走过，驻足在正堂前，抬手轻轻敲了敲半开半掩的门扉。

从半开的那扇门往里看去，地面满铺蔷薇色的波斯毛毡，柔软毡上以亮丽毛色织有大片奇异夺目的纹案，屋子正中摆着刻有瑞兽飞鸟的紫檀桌，桌腿与台面连接处的榫头有如云朵层涌，台面镶嵌着薄薄的碧绿翡石，桌边还摆着嵌有同式翡翠的数张圆凳。

不远处窗宽几净，封在窗棂如意花格之间的不是糊纸，而全是极稀有的七彩琉璃，错落有致地倚墙而立的博玩架子图案疏朗，纹路被金粉描饰得非凡华贵。

旁边漆褐髹的六角形架子上摆着一樽镏金双龙香龛，绣球状的龛壁用金叶锤压而成，镂空刻着昂首屈身的双龙纹，玲珑的龙尾生动上翻，似正穿行云中，龛顶上细细刻着的草叶纹和联珠纹精致而富丽。

从门槛上名匠精雕的牡丹刻花，到角架上难得一见的玫瑰紫釉花式三足水仙盆，屋子里的大小摆设无不华贵绝伦，便连花盆底下垫着的天蓝釉莲枝碟，也是窑子里耗时三月才能烧出一个的名品。

把仆从全遣了去用膳，独自留在屋子里对着满桌已经凉掉的饭菜而毫无食欲的白世非，听到忽然响起的敲门声时着实愣了愣。

“进来。”他往门口望去。

尚坠轻手推开半掩的门扇，不期然与他四目相撞。

看到来人竟然是她，白世非只觉心口陡然一酸，她不是不想见到他吗？白府如此之大，两人又各有居所，他还常常不在府里，本来就与她难能见上一面，这丫头却还那样避着他。

她迅速低下头，掩饰之快让他根本看不清她眼底的情绪。

“小姐让奴婢给公子送汤羹来。”把东西摆好，行罢礼就想离开。

“坐下。”他轻声道。

她已抬起的腿不得不收回，转过身来：“尚坠不敢。”

“坐下。”重复了一遍，之后他不再说话，拿起筷子，开始缓缓夹菜。

尚坠低首立在原地，小手里拿着托盘，另一只手不安地攥着裙带，有些不知如何是好。

见她始终不动，白世非停下双箸，不抬头，亦不作声。

她飞快看了他一眼，终于还是轻轻把托盘抱在胸前，在离他最远的桌子对面坐下。

他这才重新执起牙箸，却吃得很慢，也很少，一桌子八九道菜只动了三碟，而且也只动那三碟，每碟还不过只吃一点点，看得尚坠忍不住微微皱眉，平日里只顾避着他因而没有留意到，不承想他竟这般挑嘴。

过分沉默使两人之间显得有丝奇特的亲昵，逐渐让她觉得些微紧张，开始无话找话：“公子吃得太少了。”

白世非顿了顿筷子，不出声。

下一句已到嘴边的说话被她生生咽了回去，轻轻咬住下唇。

他却忽然抬眼看她，一双星目深泫如渊，又仿佛幽然嗔怨。

心头似被轻轻撞了一下，她下意识又一次躲开他的视线。

好不容易才起来的一点胃口消失殆尽，他再忍受不了，搁下手中筷子。

“小坠。”

“在。”她轻应，一颗心怦怦地犹跳得飞快，耳际似悄悄发烧。

“以后改掉这个习惯。”

“什么？”她疑惑地抬起头来。

近在他面前只隔着一张桌子的距离，她圆睁的黑眸再度飞入引人神采，清冽得使他禁不住内心又微微荡漾，轻叹口气，他道：“以后抬起头来看人。”

她腮边一红，似被说到心虚之处。

“这里是白府，不是别的什么地方——就算宅子再大，说到底也不过就我一人而已。”他淡淡的说话里不无寂寥，“白府没有过分森严的门户之见，管事们即便对仆人有所责罚，通常也极为轻微，在这府里，大部分人都会过得轻松随意。”

所以不管是她的绝色晶瞳，还是她谨慎戒备的心思，在这不存在各房钩心斗角和相互倾轧的府内，其实都无须刻意隐藏。

“奴婢明白了。”回答低得如同蚊蚋。

她控制不住又垂了下去的小脑袋让他觉得心头一阵失落，有那么一刹那他起了动念，想抬起她通红的小脸再细视那双眼眸，内心有一个小小声音让他知道自己是多么渴望，渴望她有所回应，哪怕只是给他一个浅浅的眼神，至少可以使他不至如此怅惘。

门扇“吱呀”一声大开，白世非的贴身侍从白镜踏了进来，不意见到尚坠在座，惊讶得脱口而出：“坠子你什么时候来了？”

终于有人回来，尚坠如获大赦，起身匆匆向白世非行礼，也不等他作声已快步退出房外，盯着她逃也似的背影，他恼得几乎想把桌子掀了，心底无语问苍天，为何是她，为何会是他与她。

蓄意使唤忙

寒露霜降之后，草木黄落，蛰虫咸俯，随着年关将近，天气越来越冷，嫩黄的水仙开时呵气成寒，白府内大大小小的厅堂和厢房都已经簇起了取暖的火盆，人人换了棉衣棉鞋，厚袄加身。

晏迎眉日前所言竟不幸应验，白世非不意染上了风寒。

即便如此，却也没有换来尚坠更多一点的关注，她依然还是躲着他，唯一和从前不同的，不过是变得愈加小心翼翼，在他面前尽量做得不着痕迹，然而她这点小动作又怎逃得过白世非见惯世情的双眼，唯心中苦笑罢了。

早食之后与邓达园及各房管事在偏厅议事，一番汇报商谈下来，他样样做了定夺，巳时末，白镜匆匆从外而来，邓达园便令众管事离去。

捏碎白镜交来的蜡丸子，看过隐藏其中的纸笺上的内容，邓达园道：“早朝时谏官刘随只是奏请日常事务专由皇上处理，竟被太后当场逐出朝廷。”

白世非有些意兴阑珊地嗯了声，不出所料，刘娥的态度果然越来越强硬，懒懒笑了笑，道：“你想法子把我患病的消息传入宫中。”

邓达园目光一闪：“小的这就去办。”

白世非起身，领着白镜出房而去。

踏进膳厅门口，眸光习惯地瞟向侍立在晏迎眉身后的窈窕身影，毫无意外看见尚坠依旧是飞快垂下长睫，已隐忍多时的闷气不由得涌了上来，落座时他特意挑了个正对晏迎眉与她的位置。

然后眼角余光便瞥见她悄悄移动身子，想把自己藏到旁边的晚晴身后，他因她这动作而骤然盯住她，恰好将她不安偷窥过来的眸光捉个正着，细微慌张的她瞬即往门外顾盼，仿佛自己什么也不曾做过，就是不肯还不敢再迎上他双眸。

白世非心情大闷，百年难得一见的脾气终于飙了出来。

仆人们全都专心致志地忙着安置器皿，摆上菜肴，斟茶递巾，没有人留意到主子的脸色已变得和往常不同，便连晏迎眉也因餐桌前人来人往而忽略了对面弥起的淡淡火气。

唯独正有条不紊地安排各项事务的大管家邵印，于忙碌之中还是极其敏锐，把白世非和尚坠两人的动作神态悉数收入眼底，这一来终于可以确定，为何平日喜欢和仆婢们玩笑作乐的公子近日情绪十分不对。

看到尚坠还待趁着白世非已开始用膳而想继续悄悄挪动身子，以邵印二十年来对白世非性情的深谙，马上意识到事情就要糟糕，他赶紧开口："坠姑娘，请过来给老奴帮个忙。"

尚坠闻言快步朝他走去，有些如释重负，邵印所站位置在白世非的侧后方，这下她不用再担心还有人会不时抬头，用一种说不出的仿佛极端挫败阴郁的眼光盯着她……他眼底的失落和一些奇特的别样情绪，早在此前就已经让她觉得心里发慌，很慌很慌，只想永远这样避开去。

原本静默用膳的晏迎眉听到邵印的说话却是一怔，这大管家怎么使唤起尚坠来了？她抬起头，目光自然便先掠过对座白世非没什么表情的脸，继而停在他身后，看到邵印不过是叫尚坠叠一叠盘子。

白世非缓缓搁下手中筷子。

如果那小丫头只是和他玩一玩欲擒故纵的把戏，倒也罢了，这勾当他还略为擅长，也乐意奉陪她好好耍一番男女之间的勾逗。可是，他知道她不是，她确实真心实意地只想离他远一点，仿佛最好任何时候都不要与他相见。

正因为他知道，她连欲擒故纵都不是，所以才愈加气闷。

所有人最细微的动作都没有逃过他垂着的双眼，包括她的躲闪，邵印无端的叫唤，以及晏迎眉嘴角隐隐的笑，一件件叠在一起，心田恼意大盛，既然都已经知道了他的心事，也就没必要再掩饰。

抬手之间长袖不经意拂过，筷子落到了地上。

"尚坠。"他唤。

尚坠一愣，旁边邵印赶紧推推她，示意她快上前。

虽不明所以，她还是走至他身边。

“换一双。”

“是。”她敛了敛睫，捡起落地的筷子，退后两步，旁边小厮赶紧递来新的，她拿过递上前去。

白世非却不接，待到她反应过来，抬眼看他。

他淡淡的目光迎上她，这才接下筷子。

看不出他没有表情的脸在想什么让她心头微慌，才退后一步，他却已又道：“尚坠。”

“是。”

“取块暖巾来。”

有小婢马上从蒸盒里拿出犹冒着热气的雪白棉巾。

尚坠取来，却依旧只在她学会看向他时，白世非才接过她手中物品。

“尚坠。”

“是。”

“汤凉了。”

接过仆人赶紧重新盛好的一碗，这次她聪明地自觉先看向他，白世非的脸色终于稍霁。

然而下一刻：“尚坠。”

“是。”她开始微微咬唇。

“添酒。”

即使是膳厅里最笨的那个都已经看出来了公子在发脾气。

一时间没人再敢说话，偌大厅堂静谧得不闻人声，只时不时地清晰响起白世非与尚坠一来一往的吩咐和应答。

仆人们远远站着，紧张地注视着眼前一幕，三两个与尚坠相熟的婢女偷偷觑望，你看看我，我看看你，眼神尽皆疑惑，都不明白她怎么得罪了公子，只有晏迎眉似乎什么也没看到没听到，若无其事地夹菜下饭，反而稍稍融通了僵持的气氛。

直到尚坠再也不遮不掩一双盈亮黑瞳，眼里闪起明显愤怒，小束小束的恼焰灼灼飞扬，白世非恶劣的心情才算得以稍为疏解，而她生气绷紧的小脸让他邪恶的心思很有继续逗弄下去的兴致。

这一次他把她遣去厨房。

趁尚坠的人不在跟前，晏迎眉才低声笑道："别说我不提醒你，可别把她给惹毛了。"

白世非嘿嘿一笑，惹毛了才好，合计着就只能她使他生闷气不成？要气索性谁也别落下，两人一起来。

他想是这样想，可是待尚坠端着甜品回来，看到她一张小脸被气得通红，额际已被差役得沁出细微汗意，使人我见犹怜，他的心很没用地一时便软了，终于专心吃饭，没再使唤她。

半晌，见他居然不再继续，安静无声的厅堂内，尚坠却忽然说话了："公子难道不再需要什么了吗？"不甘的语气既愤还冷。

白世非嘴里一口汤差点当场喷将出来，远处一片要晕倒的抽气声，邵印以阔袖印了印额头虚汗，晏迎眉则掩嘴猛咳。

背对着她，唇边弯起一抹强忍不下的笑意，他心想，她今晚吹的曲子定会是《十面埋伏》。

晏迎眉趁机给邵印递了个眼色。

邵印赶紧上前做和事佬："坠姑娘，你先歇会儿，老奴来侍候公子好了。"

未几，膳罢撤席，婢仆们兴奋地窃窃私语，一个个奔走相告，还未到夕落，公子爷和夫人侍婢剑拔弩张的乐事就已被添油加醋地传遍了全府。

寄名锁心事

请了不少郎中，服了不少药，白世非的病情却不但没见好转，反而愈加重了，白天茶饭不思，夜里寝枕难眠，人逢五步外已闻他咳声不已。

他风寒难愈的消息，终于在适当的时候传进了刘娥和赵祯的耳里。

那时清逸出尘的翰林医官任飘然正在庆寿宫中为太后例行诊脉，恰巧赵祯领了内侍阎文应过来请安，看见任飘然在内，便随口道："文应说昨儿个皇后犯了头痛，是怎么回事？"

"臣已经给皇后诊治过，只是略有些风寒迹象，服完药后昨晚已差人来传话说没事了。"

"没事就好。"赵祯颔首，看向阎文应，"最近宫里是不是好些个都染了风寒？”

“回皇上，除了皇后，还有杨淑妃和王美人这阵子贵体也有所不适。”顿了顿，阎文应多嘴说了句，“小的听闻那白家公子的病情更重，据说把开封府有名的郎中都请过了，还是不见好转。”

刘娥的目光瞥过来，人也稍微倾身向前，不无关心地道：“世非病得这么厉害？”

阎文应连忙跪伏：“回太后，小的也不知实情，只是日前无意中听到那些出宫回来的侍卫们嚼舌根的闲话。”

赵祯皱眉：“这宫外头都是些什么庸医！”神色颇为挂虑。

刘娥含笑道：“皇上要是真个放心不下，莫如让任医官去给世非把把脉，好生开张驱寒的方子。”又回头对任飘然授下口谕，“你去御药院领些上等的灵芝人参，一并带去赏与世非。”

“臣谨遵太后旨意。”任飘然温声应下。

消息很快传回白府，书房里白世非听完邓达园所述，轻叹道：“这些小恩小惠她倒是一贯施得大方。”

邓达园迟疑了下，才道：“太后难道不担心皇上与公子过从甚密吗？”

白世非笑笑：“皇上与我是垂髫之交，过从甚密早天下皆知，虽然太后心里或许也有别样想法，但一来对皇上与我还未真正有所顾忌，二来皇上如今不过是她手里的牵线木偶，她在朝廷上已毫不留情削尽他的颜面，出了崇政殿自然还是会稍假辞色，在他面前偶尔也扮一下好相处的慈母。”

这就叫软硬兼施，还便于当朝史官对她的丰功高德多加润笔。

“你再送些珠宝银锭进宫，好好打赏相关人等。”

言毕起身与邓达园一同离开，刚踏出书房门口，便见守候在外的白镜神色有异，眸光掠去，竟见尚坠站在不远处的廊下。

“坠子在那儿候了足足有一个多时辰。”白镜低声道。

尚坠闻声回首，第一眼率先落在邓达园身上，脸容乍现喜色，下一瞬眼帘映入白世非的身影，只与他相视一眼便微微偏过眸去。

白世非声色不露，侧过头来，对邓达园温熙一笑：“什么事？”

“坠姑娘的金锁片儿不小心弄坏了搭扣，托小的拿去给金匠修了回来。”

“哦？”白世非似微感兴趣，“金锁片？”什么金贵玩意儿对她重要到这份上，竟令她着急不过要在门口等上小半天。

邓达园从袖底取出一个细金丝缠成的精致颈圈，白世非接过，轻轻咦了一声，这辟邪护身的金颈圈不过巴掌大，扣口处挂着一把小小的薄金片锤合而成的长命锁，明显是小儿佩戴之物，长命锁下方还有六串两节指长的如意金珠，显得有些独特。

形状富贵，雕工精致，非寻常人家所用之物。

怪异的是他对这颈圈儿竟依稀有种似曾相识的熟悉感。

把锁片翻过来，背后果然刻有寄名和天官赐福字样，白世非细看了眼那名字，感觉怪异愈甚，再瞥向廊下人儿，她脸上已露出惶急之色来。他笑了笑，对邓达园和白镜道："都下去吧。"拿了长命锁朝尚坠走去。

他的人还在丈外，尚坠已垂下眉睫，屈膝请礼。

白世非站定在她面前，以颈圈轻轻拍了拍掌心："你的？"

"是。"

"哪儿来的？"

尚坠的面容凝了凝，有些淡："小时候一个亲戚送的。"

显见无心与他细述因由。

白世非的视线落在她虽被冬服裹住却仍见一截秀色纤柔的颈子，手上解开金锁的搭扣，往前一步近身站在她跟前，轻轻笑语："这金圈儿当真好看，你戴上我看看是什么样子。"

尚坠当即噔噔后退，脊背撞到了廊柱子，他意似亲昵的举止不但令她备受惊吓，那一刹那也引出了她压在内心深处的羞意和混乱，恐慌中出言谢绝："奴婢不敢有劳公子！"

白世非不再说什么，只把手中项圈慢慢递过去。

神色犹未定的她伸手去接，他却没有放手，两人各自握着小小金圈儿的一边，距离近得只要谁稍微动一动指尖就会触及对方肌肤，近在他眼底咫寸之下，她嫩白的耳垂后方再次泛起粉色，那不知该停在何方而紧张无措转动的半汪盈眸既恼还羞。

一种微妙的奇异感从他心间升起，眸光落在她的眉睫、俏鼻、粉唇上，有些儿痴痴然移不开去。

从他握着金圈儿的指尖透出来的力道，轻微稳和中自有一股不容违逆的气势，最后迫得她屈服抬首，眸光与他相接瞬间，他眼底毫不掩饰的跳跃星芒似火热还似深幽无底，她的心尖怦地乱突，那丝控制不住涌上来的羞意直冲脑门，使得粉面生色如同含春。

不过眨眼她已自觉失态，羞意更重的同时恼意愈炽，发狠瞪了他一眼，手下使起力来。

白世非有些不舍地松开手指，她飞快收下锁片儿，想走却被他挡在身前，想退背后却已紧挨着廊柱，他闪熠眸光中的某种祈盼直直送达她心底，这等尴尬境地及眼前这样难缠之人，是她有生以来从未经历的。

他含笑看着她的无所适从，柔声轻哄："小坠，和我说会儿话。"

"说……什么？"不安地攥紧垂腰绥带。

"随便说什么。"他低首寻她的瞳子，逼使她不得不再度迎上他双眸，"好比说我病了那么久，你一点儿都不关心我。"很有些不满和哀怨。

她娇颜大红，迅速偏过首去："府里哪个敢不关心你来着？这些日子大管家可请了多少郎中，三管家不但往厨房亲自煎药炖补品，还严词叮嘱白镜须守着你寸步不离不是？"打开了话匣子，她的不以为然也就流露了出来，飞快瞥他一眼，"还有那些丫头，哪个嘴里不是天天叨念着求菩萨保佑你快快好起来？"

大富大贵的人家就是和平民百姓不同，主子不过是偶感风寒，却似天塌了一般劳师动众，说是请了许多郎中吃了许多药都没好转，可眼下看他的样子分明神清气爽，哪像生病之人？也不知他在人前的咳嗽是不是装的。

白世非忽然俯首，笔挺鼻尖轻蹭过她乌黑的鬓发，在她耳际轻轻呵气："我就说你怎么可能不关心我，原来小坠是看在眼里，记在心尖上呢。"说完人已转身，长袖如流云拂过背后，唇边有着一丝逗弄得逞的快乐，然后笑意渐深。

尚坠僵立原地，咬唇狠狠瞪着那抹抛下一句有如爆竹乍燃的调笑话后就大摇大摆离去的背影，脸容一时像火烧过般涨红，一时又因恼怒至极而时白时青。

弹指论攻防

暮色时分，白府里来了位客人，邵印将之恭迎进厅，看罢香茶，便吩咐一干下人散去。

华贵的宽厅内摆着十二扇可折叠的云母斑斓的围屏，底座紫檀嵌黄杨木的屏面髹着光亮的黑色底漆，其上以红绿灰三色彩绘而成龙纹，青绿色蜿蜒的龙身和丹焰色的四足鳞爪潇洒利落，游龙昂首腾云驾雾，矫健奔放，飞舞于长空，屏缘四周黑底朱绘着方连云气纹，颜色鲜艳而异样夺目。

庄重浑厚的紫檀案桌上摆着錾花银壶和茶盏子，白世非与任飘然分坐在案桌两边的彩漆描绘鹰形托首宽座交椅里。

端起盏子抿了口茶，合上盖时白世非轻咳了下。

任飘然失声而笑，揶揄道：“你要么就别装了，要么就装得有些谱儿，这咳声清脆，气韵绵柔，哪一点像是有病在身？”

“你这仙手医童可改名儿叫仙耳医童了。”白世非嘿嘿一笑，“而今朝中情形怎样？”

“被太后赶出朝廷的官员前后累计已有十来位。”

“那些补缺进去的安排得如何了？”

“大抵按你的计划进行着，通过在京者引见和外任者投状，新入朝诸员中有五人在你所列的名单里头，此外在中书门下、枢密院、三司、御史台和谏院里，皇上也已暗中有所安排。”

白世非点了点头：“听说西北党项族的首领赵德明因有病在身，年底打算只派其儿子进京面圣，恭贺新禧以及押运朝廷赠予的物资？”

“是，届时来的会是他的二儿子赵元欢。”

白世非一怔：“执事的不是他的长子赵元昊吗？”

“辅助赵德明管辖部族的一直是赵元昊，但礼函说此次来人不是他而将会是赵元欢。”

白世非沉思了一会儿，唇边逐渐浮出些许兴味来。

“怎么？这里头还有玄机不成？”任飘然好奇地问。

白世非摇了摇头：“只是有些想法，现在还言之过早。”

那赵元昊似乎人未上位就已有意不再和本朝交好，若然有朝一日赵德明病逝而使党项大权落入他手，已二十多年乐耕不战甲胄尘委的西北边防，说不定会掀起新一轮烽烟。

任飘然敛起笑意，开始商谈正事。

“太后日前曾直命集贤院与礼官详细商定进谒太庙的仪注服饰，其后礼官奏请太后行礼时穿戴本朝只有皇上才穿的衮服，佩戴饰有十六株龙花和前后各垂十二旒珠翠的仪天冠。”

“她想披戴帝王衮冕往太庙祭祖？”白世非虽然微讶，神色间却没多少意外，似乎刘娥会有这种举措，或多或少在他预料之中。

“皇上希望能阻止她。”任飘然道，正因为事关重大，所以赵祯才会差他过来亲传口谕。

如果祭祖时太后穿戴的是帝服，那赵祯这个皇帝本尊穿什么？堂堂六尺男儿，还有何面目跟随她一同参拜赵家列祖列宗。

白世非面容慢慢沉凝：“此事不易为。”

多少年来刘娥一直想享受天子待遇，而今她在朝廷内的权势终于如日中天，一年里最为隆重的年末谒庙庆典，正是她向百官明证己身的大好机会，想阻止她此番行事谈何容易。

“连你也想不到法子？”

“法子倒不是一定没有。”拼着一两位朝中重臣据礼力谏，也许多少能牵制她，“我担心的是仪典结束之后。”

“你怕她会事后报复？”

“以她如今只手遮天的尊荣姿态，焉能容旁人半点违逆，更何况是在谒庙仪注这等无比重要的大事上扯她后腿，事后只怕你和我还有皇上都再没好日子过。”

任飘然轻笑：“难怪我临行前皇上说了一句话。”

“什么？”

“皇上说这回他铁了心思，让你尽管放手去做，不必理会后果如何。”

“他当真这么说了？”白世非微微笑开，星眸闪起异样清芒。

“自然当真。”这种话谁敢捏造半句，任飘然轻声叹道，“也不能怪皇上狠了心要破釜沉舟，太后这阵子的所作所为对他是愈来愈轻慢了。”是可忍，孰不可忍也。

“既然皇上已下定决心，说不得你我须助他一回。”顿了顿，白世非看向任飘然，眸光罕见地变得利如薄刃，话声寒沉至极，“仪典前后，你在宫里头好生照看着他。”

任飘然面容一骇，连声音也微变：“你的意思是……”

沉默许久，白世非才缓声道：“你想一想，太后先是将楚王赵元佐之孙赵宗保长期养于宫中，最近又一直扣着荆王赵元俨之子在宫里做皇上伴读。”

也许她不一定就有那般险恶心思，但如今就要正面冲突，他却不能不防万一。

任飘然惊得面容发白，额上几乎渗出冷汗。

刘娥要的只是一个傀儡，若然哪天赵祯这个皇上做得已经不够听话，让她觉得不再顺心顺意，必要时，把一个年纪更小更好操纵的皇室子嗣扶上龙椅来取而代之，也不是全无可能。

常言有道虎毒不食儿，然而此话却从来不适用于宫墙之内，只须看前朝武则天是如何对待自己的亲生儿子，便知残酷的王权斗争中从无骨肉亲情可言，而只有成王败寇之论。

任飘然离去后，白世非召来邓达园。

“有几件事你明日一早替我办了，先向勾栏酒肆等人多热闹地儿放出消息，就说飘然医术超群我已药到病除，然后安排我和夫人在后朝回晏府省亲，我须与晏大人见上一面，还有，令西北各州府底下的人盯紧了，只要党项族的赵元欢一入关马上传书回府。”

邓达园领命，匆匆去做安排。

白世非的神色清冷之至，独自一人在厅里坐了良久，最后才慢慢起身，缓步回到第一楼前，微侧首对身后的白镜道：“去热一壶仙醪来。”径自踅入院落旁边的曲径。

林苑里枯枝零落，原来碧绿的湖面已结成浅青色薄冰，连续的阴雪天使得朔风凛凛，暗云层涌无星无月，没了枝荫遮掩而露在天色下的石径借着雪光仍能视见，只是在霜雪过后变得极其湿滑。

把送了酒来的白镜遣走，他依旧是无声无息地隐在芙亭内，静静看着不远处被湖面冰光映得微亮的水榭，听着空旷寂夜里响起的孤凉幽清笛声，黑暗中一个人慢慢地自斟自饮。

第三章　虚实

投石交年祭

开封城内大小林立的店铺早在一两月前就开始了过年杂什的竞卖，有锦装新衣、大小门神、来年历日、金彩镂花、桃符对联等，腊八节过后白府也开始置办起年货，腌制腊肉，酿酒碾米，洒扫门阁，清洁庭户，购置祭祀用的各式酒果，准备好迎神的香花供物。

腊月中旬，庄锋璿来了白府，打算在此间过年。

自从廊下相遇之后，尚坠倒是不躲白世非了，却整整半月再不肯和他说一句话儿。

不管白世非是趁没人时候围在她身边低声下气地求饶，还是托白镜送去悔书指天发誓以后再不惹她生气，全都没用，第二日她见到他时，依然是冷冷的一眼，然后自顾自忙活。

便连他晚上邀庄锋璿与晏迎眉到第一楼闲谈小酌，她也是说什么都不肯跟晏迎眉一同过来。

白世非被憋得无计可施，叫苦连天。

晏迎眉笑亦不止："我有个表弟一直很喜欢尚坠，她当时避着他的情形就如同现今避着你，表弟没办法，只好来央我寻机让他和尚坠独自见上一面。"

难得听到旁人提起她的过去，白世非满怀兴致："你帮他了？"

“我先去试探那丫头，结果她说我要是真那么做了，她发誓会一个月不理我。”

庄锋璿也好奇起来：“那后来怎样了？”

“我耐不过表弟的苦苦哀求还是答应了他，安排他们独自见了一面，我本以为那丫头只是随口说说，没想到她见过他后，真个跟我犯起倔来，果真一个月不和我说半句话儿，足足三十天一天不少。”

“啊……这小娃儿……”白世非抚额哀叹。

庄锋璿哈哈大笑，拍拍他的肩膀：“好兄弟，你还得再熬半个月哪。”

白世非嘿嘿笑着，大言不惭道：“只要能抱得美人归，便再熬几个半月又何妨。”含笑眸子半垂闪动，再抬睫望向晏迎眉时多了一份盎然兴味，“她是打小被卖进晏府的吗？”

不料他突出此问，晏迎眉怔了怔，笑笑道：“那自然不是。”

庄锋璿看两人这一问一答，仿佛都有些异样，眉一挑还是望向了白世非。

白世非曼声道：“大哥还记不记得，六年前我在南门大街上纵马的那个雪天？”

“记得，当时你差点撞到一个小童子，还有迎眉。”

白世非忽然侧首，笑着看向晏迎眉：“她就是那小童对不对？”

晏迎眉轻轻叹了口气：“你在她面前千万不要提起，不然准落不着好。”

白世非点点头，端起酒杯慢慢饮罢，眼内隐着一抹深思，没再追问下去。

似乎一夜之间，蜡梅盛开，白府内花色满园，香飘十里。

到了腊月廿四这天，因为是交年日，家家祭拜灶神，府里也十分隆重，早几日便已将灶台、案桌、锅碗瓢盆等收拾干净利索。

祭拜这日，揭下灶台上贴了整整一年已被烟熏得黑糊的灶君画像，摆上猪头、双鱼、豆沙、饴糖、粉饵等丰盛供品和诸式酒果，把揭下的画像放在香炉里焚化，烧了合府替代纸钱，然后再在灶台上方张贴新的灶君像，画像两边附上对联“上天言好事，下界保平安”，最后以酒糟细细涂抹灶门。

白府每年轮换，放一批仆人回家过年，为了方便这些人早日回去，府里每年为仆役而设的年夜饭都提前在廿四这天举办，于是一番繁复祭仪送神完毕，邵印又马不停蹄地去安排晚饭酒席。

白世非与邓达园往书房而去，沿路邓达园禀道：

“自太后下旨欲披帝服进谒太庙之后，便遭到同为参知政事的晏大人和礼部薛奎的反对，晏大人以四书中《尚书·周官》所载礼文在朝上陈词，认为太后祭祀时应该穿戴的是王后之服而非帝王之服。”

“那薛奎又说了什么？”

“其他辅政大臣皆不敢言，唯独薛丞相站出来说，如果太后一定要穿成那样去拜见祖宗，那行礼时她是用男子的拜礼还是用女子的拜礼呢？”

白世非失笑出声：“他倒也敢言。”

“薛丞相始终力陈太后此举不可。”

“这薛奎是三朝元老，为人刚正不阿，严明清正，便太后也难奈他何。”

“太后虽然大为不悦，但在两位丞相大人力谏之下却也不得不做出让步，她虽然没有完全采纳他们的谏言，也还是令人对衮服做了改动，仍以皇帝式样，但就减其二章，衣去宗彝，裳去藻，也不佩剑，最后她祭祀时穿戴的终究不是完整齐全的皇帝衮冕服式。”

“也只能这样了。”白世非微微苦笑，“能逼得她做出改动已属不易，你且看着吧，过了年她必然要寻机降罪于晏薛二人，这一遭便是本公子也无法脱身事外。”神色间有些阴郁，似心里悬着一丝不明顾虑。

“没有应对之策吗？”

“这时候她正在气头上，断不能轻举妄动，你吩咐下去，都静着点儿先过个安稳年，余事出了年再说。”

“小的明白。”

白世非针锋相对地为刘娥设下的这番扰攘，不无投石问路之意，是故如今宜以静制动，且看她如何出招，反应是深是浅。

谈话间，邵印端着裁剪整齐的一沓红纸来见。

“公子，就快上桌开饭了，好写封包了。”

白镜进来磨了墨，白世非提笔在红纸内随意写下不同数目的赏钱，邵印又唤来几个小厮，七手八脚把每张写好的红纸都拿到取暖的炭盆上方，把墨汁烤干，然后折成一个个封包。

全整好后邵印端着盛满红封包的托盘，领着小厮们兴冲冲地往膳厅而去。

白世非含笑目送他们走远，然后眸光闪向桌上一角，拈来遗留在角落的一张红纸，提笔而就，拿到炭火上烤干，折好藏进袖底，也提步离开。

合卺写君心

膳厅中已摆好酒筵，三位管家和管事们都已到齐，只等白世非入席为敬。

两旁侧厅也各摆了几桌，能在此间落座的都是有些身份的仆婢，不是于府外跟随邓达园听差办事，就是在府里近身随侍两房主子，一干人几乎个个都能被白世非叫出名来，其余小厮仆妇在各房内自行围桌，菜式丰盛不谈，由此合府欢聚一堂。

宴饮很快过了三盏酒食，各桌开始你来我往，相互祝敬屠苏酒，便连白世非也站起身来，一一敬过各房管事，对每位向他支薪领饷的属下逐一表以谢意，这些管事的大封红包自然早由邵印和邓达园另发了下去。

众人闹了多会儿后，逐渐把目标对准白世非，一个接一个端着酒杯拥上前，笑容满面的他来者不拒，甚至逮些相熟的仆从婢女还调逗几句，反敬回去，一时间杯光盏影，喧声四闹，笑语满厅。

轮到尚坠时她早被晚晴晚弄等人闹过几回，因着这异样热烈的气氛，难得地也落落大方，上前来与白世非说着祝词：

“奴婢祝愿公子来年财源广进，大吉大利，平平安安。”

眼前人儿的娇颜泛起桃映酡红，原本一双明眸善睐的清瞳也已不知不觉撤下了平日的戒备之色，被酒意映染成水汪汪的柔然，白世非凝视着她，轻笑吟道：“胭脂未扑红映雪，秋水生波眼儿媚。”

尚坠羞意大炽，这场合却绝不可能发作，只羞恼地剜了他一眼。

“哇！公子爷你好不偏心！只对坠子一人吟诗！”白镜带头起哄。

白世非斜睨贴身侍从一眼，十分嚣张：“我何止只对坠子吟诗。”忽地将她拉近面前，握杯的手勾向她的右手，“我还要和坠子喝交杯酒呢！”就着她僵住的手臂一饮而尽。

这出其不意的动作将尚坠震呆在场，僵然瞪着他笑眯眯的眼眸，无法辨明他此举到底是又捉弄了她一回，还是别有些不同的含义，一众仆婢却已在失惊中比她先反应过来，连笑带闹地全拥了过来，围着她七嘴八舌地催促。

晚晴甚至兴奋得直接托起她的手臂，让她手中杯子往唇上凑去，“坠子快喝！公子都已经喝了！快！白镜你去拿酒来，这交杯酒非喝满三杯不可！大家说是也不是？”

“那自然是了！”众口同声高应，更兼起哄叫嚷，“坠子再不喝我们可用灌的了！”

笑闹一声高似一声，身旁已被围得水泄不通，尚坠不得已只好把杯中酒尽饮，幸而她的面容早被酒意染红，所以旁人也看不出异样，只一同被众人围在中间的白世非看着她抿酒时娇艳欲滴的唇瓣，心尖别有一股酥酥麻麻的微妙滋味。

商雪娥皱眉看着眼前一幕，虽然对白世非的出格之举有些不以为然，但看群情汹涌，难得一年一回的团圆饭，也不好出言扫兴。

那边白世非和尚坠被围脱身不得，这厢邵印和邓达园无声起立。

商雪娥不解地望向邵印：“怎么了？”

邵印蔼声轻道：“这会儿是少年人耍乐的光景，我等在场只会令他们玩儿不够尽兴，忙了一天这把老骨头也快散架了，还不如早点回房歇着，后头几日还有的咱们忙呢。”

商雪娥想想，觉得言之有理，也站了起来，其余年纪稍长之人亦相继起身，跟随几位管家悄然离席，原本满座的一桌主席，不多会儿便只剩下比邻而坐的晏迎眉和庄锋璿，两人轻轻相视一笑。

晏迎眉微微偏首向他，借着长袖遮掩低语：“我就没见过比你这兄弟还更善使机会的人。”

白世非在此时此地要上这么一出，有意无意之间已是向府内昭告尚坠的身份，这夜之后她在府中地位会截然不同，底下众人大致已心照不宣，从此把她归结为——公子的人。

庄锋璿轻笑着望向人群中间：“瞧他那样儿，估摸着还有好戏。”

走也走不得的尚坠被围观相迫不过，羞懊无奈之下，最后还是满脸通红地和表面上对逼酒半推半就、实则乐见其成的白世非交臂饮了三杯，众人这才尽兴散开。

趁无人注意，她忽然抬脚狠狠踩了他一下，他失声痛呼时她早钻入人堆，有仆人闻声回过头来，白世非苦着一张脸，仿佛委屈得欲哭无泪。

庄锋璿哈哈大笑，晏迎眉也弯起了一双剪水瞳子。

最让仆婢们兴奋期待的宴席尾声终于到来。

每年年夜饭时候，除了邵印循例给派发的红包之外，厅中案上还摆有放着大叠红纸封包的托盘，封包内自然便是白世非亲笔写下从几文钱到几贯几两、乃至几十两不等的赏钱，仆婢们可挨个上前抽取，之后凭自己抽到的大红封包去账房支取现银。

这是每年仅有一次天降横财的好机会，所以人人翘首期待。

当已经被所有人灌了好几轮的白世非掷下杯子吆喝一声，仆婢们即刻发出兴奋不已的尖叫，全都迅速拥到案前，笑着你推我搡，一会儿便自觉排好了队伍。

白世非站在案后，把面前的红纸封摊成扇状。

第一个上来的是白镜，他先双掌合十，喃声祷告，然后闭目摸去，从中抽出一个封包时快速睁眼，紧张不已地把纸封一点点拆开，仿佛一颗心悬到了喉咙，就连旁观等候的人也屏息静气，掂足翘首望去。

眼帘终于清晰映入纸内所写数目，白镜霎时蹦了起来："哇！五十两！满足了！我太满足了！"扬扬得意的叫声惹来身后一片笑骂。

底下一个个摩拳擦掌，轮候在前的跃跃欲试，排得较后的心急不已，轮到晏迎眉房里的晚晴，上前抽罢，打开一看，小脸骤垮，垂头丧气地嘟着嘴："老天爷今儿个没长眼，我的只有三十文。"

很快轮到尚坠，她和其他人一样也被这紧张刺激的气氛感染得兴奋不已，走上前，对着已被抽得散乱的纸封正待下手，白世非却一时兴起，叫道："我来帮小坠抽一个，保证没有一百两也有三百两！"

众皆齐声大笑："公子说错了！是没有三百两也有一百两！"

玉面被酒意熏氲得如飞樱落雪，白世非笑着抬起手来，长袖往案面一拂，在旁看热闹的庄锋璿目光忽地闪了闪，饶有兴味地向晏迎眉递个眼色，示意她看仔细了。

以修长指尖来回逡巡，最后白世非郑重其事地拈起当中一个，递与对面紧张等待的尚坠，星目蕴含万千笑意。

众人皆屏住了呼吸，这可是公子亲自抽的，不知会是多少？

尚坠把纸封一角一角打开，看罢刹那，神色变得极其怪异。

有人忍不住叫了："坠子快念啊！到底是多少？"

在她身后不远的晚晴蹑步蹑脚走过来，忽然伸手就要抢夺，尚坠吓得尖叫，飞快躲过她的手，慌张地把红纸胡乱一搓捏在拳心，奇快道："一两！只有一两！不是一百两呢！"

当场嘘声四起："哈哈哈，才一两！公子手气真差！"

"快！前面的快点！别碍着我抽三百两！"

尚坠悄悄退到厅边一角，右手依然紧张地捏成小拳头样，远远含羞夹恨地瞪着白世非，看在他一双笑眸内，窥空趁众人不注意时，装作十分无赖地飞快朝她眯了眯左眼。

那个红纸封内以蝇头小楷写着：小美人，别生气了，我给你我的心。

相亲与乘共

没两日，为过年裁做的新衣新裳都送来了府里。

邵印往疏月庭去见晏迎眉："夫人，珠宝铺子来人说新上了一批钗翠，不知夫人想自己出门去挑呢，还是让掌柜拣些上等的送过来？"

晏迎眉想了想，问："公子在吗？"

"才刚在偏厅，眼下大约在书房。"

"这大冷的天还是别劳烦掌柜的走动了，这样吧，你去问问公子，他若得空儿，你就说我的意思，让他带坠姑娘去铺子里代我选上几件。"

邵印领话而去。

白世非听了，虽略为意外，却没有拒绝。于是邵印便差小厮去寻尚坠，只说夫人吩咐她随公子去挑几件珠钗头面，当尚坠依言而来，一顶暖轿已停在前庭的水痕石面上。

选材精良的轿顶脊梁用朱红漆亮，上盖剪棕，四角翘起的檐子及舆边雕饰着木刻渗金的飞云盘龙，边沿围有尺长的花式绣额檐帘，两壁栏槛的云纹雕工精致，轿门和窗口垂着用料上乘的华贵帷幔。

正想着这顶轿子不应是她坐的，那边白镜一见她出现，已连忙吩咐轿夫压下轿来，犹豫了一下，她还是走过去，踏上高脚，钻进轿子内，在有三人宽的舒适缎面软舆上坐了下来。

白镜看她坐稳当了，便把帘子放下。

在轿里静候片刻，却始终不见有动静，尚坠才想撩开窗幔看看，忽然眼前一亮，白世非已掀开轿帘弯身进来，见到她在内明显一怔，动作却半点没停，待帘子摇荡着遮上轿门时他已安坐在她身边。

根本没想到会与他共乘一轿的尚坠呆住，双腿僵拢原位，一时紧张得耳根飞起淡红，竟忘了向他请安，而原本宽敞的轿舆因他的加入霎时变得局促起来。

轿子动了动后被抬起来，不知何故轿身却突地一斜，毫无防备的她啊的一声往窗沿撞去，一只修长手臂飞快伸来把她拦腰一揽，为她解了围却反使她更加羞窘不安，才想端坐好点，哪知轿子忽然又是一晃，她的脑袋撞在白世非胸前的锁骨上，小小身子整个扑进了他怀内。

白世非不得不一手抱紧她，另一手撩开窗幔，想看看怎么回事，为何今儿会这般不稳当，半隐帷后的眸光扫去，看到随轿同行的白镜正在给脚夫们打眼色，见他掀开帷幔探视，马上一脸坏笑地朝他挤眉弄眼。

刚想出声斥责，骤觉怀里软玉温香细动，一丝旖旎蹿入心间引得心尖又浮起丝丝酥麻，轻轻干咳一声，抛给白镜一个别太过分的眼神。他垂好帷幔，那小方的窗格便被遮得严严实实。

他回过身来，不动声色地看着怀里人儿暗暗地想退开，然而在她还来不及抓住什么平衡身体时，那轿子又像撞了石头似的把她再抛回他怀内，如此反复几次，她一张小脸早烧得通红，脑袋羞得几乎垂到了胸前，所以一点也没看见他唇边又翘起了邪气笑痕。

总是忽然就被颠跌一下，到最后尚坠都已被颠得有点头晕，慢慢便放弃了与那恼人的轿子抗争，顺从地由着白世非的手臂环在她腰上。

感觉到原本全身僵硬的她慢慢软柔下来，心神荡漾的白世非悄悄收紧臂弯，使她的小身子紧贴着自己的身体，把她整个儿搂拢在怀，而他呼吸时男性的气息就萦绕在她的眉额鬓角，未经人事的她何曾试过和一个男子如此亲近，只觉有丝晕眩迷乱，一颗心跳动之快仿佛就要从衣裳底下蹦跶出来。

两人被困在窄轿内，那独特的隔着衣物已是肌肤相亲的亲昵感慢慢在心间弥漫，不自觉地微微陶醉在这难得的甜蜜里，已潜藏多时的情愫被诱发，炽如利刃划破一线理智控制，隐隐狂奔的情潮找到了细微的出口。

他俯首，寻着她的樱唇毫不犹豫轻轻含住……轿子突地一抛，使得两人额头相撞，她即时清醒过来，恼踢了两脚轿门。

他强行收臂，使她挣扎着想逃避的身子始终挣不出他紧箍的臂弯，另一只手捧起她的脸定在最适合迎承他的美丽仰角，以唇再度覆上她水色潋滟的小嘴，他轻吮慢碾，只觉那滋味美妙得就算此刻让他死了也心甘情愿，索性将她抱起坐在自己腿上，追着她缩躲不过的嫣红小脸强悍地烙下点点吻印。

轿子一路平稳到她终于放弃了涣散的意志，不自知地逐渐沉迷在他轻柔的勾逗里，她生涩的无意识的回应令他的索取开始变得狂野，那一腔从遇上她后已积聚许久的浓情烈意全部在她唇间崩溃，那么渴望她能明白他的爱意，即使要用他的命来换她一生的心。

缠绵良久，餍足后他以额头抵住她的额头，呢喃着在她唇上长长喘息："小坠……心肝儿……"微看她睁不开眼晕然酡红的娇颜，这才意识到怀内的小蛮腰几乎被自己揉碎。

就在他希望轿子最好永远不要停下来时，白镜已在窗幔外轻声提醒："公子，就快到了。"

白世非轻拍怀内仍紧紧闭着不肯睁眼的嫣红小脸，有人害羞了呢，唇边泛起一抹满足的笑："马上要下轿子了。"他柔声道。

迷离长睫微微睁开一线，接触到他带笑的凝视即时别过头去，挣扎着要离开他的怀抱。

"好好，别动，乖。"他边哄着边把她放下，由得她飞快坐到轿子另一头，似要在中间画出楚河汉界，看着她不肯也不敢回过头来的侧面，他唇边笑容无改，只觉心情奇好，她做什么他都不介意。

拣翠芳客临

轿子经过店铺最多、最热闹的得胜桥一带后往西行，在开封城里有名的专营珍珠、香药、匹帛交易的潘楼街前停了下来，帘幔被从外撩起，白世非率先走了出来，然后伸手朝里，就见一只粉玉似的小手迟疑地从帘子后伸出，以一点点指尖轻轻搭在他的掌心。

路边不少行人认出了白府的轿舆和白世非，见此情景，都惊讶地停步看了过来。

尚坠根本意想不到，轿子外有数十道目光正好奇不已地恭候着，当她钻出轿门，直起身，发现自己被路人当成山怪一样紧盯不放时，当场有点傻住，倏然掉头，望向白世非的大眼内冒起小簇火焰。

生怕小佳人又发飙，他赶紧转身不让她看见脸上无辜的浅笑。

真的很无辜呢，又不是他安排她与他同乘，白镜那小子捣鬼他也没办法嘛。白世非暗笑不已地领着她往潘楼街南面走去。

巷子两边店铺林立，门庭无不富丽堂皇，令普通百姓望而却步，店里买卖书画珍玩，宝器稀玉、珍珠香药等应有尽有，这一带正是开封城内最大的金银彩帛交易场所，每一交易动辄在千万钱以上。

陆续有做掌柜、商贾打扮的人迎上前来朝白世非作揖行礼，每每惊异眼光总会迅速瞟过他身后的尚坠，她何曾与他一道出门，今日方算见识到他受瞩目的程度，她故意放慢脚步，远远落在与他相隔四五人的后方。

“哇！小天仙！”

突如其来的一声大叫将尚坠吓得花容失色，来不及看清扑到眼前的是什么人，她已飞快奔到了回过头来的白世非身边，听到他不悦道：“玮缙。”

尚坠从白世非侧后方探首看去，在他面前站着一位极年轻的穿戴华丽的公子哥儿，显然出身非富则贵，正笑嘻嘻地对着她半探出来的脸容挥手：“嘿！小天仙，还记得我吗？”

她赶紧缩回脑袋，微微愕然，面前这人的脸容依稀有些熟悉，但却怎么也想不起何时曾与之相见过。

白世非忽然转身，长袖一展把她搂到面前，微笑道：“乖，我来给你介绍。”另一只手温柔地抬起她已垂得极低的通红小脸，“这位是集贤殿大学士张士逊大人的二少爷张玮缙。”

她一愣，仰望着他，微蹙眉心仿佛在问，是暖炉会那天来过府里的吗？

他以眼神告诉她，不错，正是那姐弟俩。

张玮缙被面前两人似心意相通般的眉来眼去闷得直叫：“讨厌！你们不要当本少爷不在嘛！”

哪知白世非搂着尚坠转身就走，嘴里还说：“我们别妨碍张二少了。”

“喂！喂！我还不知道她的名字呢！”张玮缙急得直跺脚，却被白镜拦在原地没法追上前去。

尚坠被带进了一家珍珠铺子里。

环视宽敞店面内雅致的格局和摆设，发现不少装饰上都雕有白府常见的特殊图纹，再看白世非如入无人之境，不待店主招呼已直接走进内里格间，坐落在招待贵客的案边椅内，尚坠不禁好奇地问道：“这条街上有几家店是你的？”

白世非眼一眨，万千遗憾：“一家也没有。”

从内间匆匆出来迎接的掌柜听闻此言笑了，接上他的话道："只不过整条街两边的店门铺面都是白公子的而已，我们只是向公子赁下来做些小本生意。"

尚坠用手掩住因咋舌而张圆的小嘴，她知道白府是本朝首屈一指的大富之家，天下无人能望其项背，从来没想过的是，白世非竟然富有到这种程度！

一匣一匣的珠翠被人从里间捧出来，恭敬地摆在他面前。

白世非随手拿起一支缀满宝石的金步摇，招手叫她上前，插在她素得毫无装点的乌发环鬓上，细细端详几眼，看得她小脸又一次飞红，有些不习惯地抬手想摸一摸发钗，惹得他慢声笑语："玉手扶空触清风，翠步莲摇招明月。"

牵过她来把那钗取下，他换上细巧镂花簪，左看一眼，却摇了摇头，又取了两枚精巧的金丝流苏卷垂珠为她别在耳坠上，右看一眼，还是摇头，换了一件又一件，几乎把所有端上来的珠宝首饰全为她试戴了一遍，直把她的髻环拨弄得已有些凌乱。

他却还是不满意，一味地摇头皱眉："真的好丑。"

尚坠被他弄得已略有不耐，眼光开始变恼。

侍候在旁的掌柜的腰越垂越低，惶恐地以袖口印着额上细汗，要知道不仅是城里各达官贵人家的夫人小姐们常常在此画样定做头面，便连皇宫里头也不时与这老字号拿货，整个开封城内的珍珠铺子，不可能还找得出比自家式样更新的宝饰来，可不承想此刻却一件也入不了白世非眼里。

"公子，这些全是时下最尚行的款样了……"

白世非惊讶回首，看向惶恐不安的店主，很诚恳道："掌柜的你这些珠翠都很好，丑的是这丫头而已。"他十分无奈地指指尚坠。

那掌柜带汗的脸霎时青白难辨，嘴角抽搐，脸容憋得僵硬无比。

又过一会儿，尚坠才明白过来自己又被耍了。

她怒得用目光杀人，伸手就要把那些珠翠打翻，白世非赶紧从座上跳起，顾不得旁人在看，抓住她的手与她十指紧紧相扣，对旁边已经不知该露出什么表情的掌柜笑道：

"把才刚试过的那些都送到府里去。"

"掌柜的？"外间忽然传来一声娇软叫唤。

白世非闻声，眸光闪了闪，这一失神便被尚坠甩开了他双手。

他笑笑，示意店主出去招呼客人，然后眼风扫向白镜，转而停在尚坠脸上，温柔低语：“白镜先陪你回轿子里，且等我片刻，我还有些事要交代掌柜，说完马上过来，好吗？”

见他还有正经事儿要做，尚坠自然没有异议。

白镜立马趋上前来，趁白世非转身之际，与她耳语：“坠子，外间人多嘴杂，不如我和你从后门出去？”

尚坠被他一言惊醒，心下虚了虚，她到底只是个丫环，虽然白世非时时处处表现得像是对她用了情，但以她此际的身份，无论如何也还不宜在外头显得和他不清不楚，赶紧对白镜应了声好。

两人的脚步声响起，白世非悄然回过首来，神色有丝不定地凝视着尚坠的背影，直到她和白镜没入廊角，消失于视线之外，微微垂睫，他掀开帘子走了出去。

正领着丫头在挑拣珠翠的倩影抬眼望来，看见是他，不免惊容带喜，起身福过万福：“不承想公子在此，闲娉这厢有礼了。”

白世非讶然，然后清俊面容便温然含笑，朝夏闲娉一揖，说话如沐春风：“小可也想不到会在此间与夏小姐偶遇，别来无恙否？”

“托公子洪福，闲娉安好无碍。”

一旁她那模样机灵的丫头忽然大胆插话：“小姐，这些货色你挑来拣去也不知选什么好，不如趁着白公子也在，请他帮着拣上一两样儿？”

夏闲娉脸色一正：“昭缇不得胡说，公子贵人事多，哪得闲工夫拣这些女儿家的杂什，还是不要劳烦他为好。”话虽如是说，一双含波生色的妙目却向白世非飘来，少不免暗含期待。

白世非笑吟吟地应道：“我却不忙，只是对这些珠宝钗翠实在不懂行，若让我挑，相中的不定是这儿摆了好些年头也卖不出去的，只怕会被夏小姐笑落玉牙。”顿了顿，侧首看向掌柜，“要说拣这些玩意，开封城里还有哪个比掌柜的更有资格？小姐何故放他闲在跟前不使呢？”

掌柜的乃生意之人，对于听音辨容何其练达老到，见白世非的反应如是这般，明显无意久作逗留，便连忙上前解围，对夏闲娉赔笑道：

“若小姐不嫌小人眼光不好，莫如看看这朵凤尾飞珠？不但做工精细，珍珠粒粒光泽圆润，这等颜色也是世上少见，保证开封城里只此一样。还有那支碧玉钗，选的是上等翡翠，由城内最有名的师傅花了三天三夜雕磨而成……”

趁夏闲娉被口若悬河的掌柜缠住，白世非含笑告辞，施然离去。

夏闲娉盯着他潇洒的背影，脸上笑容尽失，那小婢偷偷看她一眼，再不敢多嘴言语。

在府里听到消息，说白世非的轿子停在潘楼街上，她急急忙忙领着人出来，只为与他邂逅一面，想她也算是美名才气动京城，却可恨白世非始终对她不冷不热，一颗心深浅难测，叫人烦躁彷徨。

将手中珠花扔回案上，夏闲娉对侍婢昭缇沉声道："你随便拣几样随我进宫去，瞅机会打赏给太后身边的那几位。"

外头白世非掀开帘子钻进轿里。

尚坠见他终于回来，眼角眉梢不自觉弯了弯。

回程路上，白世非伸手搔搔她头顶黑发，柔声道："才刚看中什么没？"

她摇了摇头，对那些珠翠并不太感兴趣。

"确实也没什么好货色。"那些个钗翠华则华矣，却仍不免流于俗丽，"过几日我送你样精致些的。"

她眨眨长睫："如何精致？会不会精致得……像整条街那般打动人？"双手故意长长拉开，比出一条街巷的样子。

白世非侧首失笑，她难得一见的俏皮让他心神大悦，怜爱地轻轻把她搂入怀内，眼底却飞快掠过一抹复杂无边的暗色，仿佛有着难言心事，又仿佛隐隐担忧着什么。

暗香萦倦侣

年关近日，皇城宣德楼外从东面宋门附近的十三间楼一直横穿到西面梁门外的投西大街，不管是州街市行，还是大小林立客流不息的店铺，全都张灯结彩，贴红挂缎，官府给全城派发僦屋钱三天。

大年三十下半日，街上来往行人逐渐稀少，行货郎早早收了担子归去，各店子铺面也陆续落板关门，提前收拾妥当，准备年夜围炉吃团圆饭，未到傍晚时分，开封城内外便已闻四处爆竹声声。

入夜后全城掌灯，到处透出喜庆欢声，一片祥和升平景象。

正月初一，春节，一年节序以此为首。

不管是贵族官员也好平民百姓也好，新年这天都会穿上新衣，与亲戚朋友往来走贺，交相过府拜年，全城家家户户设宴招待来宾，酒席畅饮，笑语喧哗。

一早，邵印已领着换上新衣的仆从们井然有序地在府里各处候着，所有厅堂尽皆摆好了澄粉团、韵果、蜜姜鼓、皂儿糕、小鲍螺酥等诸般细果，十色蜜饯，十般糖，应节的时果奇珍应有尽有，过百种精美糕品、市食、香茶和名酒。

不多会儿，白府开始门庭若市，巍峨大气的府门前舆轿鞍马川流不息，到府来拜年的官胄权贵、富家士族络绎不绝。

白世非一身雪白锦缎，黑洁发髻束以镶嵌着稀有粉蓝色猫儿眼宝石的簪冠，锦衣袖沿、襟边和摆裾皆饰以绯丝钩绣的精美芙蓉纹案，绣有同样纹案的玉带环腰而勒，在右侧坠下长长的九节梅花珞结珮珠绳，锦衣外敞襟披着一件薄而柔软的白貂缎面长裘，极其笔挺修身，襟领处一圈雪色貂毛更将他的清俊颜面映得雍容典雅，于人群中穿梭时整个人衣袂飘飘，清逸非凡，贵气怡然。

他唇边满含一抹飞扬笑容，在各厅堂里来回走动，热情招待一拨又一拨来宾，一会儿在这厢称兄道弟，一会儿到那厅打躬作揖，逢人便是赞美之词，偏说得十分真挚，让人听着只觉心里舒服熨帖，好不受用，在百千宾客前意态潇洒、酬应自如，光芒四射无人能及。

客人陆续拥来，府里越来越热闹不过，白世非分身乏术，无法在一批批宾客离去后上门回贺，是故后堂东侧的管事房里，邓达园不停地把大叠回帖和礼盒交给一批批去而复返的仆从，仔细叮嘱，须按着长长十几张名表纸上的字号，送到各家各府去回礼拜贺。

如此循环往复，直到午后申时，出去拜年的人才陆续打道回府。白府里的客人也渐渐散去，即便如此，也还是到了申时末酉时初才算告一段落，仆婢们全都累得原地捡凳子坐下稍做休息。

白世非收起挂了一整天的笑容，揉揉太阳穴，终于露出一抹倦意来，放眼看向四周，始终不见尚坠的身影，从昨夜晚饭之后他就再没有见过她，一天下来不禁十分思念，他微微苦笑。

往第一楼回去，走过后堂时，旁边茶室里传来说话声。

然后听到晚晴叫道：“坠子，这边来坐会儿。”

忽然之间，疲累的他什么都不想顾及了，毫不犹豫迈步进去，屋内侍婢见他出现，全都赶紧起立请安，他摆摆手：“都歇着吧。”

众里寻她，当与尚坠四目相交，一颗心又酸又软，想死他了，直接朝她走去，牵起她的手，在所有人惊呆了的瞠目下把她带走。

可能是他坚决的动作，也可能是他眉宇间浓浓的疲倦之意，不知道什么原因，尚坠没有拒绝，不发一言，任他牵着往后院走去。

回到第一楼，挥手让同样呆住的小厮退下，把她直接带进寝室。

松开她的手，白世非整个人趴倒在床，脸伏在长枕内，软绵无力："帮我捶捶。"

尚坠看着床上松懈下来后彻底瘫掉的长身背影，半晌前远远望见时他还在谈笑风生，一丝极柔弱的怜惜情绪在她心头悄悄滋生。

当初晏夫人相中他后，为了晏迎眉她曾托人去外面打听，回话都说他品行端正德守兼备，是绝顶难得的好男子，谁知待她跟随晏迎眉到了白府，却见他不但喜欢和仆人们嘻嘻哈哈，平时还动不动就调笑女婢，十足一副纨绔子弟模样，让她不无反感。

然而住得稍久以后，却又发现他真的很忙，每日一早五更刚过就已起身，一天里总要花两三个时辰与各房议事，管事们私下都说公子极有远见魄力，不全似她原以为的草包败家子，有时外边出了状况，他说出门就出门，马不停蹄十分奔波。

从第一次遇见他之后，她不知是什么原因，但就真实感觉到了，每当她落单被他逮到，他一次比一次喜欢逗弄她，那带点魅惑的清亮眼眸内，开始时是玩弄般促狭，后来渐渐变得似有千言万语，总要看到她心如鹿撞地掉开视线。

几次之后，再迟钝也明白了他对自己有意，由是开始害怕，每每他见到她时毫不掩饰的眸光一亮，以至后来直接且刻意地让她知道他对她的喜爱，这些都让她内心惴惴不安，那种火烫的感觉灼得她只想逃离。

他郁郁不乐的那段时日，她心里并非全无感觉，只是自古以来，大凡和主子们纠缠上的丫头侍婢，曾见过几人有好收场的？多数还不是被始乱终弃，虽然她亦身份卑微，可那也是她的一生，总不愿轻易糟蹋自己，所以才一直硬着心肠。

不料他却染了风寒，看着他即使抱病也还每日坚持听取管事汇报及往书房批阅卷宗，那份恪守家业的严肃认真，使得她心里多少萌生了钦佩，虽然被他逗弄那时觉得他实不像有病在身，然而对他原本已有些微妙的心念，也已经不知不觉中起了无法控制的变化。

到了年夜饭那晚，他有意无意地逼她在人前回应，借机送到她手里的红纸封明明白白与她说出了他的心事，夜里她翻来覆去，思前想后良久，一颗心终究还是在丝丝羞涩和初生的甜蜜中服了软。

随后共乘一轿完全出乎她的意料，只是他那样绝顶聪明的人，这等难得良机又怎会不善加利用，硬是强行抱了她，霸道中不失温柔，让她即使在沉醉中也感受到自己是被珍惜着，而他直将她吻至意乱情迷方肯放手。

今日宾客之多，是她有生以来未见，偌大府里却只有他独自一人在不停迎来送往，他们这些下人还能轮换着偷偷歇会儿，一整天就只见满面笑容的他忙得脚不沾地，连坐也不曾坐下，其时她不自觉就想，外人那么羡慕白府，却不知这个家大致也不好担的罢。

不止一次在隐僻的角落里看到，间或窥得空儿，背着人时他似四处寻她，明明神色有丝黯淡，一转头迎上客人立刻展成笑颜。

那一刻，她忽然觉得心底微微有点疼，想起他曾经与她说过，即使白府再大，说到底也不过就他一个人……那些微的寂寥与落寞，她当时似懂非懂，如今真切体会到那份遗世心境，对他便起了一丝莫名怜惜。

“好累……”久不闻房中有动静，怕她已悄然离开，趴在床上的白世非想回首看看，却倦得抬不起身来。

尚坠轻轻摇了摇头，走到火盆前往里添了些炭，把火簇旺移近床屏，取来壳面镂空的忍冬花结挂镏金香球，拧开铰钩子把香球分为两半，拨了些炭火进球心的活动小钵盂里，再往里添些香料，合上香球扣好钩子后塞进白世非身侧的被底。

由于球体内里有机巧的两个同心环钩乘着小钵盂，所以不管香球如何滚动，球心里盛着炭火的小钵盂总是居中莫动，平置不倾，此物于贵人之家最相宜便是用于暖被熏香。

她又往案桌走去，一摸壶里的茶还温着，便倒了满杯，另一只手端起桌上果品，再回到他跟前，床帐衾褥之间已然暗香偷散。

“先起来吃点东西。”她轻唤。

白世非艰难地翻过身，背靠着床头的雕花横屏半坐起来，就着她手中碟子吃下两件糕点，把茶也抿了，身子忍不住又瘫滑下去。

她有点想笑，笑痕漾到嘴边时又撤下，搬了张圆凳子到床前。

他仍然趴在床上，但脸已改朝床外侧了过来，年轻俊美的面容上疲倦眼睑已垂成一线，唇角不经意地略为翘起，看着她在他房内来回走动，知道她有留意到自己没吃过东西，让他心头涌起丝丝暖意，自红纸封递出之后，一颗多日来悬着怕被拒绝的心终于平安落地，从里到外整个人放松下来。

她抖开叠在床里侧的雅白缎面蚕丝绣被，一时熏香弥漫，把被子摊盖在他背上，她在床前圆凳坐下，从他的小腿慢慢捏起来，只见他微细的眼缝缓缓合上，垂睫又长又翘，唇边流露出满足而安心的微微浅笑。

还未捏到另一边小腿，便发觉他已经睡着。

窗外一片墨黑，夜幕早已拉下，院落里不远处有暖暖的烛灯晃动，在暗夜里似星星点点，不知何处遥遥传来起伏的爆竹声，怕是快到亥时了，她想，小手掩嘴打了个哈欠，强撑着沉重欲坠的眼皮，继续轻柔地帮他捏拿。

戏名初梅鬟

当白镜无声无息地从门外探进一点点脑袋，借着通宵达旦燃点的灯烛和炭火红光，悄悄看向卧房深处垂幔层叠的床亭，只见白世非依旧俯卧着，而尚坠趴在他身前床沿，睡着的两个人还是没有醒来的迹象。

回头看看已经端上的热水和摆好的饭菜，他蹑手蹑脚地把门无声拉上，实在不忍心惊醒他们，可是大总管已经派人来催了三遍。

白镜轻叩门屏，低声唤道："公子爷？"

里面传出微微声响，好一会儿，才传来慵懒沙哑的应答："什么事？"

"都在等您放爆竹呢，时辰到了。"

"知道了。"又是一阵轻微的窸窣声。

"您慢洗漱用膳，小的到外边候着。"说罢白镜识趣地走出屋外，顺手把大门也掩上。

房内白世非已醒转过来，含笑坐在床上，垂首看着被惊醒后一脸茫然不知身在何方的尚坠，那纯真无邪的模样儿，真个可爱。

直勾勾迎着他柔和的笑靥，好一会儿，她才清醒过来是在他的寝房里，脸一下就烧透了，然而身子方动已被一只手掌扣住脑后，他覆下唇来，索了长长一吻，直到她气喘不休，他犹舍不得放开，贴着她的唇瓣柔语："我请晏大人收你做义女，让邵印制好三书向他明媒下聘迎娶你可好？"

她明显呆了呆，垂下首来，低声道："我没想过这些。"

他轻笑："我来想便好。"抬腿下床来，依旧捉住她的手，"快洗洗吃点东西去烧爆竹，要来不及了。"

过了些时，两人从第一楼里出来。

夜空云层厚积，隐隐约约露出一轮弯月，廊庑石径每十步一隔挂着照明的花灯，沿途暖光轻耀，便连路边盛开的雪梅也被映得花色清浅、暗香浮动。他握着她的柔荑，随手攀摘一朵艳梅，含笑轻别在她鬓间。

"借吾一花事，寄汝半生情。"

羞然的甜蜜漫上心头，她以手遮唇掩去浅浅笑痕，走到前厅时，听闻外头人声鼎沸，心里终究有着三分不好意思，还是轻轻挣开了他的手。

青砖外墙，水痕石面，开阔前庭毫无遮蔽，四周灯笼高挂，灯火通明，东边儿长桌上重重叠叠放着许多不同类别的爆竹焰火，西面沿桌则摆满了盛着果品热茶的盘盘碟碟，供大家随意取食。

当白世非从里出来，已经守候多时的仆从们一同行礼。

"公子爷！"

人多声响洪量，竟有十足气势。

他微微一笑，白衣飘飘："有什么烧的？"

脸容神采飞扬，眸波兴致盎然，已完全不见倦意痕迹，让躲在人群中的尚坠差点以为，自己早前是患了夜游症才去了他房里。

白世非在众人欢声笑语的簇拥中走过去挑爆竹，有几个胆小的女婢赶紧先把耳朵捂上，远远退后，他拣了一串冲天炮点过第一响，庭里霎时一阵震耳欲聋之声，然后仆从们便开始从桌上随意取来烧点，一个个兴奋不已，紧跟着接二连三地把轰天雷、三光炮、二踢脚、平地一声雷通通都放了。

在声声爆响中，仆婢们全都扯高嗓门或附着耳朵笑说话儿。

把爆竹都烧完之后，又开始燃放焰火，黑暗的夜空下不时腾地乍现万彩烟色，一时似火红龙袍，一时又似浮水鸳鸯，一时似满天星坠，一时又似光雷大闪，火树银花，璀璨夺目，在燃烧瞬间乍闪还逝，消失时只留下淡淡烟痕，美到无法形容。

尚坠不禁看呆了。

她小嘴张圆专注入迷的神情，把身侧不远处悄悄留意她的白世非看得有些痴过去，丹田隐隐骚动，萌生另一种渴望，想拥她入怀，与她细细地耳鬓厮磨。

在旁闲观的庄锋璿和晏迎眉见这两人的小儿女状，不禁相视一笑。

白世非为他们做得太多，说起来无以为报，看到因他们的缘故而把尚坠带到他身边，无意中成全了他的情缘，总算让人略感宽慰。

焰火放完后不少人还是恋恋不肯离去，不一会儿便开始有人嬉戏，有人叫闹，忽然有个丫头说："不如我们来玩瞎子摸象吧？"

众人齐齐叫好。

马上有人捡了瓦片在地面画出一个两丈方外的大圆来。

"公子爷玩不？"有婢女上前邀请。

看见尚坠已被晚晴推进圆圈内，白世非既紧张又期待，笑道："好。"

婢女兴奋地叫着奔回去："公子和我们一起玩呢！"

白世非紧张是怕一会儿若男仆人做瞎子，万一把她给捉到了——简直开他皇宫的玩笑，就算天皇老子也不能碰他的小美人，谁敢沾她一角衣袖，他都会叫赵祯那皇帝小子去拼命！

期待则是他希望过会儿大家散去时，或可寻机与她独处片刻。

又有人奔去邀请庄锋璿和晏迎眉，他们分别笑着拒绝了，只说看看热闹。

"今儿个我们玩点刺激的！"白世非笑着叫道，忽然大吼一声，"已经成亲定亲的全部给本公子出列！"

有六七个从人群里走出来。

"好，你们几个一会儿做执判。"他脸上浮现邪恶笑容，"本公子今儿心情好，给你们这群顽小子一个机会！若是男瞎子摸到女象人，就把女象人许配给男瞎子！若是女瞎子摸到男象人，就把男象人许配给女瞎子！"

此言一出，在场的年轻男仆全都鼓掌大笑，连声起哄，直嚷嚷"公子英明，举世无双"，婢女们则又羞又惊，连叫不行不行。

"本公子已经决定了！哪个丫头敢不玩的马上许配掉！"

几个率先跑出圈外的女婢这下吓坏了，赶紧又跑回来，惹起一阵阵笑声。

远坐在旁的晏迎眉忽然笑着插进一句：

"既然是公子想出这么个好点子，不如就让公子先当瞎子？"

这一提议立时得到所有人附和，通通叫好。

庄锋璿也笑语："快！拿布巾来！看看哪个丫头运气恁般不佳，会被这浪荡儿逮到！"

圆圈里晚晴闻言轻轻窃笑："若是公子爷当瞎子，他想逮的人自然非坠子莫属。"

她话声虽小，却也足以让大家听到，在场所有人都掩嘴偷笑。

尚坠羞红了脸，急得掐她脸儿："死东西！乱说什么呢！"

白世非却趁着晚晴的话杆子往上爬："晚晴这可是你说的！要是一会儿我逮不到小坠，看我不拿你做通房！"

晚晴用手拢着嘴高声应道："公子爷您放心！奴婢一会儿把坠子推给你！"

尚坠气恨地扑过去张手打她，她赶紧躲到晚玉背后，两人绕着晚玉你追我赶起来。

那边小厮已笑嘻嘻地拿布巾蒙住了白世非双眼，在他脑后紧紧绑上活结儿，把他送进了圆圈里头。

白世非又吼："做执判的看好了！哪个女的敢踩到线外就许配给锋璿！哪个男的踩到了就许配给夫人！"

众人捧腹大笑，一时乐翻了天。

眼睛完全看不见，白世非只能凭耳朵听音，往有人的地方摸索过去。

他所到之处，所有佣仆都往两边躲，既怕被他逮到，还得顾着脚下别踩出圈子，十分紧张刺激。

而当他往早已逃干净的无人方向再摸索时，背后就有人叫了："公子爷，这边呢，这边呢。"

"你们这群没心肝的！还不快告诉我小坠子在哪儿？"

"在这儿呢！"晚晴叫道。

双手在半空挥拂，他摸索过去，还没走两步晚晴在另一边又叫了："这儿呢！"

一旁庄锋璿对晏迎眉悄声道："待我帮他一把。"从桌上掂起一粒杏仁，指尖一弹。

就见圈子里头闹得兴起的晚晴忽然一个趔趄，啊的一声惊叫着往前扑倒，恰恰把身前来不及躲开的尚坠撞得往前冲出去，扑到了白世非张开的手臂里，被他抱个正着。

尚坠满脸红得通透，恨死了瞪着晚晴。

晚晴懊恼叫苦："我不是故意的！不知怎么就摔了一跤！"

全场东倒西歪，个个指着她哈哈大笑，还果真是言出必行。

白世非才要扯下布巾来看怀内人儿，那边晚晴被尚坠瞪得发急，闪念叫道："公子爷不许坏了规矩！快猜名儿！猜中了才算！否则不算！那个不是坠子呢！"

"对！猜出才算！坠姑娘在这儿呢！"众人跟着一同起哄。

一阵淡淡幽香飘入鼻端，属于梅花独特的香气，手掌下的纤腰不盈一握，温软得让他舍不得就此放手。

"是晚弄！"他叫。

有婢女嘿笑："我在这儿呢。"

以阔大的布巾挡去所有视线，他不为人察地以下巴轻触她额际，高度刚刚恰好，与他想象中一模一样，真的不想放，不想放她走出他的怀抱。

"晚霞！"

"谁说的！"圈子里传来晚霞的答声。

那小小柔荑，握在手心里的感觉始终是那么好，借着长袖遮掩以拇指轻轻在她掌心摩挲，感觉到她想躲闪，却因为不敢有明显动作而又只好僵着任他施为。

"那就是晚云！肯定是晚云！"他说，布巾下没人看见的脸，浮起了大大的无声笑颜。

"哈哈哈，才不是我呢。"

"公子爷你还有一次机会，再猜错就没啦！"

那浅如一线的梅香若隐若现，分明是才刚他牵着她出来时，随手在径边摘下，簪在她的鬓端。

"晚若！晚若没错了吧！"

"哈哈哈，全都猜错了！公子爷你真差劲！"

感觉到怀里柔软的小身子开始暗暗使力，想和他保持一点距离，他微微俯首，无声叹息着，俊俏下巴在她鬓边轻轻磨蹭，这装模作样的调戏能把她撩起细微的抵触情绪，让一直有些患得患失的他终于可以再一回确定，自己不是自作多情。

以她才听得见的微声，他轻轻耳语："小美人，你是我的了。"

尚坠霎时停止了暗暗的挣扎，沉默，然后抬脚，狠狠踩下去。

下一刹那，在场所有人就听到白世非发出一声惨叫，松开怀中人儿屈起了右腿，他扯下布巾抱着腿委屈不已："小坠子你好狠心，我不就是没猜中嘛，呜呜呜，痛得人家好想好想哭哦。"

尚坠气得往外跑，他肯定是不想活了！居然又戏耍她！

白世非赶紧笑着追过来，不忘回头吼道："你们继续玩！本公子前面说过的话绝对算数，小子们好好给我把这群顽丫头通通逮回家去！哪个没出息逮不到人的，记得夜半三更默默自行了断！"

第四章　斜正

游夜不知归

初二迎财神，这天也是出嫁的女儿回门省亲的日子，尚坠陪同晏迎眉回了晏府，庄锋璿出门拜会友人，白世非则被一群哥儿们约了去玩关扑。

由于是年节，平常禁赌的官府开放关扑三日，开封府里从马行、潘楼街、州东宋门外、州西梁门外踊路、州北封丘门外及州南一带皆大结彩棚，棚内商家无不铺陈罗列着珠翠冠梳、衣服花饰、领抹靴鞋及各式玩好之物，来往游人既可出钱买下，也可以扑赌。

关扑为赌物之博，买卖双方商定好物件价钱，用铜钱掷于瓦罐内或地面，根据铜钱字样的多少来判别输赢，赢者可折钱取走所扑物品，输则付钱，有贵族富户玩得大的，甚至连车马地宅、歌伎舞女等，也都拿来约价而扑。

过年时节棚内热闹非凡，不但寻常百姓穿着新衣接踵而来，欲在开年之始试一把运气，便连那些深居简出的大家闺秀名门贵妇等，也在夜幕降临后纷纷抛头露面，入场来游走观赏，甚或参与扑玩。

这一年一度普天同乐的热火景象，时有竟宵达旦。

却说白世非手气好得出奇，无扑不胜，白镜跟在身后满抱着一堆赢来的珠花脂粉，便有别家少爷不服，要与他交相对扑，却几乎连身上衣裤也输干输净，被众人嘘笑不停。

至入夜时分，玩兴犹未尽，有哥儿提议去歌馆听曲，由是一行贵家子弟又前呼后拥，浩浩荡荡地往莲花楼而去。

晏迎眉与尚坠两人在夕食前便已返回白府。

用罢晚膳，天色已然全黑，戌时初庄锋璿也回来了。

三人往棋室闲坐，仆人送上香茗，尚坠在旁看庄锋璿与晏迎眉对弈，不知不觉，几局棋罢，夜色渐深，却始终不见白世非的影儿。她渐渐便觉有些没情绪，又隐隐担心，可别是出了什么意外才好。

晏迎眉见她形容无绪，坐立不定，便着人去请邵印。

不一会儿邵印匆匆来到。

“邵管家，早上公子出门可有说几时回来？”

邵印应道：“这个不曾交代。”眼角余光收入一旁尚坠脸上自然流露的关怀之色，有意无意地解释道，“逢年过节晚间，公子偶有夜归，那些哥儿们要得兴起，一时半会儿总不肯放人。”

晏迎眉看了眼神色失望的尚坠，无奈道：“夜了，我们也回房歇息了，还请管家吩咐下去，若公子回来，让人到疏月庭报知我一声。”

邵印应诺退下，三人起身往后院回去。

见尚坠始终闷声不响，庄锋璿安慰道：“别担心，有白镜跟在身边，世非不会出什么事的。”

晏迎眉笑道：“依我说哪，他不让别人出事已是万幸。”

尚坠被她逗得弯了弯唇角。

庄锋璿将主仆两人送至疏月庭后折了回去。

穿过拱门，晏迎眉看了眼尚坠：“今儿个爹与我提起来，说过年呢，你是不是……也回家去看看？”

尚坠的脸色霎时冷下一半：“回什么家？我娘的三尺坟冢吗？”

晏迎眉耐着性子：“不管怎么说那人也是你……”

“与我不相干。”尚坠毫不犹豫打断她的说话，垂首低道，“我心里闷，往林苑去走走，你先歇下吧。”说毕径自回房取了笛子，也不理晏迎眉，提了灯笼便往外走。

晏迎眉看着她离去的背影，无奈地轻叹口气。

尚坠出了门口，沿着花廊一直走到疏月庭外，远远近近挂在枝头通宵燃点的琉璃花灯，将宽阔平整的石径映得暖朦，独自一人站在孤空寂夜下，只觉心内茫然仓皇，不知自己该去向何方。

意识空茫中，沿着石径不知不觉走到了第一楼的庭院前。

院落里隔着花木扶疏，隐约见点点灯火，然静悄悄不闻人声，可知白世非仍未回来，心口的失望渐渐弥漫开来，原本已然低落的情绪堆积成了抑闷郁结，无边酸楚透彻五脏六腑，难以言喻。

她抬步往林苑的方向走去。

回家？天地之大，却不知何处是她的归宿。

冷冽苍穹，冰封湖面，无边夜幕下，一缕笛音如泣如诉，前所不曾的凄婉悲切，仿佛能让湖边的梅花花瓣也在叹息中悄然坠落。

一曲接一曲，直至她的十指在寒夜霜气下再受不住刀割一样的凛风，僵硬得已失去知觉，无法再灵活按动笛眼，鼻尖也已冻得通红，全身冰冷透心，控制不住微微寒战，手足如同浸过雪水似的失去最后一丝余温，终于还是起身回去。

再经过第一楼时不曾稍停。

各处院落里透出的最后几点微朦烛光，也全然熄灭，更深人寐。

也不知多久过去，恍惚一梦犹未醒。

迷迷糊糊之间，已闻破晓鸡啼。

原本便因着心事而睡得极不安稳，翻来覆去，半梦半醒，被隐隐传来的破晓啼声惊醒后，尚坠在床上再躺不下去，天色方微亮已悄然起身，洗漱好在床边坐了半晌，终于还是忍不住出了疏月庭。

静谧的第一楼笼罩在晨曦薄雾中，一众仆人小厮仍未醒来。

她走上檐廊，轻轻推开大门，径直往里走去，入眼见白世非寝房的门屏紧掩着，心下不由得浮起犹如已等尽一生的惊喜，一腔悬了整夜无法散去的郁楚酸涩，终于找着落处。

悄然向里一点点推开门，有丝期盼与羞怯："公……子？"

内里无人应声。

她又压低声音轻唤一遍，依然无声无息。

掌心抵着门扇往里慢慢推开，她跨过门槛走进房内。

眸光穿过两侧悬起的绫罗帷幔和薄如蝉翼的坠地轻纱，不远处绣着交颈鸳鸯的红绡帐以轻巧的结络金钩挂起来，漆得发亮的紫檀大床就在眼前，近尺高的三面围屏全精雕着鲤鱼戏荷，一朵朵荷花或盛开、或含苞、或欲放、或垂蓬，千姿百态栩栩动人。

纯白柔软的雪豹毛皮大氅满铺整床，顺着床沿大幅垂覆下来，盖去了四足如意床脚和足踏，坠在地面的波斯毛毡上。

床上被褥叠得整整齐齐一丝不乱。

她还没来得及分辨内心是什么感觉、何种滋味，已听闻屋外传来匆匆的脚步声，伴着急忙不过的吩咐：“白镜，你还是去疏月庭看看小坠起来了没，可千万别让她知晓我一夜不归，切记切记！”

“是，小的这就去。”

尚坠只觉得心腔内似爆竹一样炸了开来，她从寝房里走出去。

同一瞬间白世非踏进大门，一抬首看见她就在眼前，一张小脸前所未有的冷得吓人，他整个呆住。

歌馆探真机

尚坠径直朝白世非走去，却是看也不看他，只从他身边经过，一言不发跨出了门外。

白世非回过神来，飞快转身跟过去，轻怯而讨好地低声笑唤：“小坠。”伸手去拉她的衣袖。

尚坠猛地一摔袖子，将他的手毫不留情地甩开。

白世非急了：“我本是要早些回来，没想到和那群人作别后，一出阁子间就遇见飘然和几位朝官，结果大家一道去了飘然府中喝酒，后来都醉倒了，所有人全在他家中留了一宿。”

尚坠再度甩开他伸来的手，依然一声不发，只脚底下加快了步伐。

“小坠。”白世非暗暗叫苦，亦步亦趋跟在她身后，却不敢再碰她。

走出庭院的拱门外时，迎面碰上匆匆而来的邓达园，他脸上讶色一闪即逝，白世非和尚坠霎时都显得有些尴尬，两人大清早从屋子里一起出来，可不容易让人误会？

白世非轻忍唇边笑痕，俊眸向旁偷瞥过去，这存心暧昧的形容举动偏巧被尚坠的眼角余光掠见，羞极之下怒气更盛，只恨不能邓达园此刻不在眼前，她非与他发急不可。

邓达园只当全没看见两人之间暗波汹涌，低首恭禀：

“公子，西北传来快信。”

白世非眸光骤凝，即时敛起了玩闹神色。

只这一耽搁，尚坠已头也不回地快步走了开去。

白世非看着她的背影，想了想，还是正事重要，遂与邓达园往书房而去：“信里讲什么？”

“赵元欢一行已经离开兴州，入了玉门关。”

“何时到达京城？”

“估摸在元宵节前后。”

白世非沉吟道：“你叫人去把锋瓘请来。”

那边尚坠在疏月庭外遇见白镜，白镜看她脸色不对，心里不禁惊疑，慌忙笑嘻嘻地和她打招呼，尚坠狠狠瞪了他一眼，便再理也不理，只径自朝里走去。

白镜吐吐舌头，扮个鬼脸，飞跑去寻白世非。

尚坠进了屋，拣张凳子坐下，愈想心里愈是委屈不过，眼眶渐渐红了起来，当晏迎眉从寝室里出来，便见她正以手背无声抹泪。

晏迎眉大为惊讶：“你怎么了？”

尚坠不肯作声，只是摇摇头，站起身来迅速擦干了眼泪。

晏迎眉察言观色，想来大致与白世非脱不了关系，也就不再多问，只与她往膳厅去用早食。

石径两旁梅香若隐若现，两人慢慢步行。

走至雕廊时，晏迎眉看尚坠已平静下来，方再问道：“到底怎么了？”

尚坠依然不作声，过了好一会儿，才低声道：“他昨儿晚上没回来。”

晏迎眉惊讶，然后皱眉：“有没有说在哪儿过的夜？”

“说是在那个姓任的医官府上，一群人喝醉了……”

晏迎眉看她神色：“你不信他？”

尚坠沉默，他情急之下的解释并不似临时编造的借口，只是，当她在他房里看见床上被褥叠放整齐醒觉他一夜不归的那瞬间，感觉十分不好受，像是有块重石堵在了心口。

晏迎眉笑道：“你若真不信他，那还不好办？去把白镜叫来，我帮你细细盘问他一番。”

尚坠想想，应了声好。

心里也确想知道白世非昨夜到底干什么去了。

去到膳厅，晏迎眉问过小厮，得知白世非在书房，尚坠便往那厢去找白镜，在廊道里远远便见书房外一角聚集了好些下人，被围在中间的白镜一脸眉飞色舞地讲着什么，旁人听得津津有味。

行近时隐约听见他们提到白世非，一群人兴致勃勃，围着白镜七嘴八舌，说的说，问的问，全都聚精会神，没人察觉尚坠已走近来，她悄然掩身躲在檐柱后头。

听着听着，尚坠的脸色越来越煞白。

书房里似传来声音，口若悬河的白镜停下话头，慌忙推开众人进去，没了主角的一群人很快便散去。

尚坠定定地立在柱子后，整个人似失了魂魄。

“坠子，你在这儿干吗？”身后传来讶异叫唤。

她下意识回首。

晚晴乍见她神色苍白惨淡，不禁吓了一跳，连忙问怎么了。

尚坠微茫地看着面前的脸孔，好一会儿，才慢慢清醒过来对方是谁，她收起情绪，缓下僵然面容，轻声对晚晴道：

“你今儿不是向总管告了假吗？”

“是，我娘病了，我这会儿正要回家去看她。”

尚坠深吸口气：“我和你一同出府去。”

晚晴惊讶：“你要出府？夫人知道吗？”

“不要紧，我有点事要办，速去速回花不了多少工夫，回来再与她说，走吧。”

晚晴虽然心里疑惑，却也知晏迎眉待她非比寻常，只得跟上前去。

尚坠有意站在晚晴的另一侧，与她并肩而行，借着她身形的遮挡从书房外走过，门屏半开的房内白世非坐在书案后，神情专注地倾听邓达园及庄锋璿的说话，虽然隐约察觉门外有丫环样的身影一闪而过，以为是来往的侍婢，也没去在意。

两人出了前厅，经过前庭，快走到白府大门时，遇见从外而来的一位布衣朴素的年轻后生。

晚晴笑着迎上前：“丁大哥。”

那后生赶紧施礼："晚晴姑娘。"一抬首看见旁边的尚坠，不禁呆了呆，只觉眼前人玉容娇艳、叶眉清丽，一双绝色黑瞳似静静地凝视着人，然而眸光却仿佛穿透了他的身体，悬空浮着一抹茫然不知掩饰的悲伤还是苍凉，形容微微凄楚而哀婉。

他心头惊艳震荡，有些腼腆慌乱地低下头，竟不敢继续面对那双似看非看他的眸光。

晚晴掩嘴一笑，与他道别后牵了尚坠离去，走远才道：

"那人叫丁善名，是商管家的外甥，家里也有些田地，公子每趟出门免不了会带些好吃的什物回来，商管家总在私底下攥着点，时不时把他叫来，让他也带些家里去尝尝。"

尚坠漫不经心地哦了一声，整个人神思恍惚，明显没有听进去，出了府门，她与晚晴分道扬镳，独自往南门大街而去。

拐过得胜桥，走到东十字大街，行人和卖货的般载车来来往往。

一顶四人轿子从她身前经过，却忽然在路边停了下来，一道身影从轿子里钻出，兴奋不已地朝她叫道："小天仙！"

尚坠怔了怔，看向来人。

张玮缙快步走到她面前，脸上尽是欢喜："没承想竟在这儿遇见你！你去哪里？可要坐我的轿子？我送你过去。"

"不用了，谢谢张少爷。"她客气应声，垂首继续赶路。

张玮缙朝轿夫挥了挥手，寸步不离地跟在她身后，极好奇问道："小天仙，你怎么一个人出来了？世非呢？你脸色怎么这么差，人不舒服吗？"

尚坠的小脸白了白，看他一眼，走了几步忽然想到什么，侧头再看看他，说道："你昨儿个可有去玩关扑？"

"有啊，怎会没有，还遇到世非他们一伙子人呢。"

"你们玩了一宵吗？"

"那倒没有，我后来和伴儿去了会仙楼喝酒。"

尚坠微敛眼眸："我知道，公子他们去了莲花楼听曲儿。"

"世非竟然连去了哪儿都告诉你？"张玮缙挑眉，又嘻嘻笑道，"今儿一早我就听人说了，他们昨晚上可够疯的。"

"是吗？"

张玮缙说得兴起："怎么不是？竟然关扑一个叫价三千两的歌伎！也太能

玩了，可惜那等热闹场面我没有亲见。”越说越觉扼腕。

尚坠在潘楼街和高头街交界的路口停了下来，定睛看着张玮缙：“莲花楼应该在这附近？”

张玮缙心头一咯噔：“你要去莲花楼？”完了，是不是他说错什么了？

尚坠没有应他，往两边望了望，径自折进高头街。

张玮缙赶紧跟上去：“你去莲花楼做什么？”

在孙殿丞药铺和马铛家羹店之间有一座门楣气派的雕檐画楼，大门上方挂着漆蓝描金的匾牌子，龙飞凤舞地刻着“莲花楼”三字，正是开封最有名的歌馆。

尚坠远远站定在楼门口，淡声道：“你帮我进去问一声，公子昨晚上是不是真有来过。”

张玮缙傻在当场。

焦盼如焚炭

书房内几人商议完毕，白世非与庄锋璿相偕往膳厅而去，人还在门外就已拿眼往里逡巡，只见晏迎眉独自在座，哪有半点尚坠的影子？不禁既失望又略有怯意，问道：“小坠呢？”

晏迎眉惊讶，瞧了眼跟在两人身后进来的白镜：“你们过来时没见到她吗？”这丫头寻人可寻到哪儿去了？

白世非一怔，为什么他们过来时应该见到她？精敏记忆乍然闪动，不久前好像有人影曾经从书房门口走过，转头朝白镜道：

“你去前厅看看。”

白镜应声而去。

白世非也不坐下，只站在那儿，不时往外张望两眼。

厅里仆婢众多，晏迎眉也不好多问什么。

一会儿后，白镜回来，神色间不期然有些惶恐：“公子，门房那边说坠子和晚晴一道出府去了。”

晏迎眉大为愕然，怎么一声不响就跑出去了？

白世非不可置信地瞪着白镜：“你说什么？她——出府去了？！”

“没错儿。”

白世非转头看向晏迎眉。

她皱眉道：“晚晴想回家去看看她生病的娘，但是不曾听尚坠提起她也要跟着去啊。”

白世非来回踱了几步，心里隐约觉得不对，向白镜道：“你马上叫人去晚晴家看看小坠在不在，若她在那儿，且由她去；若她不在，速回来告知我。”

白镜匆忙又跑出去。

此时的尚坠自然不在晚晴家，待张玮缙从莲花楼里出来，吞吞吐吐地证实了白世非昨天晚上确实和一帮哥儿到此耍过之后，她反倒平静下来，也不说什么，只是转身离开。

张玮缙紧跟在她身后，替白世非着急辩解：“他虽然扑赢了歌伎，但他们说他并没有在此地多做逗留，不久便已离开，打我认识世非那会儿起，便不曾见过他在外头拈花惹草，你可得信他才是。”

走回到高头街和潘楼街的十字路口，尚坠原地站定，好一会儿，才低低对张玮缙道：“今儿谢谢你了，我自个往那边走走，你回去吧。”说完朝着与白府方向相反的西面缓步走去。

张玮缙还是跟上前去：“你想去哪儿？走了半日不累吗？要不你还是坐我的轿子吧？”

尚坠摇头，沿着景灵东宫行去，穿过宣德楼前的御街一路往西。

走过西尚书省、西角楼大街和踊路街，径直出了梁门，梁门外道路北边是建隆观和州西瓦子，南边是一座门面宏伟的相宅和金梁桥街，与白府里的汴水秋声同为汴京八景之一的金梁晓月，便是在那相宅屋后的金梁桥边上。

张玮缙十分好奇，正思忖着不知尚坠到底想去哪里，她已然拐进了州西瓦子，在靠路边的一间茶坊里拣了个位置坐下，也不问他想吃什么，直接点了两盏浓浓的酽茶，自己端起一盏慢慢吃着，眸光漫无目的地投向茶坊外面。

白府里，当白镜回报说尚坠不在晚晴家，晚晴也不知她去了哪儿时，白世非开始有些急了。

差白镜去把平时与尚坠较为相熟的几个丫头叫来，全问了个遍，仍然没人知道她去了哪里，加上守门的家仆没留意，便连她是往东南西北哪个方向走的也不清楚，由是想差人去寻都没有头绪。

他坐立不安，早食也不吃了，往前厅去候着，在厅里走来走去，不时往前庭外远处的大门翘首顾盼。

未承想会有这么一天，她会在他不知不觉时离了白府，人不知去了哪里，也不知什么时候回来，在他的印象里一直都是，不管他出门十天或半月，不管他早上还是晚上归来，只要他回来，她永远会在这府里。

从来没想过，忽然一瞬之间，他已再找不着她的人。

直到此时他脑海里才醒觉，她与府内其他人并无两样，随时可以走出这个大门，然后可能哪天就再也不会回来。

这种认知叫他心里控不住地微微慌乱。

到了午膳时分，尚坠还是没有回来。

白世非食不下咽，开始变得浮躁。

随着时间的推移，他心内的恐慌逐渐变成焦虑和恼怒，终于在晚膳时候再忍不住，为一点小事发了脾气，膳厅里一片死寂，在旁侍候的仆婢全都战战兢兢，生怕自己一不小心就惹恼了主子。

好不容易熬到膳罢，华灯初上，门房终于匆匆来报。

“公子！坠姑娘回来了！远远已看见她的人，就快到门口了。”闭嘴时明显有丝犹豫。

“说。”白世非冷喝。

“坠姑娘是、是和玮缙少爷一道回来……”

白世非抿了抿唇，眼眸内骤涌的欣喜全然散尽，一整日的焦躁等待和忧心挂虑，在听闻此言后全部酿成一触即发的冰冷风暴：

“叫玮缙打道回府，把她带到这儿来见我。”

庄锋璿看这情形，暗地里向也担忧等待了一天的晏迎眉使了个眼色，令她先回疏月庭去。

晏迎眉迟疑了一下，想想毕竟白世非才是一家之主，那丫头做事没个交代，让他积闷了整日，即使他责怪几句也是情有可原，倒是她这个小姐身份尴尬，倘若留在此地，一会儿帮尚坠说话不是，不帮也不是，不定令那两人面子上都拉不下来，念及此，便托言不适，起身回了疏月庭。

白府大门外不远处，也是斯时回来的晚晴适巧与尚坠和张玮缙碰上，她一脸惊疑地向张玮缙请了礼，虽然心里极想和尚坠说话，可是当着张玮缙的面，她却又不好告诉尚坠，白世非曾经差人来家里寻过她。

有仆人从前庭里奔跑过来，喘着气对尚坠道：“你赶紧去膳厅，公子爷找了你一整天，正发脾气呢！”转而对张玮缙作揖鞠躬：“公子今儿事忙，不便招呼，吩咐下来请玮缙少爷先行回府。”朝守门的家仆打了个眼风，大家便一拥而上，把哇哇叫着跺脚的张玮缙挡在了门外。

晚晴一听到说白世非在发脾气，吓得慌忙提起裙子就跑，尚坠却只是应了声“知道了”，依然不徐不疾地往里走。

对质心肝摧

晚晴奔到膳厅，一看所有人全都垂手而立脸色凝肃，即刻意识到事情严重，又见邵印偷偷朝她使了个眼色，她马上跪倒在白世非面前，颤声道：“公子。”

冷冷看了她一眼，白世非没作声，抬头望去，门口仍不见尚坠的身影，寒眸瞥过，先前回报的仆人吓得也慌忙跪倒：

“小的确实把话传出去了，让坠姑娘赶紧到这儿来。”

白世非只觉一股炽焰直冲头顶百会穴，是她故意慢吞吞了？

又过了好一会儿，一道灵秀身影才自远而近，步履不急不缓，行至厅门时迎上他冰冷寒利的目光，她垂下眉睫，抬腿跨过门槛，走了进来。

眼底收进厅里情形，看着跪在地上的两人，尚坠皱了皱眉。

“你去哪儿了？”白世非说得很轻，却吐语成冰。

“州西瓦子和相国寺。”

“为什么这么晚才回来？”

“拜完佛后逛了好一会儿诸般杂卖，然后去了吃蜜饯。”

“这么说今日过得很开心了？”已抿成一线的薄唇内轻轻吐出问句。

“嗯。”

他垂下眼，一遍遍提醒自己强行压下已濒临爆裂边缘的怒气。

“为什么不说一声？”

“说什么？”她似不解，迎着他视线的一双清冽大眼里没有任何愧悔。

就见白世非长袖一扫，案上的茶器骤然摔向地面，乒里乓啷直响，水和碎片飞溅，霎时间已是满地裂骸。

厅里所有人全部低首屏息，连呼吸都不敢大气。

“为什么不说一声？”他慢轻地，重复一遍问话。

眼内浮起淡淡薄雾，她咬唇：“你昨日去玩关扑不也没说吗？”

白世非气极反笑：“我没说？你倒问问，这里的人有谁不知道昨儿我在哪儿的？”

她别过脸，拒绝再出声。

“我问你最后一次，为什么，不说一声？”

尚坠眼内雾气渐浓，直将下唇咬得泛白，却就是不答他的话，只带着水汽的眸光斜斜掠过侍立在他身后不远的白镜。

白镜被她看得一惊，有些懵然，眼珠转了转后，脸色忽然变得煞白，脑袋几乎垂到胸前，这微小动作却没有逃过始终安坐一旁的庄锋璿双眼，似乎，有什么地方不对。

白世非搁在案上的手已在长袖里握成青筋隐现的拳，自己已经这般低声下气，问过三番四次，她却还是当着那么多人的面前拒不作答。他失去理智地想，索性现在就将她一把掐死，从此他一颗心可以一了百了，再不须费尽心思苦苦追求，也不须在艰难追上之后，还每日间把她捧在手里怕摔了、含在嘴里怕化了那般担惊受怕。

寒刃一样的目光盯着她脸，看来不教训下她，以后还是不会长记性，即使他对她再喜欢，也不能纵容她这般大剌剌地挑战他在这个家里的地位和权威，薄唇微掀，白世非一字一句道：

“邵印，请家法。”

庄锋璿脸上终于掠过一丝恍然，轻唤：“世非——”

还没待他把话说完，惨白着脸的白镜已经躬身上前，又急又悔地道：“公子，都是小的该死！”

白世非薄如寒霜的眼，从她始终不肯看他的委屈得淡淡红了的眼眶上收回，扫过跪在面前的白镜，他蹙眉，与她异口同声抛出一句：“不关你的事。”语罢他微愕地转过头去盯着她，一时不能理解她不合常理的说话。

然后便接收到庄锋璿提点的眼神，低首再看向白镜，白世非的脸色开始微微渐变，全身发僵，以致连声音都已变得异样生硬，“说，你怎么该死了？”

“今……今儿早上小的和大家伙说起，说……说公子昨晚玩关扑手气之旺无……无人能比。”

白镜此时悔得肠子都青了，直想给自己狠狠掌嘴。

一贯以来，他每次跟着白世非出去，回来都会把白世非在外面的事迹添油加醋地给仆人们描绘一番，这次当然也不例外，看那些小子们听得羡慕不已，他眉飞色舞得一时忘乎所以……忘了今时已不同往日，府内多了个尚坠姑娘……

“就这样？”白世非定睛看他。

“还……还说公子去了歌……歌馆。”

白世非抬首看向尚坠，薄薄的樱唇已被她倔强地咬出血丝，长睫四周水汽萦绕，却强自控制着一眨也不肯眨。

“然后？”他问，心里慢慢浮上恐惧。

“还说……说公子赢……赢了一个叫……叫价三千两的歌伎。”

“还有没有？”白世非抱着明知不可能的一线希望，期待白镜就此打住，接下去什么都再没人知道。

可惜，他的希望马上就被白镜出口的说话无情毁灭。

“还……还说了那歌伎坐……坐在公子的腿……腿上喝酒。”

他几乎已经看见在她下睫渐渐凝成的半粒泪珠，心中绝望不已：“完了没？”

“还……还没……还说了主子把……把那歌伎安……安置在了别馆……”白镜渐说渐低，最后不敢成语。

屋里所有人，除他自己之外，都一脸谴责地看着他。

白世非垂首，看向面前额头已贴到地面、大滴冷汗正沿着颊线滑下的白镜，心想不知一脚能把他踢出多远。

“昨夜里，那个安置在别馆的歌伎，”他望向尚坠，却是对白镜逐字逐句道，“本公子是连人带屋送给了赵家少爷享用，只领着你和飘然一道去了他府中喝酒，我想，这一点，你应该不会独独落了没说，是不？”

如来佛祖观音菩萨皇帝小子保佑，这杀千刀的蠢材，可千万别刻意帮他在下人们心中树立风流倜傥的伟岸形象。

却见白镜颤声答道：“小……小的一……一时落……落了……”

厅里所有注视他的目光，都从一脸谴责变成了非常唾弃。

如果一脚踢得不够远，那么两脚、十脚，把所有人都叫过来踢上一万脚，应该勉强可以了，白世非心里发狠地想。

眼前一片潮雾，尚坠什么都看不见：“公子还请家法吗？”

每个人都听出了她强自压抑的哭腔。

白世非站起身来，然而在一众仆人前关系到他一府之主的尊严，五步开外的距离像无形鸿沟，他无法跨越，硬生生看着她眼角滑下大滴清泪，一颗心几乎四分五裂。

“既然不请，那奴婢先告退了。”尚坠犹不忘屈膝行礼，然后才转身出去，踏过门槛的那一刹那，背后传来砰的一声响以及白镜勉力压下的痛哼，泪流满面的她没有回头。

一腔闷气更添无边怒意，即使已一脚把白镜踹倒在地，白世非犹不能泄恨，咬牙切齿地唤：“邵印。”

“小人在。”

“今儿与这兔崽子一道聚众嚼舌的，全扣三个月薪饷！还有，今日之事若再有下次，哪天再让我找不着人，你们自个儿好生掂量。”说话掷地冰寒，再片刻不留，怒气冲天的他拂袖而去。

解忧唯一醉

林苑中的芙亭里，深夜寒气渐渐在残枝上凝结成露。

“好了，别喝了。”庄锋璿按住白世非拿酒的手。

弦月已上中天，冰面湖心的水榭空荡无人，她大约是不会来了。

白世非仍是把酒取到了面前，自斟自饮。

好不容易熬过昨宿，今日一早，他怀着但愿她心火已下的希望早早往疏月庭去寻人，他想告诉她，会竞扑那个歌伎纯粹因为别家哥儿向他下战帖，引得他一时好胜心起，然而除了那歌伎趁他不留意时坐到他腿上喝了杯酒，也仅是喝了那么一杯就已被他推开，此外他什么都没有做过。

他想告诉她，他心里只得她一个而已。

在无人的院落一角顺利看到她，然而，还没等惊喜的他走到她跟前，在他还离着几步远时，她已行下礼来：“奴婢给公子请安。”

声调平静无波，长睫垂视地面。

他整个人呆住，在那一刻，他长久以来的努力通通白费，他一次次费尽心机的追求，以及他对她的一心一意，全部付诸东流，他与她之间，就这样被她一个动作一句说话打回了原形，做得那样决绝，不留一点余地。

急怒交加，他以手抚按胸口，内里隐隐作痛，再无话可说，他转身离开。

白世非仰首饮尽杯中物，放下杯子，良久，不无苦涩地问："大哥，为什么喜欢一个人会这么难受？"始终想不明白。

"可能是你上辈子欠了她吧。"庄锋璿笑。

又是三杯连续下肚，白世非微醉点头："我也是这样想。"不然如何说得过去，京城里多的是才貌双全与白府门当户对的大家闺秀，奈何这些年来他通通没兴趣，唯独在遇上这个倔强难缠的小丫头片子之后，却再放不下了。

也问过自己为什么，始终找不出原因，也想不到答案。

想来真的是欠了她吧，不然何以六年前那个雪天，明明街上渺无行人他才策马纵驰，却差点就撞到突然冲出来的她，如果说年少时只是一个意外，那么大婚之夜他在这人烟不至的僻静处感怀双亲时与她重逢，却又因何？

一壶既空，他趴在石桌上笑，眼底莹泽着一丝凄凉："大哥，我喜欢她，喜欢到了自个儿心里都觉得害怕。"

从未敢对人提起，对她情根深种到连自己都觉心惊，只怕一旦说出了口，就再也不能回头。

然而她一声不响地失踪，让他有生以来头一回慌得六神无主，一会儿害怕她会不会被牙婆子拐了，一会儿担心她会不会遇上登徒子，一会儿又想街上人多马多可别碰到撞到了哪儿，从早到晚，无时无刻不忧虑焦思。

一天下来，他知道自己完了，不管他说与不说，承认或不承认，他都已经不再是从前那个波澜不兴的白世非，一颗心已经完全失去，再也不属于自己。

"那天飘然告诉我太后已开始有所动作，问我是不是把夏闲娉的婚事先准备起来，以图稳住她再争取一段时间。"他心烦得无法不借酒消愁，"可是你也见到了，我喝喝花酒她的反应已然这么激烈，我怎么敢和她说马上要再娶一个回来。"

他原本打算过了这几日便去和晏书商议先迎娶尚坠，等她进了门之后，再让晏迎眉找机会和她解释清楚，相信她不会不明事理。

可现在突然出了歌伎这事，她抗拒之剧烈来得让他措手不及，而今别说想娶她，就连她会不会轻易原谅他都成问题。

为大局着想，太后那边他眼下定不能再过久地推拒拖延，然而她这边他又万万得罪不起，这根本就是一个无法两全的难题，他已经想得头痛欲裂，也还是想不到有什么办法可以妥善解决。

庄锋璿沉思了会儿，却也是想不出什么合适法子来，只能无奈地安慰道："太后那儿能不能再找借口拖一拖？过些时日等她缓过来了，你再好好和她说。"

"她要肯听我说倒没事了。"怕就怕到时她会像现在这样，连解释的机会都不给他一个。

他已太了解她外柔内刚的性格。

彻底无计可施，罢罢罢，还是喝酒，一醉解千忧，一醉解千愁。

中天的月逐渐西斜，庄锋璿硬是把白世非架了回去，秋水无际湖中空荡的水榭在冰面拉出长长的寂夜孤影，远处传来狗吠和更声。

将醉未醉，翻来覆去，即使在梦里也隐隐挂虑惶恐。

谁料越怕越是梦见了，她当着他的面决绝地挽起裙子，头也不回地走出了大门，惊吓和疼痛如潮水漫在心间，整个胸臆内布满伤心情绪，几乎让人落泪。

白世非从床上惊醒，余痛缭绕心田未去，只觉头痛欲裂。

茫然呆坐不动，片刻之后，才完全清醒过来。

无奈至极地抹了把脸，窗外天色已微明，他翻身下床。

在膳厅用过早食，才打算往书房办事，却见邵印急步而来。

"公子，宫里头来了人。"

白世非心里一咯噔，今儿才是年初五，甚至连年初七迎财神都还没过，刘娥这时候就差人来宣他了？心里隐隐觉得不妙，匆匆偕邵印出去。

弹指已飞灰

白世非到达庆寿宫时赵祯已然在座，看见他到来，两人不动声色地飞快对视一眼，一瞥之下已然相互知晓，对方也不知道刘娥在打什么主意。

心里暗暗有些警戒，白世非规规矩矩地行了礼。

刘娥和蔼笑道："怎的这会儿正经起来了，坐吧。"

"在太后跟前小子焉敢不正经？"

他轻笑答道，依言落座，挑了个不痛不痒的话题，与刘娥及赵祯两人闲聊起来，过年时开封府里恁多的热闹事儿，经他巧舌如簧添油加醋地一描述，不时令赵祯大笑，即便刘娥也笑弯了眼梢。

笑歇时手中茶盏慢慢抿过，脸容不为人察地敛了敛，刘娥稍稍回首，对侍立身后的周晋说道："被世非一逗，我差点把正事给忘了，那边派人过去了吗？"

周晋上前恭禀："回太后，已差医官杨可久前去诊治。"

赵祯眼眸眯了眯，好奇问道："母后说的什么事呢？"

刘娥叹息道："先帝的宫人里有位李顺容，今晨来报说染了重疾。"

白世非心口一突，微微垂了垂睫。

赵祯已经接口："就是当初母后进宫时，侍候母后的那位宫女李氏？"

"可不就是她，与哀家虽不说情同姐妹，然而几十年宫中岁月，到如今还几曾识得旧人面？总归也有点儿特别的情分，回想起来，这些年我也不曾提携过她。"最后两句仿似有些自责。

赵祯心窍玲珑，闻言笑道："母后可是想晋封于她？孩儿听母后的。"

刘娥点点头，又感慨不已："到了这把年纪，天不怕地不怕，最怕便是那病病痛痛，一旦病榻缠绵，便不知何时才能够起来了。"转头对周晋道，"传哀家谕，即把旨给拟了，册封李顺容为宸妃。"

白世非的脸色微微变了变，只是他原本便肤如脂玉，那表情又一闪即没，所以赵祯也没察觉。

周晋迅速去做安排。

然片刻方过，还没待他办完事返回，已有内臣匆匆来告：

"禀太后，李顺容……不治。"

赵祯一怔，惊讶地看向刘娥，只见她皱起双眉，似也意外。

旁边白世非垂睫低首，藏在袖子里的掌心白如雪色，正微微渗出细汗，谈笑间风云骤变，刘娥召他过来的目的已昭然若揭，此时此刻他这宫外之人不宜再做逗留，由是声色不露地起身告退。

刘娥目光韵转，深沉无底地看了他一眼："前两日夏尚书私下里与哀家说，过了年又翻一岁，他家中幺女的年纪可也不小了，我想想他说的也有几分道理，你若心中确实无意，我便代你婉拒了他，却不好再继续蹉跎。"

白世非露出诚惶诚恐之色，长揖道："小子该死，做事不周劳太后下问，请太后代为转告夏尚书，出了年小子便差人准备起来。"

刘娥的面容终于略露悦色，点了点头，不再留人。

待出了庆寿宫坐进暖轿，白世非的脸色慢慢沉下来，黑瞳如浮掠过一层薄冰，惊人寒绝，轿子很快便从长庆门出了宣德楼，他掀开窗帷："即刻往首相府，我要见吕夷简，白镜你先行一步去递帖子。"

吕夷简和周晋是刘娥的左辅右弼，事到如今，说不得只能找上府了，白镜看他神色凝重，知道事紧，应声后飞跑而去。

不多时轿子到了相宅，吕夷简站在大门外相迎。

入内看罢茶茗，吕夷简挥退下人，白世非亦无暇寒暄，说话直切来由："我刚从宫中出来，李顺容今晨抱病，太后差了医官杨可久去诊治，结果病重不治。"

吕夷简脸色大变。

这朝中上下，大凡如他这般年纪谁个不晓，那李氏其实是赵祯的生母，不说她的病来得莫名其妙，只说杨可久才前往诊治便告离世，这当中已难免让人觉得蹊跷。

白世非沉声道："朝廷里群臣碍着太后的威严，无人敢告知皇上实情，皇上虽然也早隐隐怀疑自己并非太后亲生，但就一直误以为生身母亲是抚养他长大的杨淑妃，却不知是这李顺容。"

如今刘娥出其不意地当着他的面赐死李氏，他当时却苦不能对赵祯明言，事已至此，日后他越发不能与赵祯提及只言片语，一来事关赵祯身世，知晓这等隐秘只会招来杀身之祸，二来刘娥已刻意在他与赵祯之间划下一道再也无法回头的鸿沟。

倘若赵祯他日知晓了自个的生身母亲是李氏，定然会怒他在事发前知情不报，在事发时不曾明说，在事发后还隐瞒下去，无论如何也绝不会轻易谅解他。

吕夷简沉吟了下："白公子来找老夫是……"

"人无远虑，必有近忧，丞相今日当可高枕，然而我说一句大不韪的话，以太后之高龄，丞相以为她还能在位多久？再过几年定然还是皇上亲政，丞相可想过届时如何自处？"

吕夷简默不作声。

"日后皇上真追究起来，不只我白府可能招致灭族之祸，只怕到时丞相也难以独善其身。"

作为辅政大臣之一的吕夷简，虽然在刘娥临朝的这些年间，时有据理力争，约束她的铺张浪费和独断专行，为朝廷出力甚多，然而一朝天子一朝臣，眼下他始终是刘娥身边重臣，难保以后赵祯不会找借口办他。

为官多年，如今更位极人臣，吕夷简如何不懂个中利害。

“那按公子的意思，该怎么办？”他试探地问。

“事情到了这一步你我已无能为力，我猜太后只想以普通宫嫔的身份把李氏草草殓葬了事，为了来日着想，丞相还宜劝谏于她。”

吕夷简颔首：“太后若不顾及她刘家后人，我也没什么可说的，若她还念着刘家香火，确实也该厚葬那李氏。”

“我也是这意思，李氏乃皇上生母，今日若丧不成礼，他朝定有人会被治罪。”如可由吕夷简出面说服刘娥，安排以大礼殓葬，日后即使刘娥去世而赵祯知晓身世，也多少会因这位相宰曾厚葬其母而心存感激。

“就这么说定了，我明日便进宫去向太后提出，以一品礼为李氏殡殓，并请求在皇仪殿治丧。”

白世非想了想：“最好可以给李氏穿上皇后冠服，且在她的棺木中灌满水银以护持遗体。”

吕夷简一惊：“公子难道担心，皇上日后会开棺查验？”

“以皇上之心细，到时纵然听罢百般传闻，也不如亲眼一见。”

“老夫知道该怎么做了。”

白世非闷抑地轻叹口气，但愿补牢为时未晚，也不久留，起身向吕夷简告辞。在他转身时吕夷简动了动唇皮，似还有话要说，最后却还是咽了回去，只默然将他送了出去。

第五章 自知

争如不相见

白府里谁也想不到，平时都很随和的两个人，吵起架来竟完全没有一点和好的迹象。

为了避开热心的众人不时暗中使力撮合，尚坠甚至不再陪晏迎眉出来用膳，由晚晴替了去，而白世非看到这光景，干脆也不出来吃了，只叫人把东西端到寝居，后来索性连办事的人也全去了第一楼商议。

一个住在疏月庭，一个住在第一楼，两人都变得大门不出，让一心希望他们和好的仆婢们徒呼奈何，而连累大家被一同处罚的白镜则成了谷仓里的老鼠，不管去到哪儿都会被婢女们又掐又打，呼痛不得，只好灰溜溜地抱头鼠窜。

白府里静悄悄的，失去了往日的笑声。

眨眼到了初七，家家户户一早设果品香供，祭完祖放过爆竹，收起各房里昼夜燃点的灯烛，撤下彩缎红绸，过了这日便是出了年。

由于庄锋璿早定好在年初八离开，所以入夜后白世非差人把他和晏迎眉请了来，在第一楼设下酒席为他饯行。

边饮边谈，免不了提及近日朝中之事。

庄锋璿道："听说太后虽然听从了吕大人的劝谏，以大礼为李宸妃公开殓葬，却终究心里不是很情愿，令其出丧不得由宫门出而使拆宫墙，后来是在吕大人的坚持下才由西华门出丧。”

白世非叹了口气：“还是吕丞相背着太后，去与她的亲信罗崇勋说明利害关系，那宸妃才得以皇后礼入殓。”

庄锋璿看了晏迎眉一眼，见她脸有虑色，两人心意相通，他不无担忧地代她开口：“太后既已动手，接下去那薛奎薛大人以及晏大人，前景可也堪虞？”

白世非摇摇头：“这点你们倒可以放心，太后垂帘多年，最在意的无非是手中权位，断不肯轻易放手，是故一心想亲政的皇上才是她的心腹大患，她最着紧的是如何控制他，而不是对付薛大人、晏大人和我，这招杀鸡儆猴不过是做给我等看，她已尽灭皇上威风，让我等明白他是逃不出她手心，以此警告我等好自为之。”

晏迎眉轻舒口气：“这样我还放心些。”

“她既然已开了头，事情还是会办下去，如果我的估计没错，那么薛大人被罢相谪贬应已为期不远，至于晏大人，你们则尽管放心，他倒一定会平安无事。”

庄锋璿奇道：“为何你会如此肯定？”

白世非苦笑不已：“你想一想，皇上生母无缘无故病逝，他最倚重的三朝元老薛奎也将被逐出京城，唯独我白世非的岳父大人得保周全，而我不但时时被太后召进宫里闲谈，更蒙赐婚与她的亲信兵部尚书夏竦结成姻亲，纵然我对皇上之心可昭日月，然而一样样摆在他眼前，谁又知道皇上心里怎么看待于我？”

这无声无息的挑拨离间，招招杀人于无形。

情势已经十分明朗，就算白世非再如何忠心耿耿图谋辅助赵祯，日后在他面前也讨不着半点好处，而一旦哪天赵祯对他的信任起了动摇，他反而极易招来杀身之祸，由此，最明智之举自然还是转身投靠刘娥。

刘娥如此相逼，无非就是想迫使他俯首听令。

“长久下去你和皇上之间必起罅隙，你可有打算？”庄锋璿问。

白世非笑了笑，端起酒杯：“不急，慢慢来。”

本念及父辈与刘娥多少有些渊源，所以只要她不是太过分，他也就受下来，笑笑过了，如今看来她势必要堵死他的后路，非挑得赵祯与他反目不肯罢休，既然如此，为求自保，他也就不客气了。

疏月庭里夜静无声，雪花点点，缓慢飘舞坠地。

黑夜里，尚坠独自坐在廊前石阶上，看着手中碧绿通透的玉笛，已好些日子，她没有去过林苑里头。

把笛子轻轻凑到唇边。

多日来始终表现得若无其事，那被压在心底最孤独一角的心事，在此刻无人静夜里，终于还是漫上了心头。

回想起，自打进入白府以来，他总是时时故意惹她，让她恼得不行，虽然如此，后来却不得不承认一个慢慢领悟的事实，就是他早潜移默化地使她有所改变。

从在膳厅里他一次次逼着她抬眼与他对视之后，她开始试着抬头和人说话，而这一试，意外地为她带来了朋友。

熟络后晚晴才告诉她，原来自己在别人眼里冷傲又清高，脸色总是淡淡的，从不正眼看人，像是把谁都拒于门外，晚晴说她们都不敢和她亲近，后来熟了才知道，她原来很随和，对人有求必应。

慢慢地，和晚玉、晚弄、晚霞、晚若等人也渐渐熟了，她的日子开始有所改变，变得有意思起来——她们好像永远有说不完的话儿，知道府里府外许多趣事，有什么好吃的不忘留一份予她，看到她的绣帕漂亮都围着要抢，还一个个争相告诉她公子爷喜欢什么。

他喜欢什么？似乎没什么东西，是他真正喜欢的。

衣裳，他几乎只穿白衣，铺子里辛辛苦苦搬来几十匹绫罗绸缎，盼在他挑拣时得几句夸奖，他却只指指那匹白锦，说了句随便做几套，脚下一步没停，偕二管家边走边议走了出去。

吃就更挑了，旁人眼里的珍馔异肴他从不入口，说那些只适合招待宾客，每顿用膳未曾见他动过三碟以上的菜式，喝茶只喝龙凤团和北苑私焙，茶团儿放多了一点或放少了一点，水温高了一点或低了一点，只要口味稍有一丝不合，浅抿之后便再也不碰。

她看不出有何种东西是他不绝顶挑剔的。

……大概，只除了她吧。

晏迎眉劝她把心放开些，说即便寻常男子，自古以来三妻四妾也是等闲事，更别说他还只不过是逢场作戏、虚衍酬应而已。

便连晚晴、晚若等人，也不时对她耳提面命，说他相中她不知是她前几世修来的福分，责怪她不但不好好惜福，反而还闹得他如此不开心，一个个对她的举动都极不以为然。

其实个中道理，她又怎会不明白。

只是，却只是她们都不是她，没有人是她，所以也就没人能体会得到，当她在一旁悄悄听见，那些仆从眉飞色舞地谈论他的风流韵事时，她的心是怎么样失控，内里五脏六腑都蔓延起一种冰凉彻骨的痛。

如果与他在一起，是意味着以后每一天都须听闻这些，甚或哪天就亲眼见着……她觉得自己无法承受，只要一想到他有可能与那个歌伎或是别的女子共度良宵，她的心就弥漫无法言喻的悲伤。

此生未曾经历过的痛，在那刻揪得她喘不过气，恨不能死掉。

她想，与其如此，不如，不如与他分开。

如果不是他来寻她的那日早上，在他拂袖转身的刹那，她看见了他深深受伤的神色，大概此刻，她就不会那般心乱如麻了吧……

连续吹错几处，笛声已不成调，最后余袅缓止。

漫天雪片，在擦过梅枝时折损了方向，晃晃悠悠地飘落在一身白色衣袂上。

白世非静静站在疏月庭的拱门外。

远在第一楼隐隐听闻笛声，无法控制心头那抹思念，他撇下被邀的两人，踏雪寻来，抬首望向夜空，正是深冬雪花飞舞，却从何来那么孤寂的一曲嫦娥奔月，似有意独守终老。

明明一堵花墙之隔，她就在咫尺，他却不能与之相见。

他怕，怕再一次在她脸上看见那种异样的决绝，即使会将他置于死地，她也铁了心毫不怜惜。

从未试过，如同那一刻那样伤心欲绝，宛如刀割。

轻轻伸出手掌，盛住雪片，良久，看着它在掌心融化，这一生贵绝天下，事无不得意，哪想得到，他的情路会走得如此艰苦。

把未化的雪片拂下，他抬步离去，就这样吧，原是两条道里的人，还是回到各自的道上吧，过了年他已二十一，白家三代单传，他是时候需要一位真正的妻子了。

对他痴心一片的夏闲娉，虽然是假太后之手指婚，然而不论从哪方面看，对他而言，也算是个门当户对的合适人选。

灯影映高楼

初八一大早，夜雪初霁，白府里银装素裹，霾色微明的鸽青天空看上去似乎仍未能放晴，尚坠陪着晏迎眉出现在前庭，小厮为庄锋璿牵来马匹，白世非抱拳道："大哥，后会有期。"

庄锋璿冲他还了礼，然后看向晏迎眉，她眼内已隐见薄雾。

白世非轻轻拉了拉尚坠的衣袖。

尚坠朝庄锋璿祝过平安，转身跟随白世非离开，通往前厅的积雪一早已被扫走，然水痕石的路面终归有些地方结了薄冰，任是她已小心翼翼，也仍然脚下一滑打了个趔趄。

白世非慌忙挽住她："小心些。"

"我没事。"她低低道，轻轻挣开了他的手。

白世非站定，看着她的背影，心底酸涩难忍，惆怅而无奈。

两人一前一后踏上台阶，走进前厅，尚坠倚在门边等待晏迎眉，白世非本已从她身边走过，没几步后终究还是停下了脚步，转回身来，凝视着她沉静的侧面，他轻唤："小坠。"

她微微向后侧了侧首，半垂的睫毛和脸庞映入门外斜打进来的晨曦光线，有种说不出楚楚动人的柔怜。

心口柔情与苦涩一同弥漫，白世非已到嘴边的话再说不出来。

然而过了这回，可能就再也没有合适的机会。

他抑郁长叹，沉默良久，才极低极低地道：

"我需要再娶亲。"

嗓音喑哑歉疚，无能为力中还带有一丝对自己的懊恼，仿佛不用她表态，他也知道自己万死不辞。

似乎不堪晨光过亮，尚坠合了合眼眸，回过首去，有些怔怔地望着门外积雪，回忆在茫然若失中模模糊糊地掠起，依稀某时某日，某人温柔无比地和她耳语，他会安排三礼六聘娶她进门……

迎着光的小脸慢慢地颜如白雪，到最后唇边浮现一丝浅笑。

白世非不忍再看，轻轻别开目光，抿成线的唇内牙关紧咬。

她回转身，深深地朝他做了一个万福，无言无语，轻挽起裙子，有些脚步踉跄地往里走去。

留下神色惨然的他独自呆立原地，久久无法动弹。

连续几日，开封大雪，府内白茫茫一片。

白世非恢复了在膳厅用膳，及在偏厅书房办事等从前的习惯。

雪停后，元月十五也已到来。

元宵节这日，他把府里的管家管事们全部召齐，告诉大家他将于三月上旬以平妻之礼迎娶兵部尚书夏竦的女儿夏闲娉，吩咐邵印去安排下聘和筹办筵席等事宜。

喜讯来得如此突然，众皆惊愕，邵印和邓达园面面相觑，两人俱作声不得。倒是商雪娥脸有宽色，似心怀大慰，大约觉得白世非到底没有令她失望，终能明礼义、分轻重，白家一向府第矜贵，娶妻当娶夏闲娉这种家世尊荣的小姐才不至辱没白府门风，若真把个丫头扶上来，不过是凭空让外人笑话。

不消一炷香的时间，这消息便传遍了全府。

当从晚晴嘴中听到时，尚坠的神色并无异样，只是默不作声。

夜幕降临之后，尽管白府里也灯色耀眼，仆从婢女们还是三五成群，结伴往城里赏灯，尚坠亦如约随了晚晴、晚若一道出门。

开封府里街巷路桥两边大大小小的楼棚店铺，无不高高挂起了造型各异的花灯，沿街只见有径达四尺用五色琉璃制成的苏灯，有从南边进贡来由白玉做成的福灯，还有珠子灯、菩提叶灯、羊皮灯以及各式各样的走马灯。

元宵夜出来赏灯的游人摩肩接踵，孩童们提着花样百出的小灯笼嬉笑欢闹，在行人中穿插奔跑。整座府城亮如白昼，到处宝光花影，箫管阵阵，钟鼓齐鸣。

额头上描着金色梅花的一队队舞伎穿街过市，戴着狐狸皮做的花帽，穿着窄袄披着轻纱，不时仪态万千地随着箫管乐声翩翩起舞，为在州街两边高楼上赏灯的贵族富户们助兴。

人潮熙熙攘攘，三个丫头进了宋门之后，沿着南门大街一路西行，晚晴和晚若不时左顾右盼，兴高采烈。

"哇！你们快看！"快到高阳正店时，晚晴远远叫了起来。

只见酒店二楼的两边雕檐上挂着一对用竹丝拼起来的灯笼，精致工艺加上竹丝极细，做得玲珑剔透，出奇地好看。

晚晴惊赞不已："今夜里当数这盏灯做得最奇巧了！"

晚若笑嘻嘻说："这盏是顶别致，不过说到奇巧，还是比不上先前那盏无骨灯。"

晚晴这一听不服气了，拽过尚坠："你来评评，哪盏更好看些？"

尚坠抬眼看了看，轻笑道："两盏一样好看。"

"真讨厌，你敷衍我们两个呢。"晚晴佯恼打她手臂。

晚若扯扯晚晴："你好收手了，是你自个没留心，她今儿夜里一直失魂落魄的。"

"你不提倒好，提到这事我就来气！也不知她心里想什么！好好一个天上掉下来落她手里的公子爷，被她搞得人财两失，也算她有本事！"

"哪来那么多闲话，快走吧，前面好看的灯还多着呢！"尚坠别过话题，一手一个推着她们往前去，就在那一刹那，似有什么在无形之中奇异地触及念觉，她蓦然抬首。

迎上两道居高临下无声凝视的目光。

在高阳正店二楼临街的阁子间外，白世非手握酒杯倚栏而立，高檐灯影映得一身白衣如水，他静静地俯视着她，神色出尘而落寞，仿佛这夜冠盖满京华，唯此间斯人独憔悴。

她还来不及收回目光，已看到一男一女两道身影出现在他身边，同样一身白裳的绝色女子摇曳长裙外披着金色丝纱，头戴精巧的玉梅雪柳，抬起袖子轻轻掩唇，意态亲昵地笑问：

"白公子看什么呢？"

一旁任飘然心细，循着白世非的目光往下看去，不禁张了张眼，回首望向他，唇边轻含一丝旁人不察的笑意。待得夏闲娉也好奇地调过视线，楼下人影早已没入扰攘人潮。

"舞伎鼓队早过去了，你们还在外头看什么呢？"张玮缙高声叫道，与张绿漾一同走了出来。

张绿漾行至白世非身边，朝他挤眉弄眼："世非哥哥，一会儿我们赏完灯再去歌馆？"

张玮缙一把扯开她："姐！你少捣乱。"再让小天仙知道不得了。

张绿漾甩开他的手："去去去，我怎么捣乱了，上回你不也没看到吗？"

夏闲娉被一推一搡的姐弟俩挤到了边上，心头暗暗恼火，好不容易打探到白世非和几位官家子弟今夜在此间赏灯，她领了昭缇过来，只装作与这群人偶遇，终如所愿被邀作一道。

不料他始终被一帮公子哥儿围着，众人不是叫嚷笑闹，就是猜枚罚酒，她始终近不得他身，最可恨便是这个张绿漾，不管他走到哪儿，她都明目张胆地跟着，整晚霸占在他身侧，与那些哥儿们疯疯癫癫，简直丢人现眼。

张绿漾并没察觉背后有人正对她恼气横生，拉着白世非还待再闲话几句，一旁的任飘然察言观色，注意到夏闲娉明显沉了脸，心里暗觉好笑，不小心笑意浮上唇边，他轻咳了声，为白世非解围。

“你们几个都先进去吧，我和世非有事情要谈。”

张绿漾撇撇嘴，拉了张玮缙进去。

夏闲娉迟疑了下，看向白世非，只见他背手而立，一动不动地遥望远处华灯，神色带着三分空茫，仿佛魂魄飘离了世外不知停在何方，完全不晓谁在身边说着什么。

心头一阵失落，她咬咬牙，低头走了进去。

“赵元欢已经到了开封。”任飘然轻声道。

白世非朝他微微偏了偏脸，好一会儿才明白过来他说的是什么，漫不经心地嗯了声，目光再度投向远处灯色楼影和暗夜苍穹，惆怅地想，是天注定吗，竟让她见到这一幕，她再也不能原谅他了吧……

前尘如水逝

繁华从来不会长久，如同曾经看过开了又谢的烟花，无论如何璀璨和使人怀念，都只在那一瞬间，燃烧过后了无痕。

如今方晓，原来情分也如烟花一样短暂，开时仿佛繁花盛放，谢时还来不及抽身它已乍然消逝，那万千宠爱原来只是如同烟火一般的假象，他的俊俏风流从来无变，变的不过是被他宠爱的人。

早应知道，这漫长黑夜的路走到最后，只会剩下她独自一人。

心口一阵一阵地痛，很钝、很闷，像被捏在了谁的拳头里，不住收缩，喘息艰难，又仿佛那颗心已被谁生生扯断了去，只剩下无心的自己茫然地瑟瑟发冷，不晓该如何将之讨回。

只能任由出壳的灵魂在旁凄凉看着，自己的肉身备受折磨。

原来这就是，肝肠一寸一寸地断。

尚坠垂下笛子，掩着嘴，却怎么也掩不住眼里连续滴落的泪，最后在深夜无人的水榭中，失声低哭起来。

隐匿在湖边亭里的身影，听闻哀绝的啜泣声，也慢慢红了眼眶。

见过她之后再无心观灯，回府后直接踱到亭子来，一个人在黑夜寒风中呆坐良久，最后竟把她等了来。他意外而欢喜，心里又十分酸楚，只哪想到她会如此悲伤，残笛断肠，吹得断断续续，曲不成曲，泣不成泣。

良久，痛彻他五脏六腑的低泣声渐渐收起，转成微细的抽噎，在风中隐约飘至，双手的手肘支在石桌上，他以掌心掩脸，满含痛楚的嗓音从指缝间泄露出去："这开封府里……"

握成拳的小手被紧紧咬住食指关节，她倏然刹住抽噎，泪眼望向声音来处，慢慢松了牙齿，垂下手来。

那微带哽咽的嘶哑，以两个人都能听见的声量，继续低低传来。

"不管宫内宫外，无不以为我是太后身边的红人，总看到她对我赏赐不尽，其实外人哪里知道，尔虞我诈的皇宫里怎么会有真心真情……从前她之所以乐于表现得对我疼爱有加，不过是一种笼络手段，毕竟我白府的财帛金银还时时有用于她……从我父亲还在世时，一直到今日，哪次水涝、哪处蝗灾，真正从国库里拨出来赈灾的官银粮食有多少？还不是靠像我家这样的富绅们大力捐赠。"

他垂下双手，十指交握，低垂眸光落定在面前的石桌上：

"三年前我父母接连过世，半年内双亲全失，对我的打击很大，我当时什么念头也没有，只一心想把父亲留下来的营生打理得稳妥出色，以慰他老人家在天之灵。"

这三年来无论白天黑夜，他几乎把所有闲暇都投入到行商坐贾中，等他终于从父母过世的懵懂伤心中走出来、醒觉大事不好时，太后对他已起了戒心。

"我伤心过度，只顾着埋头做事，毫不遮掩，从而疏忽了朝廷上的事。"三年下来白府在各行各业的商号已遍布天下，其间自然免不了须和各地官府打好关系，以白府如今的财势，哪天跺一跺脚，只怕对朝廷内外也不无影响。

"致使太后觉得，我的存在对她及整个大宋朝，已隐隐形成潜在的威胁，她早就想对我有所牵制。"只不过是未到万不得已，她也不会真正和他撕破脸皮，一则为了她一贯重视的名声，二来那样对她只有百害而无一利。

刘娥所掌权位，本夺自于今上，非出正统，虽然多年来她悉心培植了不少亲信，但朝中前后几任正副宰相多少还是忠心为主，在她意图进行的不少事情上力谏阻止，对她诸多牵制，所以她一贯行事也极其小心谨慎，不愿落下话柄让那些想扳倒她扶正赵祯的老臣有机可乘。

“待我娶了晏迎眉后，太后好不容易寻了个机会可以把晏大人入罪，只等着我去求她，这样她便可以逼我娶夏竦之女。”不外是想在他身边安插一枚棋子，如同当朝的郭皇后，也是她指给皇上为妻。

白府虽然财大势大，眼下也还不足以与她抗衡。“我今日若不从她，只须宫里降道懿旨，我家几代辛苦才创下的这番事业就会毁于一旦，断送在我这个不肖子孙的手里。”那样他就成了家族的罪人。

望向湖中，那半明半暗的身影一动不动，平生第一次，他几乎是出语央求。

“至多一年半载，我一定会把老太婆拉下马，把所有事情摆平。小坠，我可以发誓，到时定只你一人是我白世非的妻子，今生今世，绝不食言。”他越说越低。

黑暗里分隔两边的二人，良久，谁也不作声。

像是又过了一更漏那么久，终于，从湖中传来尚坠平静的说话声，淡淡的微沙嗓音飘散在夜空下，有种说不出来的幽然和忧伤。

“那时我父亲也是这样对我娘说……他说他要娶姨娘是迫不得已，因为姨娘帮他在官场谋得了一席之地……他说他对姨娘没有感情，娶她不过是因为她能助他前程。”

她娘只不过是一个无家无势的弱女子，除了哑忍还能怎么办呢？做夫君的和她说一声，已经给了她三分面子，即便他不和她说，她又能如何？到最后还不是只能看着他风风光光地纳了妾侍，再带着小女儿随同新婚的两人一起去赴任。

那年她五岁。

原以为过去这许多年后，她早已把从前全都忘记，谁知一旦拂开锈锁上的尘埃，记忆中的往事每一件都仍然清晰，原来早在她的心里烙下了伤痕。

“姨娘很是懂得男子的心理，父亲在家事上渐渐对她言听计从，打从她生下儿子以后，父亲对我娘这个旧人再也不闻不问，如弃敝屣。后来，许是父亲善于交际，几年内平步青云，很快就升了京官，我们搬到开封府来，再后来他又做了朝官，当时朝里派系林立，朝政之事已令他烦不胜烦，姨娘偏还死心不息，使尽阴谋诡计挑拨他和我娘的关系，他开始呵责我娘，这一来更是壮了姨娘的胆子，背着他老对我娘冷嘲热讽，指桑骂槐，那段日子我娘夜夜以泪洗面。”尚坠抬手，抹去脸上的泪，“我娘的身子原本就已经很弱，这一来更是百病缠身，最后……终于抑郁而终……她才三十岁不到……就这样死了……”破碎的哭声从她的指缝间飘出。

那年她十岁。

早上醒来，去母亲房中寻她时，才发现她已经与世长辞。

当时她一点也没哭，顺手扯下搭在木架子上的母亲的衣物，将几间厢房的灯盏都取了来，把灯油全部倒在衣服上，拿到父亲与姨娘的厢房前点燃，踢开门进去将火团直接扔往床上。

当时若不是冬天，他们都躺在厚厚的被窝里，非给烧个半死。

在父亲愕然的怒吼和姨娘恐惧的尖叫声中，她走了出去，拿着火把将所有窗棂上的糊纸全部点燃，一路往门口烧去，只恨不能把这府里的所有东西通通烧光。

不多会儿盛怒不已的父亲披衣出来，喝令惊慌失措的家仆们上来抓人，她被他们抓住手腕夺走了火把，好不容易连咬带踢才挣脱了飞跑离家。

“我娘在临死前几天曾和我说，如果丈夫要再娶别人，不管他出于什么原因，发多大的誓愿，做妻子的都要为自己早做打算，自谋生路，不要同她一般，最后只落得凄凉等死。”

鸥鹭与鸳鸯同戏一池，两者的羽翼怎能相宜?

抹干最后的泪痕，尚坠站了起来。

白世非看着她弯腰把笛子轻轻放在石栏上，然后转身离去。他垂首，麻木地以额抵着桌上交握的手，只觉心如止水。

问君几多愁

子夜时分，第一楼的主寝房内仍隐隐晃动着光亮。

黑沉沉的天空中不知不觉飘起雪花，雪花悄无声息地潜夜而来。

被火盆熏得暖融的房内，白世非半倚床屏，就着床头处银烛台上燃点着的红烛读着手中书卷，一页一页翻过，仿佛看得入神，然而目光却偶尔不自觉地从书页上方飘离，虚凝无所落处，过了会儿回过神来，复又低头看书。

远处隐约传来更鼓之声。

一阵敲门声响，门外白镜轻声道："公子，邓管家有急事请见。"

"进来。"白世非搁下书卷。

邓达园推门而入："小的接到快信，契丹准备派人出使我朝。"

白世非下床来，走到镶翡嵌翠的桌边，斟了两盏茶，示意他坐下："宫里还没有动静吗？"

"已经过了好些时日，也不知太后是抹过了前事，还是始终没有抓到薛丞相的把柄，一直按兵不动，没有对他做出任何处置。"

"无非是等待一个合适的时机罢了。"白世非沉思了一下，抬首道，"赵元欢还住在都亭驿舍吧？"

"是，密报说他们打算在本月末离开。"

"明日你送个信儿进宫，让皇上找个借口，譬如说左藏库里的绢帛粮棉有某些物品刚好短缺之类，吩咐三司使暂时先别发放，将赵元欢一行拖延些时日，然后你再拿我的飞帖去拜会玮缙的父亲。"又想了想，"还是让邵大哥去吧，你的身份会惹人注意。"

"小的会让大管家备好礼品，再带些南方送来的时果。"

白世非点点头："嗯，就说我送些珍奇玩意儿给叔父尝尝鲜。"

"小的方才思索再三，还是没想通公子此番安排用意何在。"

"薛大人在朝廷上暂时也起不了什么作用，与其让他留在此地惹太后心烦，不知何时就会招来灾祸，不如索性给太后制造一个机会将他贬出京城。"

"原来如此。"邓达园起身，"珠宝铺子差人送来的锦盒，下人们可交到公子手上了？"

"在这儿了呢。"

邓达园告辞离去。

房内再度变得寂静，白世非在原位坐着没有动，只独自把手里的茶盏慢慢喝完，良久，搁下杯子唤道："白镜。"

白镜应声而入，见主子的目光停在书案的锦盒上，忙取来放在他面前，白世非打开盒子，从中掂出一根精致的翡翠手链。

小月牙一样横向细长的水滴状翠珠子，用极细致的手法雕成一粒粒空心镂花的玲珑，链子的扣口处吊着一枚极为惹眼的翡翠坠子，以花下压花的技法，分层镂雕成似是一朵千瓣盛开且瓣姿各异的牡丹，然而坠子中心精致的镂空，又使得这碧绿欲滴的绝美花形像是一个闪着幽幽绿泽的“白”字。

这独特的奇异纹案，正是白府的府徽。

白世非轻轻叹了口气，把链子放回盒子里，道：

“明日你把这个与那笛子一同给她送去。”

“公子放心，小的一定会亲眼看着坠姑娘戴上。”白镜信誓旦旦。

白世非不作声，只眉宇间有抹淡淡的惆怅。

不管他如何解释，她已不肯再信他分毫，他的婚期已然在即，不宜再去触皱她的心湖，莫如先放她静一静，且等他完婚后再说。来日方长，既然她不信言语上的承诺，那就让他慢慢做给她看吧。

翌日一早，白镜便拿着物件去疏月庭。

那么巧他刚走到拱门时，尚坠和晚晴正好从里出来。

晚晴一眼看到他手中的笛子，不禁掩嘴，用肩头撞了撞尚坠，揶揄道：“公子可真长情。”

尚坠被她撞得身子晃了一晃，收回停在笛子上的目光，侧首望向别处，不过些许时日而已，面容似乎已清减了几分。

“可不是嘛。”白镜讪讪搭话，把笛子搭在锦盒上方递过去，添油加醋道，“坠姑娘，这是公子精心为你准备的礼物，前些时候他特地吩咐珠宝铺掌柜取了十几块最上等的翡翠到府里来，让他亲自挑选。不但如此，他还亲自动手把式样一笔笔描在纸上，便是以前陪皇上作画也没见他如此尽心，最后掌柜找来全城最好的玉匠，花了半旬工夫才雕琢而成。”

尚坠微微扯了扯嘴角，若有若无地流露出一丝讥诮之意，也不回头看白镜手上东西一眼，伸手拉了晚晴便要离开。

白镜急了，慌忙向晚晴连打眼色。

晚晴嘿嘿一笑：“我倒有些好奇，不知这盒子里装的什么？”自白镜手中把笛子和盒子一同接过：“行了，我替坠子收下，你赶紧走吧，别在这碍姑娘我的眼了。”

“可是……”白镜本想说让尚坠戴上，却被晚晴一眼瞪了回去。他因之前的漫天胡侃而惹出是非，被一众仆婢痛斥，本来就对尚坠心怀怯意，看她脸色冷冷的，当下也不敢再多说，只得暗暗和晚晴比画了一下手腕。

晚晴一手拿着东西，一手挽着尚坠离开。

直到走远了，尚坠才闷声道："你收下他的东西干什么？"

晚晴不满地哼了一声："你也见好就收，别公子给点颜色你就开起染坊来了。昨儿个晚玉说她从邓管家那儿听来的，公子最近为了府里还有宫里的事已诸多操心，好像是他得罪了太后什么的，事儿还挺严重，我说姑奶奶你就别在这节骨眼上还给他添堵了行不？"

尚坠想起那夜林苑里白世非说的话，迟疑了下，终不再说话。

晚晴打开盒子，一看惊呼出声："这链子恁是精巧。"

尚坠侧首望了眼，晚晴把笛子塞她怀里，抓过她的手腕：

"我打小被卖进府里，这些年来几曾见过公子对哪家闺女动心，我们私下都说，也不知你是不是上辈子踩了狗屎，这辈子才走大运，公子竟然会放着如花美眷独守空房，却对你这个死丫头掏心挖肺。最让人不可思议的是，夫人居然还表现得乐见其成，也不知你们几个搞什么。不是我说，坠子你真该好生改改脾气，别有事没事就惹公子不开心。"

尚坠怔怔地看着被她扣在腕上的翡翠链子，心口一忽儿甜，一忽儿涩，杂陈在一起分辨不清滋味。那夜还他笛子，多少是因看到了他和夏闲娉在高楼上的身影，纵使回来后他解释了事出有因，当时也只觉无非是又一次事后托词罢了，捺不住伤心失望。

如今想来，真的是她不明事理吗？

晚晴拽着神情恍惚的她走到梅林园径的拐角，两人稍不留神，差点被拐角处低着头匆匆而来的人迎面撞上。晚晴惊吓得拍了拍心口，张口斥道："谁呀，这么急慌慌的，赶着投胎呢？"

那人窘红了面孔，几乎长揖到地："抱歉冲撞了晴姑娘……"说罢抬起首来，目光一时定在尚坠脸上，见她唇边微微有丝笑意，站在梅枝下仿如花间仙子，不禁整个人呆了呆，迅速垂下头去，连耳根带颈脖子全都红了。

晚晴扑哧一声笑出来："丁大哥你怎么来了？"

丁善名蚊声应道："是大姨传话叫我过来一趟。"

尚坠见他神态窘迫，似手足无措，完全不敢直视己方二人，心内既觉好笑，又有些不忍，暗暗扯了扯晚晴的袖子，原本还想再打趣丁善名几句的晚晴便住了嘴，挥挥绣帕与他作别。

此间一诺语

丁善名痴痴地看着两人的背影消失在雕廊尽头，又过了好一会儿，他才绕过梅林，往东厢一排两进院落拐进去，白府的管家管事们都宿在这些花木掩映的青砖琉瓦精舍里。

一般管事的房舍自然又比不得邵印、邓达园和商雪娥的宅子。

厅堂十分阔落，桌椅手工精细，褐漆髹亮，屏风庄重大方，室内所用器具都有讲究，连墙上挂着的卷轴也是出自时下名画师之手。

“善儿，来吃些果子。”商雪娥招呼外甥坐下，“听说是南方某地的官府用快马往宫里运鲜果，捎带着给咱公子也私下送了些来，虽然为了避嫌给咱府里的不是贡品，但也是新奇玩意儿，你尝尝。”

丁善名心不在焉地接过，也没仔细看是什么，径往嘴里塞。

商雪娥自己没有生养，对这个外甥打小视如己出，疼爱异常。此刻见平时乖巧听话的他眼神漂浮，仿佛有丝失魂落魄，多少觉得出奇意外，当下关心问道：“善儿你怎么了？想什么呢？”

丁善名回过神来，慌忙端正坐姿，应道：“没想什么。”

商雪娥狐疑地皱皱眉，看他不愿说，便自顾自道：“我找你来是有件事儿要问你，前几日你娘给我捎话儿，说你今年也满十八了，爹娘想给你定一门亲事，可媒婆子提的几家姑娘好像你都不满意？这是怎么回事？”

面对她的追问丁善名显得既局促，又还似有丝焦虑不安。

“不是孩儿不满意……”

商雪娥看他神色，福至心灵，试探道：“莫非你早有了意中人？”

丁善名整个人一震，连连摆手否认：“没、没的事。”

商雪娥气也不是，笑也不是。

“就你这张小脸还能藏得住事儿？你对着大姨还有什么好隐瞒的，说吧，是哪家的姑娘？大姨看看能不能帮你一把。”

丁善名哑了哑口，迟疑一下，最后还是鼓足勇气。

“甥、甥儿前些日子来府里时曾、曾见到一位姑娘……”那么巧今日又被他遇到一遭。

竟然是白府里的丫头？商雪娥大感兴趣，那可包在她身上了，倾身问："叫什么名儿？"

"甥儿不晓得她的名儿，两回遇到时她都和晚晴姑娘在一道，脸蛋儿尖尖的，眼珠黑亮黑亮，像、像天上的星星一般……"

商雪娥霍地坐直了身子，脸色已陡然微变。

丁善名被她的反应吓了一跳，不敢再往下说。

"若是别个，大姨说不得要帮你把事儿给办了，尚坠那丫头，善儿你还是早早算了，回去让你娘给你讨一门好媳妇才是正经。"商雪娥沉着脸，斩钉截铁地道。

丁善名惊愕地看着她，掩不去一脸失望，最后低垂脑袋。

也不知为何，从遇见尚坠后他一直对她念念不忘，就连他娘让人给他说媒也三番四次找借口推了。这次来见商雪娥原本心里也是暗怀一丝祈盼，希望以她在白府的特殊身份能够成全他，没想满腔心意还没说上几句已被当头浇灭。

商雪娥看他大受打击的样子，心里多少有些不忍，轻叹一声：

"不是大姨不想帮你，而是那丫头和你根本不是一路人，善儿，你还是趁早死了这条心。"

白世非一回两回的刻意张扬，晏迎眉摆明了姿态的推波助澜，府上府下早已心照不宣，全把尚坠当作了公子的人看待。那些家仆小厮年轻管事，哪个见到她不是毕恭毕敬，有谁还敢再对她流露出半点亲近之意。

尚坠自己却浑然不觉。

与晚晴往膳厅走去，沿路三两经过的仆人小婢见到她俩，都会停下脚步，或恭谨或带笑或亲热地喊一声"坠姑娘"，由于府里众人的这种变化是在悄无声息中进行，初时她还多少觉得异样，慢慢也就习惯成自然，只道是自己在府里待的时光长了，大家熟悉之后分外友善起来。

两人原本是来寻邵印，想支些绣丝纹样，然在膳厅门口就已看到他的人不在里头，晚晴奇道："以往这时候，大管家肯定早早到来等着侍候公子早食，今儿怎的没影了？"

正往桌上摆小食糕品的仆人应道："大管家有事出府去了。"

晚晴只得牵了尚坠往回走，抱怨不已："这可不白跑一趟。"

"过了午时再来吧……"尚坠的声音忽然转低。

晚晴抬首望去，远处白世非正领着白镜走来，在刹那也看到了她们。白世非身形微微一顿，继而神色自若地迎面行来，视线由远而近始终凝定在尚坠低眉垂睫的脸上。

晚晴暗暗掩嘴，夺过尚坠手中的锦盒玉笛，低声嘿笑：“这些我帮你拿回去，上天注定今儿个拿不到绣线，你那染坊也好趁早关门大吉，就别再开了啊？”

尚坠耳根微红，本欲狠狠瞪她一眼，转念却又不想在白世非面前表现出明显的情绪，这一踌躇停搁，晚晴已趁机撇下她，快步向白世非走去躬身请礼。

白世非笑笑颔首，目光从晚晴手上的锦盒转向尚坠——她的耳坠下方已渐成粉霞之色，脸色依然清冷，袖口处却微微拢动。然而尽管她白皙的手腕缩进了云纹绣袖，底下却还是露出一小抹儿碧绿的坠子翡色来。

白镜看这情形，机灵地道：“公子，小的先去膳厅看看早饭备好了没。”说罢匆匆往前跑着离开。

白世非慢慢行近尚坠身前，她的小脸往左边别去，一时觉得不自然，又往右边侧了侧，长袖相连处十指已暗暗绞在了一起，却就是不肯抬眸看他。

凝视她良久，他的眼神渐渐柔和下来，伸手过去解开她紧紧交握的两只小手，分别牵在自己手中，轻轻摇了摇她，食指指尖不觉压着链珠子滑过她手腕内侧的细致嫩肤。

尚坠只觉整条手臂都麻了麻，有些酥软无力，慌忙想从他手心抽回，却反被他握得更紧。她微恼挣扎，他始终不肯放，只俯首对她低低道：“我保证只再娶这一个，也想过了，定会如你家小姐一样处置她，可好？”

她呆了呆，终于抬首看他，黑瞳深处显见一丝不可思议之色。

晏迎眉与他虽有夫妻之名，却从无夫妻之实。

他轻轻叹息：“会让你不开心的事儿我都尽量不做，好吗？”

原本似无忧无虑的嬉笑玩闹不知何时已从他身上消失，不过只是有些时日没再留意他，那绝美无瑕的清朗俊容已然添上三分沉静和忧伤，她的心口一紧，眼眶已然微红。

他便在青天白日下把她揽入怀内，唇瓣贴在她的眉心，合上眼轻轻吟唤：“小坠。”

乘风去悠悠

集贤殿大学士张士逊府内，收集有各式字画名玩的金石斋门窗紧掩，门外还有两名小厮看守着，不让来往仆人靠近屋子三尺之内。

“公子的意思是希望大人上一道折子，指出党项族官吏每次到京师运取拨予的物资时，回去都在出关前私下购买我朝边界上禁止买卖的兵器马匹等重要物品，每每还隐瞒榷税。”

张士逊听完邵印压低声音的一番说话，略为沉吟，既不答应，也不拒绝，反而开口问道：“老夫听说世非与夏尚书之女的亲事是太后的意思？”

“正是太后亲自指婚，按公子的吩咐，婚期已定在三月初十。”

张士逊的目光闪了闪。

对于皇上与太后之间已经渐露端倪的角力，朝中大臣或明或暗地都已牵涉其中，有当机立断站出班列表明态度的心急者，有原地不动观望风向的谨慎者，有明哲保身两不参与的中立者。

张士逊就是属于最后一种，手腕圆滑，为人面面俱到，从不曾牵涉进派系纷争，在朝廷上地位相对超然，也正因此，白世非才会认为他是出面进言的最佳人选。

白世非本乃一介商贾，尽管家财富敌天下，却始终不是朝廷命官，但特殊的家世和身份的微妙使得此刻的他已成了敏感时局的风向标。最让朝中众臣捉摸不定的，不是皇上的进退，也不是太后的喜怒，偏偏正是这位白家公子含糊不清的态度。

若说他是太后的人，他却好像隐隐约约地在替皇上办事；若说他是皇上的人，他却又时时出入太后居住的庆寿宫，尽显荣宠，而今更蒙太后亲自赐婚，仿佛关系又更深一层。

按说太后的势力盘踞朝上，统治着军国大事，然而她自当权以来始终被几位辅政重臣所牵制，并非件件事都能随心所欲，加上最近京畿各处换了不少官员，表面看去全是在她的授意之下，但是从私下听闻的一些秘密风声看来，却似有些事正悄无声息进行着。

免不了有一批在官场上打滚多年、深谙为官之道、早修炼成精的大臣，此际无不谨小慎微地行事，都等着想看看清楚，处在风口浪尖上那位具有绝世奇才的白公子会做何选择。

如果连白世非也降服于太后，众人尽可长松一口气，自此相安无事，但，如果白世非铁了心扶持今上，诸臣可就不得不三思了。

看张士逊仿佛陷入沉思，邵印也就谨慎地不多加言语。他今日仅是要把白世非的话传到此间，至于张士逊最终如何决定，就不在他可商议的范围了，又寒暄几句后，适时起身告辞。

甫出门便撞见怒气冲冲地领着丫头急步而来的张绿漾。

她手里拿着一朵花枝，正狠狠地撕扯着枝上的残瓣和叶片子，嘴中喃喃骂道："死蛮子！臭蛮子！总有一天姑奶奶会让你后悔得想死！"抬首见到邵印，大为惊讶，看看他，再看看站在房门口的父亲，"邵管家你怎么来了？好久没见世非哥哥了，他最近还好吗？"

邵印连忙作揖："托小姐的洪福，公子安康如常。"

在他走后，张绿漾的眼珠骨碌碌地转了转，把侍女莫言屏退，对父亲道："他来找爹干什么？难不成是世非哥哥有什么事儿要拜托你老人家？"

张士逊斥道："女孩儿家莫多管闲事。"

"爹——"张绿漾拽着父亲的手臂撒娇，"女儿心里好奇得很，你就告诉我嘛，爹要是真个不肯说，我回头可去问世非哥哥了。"

张士逊笑起来："你这孩子，威胁起爹来了。"顿了顿，严肃道，"你世非哥哥很快要娶新夫人，你还是避嫌一点的好，别总是跟着玮缙在那群子弟中出出入入，小心以后名声坏了嫁不出去。"

张绿漾不屑地道："怕什么嫁不出去，大不了以后我也嫁给世非哥哥……"仿佛这时才意识到什么，她倏地睁圆妙目，兴奋不已地扯着父亲的袖子："爹！世非哥哥什么时候再成亲？"

"快了，说是三月初十。"

"爹你去和世非哥哥说，让他来我们家提亲，我也要嫁给他！"

张士逊大为愕然，长袖一拂："胡闹！"撇下她大踏步离去。

张绿漾紧跟上前："爹，我是认真的！"

张士逊对她毫不理睬："玮缙在哪儿？把他找来见我。"

"爹——"张绿漾顿足。

却说邵印回到白府，把张士逊的反应如此这般复述了一回。

白世非听罢，脸容上露出浅笑，对邓达园道：“成事了。”

未几日，张士逊果然拟了一道奏疏上去，请求下旨命党项族人把物资由四川运入秦州，经秦州本朝官员查核后再放行出关，以杜绝其私下购买马匹兵器以及逃避榷税的弊病。

刘娥阅罢见无特别之处，便令赵祯批复准奏。

这事办好后，张士逊修书一封命人秘密送至白府，白世非看完脸色大变，在书房中呆坐良久。

第六章　洞微

安得良策在

转眼到了正月末，辽使萧从顺抵达汴梁城，上朝觐见时他出人意料地提了一个请求，以宋使到契丹都能见到契丹国太后为由，当朝请见垂帘听政的章献太后。

乍闻此言，阶下百官面面相觑，一时无人作声。

一帘之隔内，刘娥也是一怔，未及多想已抬手挥退打算上前领旨的周晋，压低声音道："不忙，且看皇上如何处理。"

坐在大殿宝座上的赵祯瞟了眼纹风不动的帘子，内里无声无息，一抹分不清什么含义的轻微笑意在他唇边流转，轻声开口，却是柔弱地将烫手山芋抛将出去："众卿家以为如何？"

皇上既已开了金口，臣子们哪个还敢继续装聋作哑？

朝廷上霎时像一锅煮开的粥，东西阶两班列纷纷交头接耳，你一言我一语窃窃议论，一个个似在认真商议此举是否恰当，但却就没有谁肯轻易站出来做第一个献策之人。

过了盏茶时间，朝议仍不能决。

赵祯不耐烦了，倾身向前，眼风刚好瞥过兼任馆伴使却没有参与到议论中的薛奎，随口问："薛爱卿怎么看？"

薛奎出列，扬声奏道："启禀皇上，即使本朝大臣在朝廷上也不能见到太后之面，更何况他国使者？窃以为此举于礼不合。"简直是有辱国体。

"薛卿所言甚是。"赵祯似没主见地附和。

当下便回绝了辽使。

帘子内刘娥对周晋淡声道："你使人上书参薛奎一本。"

周晋躬身应了声是，这机会得来全不费工夫，时与进谒太庙已事隔一月，群臣当无话可说。

"那——晏大人呢？"不二人同办有损她在朝中威信。

刘娥笑笑："这种事情宜迟不宜急，拖到所有人都不记得不在意之后，可不就好办多了？"

"太后高才，卑职受教。"

傍晚时分消息传到白府。

邓达园道："果然不出公子所料，竟真有人进谗言，诽谤薛大人'本朝大臣在朝廷上也不能见太后面'一言，是对外朝使臣泄露了我朝秘密。"

"太后对薛奎如何处置？"

"罢为集贤殿学士，初时欲知并州，后来吕丞相提出薛大人曾经几次在西边边境做过地方官，熟悉玉门关一带的风土人情，所以请太后将薛大人改知秦州，太后同意了吕丞相的提议。"

"她自然乐得同意，秦州是边塞要地，虽然常年派驻重兵把守，但是该处土地贫瘠，军帐粮饷常常入不敷出，不管何时只要太后想进一步打压薛奎，很容易就能找到借口。过些时候，等薛奎启程赴任之后，你便知会皇上对赵元欢等人放行。"

"公子此番安排绝妙，若是先贬薛大人去秦州再上奏党项族一事，只怕多少会引起太后疑心，公子偏把这两件事情颠倒过来，先落实了须严加看守党项族人，再引发薛大人被贬谪出京，这一来水到渠成，太后便有些什么想法，大致也就觉得只是个巧合而已。"

边关要塞改由薛奎镇守，也就意味着已顺利落入赵祯的掌握，若然党项族血气方刚的新任首领真有叛反侵犯之心，所谓将在外君命有所不受，届时战与不战，已经不是千山万里之外安坐在皇城内的刘娥说了算。

"接下去公子做何盘算？"

白世非含笑道："卖八王爷赵元俨一个大人情。"

既已把吕夷简牵扯进来，说不得要为他铺好后路。

门外白镜高声道："公子，庄锋璿少爷来了。"

白世非一听喜出望外，当即撇下邓达园，提起衣摆就往外奔将出去："他人在哪儿？"

可不正在门外候着。

庄锋璿没想到白世非对自己的到访会兴奋至此，情意溢于言表，真挚异常的俊颜上完全是一派胸无城府，心里不由得大为感动，胸臆间一股热潮翻腾，却嘴拙不知说些什么，最后只用力拍了拍这位兄弟的肩膀。

白世非止不住脸上笑容，转头吩咐白镜："去去去，把晚膳改在第一楼，将夫人和小坠请来，记得开坛好酒，备好之后就让下人们都撤了吧，不须在旁侍候了，今夜本公子要和大哥一醉方休！"

白镜应声去做安排。

白世非与庄锋璿相偕往第一楼走去。

"庄大兄台此次到来是有什么事吗？还是纯粹路过，抑或是……"白世非嘿声一笑，坏坏地冲庄锋璿眯了眯眼，抑或是犯相思了？

庄锋璿失笑："本来是路过，顺道有些事要办而已。"

白世非哈哈大笑："不过士别三日，没想到大哥也会说笑了。"

"我在杭州已渐渐做得有些起色，这回有事经过开封，所以顺道来和你说一声，再过些时候我就可以把迎眉接走了。"

白世非的笑容窒了窒，扯扯嘴角，最后化成一抹苦笑："我先恭喜大哥。"

庄锋璿担忧道："我现在就担心迎眉的父母，如果老人家那里说不过去，只怕迎眉未必肯就这么不管不顾地跟我走。"

"大哥尽管放心，事情就交给我来办，总要想个好法子让你和晏小姐安安稳稳地比翼齐飞。"白世非说着说着，想到自己和尚坠还前景未卜，不由得心生怅惘，轻轻叹了口气。

庄锋璿关心地问道："怎么了？"

白世非揉揉鬓边太阳穴，话声中宠溺夹杂着烦恼："我降不住那丫头。"

庄锋璿先是一愣，然后朗笑出声。

白世非尴尬万分，苦着脸道："好不容易才让她肯放下心事接受我再娶一门，谁知道人算不如天算，没想到张叔父会在这种时候也提出要招我为婿。"

本来嘛，要推掉张士逊并非难事，许他将来一个宰相之职就成了。真正让他头疼的是张绿漾，那刁蛮女非要蹚这浑水，让张玮缙捎话给他，威胁说如果他不同意，她就大肆张扬邵印过府一事。

这一招还真打到了他的七寸之上，让他苦无对策。

千算万算，偏偏算漏了一个意料之外行事无章法可寻的张绿漾。

“你与尚姑娘说了没？”

“这种时候哪敢和她说。”除非他想找死，才刚哄得她回心转意，最惨的莫过于那日他还信誓旦旦地同她许诺此生绝不再娶，才一转身，就说要同时娶回二夫人和三夫人？白世非哀叹：“头疼不堪，我真是头疼不堪！”

庄锋璿笑道：“难怪才刚我说要将迎眉带走时你变得一脸忧色。”

“如果让小坠知道我还得娶张绿漾，再知道晏小姐打算离去的话，以她的性子怎么还肯继续留在白府。”想想当年她火烧自家父亲房帷的英雄事迹，到时他就算使尽浑身解数，只怕也留她不住。

庄锋璿拍拍他肩，安慰道：“我和迎眉也不是说走就能走，这事本还须从长计议，哪怕她现在就能抽身，都已经分开那么久了也不急在这一时，你就安心吧，等你把事儿解决了我再把她接走也不迟。”

白世非舒了口气：“有大哥这句话我还放心了些。”

庄锋璿瞥他一眼，“难得白公子也会在庄某人跟前装可怜，我还能不让你放心吗？”

白世非对他的揶揄不以为意，嘿嘿笑着朝他一揖：“小弟也知道耽搁大哥和晏小姐相聚罪该万死，只是情非得已，还请大哥见谅则个。”

“看你这样子不像是没有解决之道。”

白世非的俊颜上极少见地浮现一丝淡霞之色：

“为今之计，也只有一个法子可行了。”

今夜凤求凰

晏迎眉偕尚坠来到第一楼，见到庄锋璿在座，自是惊喜莫名。

一众仆人已被早早遣走，只余白镜在外间听传，席间四人在白世非的频频敬酒下推杯换盏，闲话家常，欢声笑语不在话下。

庄锋璿随口问及朝中诸事，一旁的晏迎眉听了，对其父晏书的事情亦颇为关注，不时详加细问。尚坠虽然极少开口，见白世非娓娓道来，倒也听得津津有味。

不知不觉夜色渐深，到了定昏时分，白世非抿酒润喉时被呛到，连咳几下，尚坠看他呛得有些狼狈，忍不住嘟囔：“就你晓得喝。”

白世非伸手去捉她手指，调笑道：“心疼我了不是？”

她一下子面红耳赤，抬手欲甩却怎也甩不开他，旁边晏迎眉已经掩嘴笑出声来。

门外白镜忽然道：“公子，二管家请你去书房一趟，有急事相议。”

“知道了。”白世非漫应了声，起身时也不放手，把尚坠一同拽了起来，“你就陪我一道去吧，免得一会儿我的酒劲上来，说不定会晕倒在路上。”又对庄锋璿和晏迎眉笑道：“两位稍坐片刻，我们去去就来。”

“谁要陪你一道去，你晕了才好。”尚坠被他强扯得微恼，伸手去掰他手指。

“你此话当真？”白世非笑谑，“那我非晕不可了。”说罢身子一软便往她身上倒去。

尚坠惊呼，不得不以肩膀顶住他靠过来的身体，另一只手急急将他推向门外，低声埋怨：“你也不正经点儿。”

白世非吃吃笑着与她掌心贴掌心，十指紧扣，接过白镜递来的玉笛和狐裘，飞快嘬起嘘声唇形止住尚坠不明的惊叫，不动声色地对白镜道：“今儿风大，你且把门带上，莫让夫人受了寒。”

白镜依言而行。

把狐裘披在尚坠身上，白世非俯首在她耳边低声道：“你这小傻瓜，也不想想你家小姐已多久没会情郎了。”说完存心轻轻咬了咬她的耳坠，“也得让那两人如我们一般亲热亲热不是？”

尚坠被他逗弄得有些酥软，又羞涩不已，极力侧过头去想避开他暖暖痒痒的气息：“你要带我去哪儿？怎的还把我的笛子也取了来？”

白世非轻笑：“我俩好久没在园中相会了，且去溜一圈。”

这些日子以来，不是她与他闹别扭，就是他被琐事缠身，已很长时间没听过她吹曲子，多少有丝想念那些月下湖边的夜晚。

尚坠不再作声，在黑暗中轻缓地跟随他的步履，由他牵着穿花拂叶，走过曲径桥栏。他的掌心温热炽人，说不出的暖麻愉悦从手臂一直传递到心尖上，惹起一抹极其异样的情意。

他回过首来，迎上她不自觉凝视他侧面的仰脸，眸如星闪微光，轻声道："有没有种一生一世的感觉？"

"没有。"她心慌，矢口否认。

他微微一笑："我有。"

牵着她走进辽阔夜空下清寂的水榭，以长袖拂开石上的微薄积雪，他为她解开狐裘，率先倚栏而坐，拍了拍腿，示意她坐上来。

她微有些迟疑。

他耐心解释："石凳子冷冰冰的，我怕你受凉。"话声未落已捉住她的手腕一扯，她呀的一声倒在了他怀内。

把狐裘披覆在她身上，他的双臂缠上她的腰肢，将她纤细的脊背全然贴入自己温热的胸膛内，然后在她耳边低低道："冷吗？"

她还未能适应此等逾越常规的亲热，既不敢挣扎，也不敢应声，只飞快摇了摇头。被他禁锢在臂弯里的身子如同置身于暖炉，确然一点也不觉得冷，反倒脸上滚烫得像要烧了起来，蚊声问道："才刚在屋子里头，你说荆王的儿子被太后长期养在宫中，是怎么回事？"

白世非一笑："事情还得从先帝时说起，据说在先帝临终前一刻，大臣们叩榻问疾，先帝用手指了指自己的胸，对大臣们先伸出五指，然后再展三指，似乎想示意什么。"

尚坠侧首想了想："我朝建立之初曾有兄终弟及的先例，荆王是先帝的亲弟弟，且排行第八，素有八大王之称，莫非先帝的意思是想让荆王继位吗？"

"也曾有大臣如你般猜想，但如此重大的事情谁也不敢妄测。"

尚坠好奇问道："依你看，先帝会是何种意思？"

"先帝中年得子，对皇上从小十分疼爱，断无把皇位外传的可能，他的意思无非两种，要么想让荆王摄政辅佐年幼的皇上，要么就是提醒诸臣提防，担心荆王有篡位之心。"

尚坠轻轻呀了一声。

"其时太后已当权，自然不希望赵元俨成为辅臣，听闻大臣们的议论后，她派人向他们解释，说先帝所示只是指三五日病情可退，并没有别的意思。"

尚坠略有所悟："这就难怪了。"

"难怪什么？"

“我以前在晏府时曾无意中听晏大人提及，说八王爷在先帝病逝后马上闭门谢客。”

“嗯，他自然是知道了太后对群臣解释一事，加上先帝在遗诏中提到，皇上成年前太后有权处理军国大事，荆王恐怕是不想招她忌讳，所以对外谬称自己有阳狂病，不能上朝议事，近十年来一直深思沉晦，几乎闭门不出。”

“那他的儿子又是怎么回事？”

“皇上继位之后，太后就把荆王最疼爱的第三子赵祺接进了宫里，说是很喜欢那孩子，如今早已长大了，也还不肯放他出宫。大臣们曾多次请求，她始终推说让他给皇上伴读。”

“她为什么要那么做呢？”

“我估计起初约摸还是担心荆王有变。”所以将其子扣为人质，至于近几年，只怕暗地里已起了心思，必要时不惜以其他皇室子嗣取代赵祯。白世非以唇瓣轻蹭慢吮她耳坠下方的嫩肤：“太后已策谋自己身披帝服进谒太庙，想来赵祺再养在宫中也始终只是一个闲人罢了，我打算让吕丞相再去向太后求个情，索性放他回家。”

尚坠身子微僵，往他怀里缩了缩，想避开他的吻。

他昵昵低唤她的名儿，柔唇再度落上她雪白的颈子，由下而上一点点吻至她的耳根，轻轻含住她的耳坠。

她的思绪被熨得混沌飘散，不自觉逸出咦唔声，脸庞被他的手掌扳高，尖尖的下巴被勾了起来，他的唇覆住她绯嫩小嘴，温柔勾缠，记忆中的丝甜和眼下的滋味重叠，那抹妙不可言在心间来来回回。

慢慢地，藏在狐裘下搁在她腰际的手掌情难自禁，悄然往上抚去，她迷糊中惊恐欲动，却被他柔情的哑吟悄然瓦解，“我发誓，往后不管发生什么，只你一个是我的人……”

他扳起她的小脸，俯首吻住她唇，盈软摩挲的动作充满了爱怜，如同指腹下她是他在世仅剩的瑰宝，因之无比珍视。情迷意乱的她只觉身轻如羽，魂散魄乱中涌起一股陌生的难耐之意。

仿佛仅仅只是想让她熟悉一下情人之间的亲昵，他没有更进一步，最后克制地从她身上将唇手抽离，慢条斯理地为犹自轻喘的她整理好胸前衣襟。

神志清醒过来，她有些不能接受，粉颊烧透，挣扎着要从他身上起来，低低叫道：“你快放开！”

他低笑着仍然从背后抱紧她，下巴搁在她细致的肩窝，向她耳边呵气：“别动，我给你吹首曲子。”

她果然不动了，颇为惊讶：“你会吹笛子？！”

他笑而不语，松开环在她腰上的双臂，直起身子，拿过搁在一旁的玉笛，举而就唇，十指按在笛眼上，指尖轻动，噘唇吹去，一缕清婉悠扬的笛音绵绵地飘向夜空。

她侧耳凝听，唇边露出一丝甜蜜笑意，他吹的是一曲《凤求凰》。

酒醺鸳枕暖

未几日，早朝时果有大臣再度请求放荆王之子出宫，刘娥还是以留其在宫中做赵祯的伴读为由推搪，吕夷简出列奏禀：“其实皇上更应该多花时间亲近朝中儒臣，这样才能便于圣德的养成。”

不少人站出来附议，众皆纷道吕丞相此言有理。

刘娥见奏请者众，一时也找不到更好的借口，想想近十年来荆王始终深居简出，既不上朝问政，也不与官员来往，对她已经完全构不成威胁，再继续把赵祺留在宫中也确没有什么实在用处，还不如顺应群臣之意以显大度，于是准奏。

因为庄锋璿的到来，原本要出门的白世非推迟了行程，日日与庄锋璿、晏迎眉及尚坠四人在府里出双入对，一众仆人对这种情形也早习以为常。

在庄锋璿离去的前一夜，白世非依然是在第一楼为他设宴饯行。

席间庄锋璿问：“世非你把交子铺户从成都府路的益州开设到了陕西路和河东路的并州太原城？”

白世非应道：“虽然朝廷在益州设立了交子务，由京、朝官一二人担任监官，设置抄纸院发行官交子，这种做法确能杜绝伪造之弊，但官交子每事必向上呈报，怎也比不上我们这些私人的交子铺调钱来得快。”

庄锋璿点头：“白氏所印交子用的都是上等楮纸，图案十分讲究，黑红相间，纸卷上还暗隐记号，且有亲笔押字，他人难以伪造。”

“没错，而且我的交子铺恪守信用，随到随取，秦晋商人之间的大额交易都不愿把铜钱铁钱搬来运去，为了避免麻烦，他们慢慢已习惯使用交子票来付货物款子。”

“有一点我想不通，交子虽然便利，也为官府允许，但始终只是在成都府、陕西路和河东路等地广为使用，在京城及附近各大州府和南边并不通用，你在北边大张旗鼓地扩张交子铺，用意何在？”

白世非笑道：“还不就为了它是一盘赚钱的生意嘛。”要知道行商坐贾们拿交子票到铺户提现时，每贯须付给铺户三十文钱的利息，这笔费用不能不说相当可观。

“你开设交子铺户仅是为了赢利？”庄锋璿怀疑地皱眉。

“倒不尽然，我的目的是想在这行当里做出广为流传的信誉。”

“这个行当？”庄锋璿沉思了一下，除了交子票这种纸钞，在京城乃至全国都流通的还有一种——盐钞，目光闪过，他大为惊悚，“难道你想截流——国库银饷？”

白世非笑了笑，若无其事地端起酒杯，见一旁尚坠听得似懂非懂，晏迎眉更因离别在即而有些闷闷不乐，便扯开了话题，聊起奇闻异事来：

“给你们说件好笑儿的，有个兖州来的张山人，在勾栏里靠说荤话为生，他之所以出名是因为善作十七字诗讽刺达官贵人们，开封府不少有钱人为了免遭他的口诽，时不时会差人送他些酒食银子。却说有一次，某个朝廷大臣死在任上，有人作了首十七字诗嘲弄，这事传了开去，官府知道后悬赏缉捕作诗之人，当时不免怀疑是张山人作的，就把他拘来审问。”

尚坠听得入迷：“后来怎样了？是他作的吗？”

“那张山人倒也不怕，在公堂上道：‘我在京城谋生几十年，作十七字诗是为了挣钱糊口，怎能拿自己的饭碗开玩笑去嘲弄朝廷大臣呢？况且这个题目让我写，也不至于写得那么糟糕啊。’府尹听了哈哈大笑，当堂就把他放了。”

话声未落在座三人已笑出声来。

白世非见状忙趁热打铁，叫道：“我们轮着一人说一回，说不出的罚酒！说得不好笑的也得罚酒！大哥你先来。”

庄锋璿紧想了想，道：“在勾栏里说话儿的还有个谈佛道的戴忻安，他曾说过一个笑话段子，有个和尚犯了罪，官府派一位衙差押解他。两人夜宿旅店，和尚沽酒劝饮，衙差喝得烂醉，和尚就把他的头发剃了后逃走。衙差醒来遍寻和尚不着，摸摸自己的头，发现是光秃秃的，失声惊呼道：‘和尚倒在这里，我却到什么地方去了？’”

余人听罢捧腹不已。

白世非博闻识广，庄锋璿学问渊玄，晏迎眉和尚坠都是凭看过的书籍强记现说，而在这点上晏迎眉又比尚坠略胜一筹，一轮滔滔不绝之后尚坠开始搜肠刮肚，把一些从丫头们那听来的好笑话儿也说完之后开始词穷了。

几轮下来，一张娇俏小脸已被白世非灌得嫣红。

脑袋微晕的她连连摆手，直叫：“不来了！不来了！”

白世非大笑：“不来就再罚三杯！”一手拿过酒杯，一手抬起她下巴，做势要把酒直接倒进她嘴里。

尚坠赶紧挣开，跳离座位逃出他的抓捕范围：“前头没说过有这规矩！”

白世非端起酒杯绕着桌子追她，大叫道：“现在有了！别跑！快喝！”

“哪能说有就有！”她气得直叫，脚下却不敢停。

“这府里我最大！我什么时候说有就有！”

“我只道这府里猪最大！却原来就是你啊！”

“噢！还骂我！你死定了！”

两人满屋子里你追我赶，互相驳斥，把晏迎眉乐得直不起腰。

尚坠被白世非逼至角落，已无处可逃，眼看就要被逮到，她慌不择路尖叫着拧身窜进了旁边的一道门里，刚跑进去就觉得不对，转身想冲出去时却被已追进门内的白世非一把抱个正着，他扯高喉咙得意地狂笑。

她红着脸低叫：“快让我出去！”

白世非一愣，随即明白过来，原来他们跑进了他的寝房。

他脸上那抹带点恶劣的居心叵测的邪笑，让她不期然想起第一次在疏月庭外遇见他的那个早上，微微恐慌地以手抵着他的胸膛，奔跑过后的她有点上气不接下气：“你想干吗……”

他不答话，只是收紧搂在她腰上的左手，把怀内春色圈至眼底，已然微酣的小脸艳若桃花，黑玉似的眼此时变得迷蒙氤氲，更因带上一丝不敢直视他炽烈眼神的娇羞而分外妩媚动人。

手中酒杯轻轻抵在她唇，白瓷杯沿微碾过她胭色欲滴的唇瓣，连带着他握杯的指尖也挑逗抚过，他缓缓地把杯里的酒一点点喂进她微开一线的唇缝，有一滴不经意坠落，在她衣襟上耸立的地方染出湿漉的圆点，把他的目光也往下带去。

视线再一动不动，他喃喃呢哝：“心肝儿……”

当最后一滴酒被喂进时他封住了她的小嘴，舌尖扫荡吮去她丁香舌上残余的酒液而后与她勾弄戏缠，脚后跟无声无息地把房门扣成虚掩。

杯子掉在地上，他的手掌迅速加入欲念蔓延的行列。

情深似火，燎原焚烧。

迷迷糊糊地，她被他半抱半掩着压入鸳鸯衾枕的床上，混沌中隐约觉得有些不对，在他唇舌的封缄下激喘着推挡无力，唯微弱抗争：“小……小姐……”

他碾唇至她耳畔，低低嬉笑：“他们已经走了。”

她闻言人约略清醒，用力推开他，他却顺势直起身子把烛火吹灭，手一拂放下锦帐，缠捉住欲翻身坐起的她，黑暗中他轻哄：

“过了今夜，你在这府中的地位便定了。”

她听得一怔，转瞬明白过来，他是要在娶亲之前确立她的身份，心底酸甜难辨，一阵倾倒的晕眩，身子已被他覆拥在温热体下，她想躲开却被他压紧动弹不得，酒意复涌上来，螓首无助地左摇右摆。

他的心头微有所歉，可今夜若不把这事儿完成，恐再难有良机。用力拥紧她，他再度附唇在她敏感耳沿，密密绵绵地低声慰怜。

前路恐苍茫

庄锋璿离去后，初尝云雨的白世非整日里笑眯眯的，眉宇间尽现意气风发，接下来几天，他都想方设法把尚坠彻夜留在第一楼。

一轮激情欢爱，酣畅过后她总不免瘫如雪泥，连眼睛也睁不开，软慵无力地枕在他臂弯里，嘴里喃声道：“我以前不明白，为何新娘子要在出嫁三天后回门，如今终于懂了。”

“哦？”掌心在她嫩滑的背上流连忘返，他爱极了两人之间的肌肤相亲。

“若然每个夫君都同你一般……”她止住小猫一样的低哝，不好意思再说下去，言下之意，若然男子初娶时都如他似的夜夜求欢，倘不幸遇上性情粗暴些的，那新婚妇人如何吃得消。

他唇边泛起笑痕，趁这时机，有意无意挑起旧事：

“我娶你可好？”

她整个人一僵，退出他怀抱，裹着被子翻过身去。

他无声轻叹，只得再度按下不谈，展臂将她的身子勾回怀内，在她耳边逗趣道：“我也想明白了一样。”

“什么？”

“难怪赵三他们经常说，女子在餐桌上侍候男子吃好，男子在床榻上把女子喂饱。”

“你……别、别来了……嗯……”细微闷声被他以唇堵住，俄顷，她的挣扎渐软。

“我再喂喂你……”他与她挑情戏语。

寒夜漫漫，莫过于红绡帐暖、鸳被翻浪最相宜。

如此春宵频度，仿似蘸了蜜的夜里净是两人的调笑私语、交颈同眠，白世非餍足了闺房之乐。

过了数日，邓达园接到急信，太原知州有意对交子铺户进行整治，打算效仿益州从前的做法，剔除不法之徒，专由官府指定十六户富商来进行经营。

所谓力不到不为财，尽管白氏交子铺在太原占一席之地毫无问题，但也还是宜去打点一下以表诚意。

白世非终于吩咐白镜收拾行囊，依依不舍地作别佳人。

邵印直把他送出府门外才低声道：“照公子的吩咐，聘礼已私下备好了。”

白世非沉默了一会儿：“择个吉日给张家送过去吧。”

“可须知会夫人？”

“不用，你且把这事悄悄办了。”

晏迎眉与尚坠情同姐妹，让她知晓了不过是徒然令她为难，到时她是告诉尚坠好还是不告诉的好？

“那——”邵印小心地道，“不知坠姑娘那儿……公子可有……”

白世非脸上露出一丝苦笑，这几日难得偷来浮生中最甜蜜快乐的时光，他与她缠绵都来不及，哪舍得把这些烦心事儿说出来坏了兴致，加之内心也隐隐有些担忧，怕万一自己说了出来她会即时翻脸，再也不肯轻言原谅。

这死结根本无从下手去解，且拖一日算一日。

拖到她那颗石头似的小心肝什么时候肯软化一些，才好处理。

“瞒着她，等我回来再亲自和她解释。”他翻身上马，低头望向邵印，温眸内掠起毋庸置疑的薄冷星芒，“我对她怎样，想来你们都已清楚不过，在我回来之前府里绝不许泄露一点儿风声，明白了？”

邵印连忙应声：“公子请放心，小人一定把事情办妥帖了。”

白世非点了点头，眸光飘向大门内，在旷阔前庭的尽头，一道细致身影犹倚门而立，即使隔着百丈开外，他也能感觉到她正往自己这边凝望。勒缰立马，他柔然一笑，远远地朝她挥了挥手。

那边一只小手迟疑地举起，也朝他挥了挥，然后飞快收回袖底。

唇边含着笑意，夹紧座下良驹，白世非一抖缰绳：“驾——”

蓄势已久的矫健马儿疾蹿而出，只见他束紧的黑发脑后，两抹绣银织金的湖蓝色冠带掠出飘动的烟影，一身白衣在晨光下潇洒飘展，玉指缠缰，修袖迎风而缭绕，足登金镫，罗袜躞蹀而容与，俊绝之姿惹得路人驻足观望。

白镜策骑紧跟在他身后，不消片刻，两人已纵马去远。

邵印返回内堂，叫来几个口风紧密的年长仆从，如此这般窃语交代一番，众人便分头行事。几日后他请了媒婆子去张士逊家下好聘礼，定下与夏闲娉同天行礼的酒席日子。

在邵印千叮万嘱之下，行事全都异常隐蔽，凡须出府的仆人都会被他严词嘱咐一番，是故就算有人曾在外头听闻了风声，回来后也不敢多提只言片语，由此白府里没有冒出半点话星子。

尚坠一贯大门不出，打从白世非离家后更连疏月庭也没出过几回，自然毫不知情，连同晏迎眉在内主仆两人都被蒙在了鼓里。

不知不觉，立春过后蛰虫始振，鱼陟负冰，林苑后方的秋水无际湖开始解冻，忽而一夜东风吹至，破冰湖水寒绕亭榭，半园杏花纷开如雪，新蕊妖娆占春。

直到白世非捎信回来，说再过些时候便会回府，邵印才算松了口气。

只不料千算万算，却算不过天，也是冥冥中合该有事。

时刻关注府中动静轻易不肯出门的大管家，这日却因事不得不外出，偏生晏府在这节骨眼上派人带来口信，道是晏夫人染了风寒，卧床不起，病榻上思儿心切，盼女儿归宁省亲。

晏迎眉一听既惊又急，在邵印闻讯赶回来前，她已带同尚坠回家去了。

匆匆忙忙回到晏府，焦急万分的晏迎眉下了轿后一路往里奔去，跑过花厅时却愕见自家母亲端坐厅里，和父亲的几房姨娘正在说笑，脸上气色温润，丝毫不像是有病之人。

人多嘴杂，她强按下心里疑惑，皱眉唤道："娘。"

晏夫人满脸堆笑，暗暗冲她使个眼色令她噤声，然后将她招至身边。

众姨娘见她忽然回来，纷纷围上来嘘寒问暖，七嘴八舌寒暄过后，大都看出来了这母女俩有话要说，便一个接一个找借口离开。

纵是多情枉

晏夫人把侍婢们也屏退，除了母女俩外只留下尚坠，蔼声道：

"坠儿，你也坐下来吧。"

尚坠谢过，却没有坐下，只是退到稍远一点的案桌旁候着。

"娘，这到底是怎么回事？"晏迎眉开口问道。

"我找你回来是有事想问你。"晏夫人仔细端详女儿的眉目，沉吟了一下，似斟词酌句后试探地问，"你在夫家过得如何？"

"怎么突然问起这个来了？"晏迎眉闲闲地笑起来，"娘但看女儿的模样，也不像过得差不是？虽然说不上逍遥快活，也算少忧无虑，不但饮食起居十分讲究，日常里被照顾周全，便是行动也相当自由自在。"

"这样啊……"晏夫人眉头轻锁，又问，"那——夫君待你可好？"

一旁悄无声息立着的尚坠低了低首，十指不安地轻绞绶带。

晏迎眉端起茶杯轻抿："娘有什么话不妨直说好了。"

"我听闻外头有传言，说你和白公子感情不和，可有此事？"

晏迎眉啐了一声："那些坊间巷底的闲话娘也信得？娘也不想想女儿嫁的是何等风流人物，便瓦子里拿他说字儿的勾栏就不下五六处，每日里也不知瞎编多少他的段子，在茶余饭后传来传去。"

晏夫人叹了口气："不是娘多心，而是你成了亲那么久，肚子里始终没一点消息。昨儿你爹又和我说，你那位要在下月里同一天迎娶夏张两家的女儿，你说娘怎能不担心？"

尚坠倏地抬首，看了看晏夫人，惊骇的目光飞快转向晏迎眉。

晏迎眉与她一样大为愕然，白世非要娶的不是夏闲娉吗？怎的又多出来一个张家的女儿？还在同一天迎亲？这到底是怎么回事？

她小心地不在母亲面前露出破绽，只笑笑道："夫君也有他的难处，太后明摆着是要把夏家那位塞他屋里，他纵然万般不愿也是推搪不得，至于张家嘛……"说到这里，似微愁地轻唉了一声。

不明就里的晏夫人果然接过话头："听说那张绿漾与他是青梅竹马？"

晏迎眉含糊地嗯了一声，心想原来是她。眸子微侧望去，尚坠的脸已白如金纸，仿似连人也站不稳了，以手轻轻撑在案角，有些摇摇欲坠。

晏迎眉不禁有些担心，当下对母亲道："娘大可放心，不管是夏家也好，张家也罢，想爬到女儿头上也不见得那么容易。"又闲话几句，便借口府里还有事，站起来准备离去。

一动不动僵立原地的尚坠像是魂魄离了体，神情呆滞茫然。直到晏迎眉出声叫唤，她涣散的眸光闻声移去，定定看了晏迎眉好一会儿，才慢慢回过神来，抬腿迈出时足底虚浮，身子一软腹部便磕撞在了尖棱的案角上。

晏迎眉大惊，再顾不得母亲就在一旁，慌忙过去扶住已痛得捂住心口弯下腰去的她，两人的行止自然惹起了晏夫人的狐疑，正想问晏迎眉是怎么回事，她已拖着尚坠急急告辞。

出了门之后，尚坠的神色已逐渐恢复平静，轻轻执起晏迎眉的手腕让她放开自己，扯了扯嘴角，仿佛想笑却始终笑不出来，哑声道："我没事。"

晏迎眉无奈地看着她："你也别动气，先回去弄个明白。"

尚坠一声不发。

不多会儿回到白府，晏迎眉一踏进偏厅便把小厮唤至跟前："怎的不见邵管家？"

"今儿来了一批新的箱奁案椅，大管家正让人收拾浣珠阁和饮绿居呢。"

若是平时晏迎眉听了这话也不会觉得异常，而今既已知晓邵印有事相瞒，一听小厮这么说，不难想到邵印已着手准备那两房的住处，由此可知他私下里不知已做了多少事情，真是气不打一处来，当下便命人去寻他。

俄顷，邵印匆忙赶来。

晏迎眉盯着他："大管家最近忙什么呢？"

邵印一听她口气不善，站在她身后的那位更是脸色苍白，气氛明显有异，不由得心头一紧，恭声应道："回夫人话，老奴也没什么忙的，都只是一些拉杂小事。"

“是么？没什么忙的？那可就奇了，我怎的听说大管家私下叫人新打了一批案椅用具？对了，浣珠阁和饮绿居可收拾停当了？白府是汴梁城里数一数二的富贵人家，大管家给那两房置办的物件，一样样可千万不能低了档次，就算比不得公子日常里的用度，好歹也得比疏月庭的贵重几分才行，不然传出去只怕会让夏张两家误以为，是我有意欺负那新入门的。”

邵印额上渗出冷汗，慌忙跪倒在地：“老奴该死！”

晏迎眉也不叫他起来，只是皮笑肉不笑地：“哟，大管家你这是怎么了，好端端的你怎的就该死了？”

“都是老奴的错，老奴千不该万不该把事情瞒着夫人。”

“你现在倒是知道不该了。”晏迎眉冷笑，本待还要再损他几句，好为尚坠出一口恶气，不料尚坠却在身后轻轻碰了碰她，示意她算了，她自然也知道事情不能全怪在邵印头上，唇一抿：“你起来吧。”

邵印应声站了起来，眼角余光掠过她身后的尚坠，躬身道：

“夫人容老奴斗胆说一句，公子……其实也是一番好意，不想让此事坏了……坠姑娘的心情，他临出门前曾交代过，回来后会亲自向坠姑娘解释清楚。”

一直沉默不语的尚坠终于开口：“大管家何时知道这事的？”顿了顿，忽然淡淡道，“是不是在大管家上张府拜会那时？”

邵印心头一凛，迟疑了下，却不得不如实相告：

“也不是那时……是过后不久。”

果然，是那人与她同房之前。

“什么时候给张家下的聘？”

“七天前。”

七天前，是在他走了之后，这么说来他在出门前已经把所有事情都安排好了，只独独瞒着她。

尚坠唇边露出一丝惨淡飘忽的笑意，那人哪里是怕她不开心，只怕是不想他自己不开心，明知她难以接受所以索性一瞒到底，只想法子先夺了她的身子，让她无路可退。

他的声声誓愿言犹在耳，没想到才一转身，背后的真相原来如此不堪。

一次又一次，已痛得麻木。

“小姐，我想出府去走走。”一刻也待不下去了。

晏迎眉与邵印暗暗对视一眼，却都不敢拦这小祖宗，两人跟着她走出偏厅门口，邵印对站在近处的仆人使了个眼色。

没走出几步，尚坠倏然螓首微侧，哑声含寒：

“别跟着来。”

故园已尘荒

小甜水巷里与南食店和李家姜铺相邻不远处坐落着一户人家，门庭的角檐斗拱因长年累月的风吹雨打已显破败颓形，两扇残旧斑驳的木门几乎已看不大出来曾经漆乌，门扉紧掩着，庭院深深的里间静悄悄的，不闻一丝声响。

尚坠站在街对面，静静地看着一路之隔外的屋子，对偶尔经过的路人投来的讶异目光茫然不觉。

约摸过了半个时辰，她慢慢走过去，一步步踏上台阶，门环上扣着一把锈迹斑斑的铜锁，明知道不可能把门打开也还是抬起手来，贴着门扉往里轻轻推去，喀的一声响，巴掌宽的门缝现于眼前。

院落里青砖地面雪土积尘，围墙墙体上有蜿蜒的细小裂缝，廊柱蛛网结灰，到处苔藓遍生，一派荒芜苍凉景象，不知已人迹罕至多少年。

她把额头抵在蚀痕斑斑的旧时门上，终于无声地流下泪来。

合上眼，耳际仿佛依稀仍能听见母亲温柔的叮嘱声。

“坠儿，别跑那么快，小心一会儿摔倒……坠儿，慢点儿吃，别噎着了……坠儿，来试试这身衣裳，娘给你新做的……乖，听娘的话别这样对你爹……傻孩子，别哭，娘的身子没大碍，听话去睡觉，等明早醒来娘就能起床陪你了……”

她以手掩脸，汹涌的泪水不断地从指缝间渗出，蔓延了整个手背，已经过去那么多年，为什么还没有忘记？

为什么别家女孩儿的娘亲都健在，唯独她小小年纪就再也没有人疼爱……为什么那个人已经有了娘还不满足，还要再娶姨娘……

几个少年哥儿高声说笑着从南食店里出来，张玮缙夹在人群当中，不经意间看见了不远处那道伏在门上双肩微微抽动的细致身影，凝目细看了下：“咦？怎么那么像小天仙？”

他三步并两步跑过去，走近时看清了确然是尚坠的侧面，不禁喜出望外，一掌拍在她的肩膀：“小天仙你怎么会在这里？”

受惊的人儿倏然抬起头，一张泪水纵横说不出悲伤哀切的小脸映入张玮缙的眼帘，几乎没把他吓傻在当场，急急问道：

“你怎么了？发生什么事了？”

醒觉失态的尚坠飞快背过身去拭泪。

张玮缙跑回去，和那些个好奇地翘首往这边张望的少爷交代几句，推搡着把人都送走之后，赶紧再回到尚坠身边。

已收拾好情绪的尚坠仍不肯看他，始终低着头，红肿双目避不见人。“我没事，你走吧。”说罢自顾自快步离去。

张玮缙急忙跟上前去：“你别这样啊，是不是有人欺负你了？你告诉我，我定帮你出气。”

“没事，你走吧，别跟着我了。”

“不可能！没事你刚才为什么会哭——完了，欺负你的人不会是世非吧？”张玮缙迭声叫道，伸手去抓她手臂，想让她停下来好好说话，“难不成是为了我姐和他的婚事？”

尚坠慌忙躲开他的手，一时被逼急了，满含怒气地低斥：“不关你的事，你别再跟着我！”避过迎面而来的一顶四人轿子，脚底下越走越快，就差没小跑起来。

张玮缙嘻嘻一笑：“今儿个你不说清楚我可就跟定你了。”

与两人擦身而过的轿子里忽然传出一声急促的喝令：“快停！”

脚夫们连忙把轿子停下，帘子被人从里头一掀，一道身形刻不容缓地钻了出来，大步跨出轿子的抬杆外，转过身来望向已走过几家铺面的张玮缙和尚坠。

一个急匆匆地非要撇下对方独自离去，另一个始终紧随其后寸步不离，十足像是一对在闹别扭的小情侣。看在路人眼里虽然对他们的出格举止惊讶不已，同时又不自觉弯起唇角，只觉这年少情怀十分逗趣。

轿中人看着两人的背影渐行渐远，回首召唤随轿的家仆：

“去查一查那哥儿，看是哪府的少爷。”

从小甜水巷一直到南门大街，再过得胜桥，经由东十字大街走到旧曹门街，无论尚坠是怒容满面还是出言驱赶，始终撇不掉笑嘻嘻地跟在她身后的张玮缙，在州街上来来回回绕了一圈儿，已是晚膳时分。

被他一番纠缠下来，她原本感怀身世一腔无家可归的心酸凄凉，不知不觉中慢慢淡化，看看天色已然渐暮，自己孤身一人，离开了晏迎眉实也无处可去，无奈之下只得拐过东榆林巷，出了宋门。

张玮缙见她终于往白府回去，也就放下心来，安慰道："你也别想太多了，看看古往今来，有哪个男子不是三妻四妾的？即便不是娶进门，少不得也会在外头安置一两处销金窝。"

尚坠冷哼出声："白老爷生前就不曾做过这种龌龊事。"

张玮缙张了张嘴，一时语塞，随后辩解道："哪能拿白伯父做准绳，他那是百年难得一遇的圣人，可你看这街上，这边店子里的，那边铺户里的，那些与我一样的男子哪个不都只是寻常人？"

尚坠淡淡地扯了扯嘴角："只因为你们是常人，就可以大言不惭地朝秦暮楚喜新厌旧了吗？古语云，命由天定，事在人为，说白了不过是你们不肯为、不愿意为。"

张玮缙呆住。

尚坠低首："谢谢你今儿陪我，你回去吧。"

张玮缙目送她走进白府大门，轻轻甩了甩脑袋，笑笑离去。

一道人影蹑手蹑脚地从藏身的树木后走出来，远远地尾随着他。

与此同时，另有一道做武师打扮的身影在尚坠进去后也闪入了白府大门，匆匆奔往管事房，寻着邵印，如此这般说了一番。邵印听罢，在屋里来回踱了几步，仔细思量下，最后还是提笔修书一封：

"你拿着这些银子去左掖门，把信交给急脚递里一个姓王的铺兵，叫他快马加鞭给公子送去。"

第七章　名数

宁许清贫郎

晏迎眉为了白世非新娶之事与邵印大发脾气，以及尚坠曾愤而离府的消息，很快在白府里私下传开，原本瞒着主仆二人隐蔽进行的筹备婚宴的动作，也因事情已经败露且随着婚期临近而浮出水面。

开始有各式各样的人往府里频繁走动，每日间总会有新置的物件送到，浣珠阁和饮绿居两处的厅堂门阁全都找来工匠新髹一番，光泽焕然新亮，庭院里也已打扫得纤尘不染，被各种奇花异卉的盆植装点得富贵高雅。

如此盛事，少不得会让那些与白府做交易的大店商全都赚上一笔，便连商雪娥也趁机给丁善名谋了一门报酬丰厚的短期美差。

“府里有个账房因急事回了乡下，偏巧这段时间里外都忙，二管家需要人手帮顶一下，可这做账房的又不好从外头请些杂七杂八的人，总得知根知底才行。这临急临忙的，牙婆子手里也没有合适人选，后来我想，你念过书认得字，以前也曾替南斜街梁家药铺管过账，可不是正适用嘛。和二管家一说，嘿，还倒给我成事了。”

商雪娥笑吟吟地领着丁善名往管事房走去。

“甥儿谢谢大姨。”丁善名应声，有些心不在焉地跟在商雪娥身后，一双秀气的眼睛悄然四处掠视，明知不可能也还是心存一丝祈盼，希望能见到那道朝思暮想的倩影。

“待会儿你见到二管家……”商雪娥不经意回头，见到他神不守舍的样子，当即敛起了笑容，斥声骂道，“你这猴崽子昏心懵脑了不是？”

丁善名窘红了脸，嗫嚅着不敢作声。

商雪娥又冷笑两声：“你和那丫头倒也好算一对儿，一个不自量力，一个异想天开。”

“大姨你说什么呢？”丁善名低声分辩。

“我说什么？你好些时日没来所以不晓得，那丫头痴心妄想还以为公子真个对她情根深种，却不想咱公子几曾是等闲之人，哪是她这种下人般配得起的，便把她吃干抹净之后撇在府里，另一边儿却暗中交代邵印筹办迎娶张家小姐做三夫人。可笑那下婢枝头没飞上，铁板却撞得不轻，这阵子府里哪一处角落不在传她的笑话？”商雪娥不无幸灾乐祸地刻薄讥讽。

丁善名听得异常难受，才要阻止她继续说下去，走廊的云纹窗棂内已传来一声轻咳，似提醒外头屋里有人，商雪娥马上警觉噤声。

两步外便是门口，商雪娥跨过门槛走进去，方在脸上堆起笑意，一抬首看见房里站着道纤细身影，继而迎上邓达园投过来的不赞同的责备目光，她的脸霎时便变了一变。

脸色苍白难堪得有如失血的尚坠从邓达园手里接过月饷，转过身来，低垂着首也不唤人，从商雪娥和僵住的丁善名身边行过，径直出了门外，直到紧攥成拳的掌心传来尖锐痛觉，才懂得将之摊开。

她站定在长廊里，低首看着勒痕明显通红一片的手心，上面躺着几两碎银，这点零星银子是她辛苦劳作一个月的粮饷，却只怕还不够买一根织于白世非所穿衣物襟袖纹案的上等绣线。

商雪娥说得一点没错，是她痴心妄想，虽然嘴里不肯承认，但她知道自己的内心，确实曾经隐隐约约地渴望过，希望有朝一日会如他所说，是她，成为他枝头上唯一的凤凰。

怨他欺骗？可说到底最可笑的还是她自己，人不自重，必自取其辱，她怎么就忘了自己的身份，怎的就会一次次轻信他而忘了他的身份。

身后传来脚步声，有人怯生生叫道：“坠、坠姑娘。”

尚坠没有回头，合上掌心，一声不发往前走。

丁善名急了，跑到她前面挡住去路：“我、我代大姨向你道歉。”

尚坠皱了皱眉："我还有事儿要办，你让一让好吗？"

"我、我……"丁善名惶急得要死，可又不知如何是好，血气直冲脑门，面对着她已经紧张得连话都说不完整了。

尚坠绕过他继续往前走。

"不如——你、我……"眼看她就要走远，丁善名心急如焚，只怕她这一离开自己此生便再无机会，终于忍不住冲着她的背影脱口而出，"我能向你提亲吗？"

微细的叮叮声响，尚坠惊得手里的银子全掉在了地上。

她不能置信地回过头来，定定望着丁善名。

"我……"丁善名鼓足最大的勇气，"我喜欢你好久了。"

看着他手足无措的样子，尚坠原本抑愤莫名的心里觉着一丝新奇，不知为何，又还觉得有丝想笑，清冷的语调不自觉微微软了下来："你才刚也听到三管家说什么了。"

虽说贵族富户把曾收进房里的侍婢撵出去许配一门寻常人家，这种事早司空见惯，但以商雪娥对她的反感，怎么可能会同意？

"你不用管大姨说什么。"丁善名一脸坚持，仿佛已铁了心，"我只想知道坠姑娘你……你的心意如何。"

她轻轻笑了笑，还当真侧首想了想。

待白世非回来，再过些时候他的二夫人、三夫人就会进门，这府里她总归是再待不下去的，她已经错过许多次，不能再那般自己蒙着自己的眼继续错下去，与其等他的两位夫人进门后给她甩脸子吆喝她做事，却还不如趁早拣一户普通人家早早出府。

微颤的长睫再度抬了起来，蕴含着一丝孤独和绝望的清色水眸凝定在丁善名脸上，银牙微微暗咬的瞬间，面容上乍然闪过一抹深切哀伤，仿佛一刹那她已费尽全身力气做出了最后的决定：

"如果你能在三天之内把婚约办好请媒婆子送来——"她转过身去，苍茫地直视前方，嗓音中带着丝无法隐藏的哭腔，以至连声调都已微微沙哑，"我便……许了你。"

原本已开始后悔自己鲁莽的丁善名一听这话，整个人呆了，意料之外的欢喜铺天盖地涌上心头，只觉一股热潮直冲眼眶：

"你说的可、可是当真？"

尚坠自顾自笑了笑："难道你不当真？便这府里的传言已无法让我继续容身，不是吗？"

丁善名涨红了脸，急切解释："你误会了，我绝无乘人之危的意思。"

"我知道。"尚坠轻轻叹气，他之所以会如此唐突，一来大概因为商雪娥的那番说话而心生愧疚；二来或是看她处境可怜由此动了恻隐之心，冲动之下起了想照顾她的念头。

"你放心，我以后定会好好待你。"丁善名低道，心里暗暗续上一句，此生他绝不会像白府公子那样对她始乱终弃。

尚坠点点头，倘若真能成事，其实那是委屈了他，内心也觉得对他不住，只是既然上天在这种时候让他来做她的救命稻草，已憋得窒息的她说不得要攀上去喘一口气。

幸而这些年下来，她也攒了点银子宝货，身边多少有些积蓄，勉强也能撑得起寻常人家买几十亩田地，又或开几间店铺，带过去也算是弥补于他。

回到疏月庭，把这事和晏迎眉一说。

晏迎眉当场从椅里跳起来，怒声骂道："你疯了不成！"

尚坠淡淡地道："你生在富贵家，嫁在富贵家，有生以来无一日不是锦衣玉食，荣华享尽，到头来可曾快乐？"

大房又如何，正妻又如何，曾经备受宠爱又如何，到最后也不过是坐在这房中一日，已尽知往后三十年寂寞岁月。

如同当初她的母亲。

晏迎眉被她简单几句堵得哑口无言。

尚坠冷静惊人：

"与其在这种大户富府里仰仗他人鼻息过日，何如索性嫁个清贫郎，我带份丰厚的嫁妆过去，做一个说话掷地有声的当家主母，或许还能图一双人白头终老。"

归暮恨成伤

竟然真让丁善名办成了事。

本来凭他一人之力，便磨破了嘴皮子也说不动商雪娥分毫，她不但不同意，反而厉声把他骂将出来，郁郁不乐地回到管事房来，像根蔫了的秧苗似的，极其委顿地趴在桌子上。

邓达园是何等聪敏厉害之人，看他这样子，只稍稍拿话一套，丁善名便一五一十把苦水全盘托出，邓二管家听罢，眼底飞快闪过一抹谲光，声色不露地说可以帮他一把，让他去把商雪娥找来。

由是两位管家便避着丁善名密谈了一番：

“你那外甥儿一门心思只想结成这头亲事，既然尚坠那丫头都已应允，你既不是他爹又不是他娘，如此费工夫阻拦，只怕日后他不但不认你的好，弄不好还怀恨在心，你这又是何苦来哉？”

商雪娥长长叹息一声：

“话是这么说，可二管家你也想想，便疏月庭那房大的，已经娶回来这么久了，可底下哪个不知她只是处闲放的摆设？咱府公子儿曾收过侍婢进屋，他虽然始终没给那丫头名分，如今更瞒着她另娶他人，但也不能肯定公子就真的对她没半点儿情分。善名那孩子年纪还小，不知怎的被那丫头片子迷了心窍，他是不懂人情世故，可我这个做大姨的，却不能眼睁睁看着他往公子的刀口上撞不是？”

邓达园对她大摇其头：

“我说商婶儿，你精明的时候确实精明，可糊涂的时候也真够糊涂的，又不是一时半会儿就让那两小的成亲，如今不过是要下帖子订一纸婚书罢了。你便想想，疏月庭那两人交情非比寻常，若然坠丫头出阁，夫人少不免会送上一份丰厚妆奁，倘若公子也真个铁定心思放她出府，以他一贯为人也断不能亏待了她。且话说回来，假使公子回来后不乐见这事，他便要你毁约断了你家甥儿的念想，说不得也会费些银钱贴补你们。无论结果如何，你妹子家也不会损失分毫，反而平白无故捡了个天上掉下来的大金元宝。”

商雪娥迟疑了下，多少被邓达园一番话说活了心思，想她妹子家只是户平民，虽然也有几分田地，但一家几口全赖日出而作、日落而息，家境实不宽裕，想讨门好一点的媳妇着实也不容易。

反观尚坠虽然是个丫头，可凭良心说，她不但模样儿出落得标致，更兼是跟着晏迎眉这种大户人家的小姐出身，比起府里那些斗大字也不识一个的婢女来，要知书达理得多。撇开白世非爱逗她不谈，便日常里也不曾见她像其他婢女那般和府里的家仆打俏嬉闹，品行也算十分端庄，这般人儿配丁善名倒是绰绰有余了。

最令她心动的自然还是邓达园话里的那层意思，要知道白世非随便动一动尾指，已抵得过普通人家几辈子的衣食。

商雪娥想来想去，总觉得应可一试，但心里又多少还是有些顾虑，不太确定地问道："这办法真行得通吗？"

邓达园见她嘴风已有所松动，眼底光芒乍闪即没，无比笃定道："公子的性情你又不是不清楚，就算他回来后当真不悦了，顶多不过想法子把事情搁下来而已，还不至于会和我们这些下人计较。"

府里除了白世非就数邓达园的才干最为出色，既然一向事情看得十分精准透彻的他都这么说了，那应该是不会出什么差错。商雪娥终究放下心来，这心思一定，转念便怕错失良机，赶紧与他作别。

在她离开之后，邓达园的神色却变得有些忧心忡忡。

商雪娥找到丁善名，也不多话儿，只嘱咐他马上回去让娘亲请个嫂儿，她这边会再找来常在白府走动卖珠饰翠花的刘嫂儿，使两人同做保山去为他说这门亲事。

丁善名大喜过望，生怕商雪娥转瞬反悔，也无心多问她是怎么被邓达园说服的，只急急脚一溜儿跑出门，回家央娘亲办事去了。

翌日一早，媒婆子便把东西备齐了来到疏月庭，晏迎眉心里纵有千般不愿，也还是拦不下已打定主意的尚坠，她与丁善名两人的婚约就这么仓仓促促地订了下来。

还没到日中，府里已像煮沸的粥一样传开了这事。

后知后觉的邵印对着邓达园顿足：

"你不阻拦也就罢了，怎的还存心瞒着我怂恿大妹子行事，你倒是说说，等公子回来，可如何向他交代？"

邓达园脸上也有着同样的忧虑，但更多的还是无奈，微哂道："我自然也晓得事情过头了，可除此以外已别无他法，我若不这么办，等公子回来才真的不知怎么向他交代。"

邵印一怔，这话却是什么意思？

邓达园已闭上了嘴，不再多说什么。

府里关于尚坠另许的话题在沸沸扬扬数日之后，终于淡了下来。

黄昏时分，晚霞初上，开封府的城内城外炊烟袅袅，不绝如缕，夕阳下有两匹骏马一前一后从远处疾驰而来，最后喝停在壮观宏伟的白府府邸前，已离家半月的主仆两人终于归来。

白世非翻身下马，将缰绳扔给来牵马的小厮，白衣风尘仆仆。

邵印和邓达园早已闻声一同赶出来迎接。

面有疲色的白世非边往前厅走去，边侧首望了眼跟在身后的邵印。大管家连忙上前，把他离府后发生之事都简略禀上，当说到尚坠无意中知晓了他要娶张绿漾时，少不了清楚详细地复述一番。

白世非听罢，懈怠倦容上露出一抹苦笑："她人在哪儿？"

邵印与邓达园对视一眼，后者低头惶声道：

"公子，还有一件事儿。"

"什么事这般吞吞吐吐，说。"

"坠姑娘与商管家的外甥儿……订下了婚约。"

白世非倏然站定，转过身来，睁大了一双布着浅细血丝的瞳子，愕然不解地瞪着邓达园："你再说一遍？"

邓达园当即把前袍一撩，跪了下去："小人实在无计可施，最后不得不出此下策，甘受公子责罚。"

白世非气急败坏，心头焦虑横生，背着手往前猛走几步，又走将回来，终于还是忍不住霍然抬手，指着他大声怒骂："我便叫你演一场戏，却没叫你把她逼出府去！你纵有三分脑子也断不能把事情办成这般模样！"

邓达园脸色沉静，也不辩驳，只是叩首服罪。

旁边的邵印这时已多少看出了眉目。

想来应是白世非在临行前暗中有所交代，而邓达园为着把事情办得逼真，不但连自己也自始至终被蒙在了鼓里，他还索性一不做二不休促成尚坠订下婚约，如今想来，早前府里那些禁也禁不止的闲言碎语，约摸也是与他有关了。

面对着一脸忠心耿耿长跪不起的下属，白世非终究再骂不下去，强自按下胸中怒气，对邵印喝道："她在哪儿？"

邵印急应："说是在后花园里。"

白世非拂袖而去。

直至他走远了，一旁的白镜才轻声嘀咕，埋怨不已："两位管家也真是的，公子打从接到信儿便日夜兼程往回赶，这些天里吃也没吃好，睡也没睡好，你们好歹也让他先坐下来喝口茶歇会儿。”

春寒料峭，晚风吹过林苑里秋水无际湖的湖面，拂起涟漪。

一道萧索纤影独自坐在湖心的水榭里，投在地上的寂然影子被冬末残阳渐拉渐长，仿佛整个人已融在风中，如泥塑似一动不动，只静静看着辽阔天幕下飞过的离群孤雁，往苍茫远方掠去时发出一声悲鸣。

过去几日里她大门不出，二门不迈，几乎足不出疏月庭。对于外间的蜚短流长全置之不理，唯一令她难受的是，晚晴、晚玉和晚弄等几个从前要好的手帕交，差点没与她彻底翻脸。

她们一致认定，她摆明了是对不起白世非。

她无心辩解，个中凄苦滋味，不足与外人道说。

耳际传来几不可闻的细微声响，似是底面极柔软的云头锦鞋不经意踩到了细小砂砾，由此打破了原本行走时的悄然无声。

上一刻犹无言地远眺天际，下一瞬尚坠已从石栏上边跳起来。

别离这样久，相思和担忧早积聚得苦不堪言，然而她见着他那瞬间黑瞳里浮现的惊悚，以及骤然降温的冷绝，令白世非心口一阵怆然，那许多体己话就这样停滞唇边，再也说不出来。

尚坠冷冷凝睇着他，极力控制着心底的微微骚动。

分隔了十多个日夜后乍然重遇，在薄暮湖光中他的黑发两鬓像是染了一层烟云尘霜，原本清朗雅绝的俊颜此际倦容毕现，血丝浅淡的星目不复泓水幽渊，薄唇起初动了动，最后却默然轻抿，眼波里流动着一抹深沉难懂的暗伤，仿佛如斯无奈，又仿佛掩藏着一丝失望，整个人看上去疲惫不堪。

不知为何，这样的他让她觉得陌生，内心隐约有些莫名慌张。

“你便不能够等到我回来吗？”他终于开口，说话很轻很轻，带着些微自责，却还掩不去语气中一抹幽怨索然，她何以非得那般绝情，便连解释的机会也再不肯给他一个？

尚坠垂在袖子里的两只小手慢慢又握成了拳，尖细指甲因用力过度而刺得自己疼痛入心，绷着的小脸别向一旁不肯再看他，也不肯说话，君将另娶，妾拟他嫁，事已至此，多说何益？

再过些时日，便是两两方休。

她抬腿走出亭外，一步步从他身前走过。

白世非望着微波薄泛的湖面，心口无边无际的苦涩最终化成微风中的惨淡低语：

“你若曾对我有半点信任，我又何须对你诸多隐瞒。”

深宵惊魂乱

回到疏月庭后，尚坠也没和晏迎眉提起已经见过白世非。

自打白世非离府，晏迎眉便一直留在房中用膳，几名丫头侍候她膳罢，尚坠如同前几日一样，拖拖拉拉地留在屋里做些可有可无的杂事，刻意避开不与晚晴等人同往角院的膳房用餐。

她无心为自己说话，也不想听他人教诲。

此时此刻，她不愿与任何人交谈。

膳房里空空如也，只她独自在座，桌上饭菜都已凉冷，她有一箸没一箸地拣着些菜下饭，其实完全食不知味，吃到半途，有小厮端来一碟热腾腾的红蓼，说是厨房给她加的菜，她虽然没食欲，也还是夹了几嘴。

吃过晚饭回去，晏迎眉也没甚事，吩咐一干下人都回房休息。

她躺在床上，翻来覆去，其实一点儿也不想去回想，可脑袋总是不由自主，每忆起他的说话，心尖都像被什么东西揪扯了一下，闷闷地一阵隔一阵地疼痛着，难受得无法形容。

好不容易终于困意来袭，却异样浅眠，便窗外有些风吹草动都会迷迷糊糊地睁一睁眼皮，魂梦在黑暗中找不到落处，茫然俄顷，才醒觉原来自己正躺在床上，复翻身合眼再睡。

如此被惊扰了几回，逐渐觉得脸上似往外冒着热气，身子十分虚弱，连翻身都没有力气，而胸腹里似有一团浊气郁结不散，胀闷绞滚，闷痛加剧，却欲吐不出。

又熬了小半会儿，实在支持不住，唇干舌燥的她从床上爬起来，攀手往床头案边想拿茶壶和杯子，却在倒水时手一软，茶壶滑落将杯子碰倒，砰的一声落地开花。

腹内一阵翻涌，她扶着案边呕了起来。

深夜里万籁俱寂，杯子碎裂的声音显得惊人清晰，把睡在隔壁的晚晴惊醒过来，凝神侧耳，听闻尚坠房中仍然发出声响，她起身掌灯过来，推开虚掩的房门，睡眼惺忪地问：

“坠子你怎么了？”

正吐得天翻地覆的尚坠只觉喉咙一滑，噗地咯出一口血来。

晚晴顿时睡意全飞，惊叫一声，把油灯放下奔过去给她顺背。

脚步声响，晏迎眉也已披衣过来：“怎么了？大半夜的闹腾什么呢？”一眼看见地面秽物上的血块，吓了大跳，急声吩咐开门出来的晚玉，“快！去找邵管家请大夫来！”

尚坠虚弱地靠在晚晴的手臂里，唇角仍沾着一丝血迹，勉强打起精神对着晏迎眉轻轻笑了笑，有气无力地道：“我没事，这大半夜的……别去麻烦邵管家了……”

晚玉过来一看，也惊得不轻，赶紧提了灯笼跑出门去。

晏迎眉既急又慌：“都吐血了还说没事？晚晴你把她扶到我房里，多取一床被子给她捂着，把房里的炭火簇旺些，再去烧点热水过来。”

全身发软的尚坠脑袋昏沉沉的，身上绵绵不绝地渗出冷凉的虚汗，人虚弱得连眼皮也抬不起来，只任凭二人施为。

晏迎眉和晚晴合力把她安置好，拧了温热的面巾给她拭去阵阵虚汗，不多会儿，庭院里终于传来纷杂的脚步声，晚玉领着邵印和大夫急匆匆赶了过来。

大夫先号了脉，再看过她吐出来的血，又仔细问了许多情形，最后道：“没什么大碍，只是吃错了东西，加上风寒外束，内郁所致。”

晏迎眉不解：“若只是风寒，怎的会吐血？”

“那血块色泽紫暗，应已积瘀多时，可能姑娘曾被外力伤及内腑，此次病发引得郁而化热，热乘于血，迫血妄行，随气上逆所致。夫人无须担心，老夫开张散寒清热的方子给她吃两天便没事了。”

晏迎眉听他说得头头是道，总算放心一些。

扰攘了半宿，邵印偕大夫走出疏月庭时，远处天色已微曚。

把大夫送走后邵印悄然进入第一楼。

平日十分宽敞的厅堂此刻全然笼罩在一种静止的浓墨黑暗中，厅里一点微细火星也没有，仿佛当空覆下巨大的乌翼，把整个世间都收在了黎明前最深最暗的黑幕下，使得这份黑暗往东南西北哪个方向都蔓延不到尽头。

便在这样的乌漆抹黑中，厅堂正中的紫檀案旁无声地坐着一人，双手手肘支在桌面，锦袍华袖洒案宕叠，手中酒杯端至唇边，缓缓仰首一饮而尽，左手执壶慢慢斟满，端起来，再度以杯倚唇，浓烈酒液顷刻间又次顺喉而下。

直至檐廊里传来细碎脚步声，白世非手中的酒杯才微微一顿。

一团橘红的灯笼光亮停在门外，邵印低声道："大夫已经看过，有些轻微中毒，因为用量少所以没大碍，小的已吩咐下去，先熬碗灵芝汤给坠姑娘祛毒，明儿再吃两剂药茶调养一下便没事了。"

在那小圈昏暗红光的浅浅映照下，白世非的侧影如刀雕石刻，便连说话声也平静如水："辛苦了，去歇着吧。"

见他如此反常，表情言谈全不似过往，邵印也不敢多言，只躬身退下。

手中酒杯在黑暗里再度就唇，白世非慢慢饮尽。

那时踏雪寻梅，闻笛声而前往，仿佛已是上一世的事。

今夜，他若出了这第一楼的门口，邓达园的一番苦心便算付诸东流。

良久，他搁下杯子，双手按在桌上，起身时衣袂纹弯缬乱，一双沉色冷眸在无人看见下凝成肃厉寒锋，怒意与杀气齐齐腾凌。

日后会悔不当初的人，绝不会是他白世非。

珠泪为谁淌

宣德门内群殿巍峨，庆寿宫中周晋正在回刘娥的话：

"白公子这些天里不曾去过疏月庭。"

"一次也不曾去过？"刘娥细细盘问。

"是，不过那丫头自从病了以后便不喜食，他曾吩咐下去让厨子用稀有的名贵食材给她熬制八珍粥，还叮嘱姓邵的管家每顿必得端去百年山参汤。"

刘娥缓声道："依你看来，他对那丫头是有情呢，还是无情？"

若说白世非对那丫头有情，传回来的消息却指他不曾去看过她一眼，而是亲力亲为专心筹办即将到来的婚事，可若说他对她无情，从她患病后他却又特地嘱咐下人们要照顾周全。

态度如此扑朔迷离，叫人捉摸不定。

周晋神色谨慎地恭应："卑职只是想，他若真心喜欢那丫头，按说便不该那么明目张胆，弄得府里尽人皆知。"

白世非做事一向滴水不漏，他要是动了真心，又怎会对太后毫无防备？

再往回想深一层，他在得手后优哉游哉地出门，临行前让下人暗中筹办亲事，表面上瞒着那丫头似乎是怕她闹意气，但没准是他故意为之？自己从风头火势中抽身，把烫手山芋扔给管家去处理。

这一招避而不见极是高明，那丫头若想不开，麻烦也不会染上他身，反正他吃也吃过了，不出几日还有两位新娶的夫人在等着，而他选在那丫头下火之后才回来，她若能被哄得回心转意，他尽享齐人之福又何乐不为？

刘娥沉吟了半晌：

“你的意思是——世非对待那丫头，与他平日做事的手法完全无异？”

“正是。”

一个男子若对一个女子动了真情，又怎么会如此这般充满了算计？像他们那种世家子弟，说到底有哪个不是喜新厌旧的货色？就算再宠哪房妻妾，也不过是情动一时，哪有什么天长地久可言，玩弄个把侍婢，更是寻常之至。

“别看世非年纪轻轻，城府之深实在难测。”内里越是铁石心肠，面上越是温和宜人，刘娥打住话头，凝眉思索了片刻，“以他骨子里的那份桀骜不驯，若说他会对一个女子死心塌地，哀家还真不太相信，只不过——你想得到的，怕是他也早就想到了，他为了个丫头如此大张旗鼓，反让哀家觉得未必只是虚张声势。”

“依太后之见……”

“哀家让人动了那丫头，此举是为敲山震虎，让他知道哀家即便不对付他，要杀他的身边人也是易如反掌，而他不遮不掩格外护着她，只怕也是故意做给哀家看，有着投石问路之意。”

“太后的意思是，他先把那丫头捧起来，然后再根据太后对那丫头的处置来窥测太后之于他的真正态度？”

刘娥颔首：“良禽择木而栖，哀家到底是真正欣赏他，还是纯粹只想利用他，他要是连这点都不曾深思试探一番就向哀家投诚，那哀家反而不得不怀疑他的用心了。”

周晋脸上露出恍然之色：“还是太后想得周全。”

同一时刻，在白府墨宝飘香清雅无尘的书房里，议事完毕各房管事陆续退出之后，邓达园忍不住问：

“公子也不怕太后真个对坠丫头下毒手？”

白世非淡淡一笑：“她一贯小心谨慎，没有厘清我的意图前，断不会贸然行事。”尤其对于尚坠另订婚约一事，他回来后不但没有加以阻拦，反而听之任之。任是刘娥想破头皮只怕也想不到，尚坠对他的重要程度偏偏正如他所刻意张扬的那般。

他虚虚实实的行事，免不了会让生性多疑的刘娥以为，即便他对尚坠有几分喜爱也不过是把她当棋子使，而当刘娥认定了他断无可能会受一个微不足道的下婢的生死所影响，她就不得不考虑，他也许并不在意身边多一个或少一个侍寝的丫头，但她却不能轻易犯下因杀卒而丢车的大错。

由此，把尚坠摆到明处，反而比藏着掖着更安全。

“要不要处置那下毒之人？”邓达园又问。

白世非的目光寒了寒，冷笑道：“平日里吃用我的，花使我的，一转首为了些蝇头小利便可出卖我，也不想想自己有没消受横财的命，这种蠢货不劳你去对付，太后那边自会灭口。只是我却不喜这种肮脏事发生在眼皮底下，无端搅和了府里的清净，你且彻查清楚，都撵了吧。”

“小的明白。”早些时候不好动作，如今事已了，要寻个借口把人棒打出去还不容易？

白世非转头看他一眼：“她怎样了？”

“坠姑娘身子已经大好，只是还有些虚弱。”邓达园顿了顿，放低声音，“商管家的外甥来过几趟，不过都被挡在了疏月庭外。”

白世非不悦地轻哼一声：“看你干的好事。”

邓达园不敢应声，只是躬身长揖。

白世非起身往外走，经过他身边时仿佛想起什么，侧首对他道：“去叫邵印办两桩事情，一在疏月庭里给我布置一间寝房，此外请一名道行高深的风水先生来府里看看。”

出了门口，走过膳厅时看到里头有仆人正在摆放樱桃，他心里一动，吩咐小厮拣了几样时新果子端好，随他一同前往疏月庭。

在邵印特地安排的精心调养下，尚坠已大体康复，不须再卧床休息，然而因为连日的厌食，这一场病下来，她的小脸儿也还是消瘦了一圈。

晏迎眉见白世非始终没来疏月庭看一眼，心里也曾暗暗觉得不对，私下把邵印叫来一问，他只推说公子这段时日分外忙碌。不得要领的她回头再对尚坠旁敲侧击，却还是什么也问不出，想来这小两口儿大抵闹上了别扭。

看着尚坠的身子一天天好转，形容却一天天憔悴，晏迎眉心里暗叹，白世非迎亲之日愈来愈近，这样下去终究不是办法。

“不是我想说你，那白公子娶一个与娶两个，娶两个与娶三个，又有甚分别？你何必如此在意。”

尚坠低着头不作声。

“我等身为女子，只要能守着心爱的人过日便已心满意足。可总有些男子是龙盘虎踞于世，譬如白公子，那般才智风华，原注定他是要做大事的人，你若勉强他终日只沉迷莺莺燕燕，陪你儿女情长，岂不是委屈了他？”

尚坠张了张嘴，最后仍是默然。

“我知道你心里想什么，他是不该欺瞒你，更不该这几日都不曾踏进疏月庭半步，只是大凡男子行事，自有他们一套规矩。我爹做事就从不曾和我娘交代什么，但即便他不说，你却也不会问吗？”

门外传来细微的脚步声，两人的谈话被打断。

尚坠才抬起首，便见白世非领着小厮踏进门来。

四目相交的刹那，他的眼底仿佛揉进了万千情绪，一抹眼波似尽涌深深歉意，乍闪之后又似蕴含无限爱怜。

晏迎眉使眼色把下人通通遣走，自己也借故离开，偌大厅堂里静悄悄的，只余下一个定睛凝视、另一个避而不望的两人。

纵有千言万语，此刻也无法分说，要如何告诉她，他早来不得。

再晚来，只怕也不得。

白世非走过去，慢慢在她身边坐下，拣了只柑橘剥好，一瓣瓣剔净瓤絮，递将过去，柔声道：“管家说你始终不开胃，这橘子是福州新进的，我尝过了，清洌甘甜，甚是爽口消渴，你吃些可好？”

尚坠心头酸涩如浪滔天，一股热气直冲眼底几乎强忍不住，她飞快背过身，不肯让他看见她瞬间红透的眼眶。她何德何能，竟得白家公子殷勤侍候……只怕他这般屈尊动手，也是生平第一遭吧？

“小坠。”他轻轻叹息。

心底某丝绷得死紧的弦被他微伤微痛的叫声唤断，大滴大滴的泪珠从她的睫底无声滚落，溅在襟上如雨湿衣：

“小姐说的道理……”她哽不能语，泪水沿着脸颊滑至唇边，渗入舌苔下的味道比药汁还苦更涩，右手按在胸上喘了口气，她竭力令自己在泣泪中平静，“她说的我都明白，又或许你确有身不由己的苦衷，换作别个胸怀大度的女子，也许便已谅解你，无怨无悔地支持你，可我……做不到便是做不到……小姐说得对，我不该勉强你，可是，我也不想勉强我自己。”

白世非呆住，好一会儿，才懂得伸出手去，轻轻抓住她的衣袖，人已难受得说不出话。

尚坠站了起来，一袭云袖从他指间拉起，最终抽离了他的掌握，背对着他，泪水在脸上肆意横流，她并不知自己望着何处，只是定定睁着双眸：

“那天你和我说，我若曾对你有半点信任，你又何须对我诸多隐瞒……可你又何曾想过，在男子与女子之间，誓言本应是用来遵守的，而不是……用来打破的。”

她抬手拭净腮边泪水，嘶哑难辨的话声落地成尘：

“我明日便回晏府。”

不期而众遇

到二月底，离尚坠回晏府已过半旬。

晏迎眉嫌一个人在疏月庭待着闷，不久前也回了娘家小住。

白府里一切如常，白世非仍旧是每日清早便已起来，梳洗过后神清气爽地踏进书房与管事们早议，众人也俱是有条不紊地各忙各事，而府内喜庆热闹的气象则越来越明显。

渐渐没人再提起尚坠的名字，仿佛当中什么都不曾发生。

只除了一向清朗温和的白世非，再也不与仆婢们嬉闹逗趣。

他整个人变得沉静如水，行言坐议间仍与平日无异，白衣萦玉，安之若素，唇边惯常地含一抹若现若隐的笑，然而每到人尽散去，颀长身影立于微风拂过的窗边，两泓眼波在映入旷阔的天青之色时寂寞如斯，仿佛有些世间无人明了的心事，正随浮云飘远。

三月朔日，大相国寺行斋供，请得圣旨开门外放。

晏迎眉闲来无事，偕了尚坠前去烧香。

进了寺，资圣门内殿宇雄峻，赭色红墙高耸，大门两侧建着琉璃宝塔，沿塔有金铜铸就栩栩如生的罗汉像以及佛牙等圣物，往里是笔直的川纹甬道，四方满砌白石，正殿上金碧辉煌，左壁画有炽盛光佛降九曜鬼百戏图，右壁则画佛降鬼子母揭盂，两廊下檐阿峻峭，廊内满陈当朝有名的王公贵族和文人名士的墨宝。

最繁华热闹处还数寺里的瓦市，中庭两庑可容下万人，一间挨一间搭起了彩幕帐子和各式店铺，供各地往来的商人旅客进行交易，或买卖古玩字画、珍禽异兽，或货售日常物件、诸般杂卖，或看相卜卦、歇脚吃食，无不荟萃其中，一早已是人潮熙攘摩肩接踵。

大殿内香火鼎盛，烟气缭绕，晏迎眉和尚坠烧好香，捐了灯油后也不多留，拂净裙摆便往外走，跨出殿门时却愣住了，只见前方邵印正拎着香烛供品跟在白世非身后。

踏上台阶的白世非抬首看见她们，一时也意外站定，然后目光便落在了尚坠脸上，静默地也不作声，只是瞳眸深处含着千言万语，凝视悄然而专注，似直入她心底，对四周的人来人往恍如未见，神色间却仿佛又还有些飘离于世的陌生遥远。

尚坠从未见过他这种眼神，那瞬间怔住，有些莫名惊悸。

“小天仙！”

“世非哥哥！”

同时响起的一男一女两道惊喜叫声，将在场的目光全吸引了过去，回过神的尚坠飞快低首，切断了与他的对视，藏在袖底的掌心不自觉轻轻按上胸口，只觉内里十分凄凉，无个尽头。

白世非微微垂下长睫，眼底浮现一丝怅然若失，在抬首刹那已转化为料峭春风中的温然笑意，面对已飞奔至跟前的娇俏丽人，柔美唇内似不堪扰攘地含笑吐出：“你们也来了？”

张绿漾毫不避讳地摇了摇他背剪的衣袖，高兴不已：“没承想会遇到你呢。”然后才巧笑倩嫣地朝晏迎眉福了一福：“姐姐！”

晏迎眉笑笑还礼，拿眼看向白世非，他一脸无奈。

那边张玮缙与白世非招呼过后，笑嘻嘻挨到尚坠身边：“小天仙，这里有三宝，赵笔、潘墨与孟道蜜饯果，那孟家道院王道人做的蜜饯可比上回我们在得胜桥买的好吃多了，要不要我带你去尝尝？”

正陪着张绿漾说笑的白世非把目光投了过来。

尚坠不自在地挪了挪步子，离张玮缙稍远一点，低低道：

“我要和小姐回去了。”

张玮缙叫道："朔望谒告归省乃是常事，难得今日在此相遇，这寺中好玩的地儿可多了，你便拿半日假游玩一趟不好？"又转头向晏迎眉央道，"嫂子，你便许了她吧。"

晏迎眉以袖掩嘴，方待回他说话，忽闻一声清如黄莺的娇笑：

"白公子，这么巧也来烧香？"

白世非闻声回首，身穿襦裙披帛的夏闲娉正领着丫环优雅行来，华服销金刺绣，玉环绶珮声叮咚，衬得她艳夺百花的容颜更为绝代，上前来独与白世非问安，对晏迎眉和张绿漾只笑盈盈地颔了颔首。

仿似谦逊的姿态里暗含骄倨，一时气势凌驾于二女之上。

晏迎眉回以淡笑，张绿漾则别过身去，不屑地撇撇嘴。

侍立在旁的邵印看到这般情景，不由得抬袖印了印额上虚汗。

白世非心里暗叹了声，神情无辜还无奈，却只能看着尚坠悄无声息地避到了晏迎眉身后，连望也不曾再望他一眼，最后他眸内所见只余她一抹轻动裙角。

此举看在夏闲娉眼内，却以为他含情凝视的是晏迎眉，再看向晏迎眉，眼角眉梢似笑非笑，她心里不免暗暗一惊，难道他和正室感情不和的消息并不属实？看两人的样子，竟似是情投意合。

心口按捺不下一丝骤酸醋意，夏闲娉面上却不露声色，轻笑着唤回白世非的注意："不知公子可曾听过这大相国寺的一段轶事？"

"小可愿闻其详。"

"相传太祖称帝之后，也曾来这赫赫有名的大寺拜佛。"

白世非温然笑应："夏小姐指的是，太祖在佛前燃香时，曾问陪在身侧的寺内主事僧：'皇帝该不该拜佛？'"

夏闲娉拍手赞赏："公子果然学富五车。"

当其时主事僧回说不拜，赵匡胤问为什么，主事僧应道，哪有现在佛拜过去佛的道理？这马屁拍得恰到好处，赵匡胤听了十分受用，当场表示赞许，自此以后，皇帝就成了现在佛，入寺不拜乃成定制。

白世非本绝顶聪明之人，只眸光一闪，已了悟夏闲娉何出此言。再看向她时瞳子中多了丝惊讶和趣味，微微弯了唇，仿佛带着三分欣赏，目往神授的两人犹如意会心谋，偏巧此时晏迎眉回过头想与尚坠说话，白世非的表情来不及收起，就那样全然落入尚坠眼里。

"走了吧？"尚坠垂首微声催促晏迎眉，心口仿佛在毫无防备之下突然被击穿了一个洞，黑沉沉的，空荡无依，还有一团寒煞人心的冰气在其中徘徊，似乎一颗心从里向外被寒气冰刃拉出无数口子，血丝一线线渗出来，那份痛楚无法形容。

晏迎眉看她脸色骤然苍白，慌忙应了声。

夏闲娉从白世非表情上的微妙变化明白到自己目的已达成，眼角余光掠向晏迎眉，见她与张绿漾一样其实是完全不知就里，不由得粲然低笑，深深看了白世非一眼，聪明地不再纠缠，告辞而去。

张绿漾冲她背后轻啐一口，嗤声道："都嚣张成什么样儿了。"

白世非仿如未闻，只是目送尚坠和晏迎眉离开，那张玮缙一步不离地跟在她身旁，不时指着各处与她说话儿，她似倾耳聆听，偶尔侧过首去，微微笑着应他一两句。

白世非只觉心里十分不是滋味，对着他时看也不肯看一眼，一转身却与别个男子言笑晏晏，也不嫌太过亲近了些。

"白公子？"身后传来叫唤。

这下又是谁？白世非微恼回头，一看之下慌忙转身，抱拳施礼，笑道："不知今儿寺里烧的什么高香，竟令丞相大人也闻香而来了。"

吕夷简哈哈一笑，收回原本循着白世非所看方向投去的目光，吩咐家人仆婢先去拜佛，自己与白世非闲话起来。

那厢夏闲娉进了大殿，她的侍女昭缇好奇问道："小姐，你刚才说的那个什么太祖、相国寺，到底是什么意思？"

夏闲娉轻声哼笑："现在佛不拜过去佛，那意思就是，我这个即将进门的新人，也断不会轻易委服于那位旧人。"

"小姐果然好才情，难怪才刚白公子一脸心折。"昭缇忙不迭讨好。

"世间良朋易得，唯独知音难求，白公子才冠天下，而最能让这等男子动心的女子，莫过于红颜知己。"夏闲娉不无得意地道。

未允芳容忘

白世非将要再娶的消息，在被勾栏里的说话人编成百转千回的传奇段子后终于广为人知，三位名门贵胄之女将共侍一夫，逐渐成为开封府百姓万口争传的佳话。

晏迎眉在自己家里待得乐不思蜀，尚坠仿佛也已接受了两人分开的事实，形容情绪皆似已恢复如常。主仆二人都刻意避了话题，闲来赏赏花，绣绣帕子，翻翻书籍，倒也清净得宜。

直到一日，晏夫人把两人唤进房中。

“坠儿，我问你个事。”

“是。”

晏夫人仔细端详她：“你是不是认识张士逊大人家的二少爷？”

尚坠见她脸容上似有三分笑意，黑瞳微微敛了敛，谨慎低应道：“曾在街上遇过几回，只是也并不相熟。”

“今儿早上退朝时老爷遇着张大人，两人闲聊起来，张大人说他那顽劣小儿整日价只会淘气，如今也到了年纪，该讨门亲事安定下来了。”

晏迎眉忍不住笑：“难道他想跟咱们家尚坠提亲不成？”

“可不正有此意。”

尚坠大急，上前便要跪倒：“夫人，那等人家尚坠万万高攀不起。”

晏迎眉一把拽住她：“这房里又没外人，你便站着好好说话。”

晏夫人皱眉：“你怎么就高攀不起了，说起来这事只怕……也还不只是张大人的意思。”

尚坠的脸即时白了白。

晏迎眉看她样子，怕再说下去不好收拾，抢着道：“娘，这事且不忙，张大人那你让爹先推了吧，尚坠的亲事慢慢再做打算。”

晏夫人盯着两人：“你们是不是有什么事儿瞒着我？”

“女儿能有什么事瞒得过您老人家的法眼？”晏迎眉赔笑道，眼角微瞥向尚坠，和晏夫人打了个眼色，“只是攸关这丫头的终身，也不能急在一时不是？”

晏夫人看了看尚坠，她虽然站在一侧沉默不语，然神色间掩不住的冷漠已能说明一切。她摇了摇头，轻叹口气，最后还是忍不住劝了一句：“天下哪有不是的父母。”

“行了，回头我会好好说她。”晏迎眉把话茬拦了下来。

“你说她？我还没好好说你呢。”晏夫人把矛头转向女儿，严肃道，“世非方传出要再娶，你便拣包袱跑了回来，外头那些闲话不知已说得多离谱，你再这般不着不紧下去，那妒妇之名便要背实了。”

“那就背呗。”晏迎眉不以为意。

晏夫人端起容色，厉声斥道：“你便不在乎，却不想你爹还有张老脸，得在朝中众臣里搁着呢。”

看母亲当真动了气，晏迎眉也不敢再耍嘴皮子，好声安抚道：“你老人家也别恼坏了身子，我明儿便收拾收拾回去还不成吗？”

尚坠在旁看着母女俩你一句来我一句，一个虽骂犹荣，一个恃爱生娇，不由得想到自己，这许多年来始终寄人篱下，梳着两环乌发云鬟的脑袋轻轻垂了下去。

便在此时，忽然有丫头来报，说大门外有位刘姓嫂儿找尚坠。

尚坠一愣，她几时认识什么姓刘的嫂儿？却还是匆匆告退，随那丫头一同出来，没走几步，让那丫头先去了，自己孤身站在廊柱子的阴影下，慢慢红了眼眶，虽天下之大，却哪里有她的家？

茫茫将来，未知归宿何处。

刻漏随更箭，不知不觉荏苒日落，郁纡暮昏。

白世非独自在膳厅里用晚膳，举箸调羹之间，有些百无聊赖。

才吃得四五分饱，便已没了食兴，放下牙箸，接过小厮递来的温热白巾，抹了嘴拭净手，方待起身，见商雪娥走了进来。

他淡淡笑了笑：“雪姨用过膳没？”

商雪娥连忙请安，回道：“还不曾，这不，有事找公子商量来着。”说话间神色有些忐忑不安。

从白世非出门回来之后，对于尚坠已许给了丁善名一事便不曾提过只字，仿佛他并不知道似的，又仿佛他知道了却没有放在心上。他平日里对商雪娥的态度也与往常无异，唯是如此，反而让她心里始终不太踏实。

“嗯？什么事？”白世非笑了笑。

“是——是这样的。”面对着他仿佛微感兴趣的浅笑，商雪娥不知为何觉得心里一突，有些诚惶诚恐，“老身的妹夫前不久得了病，请郎中看了几回也不见好转，左邻右舍都说不如就让老身甥儿把婚事提前办了，给冲冲喜，看能不能使他爹转危为安。后来请人翻了皇历，这月里却没几个吉日，也不好和公子撞了不是？幸而便在公子成亲之日的隔天，也还宜嫁娶，所以老身特地先来与公子告假，到时想去那边帮衬一下。”

“这事和小坠谈过了吗？”白世非漫不经心地问。

商雪娥忙道：“今儿午后媒婆子已上夫人娘家询过她的意思。”

微星乍闪的目光向商雪娥瞥来：“她怎么说？”

“坠姑娘允了。”

虽然这答案本在意料之中，白世非唇边的笑意也还是一滞，从位子里站起，慢条斯理地整了整衣裳，向门口走去，经过商雪娥身边时轻柔地拍了拍她的肩头，脸上挂着一抹不深不浅的笑：

“她便允了，我却没允，让邵印给你妹夫找个好点的大夫吧。”

第八章　得算

逼回借东风

白世非的那句“我却没允”，几乎没将商雪娥惊出一身冷汗。

邵印当天便亲自带了大夫上门问诊，吃了两宿药后，丁父竟真的好转了些，其后邓达园又派人送来大封银子和田契，商雪娥自然便再绝口不提丁善名和尚坠的婚事。

只是白世非的态度始终不冷不热，她也不敢就这样贸然跑去和尚坠提出退婚，让她苦恼的是，这时候也还不合适把实情告知妹夫一家，是故只拿种种借口搪塞丁善名，把这事无限期搁置下来。

邵印请来的风水先生在府里府外堪舆了一番后，有板有眼地指白世非居住的第一楼乃府中的财星位，为了催财旺势，他在第一楼的东方、南方、西方、北方、中宫摆了一个五方龙神银阵法。

摆阵需时三日，凡居住第一楼中的男子全须沐浴斋戒，且在阵法摆好前任何人不得寝居其间，只能临时宿于别处，更尤为重要的是，五方龙神银阵摆好后的一年内，第一楼都得禁女子出入，以免阵法的效力被女色冲撞破损。

白世非无不应允，全让邵印按风水先生的吩咐隆重行事，那三日他便宿在了疏月庭里。

后来这事传了出去，一时便有不少达官贵人竞相效仿，也在家中设下各种阵法，便连勾栏里的说话人也没闲着，把白世非入住疏月庭的举动编成了新段子，坊间原来关于他和晏迎眉感情不和的传言，很快便被新出炉的谈资所代替。

这日清晨，白镜进房来说晏迎眉回府了，不过回来的只她一人，白世非脸上一贯浅浅的笑容终于再挂不住，轻抿优雅唇角，好看的眉头少见地也明显皱了起来，瞳眸深处掠起冷然带恼之色。

那丫头说走便走，说允婚便允婚，她纵有天大脾气，他也已由着她任性发作了好些时日，怎的还没气够？仿佛他愈是纵容，她便愈是不像话，如今竟还像是打算不再回这府里似的，她心里便不愿再念他想他，他倒是奈何她不得，但她总不能够便连目中也无他这个人了吧？

白世非终究还是按下气闷，撇开一己之私，与邓达园细细商讨起各项事宜，不一会儿门房来报，说宫里来了人，两人闻言俱是一怔。

邓达园奇道："这会儿正早朝呢，会是谁？"

"见到不就知道了？"吩咐小厮去把客人请到正厅，白世非起身，与邓达园出了书房同往厅里等候。

来人却是刘娥的近身内侍，拿着太后手签，白世非往常去庆寿宫请安时早见过他多次，逢年过节时候，私下送进宫里的贺礼也不曾少了他那份，也算得上是旧相识，笑语寒暄之后宾主俩皆入座。

邵印唤人奉上极好的香茶果品，尽心招待着。

又聊了些无关紧要的闲话，终于转入正题。

"太后吩咐小人私下来见公子，是想和公子通通气。事情是这样的，不知公子最近有否耳闻？尊岳丈晏大人在保康门街上有几处门面房专供客赁之用，大约是在月前，晏大人把那几间房子都修葺翻新过了……"说到这里那内侍住了嘴，神色略见迟疑，似在斟酌往下该如何开口。

白世非端起茶杯，笑抿了小口："大人便请直言无妨，你我之间何须客气，可是敝岳丈差遣都营里的兵士去修葺房屋了？"

看他直切要旨，那内侍松了口气："按说这辅臣偶尔役使兵卫，其实在朝上也是不成文的惯例，只不承想晏大人却被言官一本参到了太后那儿。铺陈他几处罪状，说晏大人不仅劳役都营，还指派府衙的楼店务为他私自打理赁租杂事，甚至怀疑晏大人曾暗中使了法子避缴地基税。"

白世非眼波流转，心下已了然，轻缓地敛了笑容，温声道：

“劳请大人回去代为禀告太后，便王子犯法也当与庶民同罪，何况敝岳丈只乃一介臣属，太后能屈尊纡贵想到知会小可一声，已是天大的恩赐，小可内心感恩不尽，便肝脑涂地亦不足以报太后，在此谨拜请太后务必秉公处置，以正官纪朝纲。”

那内侍慌忙道：“公子不必过于担心，这折子既已递到了太后手中，说不得面上要交由御史台过问一下，想来也不是什么大事。”

两人又虚酬了一番，最后白世非让邓达园取来三两件昂贵小巧的珍玩，那内侍开始连连推搪不肯收，在白世非盛意拳拳的坚持下，终于还是纳入袖中，最后面带笑容离开了白府。

“再过几日便是公子的婚期，太后这么做是何用意？”邓达园皱眉。

役使官兵和以公谋私还是小事，不缴地基税这项却有些棘手，要知道天子脚下的汴梁城早在前朝便已是寸土寸金，如今就连皇上赐予臣子的官宅，都得按规定缴纳地基税。

白世非弯起唇角微讥：“不外乎两点缘由，一与薛奎无异，太后始终是要惩戒他们二人当初阻拦她加冠披服；再者，夏家那位是她指亲予我，在我临成亲之前来这么一着，可不削光了大夫人的面子？那边高抬一个，这边打压一个，无非是想向府内外那些献媚逢迎之徒彰显夏家新人的地位……”

他忽然住了嘴，似乎转念间想到什么，唇边笑容渐渐变深，连望向邓达园的眸子里也渗入了丝欣喜：“晏大人说不得会差人送信过来希望我帮他求情，到时你寻个由头，让他把小坠给我撵回来。”

“是。”邓达园恭应，嘴角动了动，极力敛住笑痕，“言官给晏大人安的罪名可大可小，公子却要怎样帮他？”

“太后要处置他不过为了以儆效尤，便看在我的面子上也不至于做得太绝，毕竟再过几天就是我的大喜之日，她总不好行事太过，况且那宦人也存心透露了消息，这事最后估计会交由御史台办理，你且去那边打点一下。”

不出白世非所料，约摸是下了早朝后不久，晏书就派人秘密送来书信。

邓达园出来会客，只推说白世非不在府内，把信收了下来，闲话中有意无意问起尚坠的近况，又夸那丫头能干，连番赞赏中顺口说了句，府里少了她便连白世非都觉得不自在。

最后赏了茶食银子，让来人回去转告晏书敬请放心。

过了一午，还没到傍晚时分，尚坠便面无表情地挽着包裹出现在了白府里。

只不过此时白世非却真的出了府去，所以两人也没见着。

夜袭亭色中

三月桃花带露开。

开封府上下都期待的三月初十，转眼便已到来。

不管是庭落院角还是曲径回廊，随地可见朵朵桃花，为张灯结彩的白府更添一份热闹喜色。厅堂门楣各处高贴着大红剪纸，便连院径两边的树上都结起彩缎红绸，放眼望去，府里如同喜海洋溢。

白世非大婚，有一个人必定会出席，那自然就是庄锋璿。

他在尚坠回来的当天晚上到达开封，可是，却不知怎的就惹到了晏迎眉，从他入住白府起她就托词身体不适，一连几日留在疏月庭里闭门不出，由此连带着尚坠也足不出户了。

是故从尚坠回来，白世非便没见过她的面，而因为她答应和丁善名成亲令他大为不悦，心里多少还是攒着些醋意，也就听之任之，不加理睬，反正她已经回来，人在他眼皮底下，也不怕她飞了。

夜空中，一轮弯月高挂。

那道阔别已久的纤巧身影，终于同曾经的从前一样，再度出现在林苑里，在半寒的月色中缓步而来，鬟环拂柳，裙裾迎风，走过石径，拐入曲桥，到达湖中水榭，倚着雕花白玉柱坐在横栏上，把手中笛子慢慢凑近唇边。

久违的笛音缠绵而凄清，掠过弦月下微波粼粼的湖面。

时光飞逝如斯，仿佛还是昨日。她才刚刚来到这个地方，只觉周遭一切无不陌生，独自待在这样暗泽旷阔的黑夜里，未知的将来让人茫然不安。

不过是一眨眼，仿佛做了一场梦，梦里除了自己还有那个人，仿佛曾因他而流过泪，又仿佛曾和他一起经历了多少难忘的欢乐。那些甜笑呢喃言犹在耳，丝丝旖旎也仍荡漾心间，人却已忽然惊醒，而在梦醒之后，有关他的一切，便全都成了日渐模糊的记忆。

那些从前过去，与不可知的明日一样，都是茫茫没有尽头，就如同在这无止境的暗夜里看不见一丝光亮，不知该何去何从……那个无可避免的日子，终于还是到来了……伤心吗？似乎已经不知道什么是伤心……回来多日，再不曾见他如从前一般在身边相缠不去……他与她之间，应已是就那般逝去无痕了吧……

水榭长廊在九曲八弯后依湖就岸，笼罩在树影下的芙亭边上，雍容典雅的白牡丹也盛开在三月里，一曲既终，看着水榭中的人儿起身离去，细致身影越行越远，终于在黑暗的尽头消失不见。

白世非懒洋洋道：“这一首是——《瑶台月》？”

“无限相思诉不得，独倚寒栏对月吹。”庄锋璿低沉的嗓音似微微压抑。

白世非端起酒杯，唇边轻泛一抹微莞，纵有相思诉不得吗……心头积郁多时落不到实处的慌惶闷意，终于在这一刻寻着了细微的出口，随着醇酒入喉，慢慢化散化淡了些。

“你和晏小姐是怎么回事？”

庄锋璿轻吁口气：“我前些日子出了趟门，忙起来无暇像从前一般与她联络，由是信文疏简，结果也不知她从何处听来的传言，说我与江湖上某名门之女过从甚密。”

白世非轻笑：“难怪她前段时间跑回家，原来是发你的脾气。”

庄锋璿方待回话，忽地目光一凛，闪电般一掌拍在白世非肩上，令他身子骤斜，恰恰避过从背后破空而来的一道疾闪剑光，说时迟那时快，庄锋璿右手酒杯已朝对方面门激射而去，沉声暴喝：

“大胆狂徒！竟敢入府行凶！”

蒙面的黑衣人回手剑花一挽，挑开了箭杯，在这倏忽之间庄锋璿已就着白世非的肩头借力，凌空腾跃而起，右腿力凝千钧之势，虎虎生风地横扫向对手的心口。

来人被庄锋璿凌厉攻至的腿风逼得退后半步，蒙面的黑巾上方一双精瞳闪过异光，仿佛讶然于白世非身边竟有如此高手。眼看庄锋璿落地时已将白世非挡在身后，他手中冰寒的剑身朝庄锋璿虚晃一招，趁他闪避之际已腾空跃至来时的芙蓉树上，几下疾闪，矫健身形在黑暗中越墙而去。

庄锋璿担心会不会是调虎离山，也不追赶，护在白世非身边，凛眸警觉地扫过四周，直到确定墨漆暗沉的芙蓉树林里再无异常，他才回过身来，对着一脸困惑的白世非大皱眉头：

“你最近得罪了人？”

白世非凝神细想，最后摇了摇头：“不曾，就算有些罅隙，也不至于仇恨大到要取我性命。”起身与庄锋璿往苑外走去。

想想他言之有理，庄锋璿定下神来，颔首道：“按说也是，这开封府内外敢对你下手的人，我还真找不出一个来。”

以白世非在太后和皇上跟前得宠的程度，暗地里找他麻烦倒也罢了，谁敢动手杀了他，少不得会惊动朝廷。万一龙颜震怒，严令府尹彻查下去，怕不会招来灭族之祸。

白世非压惊般拍拍心口，轻笑道：“幸亏今夜大哥在此，不然还没到明日行大喜之礼，我已命丧黄泉……”他忽地顿住，微微蹙起眉心，若有所思地喃喃自语，“明日是我大喜之日……”

旁边庄锋璿始终百思不得其解：“也不知是不是我看错了，交手时那偷袭之人曾看了我一眼，当时刚好有一线月光落在他额上，我看见他的眼睛竟不太似是黑色的，那颜色——仿佛浅了许多。”

白世非倏地止住脚步，抬起首来。

“还有，”庄锋璿在沉思中继续道，“而今细想起来，他袭击你时长剑刺向你的左肩，而不是你背部的要害处，剑势好像也不甚凶猛，仿佛意不在夺取你的性命，只是想把你刺伤而已。”

双眸乍然一亮，白世非弯唇笑了起来：

“我知道此人是谁了。”

大喜迎亲日

大礼这日，府里过百名佣仆在日旦时分就已起来忙碌。

按迎亲的习俗，邵印一早差人把霞帔珠粉等物件送到两边女方家，夏府和张府也早早派人来白府铺房挂帐，白世非早已吩咐过让张绿漾住在饮绿居，夏闲娉寝于浣珠阁。

与这有条不紊人人奔忙景象相异的是，身为新郎官的白世非却和往常一样，黎明时分起床之后，依然是前往书房与邓达园及各房管事会晤。

“消息已经确凿，朝廷将派人带两万匹藏绢前往秦陕两地，用来贳银买马。”有管事详细禀道，“本朝战马大多通过秦晋两地的商人从契丹买回，早在半月前小的已按公子吩咐，以几家不引人注目的马苑把附近各州府往来客商手中的马匹全部购下，朝廷此次前去，大抵只能与本府的幕后主事交易。”

“不错。”书案后传来白世非温和的声音。

坐在椅子里背对着房中众人的修长身影仍未换上新郎官的衣饰，黑发顶端戴着一顶由五色宝石镶嵌而成的名贵花冠，两颊边的结络缨带拂过雪色微透的耳坠后垂荡胸前，左手手肘搁在身侧桌案上，懒懒倚着仰首看向挂满一整面墙的手绘地域图。

图上弯曲密麻的线条中，有工整小楷标注出大宋朝的整个疆域，十八路七府二十一州郡，以及详细画出了朝疆周边的所有国家。

沉思俄顷，白世非微往后向邓达园侧了侧首：“你调集两浙路的绢帛织品运往西边，设法抢在朝廷之前与各大商贾进行交易，务必使朝廷的藏绢难以出手。”

邓达园目蕴精光：“如此一来，吾等便可与朝廷官员接洽，把藏绢全部压价买进，然后再暗地里哄抬马匹的价格。这么一进一出，可不是狠赚了朝廷一笔？”

“此外，大食和古逻的使者不日将从南边海路奉表来朝，你赶在他们和朝廷的朝贡交易前，把藏绢卖到那两国的贡使和蕃商手里。”说罢目光往座中掠去。

另一位管事即刻躬身道：“禀公子，南面诸事也已办妥，包括广州、明州、杭州、泉州四大州在内，凡是朝廷设置了市舶司的州路，都已有本府暗设的私营铺子。”

近年来朝廷在南边的大州府设立市舶司，以管辖与大食、占城、勃泥、古逻、阇婆、麻逸、三佛齐等海外诸国的货贸交易，其主措一为对海外国进来的某些货品如犀角、珠贝、象牙等实行禁榷，只许官营买卖；其二则通过对来往船只抽解舶税及博买舶货等方式谋取巨额利润。

“邓二，不管是运出去瓷器、蜡茶和丝帛，还是运进来药材、香料和苏木，我要控制所有商船，倒卖所有禁榷的商货，去年市舶司收入约为五十三万贯，让我看看明年此时他们还能剩下多少。”

“小的明白。”

被椅子遮着只能看见一抹弧美的唇角，终于翘出笑意。

“这件办好后，你替我留意各州府的盐钞动向。”

此言一出，在座管事无不面露惊色，偷偷地你窥我一眼，我望你一目，尽皆不敢作声，即便是每日里手中何止过几千万钱的邓达园，当下也不免吃了一惊，但也没多加询问，只是恭应了声。

与书房里不为人知的安静交谈相比，大街上则热闹得无与伦比。

由于有两位新娘而新郎只一人，不管白世非先上哪家迎亲，后面那家肯定都会有微词，为了免使外人认为他厚此薄彼，在征得夏张两家都同意后，迎亲队伍他双双缺席，只在府中候着，待新人们迎回来后再一同拜堂。

两顶八人抬的装饰精美华贵的大红花轿分别从夏府和张府里出来后，各由十二位乐府乐师组成的锣鼓队伍一路吹打着欢快喜庆的迎亲曲子，吸引了无数路人的目光。不少扎着角鬟丫髻的小孩儿们脸上充满了新奇，嘻嘻哈哈地绕着迎亲众人你追我赶。

排场何其壮观，唯独缺了新郎。

如果说白世非第一次成亲曾轰动整个开封城，那么这次再娶则成为坊间津津乐道的奇谈，即便多少年过去，也还被汴梁河两岸代代相传。

一切都很顺利，只除了张绿漾的轿子中途被不知哪里来的几名恶霸缠住，后来还是媒婆子机灵，赶紧封了红包打发掉，这一耽搁到白府便迟了。虽然没误了拜堂的吉时，却因晚进门而不得不屈居在夏闲娉之下，成为名位最末的三夫人。

满庭三千宾客，几百酒筵喧嚣，无不争相向新郎敬贺。

已换上金丝精绣大红袍的白世非笑脸如靥，来回穿梭在各席间，来者不拒。宴席延续到了晚间，任是他千杯不醉的酒量也已被灌得微醺，最后邵印和邓达园不得不近身来为他挡驾，让白镜把他扶进后堂去稍做歇息。

“公子爷。”白镜端来解酒茶。

白世非接过，慢慢呷了口，原本细致如玉的容颜已被酒意醺得透红，如同敷了层淡淡胭色，眉间唇际没有一丝笑容，连同一贯的温和熙宁也全部消失，神色难得一见地冷淡，还夹杂着些微厌倦。

这时邵印走了进来，手中捧着一个檀木描金的锦盒：

“荆王府特地派人送来贺礼。”

白镜轻笑出声：“这荆王爷也真怪，咱府又不是没送帖子请他，却不见他来喝公子的喜酒，这当下宴席都快要散了，他倒差人悄悄儿送了礼来。”

白世非把盒子打开，里面放着一对黄玉经火龙把杯，鲜丽的明黄玉色之中飘蓝带紫，这种玉质世间少有，呈七瓣花样的杯身被一条腾龙飞盘缠绕着，四周紫云祥和，以螭龙的龙首为杯把，口衔宝珠，双前爪紧攀杯口，形制独具匠心而雕工精细，确乃绝世珍品。

想是赵元俨为表其子出宫回家的谢意，白世非把盒子递给白镜："取一只留在我房里，另一只拿去送给小坠，顺道儿看看她吃过晚饭没有，要是还没，让厨子给她做几样消夜。"

白镜应声而去。

邵印小心翼翼地道："不知公子——今夜宿在哪厢？"

白世非笑笑，慢慢品茶，这就是世人所羡吗？

一整日里，放眼所至，客似云来，只独独不见那道朝思暮想的身影，古人云一日不见如隔三秋，他唇边逸出苦笑，低低叹了口气，搁下手中的青釉剔花茶杯，对邵印说了句话，然后起身出去。

直到夜深时分，客人才逐渐散退，那些想闹洞房的哥儿们在被几位管家婉言阻挡之后，也只好满怀遗憾地离开，府内一片杯盘狼藉，已忙乱了整天的仆人们仍在默默收拾。

浣珠阁的新房里，坐在新床上静候已久的夏闲娉，最后等来的却是邵印在门外的恭禀。

"公子请夫人自行就寝。"

夏闲娉抬手缓缓取下自己的头盖，红巾落处露出精心装扮过的绝世容颜，五官美得如同经过笔墨的细细描画，听闻邵印的话后脸上没有半分惊讶，只眼中射出与其容颜不相衬的深沉光芒。

陪嫁侍女昭缇见她此举，惊道："小姐你……"

她勾勾嘴角："当初晏迎眉便是如此。"没有挑头盖，没有交杯酒，也没有洞房花烛，这一切她早打探清楚。

原本心里还抱着隐约的期待，期望他可能会为她而例外，如今看来……不过她有信心，张绿漾那蠢丫头她根本就没放在眼里，唯一的对手只是晏迎眉而已。

以前外头传言白世非与晏迎眉感情不和，但从她最近收到的风声看来，只怕之前那是不知内情的人以讹传讹，便以她在大相国寺亲眼所见，白晏二人分明情意绵绵，所探来的消息也曾指这两人在府里有说有笑，就连前段时间晏迎眉回了娘家，白世非也还是每晚过去疏月庭留宿。

便连皇后表姐也提到过，他向太后要走了那支问情笛，听说拿回府送给了一个女子，只怕那女子便是晏迎眉无疑。

“昭缇，”夏闲娉目闪冷光，“你去探探，白公子今夜宿在哪里。”

不会儿，一道身影悄悄出了浣珠阁。

却说饮绿居那边，邵印把同样的说话复述了一遍，张绿漾一听，即刻从床上跳了起来，一把扯下头巾，娇颜上自有一股刁蛮中不失英爽之气，她不怒反笑：“世非哥哥居然这样对我！”走到桌边，拿起合卺酒便自斟自饮。

然后像是想起什么，忽然咬紧银牙，恨声道：“莫言！”

“奴婢在。”

“可恶的夏闲娉！真是个烂小人，居然使人拦我轿子！”竟敢惹她张小霸王，“你帮我想想法子，我非整死那夏闲娉不可！”

“小姐你尽管放心，你和白公子从小青梅竹马，她想取代你在公子心里的位子还早得很呢！便是那大夫人，外头都说她不得公子欢心，我看这府里以后肯定是小姐你最有地位。”

张绿漾侧头想了想，脸上浮起极恶意的笑：“不行，你去给我看看世非哥哥今儿晚上住在何处。”如果他敢去浣珠阁，她立马闯过去大闹一通！就不让世非哥哥喜欢那个坏女人！

片刻之后，便见又有一道身影悄悄出了饮绿居。

邵印往浣珠阁和饮绿居都通传过后，回来时去了趟疏月庭，早已灯烛尽熄的庭院里黑漆一片，寂静无声，他在紧掩门外低声道：

“坠姑娘，公子略有不适，白镜已扶他回第一楼寝下了。”

良久，内里依然没有半点声响，只隐约听闻仿佛谁在床上翻了翻身的轻微窸窣，邵印提着灯笼悄然离开。

那时白世非说：“今夜哪厢都不去，大夫人当初是怎样的，那两位也照办吧。”

夜渐深，人渐静，不知何处深街小巷，遥遥传来梆子声。斜倚床屏的白世非合上手中书卷，掩嘴微欠，眸光落在茶案上精美的杯子，微微笑了笑，挥手灭掉烛火，滑入被窝前侧耳凝听了会儿，只闻窗外桃枝在夜风中轻轻摇曳，后花园的秋水无际湖上没有笛声。

昔誓未成空

翌日，便传出白世非宴饮伤身，脾胃不适，须卧床静养。

张绿漾闻讯率先赶了过来，然而才刚靠近第一楼桃瓣飘飞的苑墙门口，就已被守门的小厮恭恭敬敬地拦下，解释说院子里有法力高强的风水先生摆下了催财旺势的阵法，严禁任何女子入内。

张绿漾闻言不高兴地扁了扁嘴。

莫言一看她的脸色，马上对小厮厉声斥道："什么阵法那么要紧！连我们家小姐也不能进去见白公子吗？"

小厮连连打躬作揖："小的纵有天大胆子也不敢拦阻三夫人，实在是因为公子早曾三令五申，还请夫人宽谅则个。"

张绿漾看他们虽然一个个都苦着脸连声告饶，脚下却纹丝未动，一径挡着自己主仆二人的去路，无可奈何之下，也只得道："我也不为难你们，这样吧，你进去和世非哥哥说一声，问他见不见我。"

"是。"小厮匆匆而去。

不会儿，就见白镜从里出来，向张绿漾长揖请礼。

"回三夫人，公子昨夜里头痛了半宿，睡得极不踏实，今儿精神尤为不济，才刚喝完药，此刻好不容易勉强入眠，小的实不敢惊动他，不如夫人先回去歇会儿，稍后待公子醒转过来，小的会马上禀告三夫人曾来探视。"

话说到这份上，可见不管白世非的病情是真是假，今日已是断无可能见上他一面，张绿漾闷闷地嘟了嘟嘴，哼声道："真讨厌！"

领着莫言转身离去。

小厮们松了口气，方待散开，却见白镜忽地看向右边院径，正不明所以，已见夏闲娉也领着丫环从繁花簇拥的树丛后走了出来。

众人连忙又次鞠躬问安。

夏闲娉笑道："大家不必多礼。"

"二夫人，公子他……"

夏闲娉摆了摆手，打断白镜的说话。

"刚你和三夫人说的我都听到了，既然公子贵体违和，我也不想进去打搅他，还是让他好好养病。”关于第一楼里设的阵法，早在汴梁城传得活灵活现，她仍待字闺中时，父亲夏竦就曾提及确有其事，所以此际也不疑有他，只微笑着侧首向后，“昭缇。”

“奴婢在。”昭缇应声上前，从袖底掏出一把碎银，好言相劝着往几个躲闪的小厮手里各塞了些，又满脸笑容地把一锭大的白银交到白镜手中：“以后还有劳几位帮衬着我们小姐点儿。”

“一定，一定。”白镜笑眯了眼，转而回头骂道，“你们这群不识好歹的蠢货，还不快谢夫人赏。”

迟疑的众人这才忙不迭把赏银收好，连连躬谢。

夏闲娉脸上掠过满意之色，也领着昭缇离去。

直到两人走远了，白镜才对着夏闲娉的背影扮了个鬼脸，抛了抛手中的银锭，然后脸色陡沉，颇有几分威势，对小厮们喝道：

“不管是哪位夫人的赏，你们尽管统统收下，但是该怎么样还得怎么样，什么话能说什么话不能说，什么事能做什么事不能做，都拿自个的小命给我掂量清楚了，万一出了什么差错，公子怪罪下来，我可保不了你们！”

众皆连声应诺。

白镜转身入内，把经过与卧床看书的白世非细细复述一遍。

白世非浅笑着以书卷掩唇，懒懒半欠，挥手让他退下。

第三朝清晨，两位新夫人回门之日，白世非遵循迎亲时的例礼，谁也不陪，在得知夏闲娉与张绿漾都已离府后，他便出了第一楼，往疏月庭而去。

穿过疏月庭院落里的游栏花径，踏上屋宇檐廊，走到正堂门口时刚好遇上从里出来的晚晴，他止步，从袖底抽出一封信来：

“把这个拿去交给大夫人。”

目光扫过门内，屋里空无一人。

视线转而跟随晚晴的背影，眼看着她推开晏迎眉的房门，然而仅只半开的门扇使得站在外头的他看不清房中情形，只微微听闻内里传来晏迎眉一人的声音，看样子，那丫头似乎并不在内。

在门口站了那么会儿，他脚下始终没有跨进去。

最后还是转身走人，没几步行至院落的拱门下，抬手拂开坠额的花枝，下一瞬间眼前一花，从拱门外匆匆拐入来的娇小身子已急急刹住，差点没撞上他，而尚坠还没来得及有所反应，一道俊雅清影已翩然挡在了她的跟前。

白世非含笑道：“早啊，小美人。”

两环平梳绾髻在他眼底福了万福，她头也不抬，只缓声道：“公子爷早，尚坠给公子爷请安。”垂视着地上一格一格的青砖，心里不由得想，今儿不是应陪两位新夫人回门吗，怎的他却在此间？

“去哪儿了？”他问。

眸光定在她垂鬟上缠缚着的五彩缨线，脸上笑容慢慢便消失不见。这是定亲女子的装束，以昭示自己已是待嫁之身。

“昨日任医官过府，顺道儿到疏月庭来给小姐也诊了脉，说是今儿会差人送些补身的药丸来，奴婢才刚向大管家讨去了。”

白世非盯着她轻颤的绵密长睫，低下头，绣金冠带一荡，逼迫她不得不抬眼回视。一双如黑玉闪亮的瞳子带着丝淡然，似竭力掩藏万千情绪而强自镇定，然而在如此近的距离，两人仿佛都能听到对方的心跳声，此刻她脸上最微不可察的一丝变化，都尽然映入了他的眸子内。

不来常忆君，相对亦无言。

一抹笑颜清新得如同晨曦，仿佛不经意便展现在了他的唇边，柔声问道：“我新婚大喜，你不送我几句好话吗？”

他夺人心魄的双眸就在方寸眼前，蕴含万千笑意的眸光仿佛温柔含情，软语脉脉，然眨睫的一瞬间眼波流动后即变成如水深渊，渊深得让任何人也无法看透他内心真正所想。

她脸色平静：“奴婢祝公子与两位夫人永结连理，早生贵子。”

“真乖。”他浅笑着称赞，却忽然抬手，以指尖轻轻划过她的脸，她的颊边霎时现出一道红痕，在她把脑袋别过去前他已收回了手，长袖拂落身后，淡声道，“我让你待在这府里看着我成亲，便是要你亲眼看看，我有否违背当初的誓言，如今你可还有话说？”

不意他言出这般，尚坠哑了哑口，白世非已越过她径自离去，她一动不动，原地静立了会儿，最后才挽起裙摆步入疏月庭。

两人往两个方向背道而走，谁也没有回头。

尚坠一进屋，就见晚晴惊慌失措地站在晏迎眉的房门外，不由得愕然：“你怎么了？”

晚晴慌忙奔到她身边，压低声音急急道：“公子才刚给夫人送来封信，谁知道夫人一看完，眼泪当场流了下来，我给吓坏了，又四处寻你不着，都快把人急死了！你赶紧进去看看吧！”

尚坠一听，又急又惊，直接推门而入，房中紫檀桌上放着一张纸笺，晏迎眉双眼通红地坐在床榻上，脸上泪痕未干。

趁着铜盘里的水犹温，尚坠拧了把洗脸巾递去，小心地问：“这是怎么了？”

“白公子捎来我娘的亲笔信，说我爹牵涉到几件案子里，今儿已被罢了相，交由御史台审理。”

尚坠目瞪口呆。

“娘怕朝廷会降罪下来，叫我近日不要回去，说白家毕竟和太后有些渊源，我是白世非的娘子，这个身份或能保我一命。”

尚坠想了想：“你何不去请白公子帮老爷疏通疏通？”

晏迎眉被她一言惊醒，看完信后心乱如麻，一时失了方寸，全然想不起那得力之人就近在眼前。

然而，当主仆两人在第一楼门前被告知公子没回来过之后，从林苑一直找到前庭，整个白府已不见白世非的人影，他好像忽然消失，直到在管事房中遇上白镜，才得知他与庄锋璿已经出府去了。

至于去了哪里，又何时回来，无人知晓。

晏迎眉和尚坠面面相觑，作声不得。

一去无音信

日月如梭，才见三月桃开，又早春气回阳。

这段时光里，不说晏迎眉与尚坠急得如热锅上的蚂蚁，夏闲娉和张绿漾也是每日里三不五时地叫丫头出来探问，白世非到底回来了没，但是两天、三天、五天，日子就这么一天天过去，始终没有他丁点儿消息。

大婚之礼刚过，两位新妇就已被晾成了旧人。

膳厅里的餐桌上，夏闲娉入座后常常是一声不哼，原本姣好的面容已阴沉得有如乌云密布，反观张绿漾则像没事人一般，仿佛故意和夏闲娉作对似的，整日嘻嘻哈哈。

要说之前夏闲娉对白世非是存心回避只将信将疑，那么在他一而再、再而三地刻意避而不见后，他待她的态度已十分明了。

昭缇曾在私底下出谋献策："不如小姐进宫去禀明太后，让太后帮小姐做主，奴婢就不信这还治不了白公子。"

"你脑子坏了不成？"夏闲娉没好气地瞪她一眼。

白世非要是那么好糊弄，何故太后从去年便谋划把她送进白府，却一直拖到今年三月，她才能实实在在地嫁进来。

"太后费了那么大工夫，把晏迎眉的爹都罢了相，可以说不但送佛送到西，还连东风都为我备好了，如今她便是安坐宫中等着我的好消息，我若成亲还没几日就去向她吐苦水，岂非自掌嘴巴显得我很无能，连个把男人的心都抓不住？我以后还如何取信于她？"

昭缇再不敢多嘴，只唯唯诺诺地应是。

"白公子眼下存心避我，我却也不宜操之过急，总得待他慢慢对我改观了才好。"夏闲娉独自蹙眉沉思了会儿，"不如把别的事情先做一做。"

"小姐要做什么？"

"晏迎眉不是一直留在疏月庭不出来见人吗？"夏闲娉冷冷地撇嘴，"你便与邵印吩咐下去，以后无论刮风还是下雨，我可都是要去膳厅用膳的，那日用之物、侍候之人，一样都不能少了。"

昭缇转了转眼珠，轻笑道："奴婢明白了，小姐是要摆起夫人的架势，立威于前，掌家于后，可是这般意思？"

夏闲娉勾动嘴角："你还算不是蠢得无可救药。"

说话间一名丫头端着热气腾腾的燕窝盅进来。

昭缇才待伸手接过，却闻夏闲娉冷声道："这是何人叫送的？"

那丫头轻声回话："说是三夫人口淡，吩咐下去要吃燕窝，大管家便叫厨房给三位夫人都炖上了。"

夏闲娉沉了沉脸，眼风向昭缇一挑。

在她身边已侍候多年的昭缇霎时便也寒下脸来，二话不说把那丫头手中的托盘打翻在地，一边使劲掐那丫头的手臂，一边狠狠戳着她的脑袋，破口大骂："你想死了是不是？！别房的零嘴儿你也敢端进来？！二夫人想吃什么我不会吩咐厨房去做吗？要你在这儿丢人现眼！"

那丫头惊吓不已，痛得眼泪都流了出来，惊恐万状地跪在地上，半句话也不敢回。

夏闲娉冷眼旁观着，过了会儿才不耐地挥挥衣袖。

昭缇又戳了几下那丫头的脑门，才停下手来："还不快滚！"

那丫头战战兢兢地从地上爬起来，也不敢拭泪，只捂着已被拧得红肿的手臂慌忙退了出去。

又过几日，白世非仍旧还没回来，倒是邵印往疏月庭送来两封信。

晏迎眉拆开第一封，看完后长舒了口气。

"尚坠，没事了。"

"嗯？"

"御史台的问讯结果已经出来，呈报给太后和皇上之后，只是免去了我爹的枢密副使和参知政事的职位，贬为应天府知州，眼下家里还算安宁。"

"菩萨保佑，万幸没有大事。"

"其余牵涉之人或轻或重都入了罪，娘说我爹之所以能从轻发落，全赖白公子在当中周旋，让我好好谢他。"

尚坠默了默，道："他连人带影都没了，可怎么谢好？"

晏迎眉拿过另外一封信，看了看抬头，递与她："你的。"

尚坠却不接，只低首道："你看便是了。"

晏迎眉依言拆开。

"白公子说他在河北路大名府，过些日子便回来。"放下信，她忍不住笑出声来，"你可记得我们初来之时？"

尚坠也轻轻笑了笑："怎会不记得。"

那时白世非也如同这般，总在静悄悄之间就已出了门，一会儿去了江北的宝货交易铺，一会儿又去了江南的丝栈绣坊，常常一走就是大半个月，好不容易人回来一趟，那京中的达官贵人哥儿少爷全蜂拥而来，府内酒筵珍馐、称兄道弟，欢声笑语日日不断。

"很久没见他呼朋唤友了。"忆起往事，晏迎眉轻叹了声，看了尚坠一眼，"这半年来白公子变了许多。"

尚坠不语，过了会儿，起身道："我去给你取些果品。"

出了屋子，却越走越慢，最后在廊前的台阶上坐了下来，双手抱膝，把尖秀的下巴搁枕在膝盖上，静静垂视地上青砖。

原来，时光真的可以使人改头换面。

到如今一切都已不同从前。

不过半年之间，一颗心已愁损不堪，仿佛老得飞快。

日子一天一天地过，越来越不想再开口说些什么，只自己知道，心底某个地方其实始终藏着无法成言的浮躁，而那张曾经含笑的颜面，也时不时会浮在眼前，在心头静悄悄地扰乱。

那样微弱却遏止不得的思念，孰对与孰错，值得与不值得，便连同曾经的无奈、委屈、泪水和心疼，于无法相见的时光流逝中，仿佛都悄悄地淡了，再淡了。

怒感己身同

由于晏迎眉向来不管事，夏闲娉的手段很快便见了效。

不但浣珠阁里的仆人们全都变得对昭缇忌惮不已，平日里噤若寒蝉，而且只要不是夏闲娉主仆俩吩咐下来的事儿，即便邵印说的话，表面上也轻易不敢遵从，怕不会儿大管家转身出了浣珠阁，自己就会招来一顿打骂。

又一日，晏迎眉依然还是留在疏月庭里，张绿漾嫌对着夏闲娉十分无趣，也吩咐下去不出来用膳，偌大的膳厅里，主桌边上只坐着夏闲娉一人。

美味佳肴被逐一端上来，最后是一道炉焙鸡。夏闲娉夹了一小箸，轻尝后却皱了皱眉，昭缇一看，赶紧上前端起骨碟，夏闲娉便掩着唇把嘴中鸡块吐了出来。

邵印见状，连忙趋身上前，诚恐道："可是不合二夫人口味？"

夏闲娉淡淡道："酒和醋调得过多，鸡块又烹煮得不够酥熟。"

昭缇快嘴地搭了句："昨儿个的蒸鲥鱼也是，没把腥味去尽，叫我们小姐如何入口？"

夏闲娉瞥她一眼："多嘴。"

"是，奴婢知罪。"昭缇朝邵印一福后退到一旁。

"都怪老奴办事不周，还请二夫人见谅，那厨子几次三番做不好夫人想吃的菜式，老奴早该把他换了。"邵印的说话似隐隐含着一丝试探，然而他脸上态度极其恭谨，又让人觉得那话里其实并没什么意味，也不过就是询请夏闲娉的意思而已。

夏闲娉搁下筷子，仿佛是想了想，又仿佛只是随意地笑了笑，轻描淡写地道：“那就有劳大管家——把人换了吧。”

“是。”邵印应了声，半垂慈目内飞快掠过悟色，再不多话。

静立在一边的仆人们悄悄地你看看我，我看看你，尽皆屏息，连呼吸也不敢大气。

膳罢出来，昭缇看了看四周无人，对夏闲娉道：“小姐对那个邵管家恁是客气。”

“你懂什么。”夏闲娉低喝，她只不过是想点一点邵印，以后府中事务，或多或少，最好能知会一下她这位二夫人，可并不想就此与他正面起冲突，“我不管你怎么作践那些丫头小厮，但是对于那几位管家及各房管事，你可得敬着点，还没到你横的时候，别没事给我找事！”

毕竟初来乍到，那几人能做到白府管家，除了才干，更重要的自然还是深得白世非信任，多少年下来，他们在府中的根基已然扎实，还不到她轻易能动的时候，一旦处理不好，便会弄巧成拙。

昭缇赔笑道：“小姐尽管放心，这奴婢还不懂吗？”

话虽如此，她在夏闲娉面前讨了骂，心里终究不舒服，回到浣珠阁后，说不得把气撒在了别的丫头身上。

却说管事房那厢，邵印眉头深锁，在屋里来回踱步，不住长吁短叹：“你说现今可怎么办好？”

邓达园端坐案后，谨慎地道：“你且忍一忍，等公子回来再说。”

“她若只是想做当家主母，我便样样移交给她，也是应分。可是从晚云、晚风到晚帘、晚文，才多少时日，已经一个接一个暗中来找我，哭着求我给她们换院子，便我亲眼看到的，她们的手背上都有藤条印子，我看不见的，也不晓得到底伤成怎样，再这样下去，我可去哪里找人来服侍她？”

白家家风一贯宽大为怀，便是白老爷白夫人在世那会儿，也不曾试过如此责罚佣仆，那些从小养在府内的丫头无不细皮嫩肉，整日里活泼泼笑嘻嘻的，几曾见识过这种狠心主子？如今倒好，一个个全变得沉默寡言，见到人时畏缩如惊弓之鸟，怎不叫他这个看着孩子们长大的管家觉得心疼。

“不如让牙婆子挑几个年纪大一点、干惯粗活、皮粗肉壮的妇人送进府来，先让那房使唤着。”

“这我不是没想过，可别的房里都是水灵灵的姑娘们，偏这房……我只怕她又趁机生事，便如今已是十分乌烟瘴气，到时会不会连累更多的人遭殃？”

邓达园笑了笑：“她就算没把你我二人放在眼里，难不成连这府里几十年的规矩，她也眼高于顶全置之不顾了？你且用这法子先拖延些时候，待公子回来便没你的事了。”

“看来也只能如此了。”邵印长叹，苦笑着道，“届时她便要寻晦气，总不见得还拿藤条抽在我这身老骨头上吧？”

看看窗外天色，斜阳渐向西坠，他忙与邓达园告辞，准备晚膳去了。

夏闲娉几句话便把厨子换掉一事，在府中遍传之后，自然而然也就传到了疏月庭里，晚晴先把从外边听来的经过一五一十告知晏迎眉与尚坠，紧接着又愤愤不平地道：“我还听说了，凡是去了那院的丫头，没有不挨打的。”

晏迎眉摇了摇头：“只要她没骑到咱们头上来，咱们也不好管别人的闲事。”

晚晴原本还想说什么，听闻晏迎眉此语，再偷看了眼她一脸无奈的神色，只好乖觉地闭了嘴。一旁尚坠将晚晴的表情看在眼内，不会儿，跟在她身后一起出了正堂。

走远之后，尚坠开口问道：“怎么了？”

晚晴气鼓鼓地一把抓过她的手腕：“你跟我来。”

她扯着尚坠出了疏月庭，三拐两拐到了东厢的下人房舍，连门也没敲，便直接推开了其中一道房门，屋子里的人被吓了一跳，手忙脚乱地抬袖拭眼。

尚坠一看，晚玉脸上尽是泪痕，陪在她身旁的晚弄也是眼眶发红。

两人行近过去，晚弄待要说些什么，却被晚玉飞快地扯了扯衣袖，她一时哑口，尚坠看了看坐在床边的两人，见晚玉只是无声抹泪，心里多少已有些了然。

晚晴先急了：“这会儿还把我们当外人吗？倒是打了哪儿？重不重？”

晚弄再顾不得晚玉的阻止，一把撩起她的裙摆，哽咽着道：“你倒是自己看看重不重。”

就见晚玉两边小腿都布满了一条一条渗血的红痕，左脚脚踝附近更像是被硬物狠狠抽打过，不但青紫发黑，还肿如馒头。

晚晴一下子就气红了眼眶：“这也太欺负人了！”胸口抑愤不已，只想破口大骂，可情急之下却短了词，一些难听话又出不了口，只气得冲着晚弄就发作起来：“你就不会陪她去找大管家吗？怎的眼睁睁看着她被人打成这样？”

晚弄着急分辩："这丫头本来胆子就小，又被那贱婢吓唬一番，开头连我也瞒着死不肯说，要不是我瞧出来她不对劲，只怕到现在还被她蒙在鼓里。我倒是逼着她去见了大管家，可大管家听了也只是叹口气，让人把她换了出来便已作罢。那贱婢背后有主子撑腰，连大管家也奈何她不得，我们这些做下人的又有什么法子？"

"先别吵了。"尚坠沉声阻止两人，蹲下身去，执起晚玉的脚踝轻轻捏了一周，又抬起转了转，"疼不疼？"

晚玉痛得齿缝间咻出一口冷气，含泪点了点头。

尚坠回头对晚晴道："你去药房讨些马鞭草、石上莲和谢婆菜。"又转头对晚弄道："你去取些白酒、纱布和一个药臼来。"

两人应声而去。

尚坠这才轻轻问晚玉："可还有别的地方不舒服？"

晚玉咬了咬唇，把衣带解开，慢慢撩起衣摆，右肋上同样有大片乌紫。

尚坠看了，脸色愈沉，眼底冒出一簇火团。

不多会儿晚晴和晚弄把东西拿了回来，尚坠一声不发，把草药拌在白酒里细细捣烂，用纱布包起来缠在晚玉腿上伤处。

晚晴俯身去摇尚坠的肩膀："坠子，要不你劝劝大夫人出面……"

"不可能的，你别想了。"尚坠打断她，太后不但钦点夏闲娉为白世非之妻，还为此把晏书贬谪出京，在这种风头火势下晏迎眉如何能轻举妄动，只怕一不小心便会为娘家招来无妄之灾。

夏闲娉的来头如此不一般，这也是为何邵印明知道她的侍女恃势欺人，却也始终束手无策的原因。

晚晴恨声骂道："偌大个白府就真的没人治得了她？难道就让那贱人一直横行霸道下去？"

尚坠不理她，边为晚玉包扎，边细语叮嘱："小姐有一樽消肿化瘀的花露，我回去后向她讨来给你，记得每晚临睡前涂在身上，再用手掌把乌青的地方搓热了，这样好得快。"直到起身之后，才回过头来对晚晴慢慢说道："也不是一点法子都没有。"

"你有什么好主意倒是快说啊！急死人了！"

"若想治那丫头……"尚坠顿了顿，定睛看向晚弄，"说不得要委屈晚弄一回。"

晚弄即刻从床边站起："只要能为晚玉出这口怨气，别说委屈我一回，便委屈我十回又怎的！"

尚坠轻轻一笑："那好，你今儿便去寻大管家，向他自行请缨要到那房里去听差遣。"

"你说什么？"晚晴和晚玉异口同声惊叫出来。

"你们按我说的去做便是。"尚坠再多不话，只寻清水净了手，然后偕一脸疑惑的晚晴离去。

第九章　因循

诛敌好借刀

晚弄虽然对尚坠的说话有些将信将疑，却还是抱着我不入地狱谁入地狱的决心去找了邵印。

听罢她的来意，邵印大为惊讶，要知道浣珠阁如今可是神憎鬼厌的地儿，府中侍女只恐避之不及，哪有像她这样，还自己提出想进去送死的？

然而不管邵印如何好言相劝，晚弄像撞邪了一般，就是铁了心要去那院儿里，也不知是为了晚弄着想，还是出于其他考虑，尽管邵印被她苦苦相缠得一脸无可奈何，却始终坚持不允，只叫她回去安生歇着。

最后晚弄被逼急了，一冲动便把尚坠抖了出来："大管家你真以为是奴婢想去那院子里遭罪吗？可不是为了坠子！我早已应承她，你如今死活不肯放我进去，叫我如何向她交代？"

邵印面容一窒："你说什么？是坠姑娘吩咐你这么做的？"

"可不是嘛！"事到如今，晚弄也顾不了那么多。

邵印先是大皱眉头，异常不解为何尚坠会给她出这么个馊主意。一旁晚弄犹自细语央求，他思索片刻后，抬起的目光停在晚弄着急期盼的脸上，困惑的思绪逐渐被某种隐隐浮现的可能所代替。

"既然坠姑娘都这么说了——"虽然神色间仍有些忧心忡忡，邵印到底还是松了口，“那就按她的意思去办吧。”

晚弄连声道谢，心里暗笑，果然还是得把尚坠搬出来才能成事。

回房后她把经过告知众人，尚坠听说邵印已经知道是自己在背后暗出主意，先是一惊蹙眉，继而眸珠在睫底动了动，也没说什么，只叮嘱晚弄小心些，可别被人欺得太狠了。

为晚玉换好药出来，晚晴再忍不住拽住尚坠：“你的葫芦里到底卖的什么药？”

“过些时候你自然知晓。”尚坠脸容宁静，眸底隐含一抹笃定，仿佛胸有成竹。

晚晴见她始终守口如瓶，半个字也不肯泄露，不由得嘟着嘴赌气道：“你就不怕晚弄也会像晚玉那般，被打得只剩半条人命？”

“这我倒不担心，晚弄平日虽然话不多，看上去像很乖巧文静，实际为人不知多机灵，她心思之活络，只怕连你也比不过。”

晚晴心有不甘地撇嘴：“就你懂得多。”

尚坠轻笑，也不与她斗嘴，两人返了疏月庭。

隔天晚弄便进了浣珠阁，一日无事，二日无非。

然而到了第三朝，到底还是撞着夏闲娉因白世非久出未归而发了通脾气，导致昭缇心情不好，晚弄没来由地挨了她几下子。

晚上几人再度聚在慢慢康复的晚玉房里，尚坠捋起晚弄的袖子，用指尖轻按她手臂上的淡红条印，只惹得晚弄连连呼痛。

晚晴不由得对尚坠抱怨：“你看看，还夸她机灵呢，不照样遭了罪？”

尚坠却一笑：“她不遭罪我还没法可施呢。”

“什么？”余三人异口同声。

就见尚坠从袖子里取出一小截眉墨，蘸了点水，在晚弄的手臂上轻涂轻抹，不几下已把那淡淡红印染成一片墨青色，仿佛曾遭人毒打过一般，她执着晚弄的手递远了仔细端详一番，再细致地补了几处色，尚坠收起眉墨，用手扇干水痕，为晚弄放好袖子。

“你明儿一早，趁天色微曚时去寻邓管家，便苦着脸托他一个人情，求他去找大管家把你从浣珠阁里换出来，他若问你是不是在那院子里受了罪，你只管连声否认。”

晚弄明明挨了打，到那时虽然嘴里不认，脸上必定还是会露出几分踌躇，这端倪又如何瞒得过邓达园？尚坠便想着也已忍不住微翘唇角：“此时他定细问于你，你若被逼不过，不妨把袖子捋起让他看一眼手上伤势，记得动作一定要快，然后便再绝口不提，赶紧向他告辞。”

晚晴听得一头雾水：“这怎的把二管家也扯了进来？万一他真个去找大管家，坠子你不怕大管家与他说出，是晚弄自己要进那院子听差的吗？”

“晚弄和二管家是同乡，去求他帮忙是人之常情，至于大管家，你尽管放心，他定然不会多嘴。”按邵印那十窍全通老谋深算的心思，只怕此刻正等着邓达园找上门呢。

晚晴还待再说什么，坐在床边的晚玉已不为人注意地踢了踢她的脚后跟，她一时哑口，迅速回过头去，便见晚玉眉梢带笑，正与尚坠交换着仿佛心照不宣的眼神。

一旁晚弄低垂着首，不知何时又捋起了袖子，正朝手臂上的疼痛处絮絮吹气，专心得似乎对身边几人的动作神色毫无所察，然而颊边隐隐的晕红，还是泄露了一抹羞色。

晚晴的脑筋没转过弯来，只以为这姐妹几个有什么事全通了气，独独瞒着她，懊恼地跺着脚道：“你们这是……”

尚坠已一把扯过她：“晚了，该歇息了，你与我走吧。”又回头对晚弄道：“明儿可别忘了按我说的去做。”越说越忍不住想笑，“尽管装得像一点儿。”掩着唇将叫嚷中的晚晴硬拖了出去。

出了房门，受不过晚晴的挣扎，尚坠只得附在她耳边细说了几句，晚晴听着听着，张圆了嘴。

翌日一早，晚弄依尚坠所言去寻邓达园。

初时面对她的哽哽咽咽，邓达园犹算神色平静，然在目光掠过她手臂上的大片乌青后，当场便皱了眉头，露出不悦之色来。

不出尚坠所料，按捺到午后，邓达园终究还是借机去了找邵印，闲聊半会儿，自然而然便把话题引了出来：“你上回说要寻几个妇人送去那院子里供役使，可找到没？”

邵印捶膝而叹：“我可不正为这事头疼着嘛，那牙婆子倒曾荐了两人进来，可都熬不过几天便请辞而去，那里头吧，始终没有合适人选；这外头吧，我虽然用工钱封了妇人的嘴，但长此下去必定有损白府名声。”

邓达园略略寻思，没有出声。

邵印又仿佛感怀自责："倘若公子回来前没把这事打理好，到时还得劳他为这等琐碎杂事操心，却叫我这张老脸往哪儿搁好？可不是白担了这大管家之名，唉——"

邓达园笑着起身："行了，今儿一个两个都在我面前唱苦情戏，那小的也罢了，老哥你已这把年纪，也不嫌累得慌。"

跟着起身的邵印听闻这等口气，显见一向行事谨小慎微到滴水不漏的邓二管家已肯逾权出谋划策，不由得大喜过望，连连作揖："我这把老骨头实在是再也经不起折腾，就烦请二管家能者多劳了，老朽感激不尽，感激不尽啊！"

"你先把人换出来吧。"

"是是是，我这就去安排。"邵印忙不迭应承。

走到门边的邓达园回首："那丫头可是受你唆使？"

邵印赶紧摆手："没的事。"只笑着推搪干净，其余概不多言。

邓达园停下脚步，定睛看向邵印，辨出是真话不假，倒怔了一怔，再看邵印脸上似浮起若有若无的笑意，脑中略微一转，为防隔墙有耳，也不多问半句，只尴尬地苦笑了下，便提袍而去。

经过东厢账房时，邓达园对里头交代道："今日王牙婆若来府中结账，带她来见我。"说完往前没走几步，后面已有小厮匆匆追来。

"二管家，二管家！公子回来了！请诸位管家和各房管事全往偏厅一趟，说是有事要吩咐。"

千结问谁解

宽敞的偏厅里，画屏正中的太师榻空着，府里仆领从邵印、邓达园、三管家商氏到七八房管事，无一缺席，已全部在东西两案入座，便连晏迎眉也带同尚坠被白镜请了来，唯独没人知会夏闲娉和张绿漾。

等候中静无人语。

不一会儿，便见一身雪白锦缎、玉冠锦靴的白世非哈哈大笑着偕庄锋璿从外阔步进来，两人在上位撩袍就座，白世非面带笑眸光掠向晏迎眉身后，停在尚坠有丝僵硬的脸容上，眸波中生出一点温柔。

慢条斯理地呷了口茶，他朗声道："锋璿近期会留在白府帮我打理勾栏、赌坊、银庄和镖局的生意，以及训练府内的护院武师。”俊目环扫全场，他缓缓又道，“锋璿与我情同手足，大家以后见他如见我，都明白了？”

转而又吩咐邵印把东北厢的听风院打扫出来。

交代完毕，从简略议了些他人不在时管事们治办的事项，然后众人鱼贯散去，除了太师椅里两位各有千秋的风华男子外，厅里就只剩下不知是进是退的晏迎眉。

白世非率先离座，走过去把尚坠从她身后扯出来，依旧将她牵到隔壁的书房里，不待她开口，他已然道：“锋璿这次跟我回来，是为了不久将来和你家小姐双宿双栖而做准备。”

尚坠愕圆了小嘴：“可是……”

他已轻轻封住她的唇。

浅吻柔吮充满爱怜，如此温存了好一会儿，白世非松开她，无声凝视，眼眸里难能再现的思念在那一刹让尚坠心头狂乱，只觉又酸又涩，想也没想，几乎是仓皇地挣开他的手，匆匆退出房去。

说不介意只是给自己忘记的借口，纵使他有千般向她解释的理由，从他大婚那日，她的心口滴血至今，从未干涸，所有经历都已印下无法抹去的痕迹，包括甜蜜的、痛苦的，明明记忆中每个片段始终清晰，却不敢放任自己回想，怕早已尘封的心会在怀念里依然哭不出来。

直至她的背影出了门口，白世非仍没有收回眸光。

一袭玄衣映入眼帘，庄锋璿从隔壁走了过来。

白世非俊颜上绽开笑容：“你聊好了？”

庄锋璿不答反问：“这么着急催我住进来，为什么？”虽然他早晚是要来把人接走，但预期中不是如今这么快。

白世非笑意自然：“我不过是为你把日子提前了而已。”说话间眉睫低处，终究掠过些许怅然。

自他再娶，她便轻易不离疏月庭半步，直到他忍不住借口给晏迎眉送信，其实是想看她一眼，她再也不肯在他面前流露情绪的介怀，着实让他备感无奈，索性便出了远门，只为想她在心情平复下来之后，会忍不住对他也萌发一丝思念，从而稍稍放松紧绷的心弦，而对他有一丝丝心软。

这段日子即使他人在外，也时时收到府中捎来的消息。

当知道自己离府以后晏迎眉还是没有去过膳厅，不管早晚都留在疏月庭里，他不希望回到开封后仍然见到这种情形继续，只好把原本计划返回杭州的庄锋璿抓了一道过来。

也许尚坠不想见他，但他不信晏迎眉会不想见庄锋璿。

这样煞费苦心，也不过是想和她多一点机会相处而已，哪怕每日里他只能见上她一面，也是好的……心头不无微涩，真要到风云落定的那一天，她才愿意相信他吗？

无论世事如何莫测，自心动的那一刻起，他与她此生是纠缠定了，不管她想退缩，还是想与他断绝关系，终此一生，她别指望如愿。

“世非哥哥！”伴随着兴高采烈的叫嚷声，张绿漾喜笑颜开地带同莫言出现在书房门口，“你再不回来我可要闷死在这府里了！”

庄锋璿侧身退到一旁，揶揄地看了白世非一眼。白世非无可奈何地苦笑了下，方要回张绿漾的话，已见在她身后不远处，夏闲娉也领着贴身丫头走了过来。

迎上他不经意投来的眸光，夏闲娉静立门边，眼内浮起若即若离的幽怨，神色带着似有似无的哀愁，让人我见犹怜。

白世非心里暗暗叫苦，只觉头疼不堪，唇边却不动声色地展开令人如沐春风的微笑，仿佛有些漫不经心的歉意与关怀，又仿佛仅仅只是略讶地挑了挑眉，他雅声曼语：“二夫人也来了？”

庄锋璿看眼前情形，自觉不便多做逗留，当下和几人作别。

张绿漾以眼角余光扫过走近来的夏闲娉，也不去与她打招呼，径自伸手拉扯白世非的袖角，将他的注意唤回自己身上：“世非哥哥，自三月初金明池开池以来我今年便没去耍过，过几日你忙完了，带我出府游池可好？”

白世非见她满脸央色，语气装得可怜至极，不由得莞尔失笑。

守在门外的白镜低声咳了咳：“公子，大管家差人来说有要紧事，敬请公子移步往前厅。”

白世非皱眉，面带斥色：“我这会儿才刚与二夫人、三夫人聚上一面，他有何事那般要紧？”朝张绿漾和夏闲娉歉然笑笑，“两位夫人且在此间稍息片刻，我去去便来。”语毕告辞，仿如全然不觉张绿漾已不满地嘟起了小嘴，以及夏闲娉面容上的失望之色。

白镜跟在白世非身后，时不时一步三回头，直至走远了他才呼出口气：“好了，那俩丫头没再朝这边张望了。”

白世非抬手朝他额上弹了一记，笑道：“小子变机灵了。”

白镜抚额苦叫：“再不学机灵点，公子便不止弹小人一下了。”

白世非哈哈大笑，笑过之后才说道：“既然绿漾想游池，你抽空儿叫人把汴梁河上的游船先划到金明池里。”

“小的明白。”

两人改往第一楼而去。

此时在东厢那边，账房先生与来府的牙婆子结好月账后，将她领至隔厢邓达园独占一室的批事房里。

牙婆子满脸堆笑地献媚打趣：“邓管家可是有好事儿便宜我老婆子？”

邓达园笑着欠了欠身：“我还有本账没核完，王婶儿你先坐着，来呀，给王婶儿上茶。”

旁边便有小厮端过茶来。

邓达园专心翻阅账本，不时提笔改改写写，严谨地做着记录，嘴里有一搭没一搭地与牙婆子聊着各种闲趣事儿，那牙婆子本存心巴结他，自然是口若悬河，知无不言，言无不尽。

约摸过了盏茶工夫，邓达园像是想起什么，抬首对牙婆子道：“前些日子邵管家让你找的人，怎的没住几宿就出府去了？你别是寻了些下等人家的蹩脚帮佣来搪塞他吧？”

那牙婆子慌得直站了起来，急急摇手：“老婆子便有天大胆子也不敢做出这等事来，实在是……”她神色踌躇地打住了话头。

邓达园笑着搁下笔：“王婶儿，不是我多嘴，你便聪明了一世，却怎的糊涂这一时。”

牙婆子一听话中有话，赶忙恭应：“可不，别看老婆子虚长一把岁数，有时候着实是个懵懂蠢货，还请二管家点拨一二，让老婆子开开窍儿，倒也好帮衬着府里，把事儿办得让几位管家舒坦些。”

邓达园喝了口茶，再度低首翻看账本，仿如和邻舍闲扯一般：“你也不动动脑子，这白府里不过几房主子，却不下几百号佣仆，便要什么样乖巧体贴的下人没有？还劳你从外边请了？”

牙婆子窒了一窒：“二管家的意思是……”

“你再想想，大管家便要从外边请人，又为何非得寻年纪稍大的妇人，却绝口不提要小丫头们？”邓达园循循诱导。

"那自然是因为妇人有妇人的好处，做过的东家多，经验富长，不但工熟嘴甜，惯识主人眼风，兼且面皮厚足，心眼活络，不是年纪轻轻的丫头片子们比得了的。"

"这就对了，王婶儿你又想想，在白府这种大户人家，像此等妇人，却是最宜做何事何职？"

"管治教导不识头脸、不懂规矩的新人最宜不过。"说到这里那牙婆话音一顿，脸上露出感激之色来，她一向惯做人贩之事，长年出入官家富户，脑筋原本就转得比常人飞快，被邓达园拿话一点，很快便领悟过来，"老婆子可算明白了，前些时候送进府来的妇人都属性情温顺之流，难怪不合大管家心意。"

邓达园笑了："你这回好好给他寻两名合适的，亲自教化一番，性情如何你拿捏着办，须记得头脑要灵活些，还不能少了手段，若能见人说人话，见鬼说鬼话，人前三分笑，人后三戟叉，就再好不过了。"

牙婆子连声应是。

心汉却身曹

白世非依然只宿在第一楼，这回连解释都没有。

夏闲娉虽颇感心焦，可眼见着在她之上的晏迎眉和在她之下的张绿漾平日全像没事人一般，只字不曾提起，更别说什么争风呷醋，由此她也没了对策，总不能够就她一人表现得迫不及待，倘若不慎被些长舌的下人传将出去，这辈子的名节可就毁了。

白世非既已回来，晏迎眉从疏月庭里出来走走也就成了顺理成章，尚坠自然跟着在膳厅花厅、琴房棋室等地出入，白世非又与庄锋璿形影不离，由此两人每日间总能遇上一两回。

只不过白世非虽如愿见着了尚坠，这中间却总隔着外人，不是张绿漾先一步缠在她身边，就是夏闲娉闻风而至，他便想和心上人说句体己话也没机会，另一边又不能够对夏张两人甩脸子，时时须得笑脸酬应。

每每这时，尚坠总有意无意躲到晏迎眉身后，以避开他窥空投来的眸光，小动作多了，免不了会被晏迎眉觉察异样，见她克制得如此辛苦，哪忍心再待下去，多数时候便起身告辞了。

尚坠也不看白世非一眼，只低首紧跟着晏迎眉，就算偶尔不觉意与他对视上了，也是平静地垂下眼睫，脸色全然无波，仿佛丝毫没有看见他眸中的些许哀求，权当眼前没他这个人似的。

白世非遭她如此嫌弃，一日比一日气闷，还发作不得。

难得白公子和三位夫人齐聚一堂，再加上庄锋璿这位贵客，一连几日邵印都把菜肴安排得相当隆重，诸如大蒸枣、雕花梅球儿、酒醋肉、花炊鹌子、润鸡、五珍水晶脍等十六七道菜，顿顿翻新，不曾有一味重复。

原本这日，晚膳也应与之前一样，从开席到膳毕都无事而终——如果不是张绿漾的婢女莫言，在此期间说了句话。

那是下酒盏过后、上对食盏之时。

张绿漾吃了七八分饱，对一侧的莫言道："给我来点茧儿羹。"

旁边邵印闻声，正待上前侍候，莫言已回过头，见有个侍女就站在盛着羹汤的器皿边上，随口便叫道："那谁，添碗羹过来。"

此言一出，厅里候立着的所有仆婢的目光齐刷刷全看向她。

被叫到的尚坠也是出乎意外，整个人怔了一怔。

邵印更是惊得微微失色，目光方低掠过白世非不觉轻皱的俊眉，已见那边尚坠撩起了袖子，他惶恐不已，连忙走过去取下她手中的银勺："坠姑娘你且歇着，还是让老奴来。"

厅内气氛的微妙转变，尤其是对面夏闲娉唇边飞快掠过的幸灾乐祸，让张绿漾意识到有所不妥，她还没来得及回头看一眼莫言叫的人是谁，旁边晏迎眉已搁下筷子，淡淡地开了口。

"邵管家，这府里什么时候竟使唤起我的人来了？"

莫言脸色一白，这才自知闯了祸，再也不敢作声。

邵印惶恐地躬身施礼："回大夫人，是老奴该死！没有和莫姑娘交代清楚坠姑娘的身份。"

张绿漾不愧是大家出身，一看这情形，反应极为飞快，已嘿嘿笑了起来："迎眉姐姐也别责备大总管，怪我那死丫头不懂事，以前在家里将人使唤惯了，如今刚来白府还不晓得规矩。我今儿便以茶代酒，敬姐姐一杯，给姐姐赔个不是！"说完端起茶杯一饮而尽。

晏迎眉脸上保持着那抹淡笑："妹妹敬的茶我焉能不喝。"浅浅抿了抿，却转口又道：“我这丫头虽然顶着婢女的身份，但白府上下都知道她不是做事的人，妹妹以后——可莫再使唤错了。”

这种场合下，话说得不可谓不重，更尤其还当着白世非的面。

张绿漾脸上笑容便有点挂不住，虽知晏迎眉可能并非存心针对她，而不过是抓住机会摆下姿态，有意无意地给在座众人——尤其也是新进府的夏闲娉，把话也挑清楚了。

她回头斜了眼尚坠，一看，也不过是个稍有几分姿色的丫头而已，没什么特别嘛，犯得上做主子的那么宝贝？心里想归想，嘴里却赔笑道：“姐姐的话儿都已经搁在这儿了，妹妹哪还敢有以后？”她还没向夏闲娉报拦轿之仇，可不能先把大的给得罪了，那样只会令自己处境不妙。

晏迎眉自然也见好就收，端起茶杯回敬了她一下，眼风却是瞟向白世非，他正神色如常地慢慢品着茶，似乎眼前什么都没发生，见她望过来的眸光别有含义，只得无奈地回她微微一笑。

张绿漾虽然嘴上赔礼道歉，可是无端被晏迎眉教训一顿，心里终究有些窝火，又看她与白世非眉来眼去，不由得更为暗恼，眼珠转了转，忽地笑吟吟站了起来，端着茶杯走到白世非身前。

还没有人来得及反应，她已一屁股坐进了白世非怀里，莺声撒娇：“世非哥哥，人家也要敬你一杯！”

四周全骇得瞪大双眼作声不得，同一瞬间满脸愕色的白世非几乎是立刻抬头，飞快看向尚坠，那黑如渊潭的眼瞳直视了他一瞬，仿如眼前这幕与她全不相关，置身事外的双眸内没有任何波动。

只一眨眼她已低下眉睫，脸容平静得如同那天清晨她祝他早生贵子。

白世非忽然就笑了：“好。”

低首拿起茶杯，一脸纵容地与怀内的张绿漾碰了碰，惹来她咯咯娇笑。

夏闲娉一看，马上也盈盈起立。

白世非初回来时曾召集过府里仆领，还只请了晏迎眉一人出席，当她知道这个消息时几乎没把手中绣帕撕碎，只当时还远不是意气用事的时候，总须等她得到他的心之后……款步莲移走到白世非身边，她缓缓坐在他另一条腿上，与张绿漾背靠着背，脸上浮现绝美笑容。

她娇滴滴地道：“绿漾妹妹与公子喝茶，不如我给公子布菜？”说罢取过白世非的筷子，夹了一小块沙鱼脍递到他嘴边，一双含情的桃花眼凝视着他，似欲勾魂摄魄。

“二夫人真乖。”白世非宠溺道，来者不拒，优雅地把沙鱼脍吃进嘴里，惬意得笑眯了的眼，却没忽略掉晏迎眉不敢苟同的面色。

晏迎眉站起来：“我吃好了，公子和庄大哥慢用，尚坠我们走吧。”

尚坠垂首朝餐桌上的众人福了一福，跟随离去。

待晏迎眉出了门口，张绿漾才得意地朝她的背影扮了个鬼脸。

始终安坐席间不发一声的庄锋璿看好戏的目光掠过白世非别在椅后的双手，转而看向门外那道跟在晏迎眉后面的身影，再回到白世非怀内那两位以背部暗暗使劲想挤开对方却脸上笑得花枝招展的女子，最后停在白世非已笑意渐隐的脸上。

左拥右抱应该是既拥又抱才对，但白世非的手却始终没有搂上怀中两位佳人的细腰，配角已粉墨登场，主角却置身事外，这一仗因为交战双方错了对象而没有胜出之人。

更漏去辰光，西烛将明灭，水流长不息，月圆复月缺。

黑暗中，只有风过树枝的声音。

尚坠垂着笛子，怔怔地望着湖上天空的圆月，片刻后静静起身。

良久，岸边芙亭里站起一道白衣人影，伸了个懒腰，踱出亭外。

仍端坐石凳上的庄锋璿抬眼看他，摇首道：“总是她一走，你便走。”

白世非回过眸来：“这曲是——《浔阳夜月》？”不过是随意地问了问，也不待好友回答，视线便又转了过去，飘落在湖中央已空无人影的水榭亭阁，轻叹一声，微微苦笑开来。

恶人自有报

“你听说了没，浣珠阁里的那个昭缇被绣花针划伤了背，要是不小心划到脸，那可就要破相了？”傍晚时分，东厢某檐下，当完值回来的几个丫头边走边窃窃私语。

“真的吗？谁那么大的胆子敢弄伤她？”

“前些日子大管家不是从外边雇了两嫂儿送进那院子里？说是昭缇找碴儿把其中一个李嫂儿给扇了耳光，结果晚上睡觉时便被绣花针给划伤了，都猜是李嫂儿偷偷把绣花针倒插在她的床板缝里。那席子铺在上头，只露出一点针尖儿，大晚上摸黑的谁看得见？这灭了灯躺上去不着道儿才怪咧。”

聊着聊着便都停了步子，挨着角落里的柱子闲话起来。

“那李嫂儿也够损的。”

旁边有人冷笑道：“人家怎么说也还只是小惩以诫，那贱婢可是大恶，打起人来恨不能要人命似的。”

“说的也是。”

“那丫头被这般整了，还能放过那嫂儿啊？”又有人插嘴。

“她倒是不想放过，可李嫂儿忒识相，不但活儿做得滴水不漏，溜须拍马更是一绝，那张嘴甜得能把人哄死，将二房夫人侍候得满心熨帖，而且她在人前也总是对那恶丫头千打躬万作揖的，一点儿也看不出来有啥黑心肚肠。俗话说伸手还不打笑脸人呢，那丫头寻不着她错处，若是无端对她下手，万一闹到二夫人跟前，不显得那丫头自己太无理取闹了？”

“那丫头就这样忍气吞声了？这可不像她的性子。”

先前说话的人扑哧一笑：“她怎么会忍气吞声，在这嫂儿身上讨不着好，自然便迁怒到另一个赵嫂儿身上，向那赵嫂儿寻了顿晦气，不料想……”说到此间，故意吊住话头。

旁听的人急了，推她手臂：“你倒是快说啊，后来咋了？”

“不料想那赵嫂儿也不是好惹的。”

“难道她也像李嫂儿一样给那丫头下了绣花针？”

“哪呀，她的心眼可比李嫂儿更弯弯长长，你说那绣花针就算把人划伤了点皮，也不过三两天便好转了，而且那丫头伤在背后，外人也看不见。这赵嫂儿呢也不用针用剪，而是弄了点虱子偷偷放在那丫头的枕上。”

“虱子最多不过把人咬出几个红疹子而已，又不会伤了那丫头，这有什么了？”另一人不以为意地插嘴。

“你说得没错，隔日早上那丫头的脖子根就被咬出了红块，这确实也没伤着那丫头的皮肉，事情坏就坏在，当她和李嫂儿一起进房去侍候二夫人、准备给二夫人梳头时，那李嫂儿突然指着她脖子上的红块，一副大惊失色的样子说：‘这昭缇姑娘不是有头虱吧？可别害了咱们夫人。’”

“老天爷——”先前追问的人惊声道，“那死丫头可得倒霉了。”

“可不是！二夫人听了，马上回过头一看，惊得当场就发火扇了她几耳光，把她手上的梳子打掉叫她滚远点。你们想，二夫人的那头乌丝平时多精心润养着？这头虱可是会过人的，她日常和夫人接触这么密切，万一已经有小虱子过到夫人的长发上那还得了？！”

“没错儿，女孩儿家最惧头虱了，只要染上便极难根除，不但头皮瘙痒难当，本来好好的一头长发，不过十来天便结了黄黄白白的虱卵子，虽然只是像砂砾般细小，可只要仔细看去，还是能看得清清楚楚。”

“最最要紧的，若被公子看到她常常痒得挠头，或是在床笫间看到她的发丝上全是虱卵子，那可真是……”

几人一同掩嘴偷笑。

“那丫头被主子轰出房时半边脸都肿了，虽然她自个儿心知肚明，铁定是被那两嫂儿陷害了，可浣珠阁里的那位受她惊吓，正在冒烟的气头上，没立时三刻把她撵出院子去已经算留了情，哪还会再让她近身解释。”

“这就叫恶人自有恶人磨，她活该不是？”

“好了，咱也别多说了，还是快回房吧，万一给人听去了可不好。”

说话声渐默，而后细细碎碎的脚步声响起，不多会儿连那轻微的脚步声也渐次消失，廊下恢复静悄悄无人的一抹暮色。

吱呀一声，廊道尽头的房门被拉了开来。

憋得满脸通红的晚晴拽着晚弄的袖子，笑弯了腰道：“我真是太高兴了！那贱婢想不到她也有今日吧。”

晚弄道：“真个不是不报，是时候未到，时候一到，必然应报。”

“坠子你这办法还真有效，怎么想到的啊？”此时的晚玉可以说是对尚坠佩服得五体投地。

尚坠浅浅一笑：“我哪有那么大本事能想出这种治人的法子。”

“我是说你怎的想到让邓管家去找那样两个嫂儿进来的？”

“你又错了不是？那两嫂儿是邓管家自个儿找的，可不是我。”

这下换成晚晴急了：“晚玉你少和她纠缠不清，坠子你便直说了吧，你怎么会想到——算计到邓管家头上去的？”

“这就简单了，府里谁最机智、最有才华？”

“你这不是废话吗，那自然非公子莫属。”

“除了他呢？府里数谁管的人最多、又最会治人？”

晚晴啊的一声：“这么说来，确实是二管家了。”

尚坠笑了："晚弄、晚玉、你和我，我们和浣珠阁里欺负人的那位一样，都不过是侍婢的身份，而且因为她家小姐的地位比较高，真个比起来我们还要略低她一等，大家又不在同一个院子里头，就凭我们这种低微的小角色，能奈她何？"

不过她却清楚知道，这府中谁能治得了昭缇。

邓达园不但管辖着府中所有管事和白府绝大部分的生意经营，与外往来的对象更是三教九流、包罗万象，什么样的奸商狡贾、土痞恶霸没见识过？他能在短短几年间不但成为白世非倚重的臂膀，同时还深得下属敬重，可见治人营物的手段极为高超。

像昭缇那样的小丫头，于他来说，想对付时不过是小菜一碟。

尚坠和晚晴告辞出来，说说笑笑着回到疏月庭门口。

恰逢白镜从里出来，晚晴笑着抬手去揪他的帽尖儿："咦？你怎的来了？"

白镜慌忙躲开她，赔笑道："公子定了明儿与庄少爷及三位夫人一同去游金明池，特地让我来禀告大夫人一声。"说罢目光偷偷飞快瞟过尚坠脸上。

尚坠头一低，只对晚晴道："你们慢聊，我先进去了。"

"坠子——"晚晴望着尚坠匆忙往里走去的背影，无可奈何地住了嘴，转头对白镜恨声道："什么三位夫人同游，那不是明摆着给坠子心里添堵吗？也亏公子爷想得出来！"

白镜往四周看了看，坏坏一笑，压低声音对晚晴道："瞧把你急的，说是三位夫人同游，可也没谁说这三位夫人全都乘同一条船不是？"

晚晴瞪大眼珠子："你这话是什么意思？"

白镜笑吟吟地朝她挥了挥手："你明儿便晓得了，我走了啊。"

"喂！你——"晚晴恨恨地拧着手中绣帕，哪有人话儿说到一半就走了的，真是被他气死！

舟楫深泊处

金明池位于开封城西顺天门外路北，与路南的琼林苑相对，由本朝太宗在太平兴国年间下令开凿导入金水河河水而成，湖池四周每围石堤长九里余，东西池径达七里许，原是朝廷训练水军之所。

皇帝可在水中央的台榭上检阅水战，晴云朗空之下，江涛阔波之上，将士们操纵着船舫纵横回旋，戈旌飞虎，出没聚散，倏忽有如鬼神，场景极为壮观。

后来经过官府的多次营建，金明池的布局日渐完备，慢慢变成了风景出尘寰的帝家林苑，在每年三月初一至四月初八对庶民开放，其时桃锦柳烟，春意盎然，数以万计的游人前来玩赏，即便微风细雨之日，也是碧水池中游船如织，烟波池郊游客如蚁。

如遇皇帝幸池观赏龙舟争标，开封府里的百姓更是倾城而出，池中不但有各种彩船、乐船、画舱、虎头船等供观赏奏乐，更有长达四十丈的大龙船，参竞的船只列队布阵，竞渡水嬉，热闹非凡。

白镜通传下去要阖府出门游池的翌日，晏迎眉、夏闲娉和兴奋得几乎夜不寐寝的张绿漾都早早打扮停当，聚集一堂，当白世非独自飘然而至，众人无不一怔。

张绿漾心直口快，率先便问："世非哥哥你不是一向和庄大哥形影不离的吗？怎么只得你一个人，他不去吗？"

白世非笑道："他今儿有事，去不了。"

这时邵印匆匆进来，递给晏迎眉一封信："大夫人，才刚送来的。"

晏迎眉一愣，心里奇怪会是何人，拆开一看，眉头动了动，笑笑将信折好放进袖中，对白世非歉然道："是我娘捎来的家书，我须得回她几行字，就不随公子出门了，你且和两位妹妹玩个尽兴。"

白世非也不勉强，只点了点头，眸光掠过她身后的尚坠，转身时唇边飘出一丝意味不明的笑痕，与夏闲娉和叽叽喳喳的张绿漾出了前厅，一列跟班早已候在门外，声势浩荡，起轿而行。

清静下来的厅中，一直半垂眼睑的尚坠抬起头，对晏迎眉道："夫人和老爷可还安好？"

晏迎眉掩唇一笑，没有应她，只唤住欲行礼退出的邵印："大管家，麻烦你备两顶寻常小轿，我要出府一趟。"

"是，小的这就去办。"

尚坠疑惑不解："你要去哪儿？"

"等去到你便知道了。"

不会儿，两顶蓝布小轿从后门出了白府。

却说白世非、夏闲娉及张绿漾一行在金明池南岸池门的牌楼前下了轿，在众多仆婢的簇拥下漫步进去。

岸边花蝶柳莺，碧波荡漾，放眼远眺，往西百余步处是临水殿，再西去不远便是仙桥，桥面架有三座朱漆栏杆、精刻雁柱的飞虹，桥的尽头是池水深处，水上建有五殿相连的宝津楼，雄銮杰阁，琼台玉宇，景致煞是宜人。

前方一座船坞码头，池水在青石堤下尺余处拍涌，靠岸停泊着大大小小游宴所乘之舟，最气派的那艘分前中后三厢，两侧圆柱擎天，回廊宽大，华门花窗，翘檐上精雕的龙凤仿佛展翅欲飞。

“哇！世非哥哥，这船是不是我们的？真好看！”张绿漾兴奋地拽着莫言，对白世非欢声叫道。一见他点头，马上迫不及待地排开众人，欲要抢在第一个登上去。

白世非啼笑皆非：“你小心一点，可别掉到水里。”

“我才不会——啊——”骄傲十足的答话还未说完已脚下一滑，张绿漾失声惊叫起来，旁边白世非眼疾手快，一把抓住她的胳膊肘，将险往水中栽去的她扶稳在岸边。

“早叫了你不要着急。”他取笑。

“吓死我了。”张绿漾惊魂落定，后怕地拍了拍胸口，回过神来才要继续上船，不意眼角收入夏闲娉脸上的微妒之色，她眼珠一转，忽然向后一倒，靠入白世非怀内：“哎呀，世非哥哥，我头好晕。”

跷起的兰花玉指按在眉上额间，挡去夏闲娉的视线，却向另一边的莫言得意地眯了眯左眼，惹得莫言当场扑哧一声笑了出来。

夏闲娉的脸容变了变。

白世非哪里看不出来张绿漾的小把戏，但笑不语，对身边夏闲娉稍纵即逝的恼容也仿如丝毫未觉。

不过是一眨眼，夏闲娉已换了笑颜，走上前来，轻拉白世非的衣袖，娇滴滴软柔柔地叫了声：“公子……”语气仿佛幽怨悠长，又仿佛撒娇不满，嗔怪他怎的如此偏心，独独撇下她一人。

白世非正待回话，忽觉张绿漾全身一僵，脸上骤露恐慌之色，他的眼风沿着她望定的方向瞥去，一道高大的青衣背影只闪了闪便没入汹涌人潮，顷刻已消失不见。

“哎呀呀，白公子！这么巧！你今儿也来游池？”一船之隔的另一条彩舟上，从船舱里走出一位身穿锦缎的中年人，站在船舷向白世非深深作揖，“我说外头的声音怎的那般耳熟，忍不住出来一看，没想到还真让敝人遇上了公子，俗话说相请不如偶遇，公子何如屈尊过船一聚？”

白世非笑吟吟地还礼：“孟老板客气客气，小可想上门拜会孟老板很久了，只苦于前阵子一直奔忙在外，这不才刚回来，又被家务杂事缠得分身乏术。孟老板请稍候，我交代几句，马上就来。”

回首对夏闲娉和张绿漾笑道：“孟老板是白府生意上的重要客人，本来有桩要紧的营生早应与他好好谈一谈，只是最近他与我两人都忙，时光凑不到一块儿，难得今日在此遇上，我这下过去估摸一时半会儿回不来，你们俩结伴去玩吧，我便在他的船上等你们。”

夏闲娉脸现失望之色，白世非言之凿凿要谈正事，她也不好多说什么，只是垂了首，眉梢眼角处有些伤情，一旁张绿漾仿佛心不在焉，无可无不可地嗯了一声。

白世非将两人送上船，又仔细叮嘱众家仆务必护好二位夫人，目送游船往池中驶远了，才对白镜道：“都安排好了？”

白镜应了声是，跟随他往孟老板的彩舟走去。

孟老板仍立在船舷等候，与白世非又相互见了回礼，一前一后进入船舱。门扇紧闭处，只见内里案边已闲闲倚坐着一人，另有一人含笑侍立在侧，可不正是赵祯和任飘然。

彩舟慢慢向池中驶去。

抬着晏迎眉和尚坠二人的蓝布小轿从东大街向西一路直行，过了西大街和金梁桥街，穿过都亭西驿附近的万胜门，直走了大约半个时辰，最后到达金明池北岸边。这一带由于景致不佳，荒于修葺，人迹罕至。

两人下得轿来，只见池边泊着两艘看上去并不起眼的画舫。

尚坠皱眉：“你来这里作甚？”

晏迎眉脸色微红，指着其中一艘画舫：“锋璿在这船上等我，他有事要与我商量，你是随我一同上去——”顿了顿，转而指指另一艘船，“还是到那上面等我？”

尚坠摇头：“你去吧，我便在这岸边走走。”

晏迎眉迟疑了下：“别晃荡太久。”

尚坠点了点头，这会儿白世非正领着二夫人、三夫人在南边游池，万一不小心被人认出晏迎眉与她的身份，惊见白公子的大夫人竟独自在北边的荒山野地中出没，不知会惹出怎样的闲言碎语。

由是在晏迎眉上船后，她也上了另一艘船。

船上只有一个船夫，见到她，恭敬地请了礼。

两条船一前一后往池水深处缓缓划去。

尚坠静默地倚着船舷，漫无目的地看向远方，岸边树林幽葱，水面随处可见野生的朵朵莲荷，远处隐约也有游船摇来，思绪飘忽中忆起前人的诗：

春渚连天阔，东风夹岸香。
飞花渡水急，垂柳向人长。
远岫分苍翠，微波映渺茫。
此身萍梗尔，泊处即吾乡。

也不知站了多久，直到感觉脸上湿湿的，风过时打了个寒噤，人从恍惚中惊醒，抬手抹了抹，还以为是久已不曾流的泪，原来却是天空飘下的雨滴，沾颊成灰。

抬首望向阴郁无边的苍穹，在这空旷天幕下，世上唯独她自己陪伴自己，胸口慢慢被如愁的细雨挑起了酸楚，萦绕着一丝说不清道不明的念想，酸涩不堪，却遏止不住，与眼前雨丝一同渐长。

前方的彩舟在细雨纷飞中渐划渐近。

倚在船舷的她依然一动不动，任由雨水打湿发丝和衣裳。

心里的痛楚一旦发了芽，便如蔓草蓬蓬地滋生，那一刻茫然中有个念头，想就这样放任一场，就这样痛痛快快地淋一场，不管不顾地哭一场。然而压抑过久的心绪似已习惯了时时刻刻的强忍，最后也不过是趴伏在船舷上，任泪水在已湿透的脸上无声滚落。

池水因风泛浪，船身震了一震。

然后有人在她身边轻轻唤道："小坠。"

她抬起头，看着立于眼前的白衣身影，仿若梦中。

那张小脸上太过清晰的泪痕和泪眼中不能置信的惊然凄惶，让白世非觉得心碎。

他一把将她拥入怀里，紧紧抱住，连说话都哑了："我喜欢你，我只喜欢你，我发誓！小坠，我只喜欢你一个，其他人我通通不要！”情急之下已不懂择词，只不住地一遍遍重复又重复“我喜欢你”。

她蜷缩在他的臂弯里，很想很想问一句，为什么他会在这里，为什么他没有陪他的二夫人、三夫人游船。

明明很想问，却知道自己不会问出口，她怕，怕一说出来就会泄露深藏已久的心事，怕自己会忍不住流着泪求他，以后可不可以别再在餐桌上和那两人你侬我侬，更怕他在给了她刻骨铭心的承诺后，不久就身体力行残酷无情地推翻……

搁在他肩上两只紧攥成拳的小手微微地发抖，最后终于承受不住他嘶哑而急切的低低诉说，心扉在苦苦撕扯中痛彻百骸，她崩溃地半张开手指，紧紧揪着他的衣襟，在他怀中放声呜咽出来。

水间乌鹭遥

白茫茫的雨幕铺天盖地，江面浮烟织雾，雨珠连绵撇破水面的密集之声和泼打在船顶檐篷上的敲击声融合在一起，时缓时急，偶有劲风从远方掠波而来，笼罩在雨雾里的画舫便往苍茫深处漂移。

外观看上去不怎么样的舟舫，舱内却甚为阔落，布置异样雅致精细，绮窗花影，曲屏深幌，卧榻髹光描金，錾饰如意祥云，盈宽有余的榻案中间摆着棋盘，横屏边上放着青纱连二枕，荼蘼和木樨花的阴香从枕囊里若有若无地飘出，浅浅幽幽暗萦一室。

为了避免她着凉，在白世非的哄说下，任是尚坠连番推搪，最后也还是羞赧不过地被他褪了半湿的绿罗裙，只着白绢中衣，低低垂着首，安静不语地坐于榻沿。

白世非把自己的外衣也脱下晾于一旁，又把头顶的嵌宝紫金簪拔下，解了云纹织锦缚带，乌黑长发如瀑飘荡而下，坠落时有丝丝缭于容颜颊边，衬着朱唇皓齿，玉额清眸，俊美不可方物。

他走到尚坠跟前，俯首去迁就她抬起的黑瞳，低头之际密云似的发丝泻肩而下，拂落在她叠掬于膝的双手掌心。两人视线交缠，情眸盎然生波，他微一倾身，抬手去解她的发髻，拂扫在她手心的发尾便如细丝一样拉滑过她酥酥麻麻的指尖。

那样的触感让她没有多想，顺势以指轻缠他青丝发间，这自然而然的动作惹来他低低轻笑，她脸一红便松了指，然而在她收回手之前他已飞快将她轻轻捉住。

把她的一钗一珥卸下，长指轻柔捋过，刹那间她也与他一般鬓发如云。

“小坠。”他含情低唤。

她布满红晕的小脸略略向他侧了侧，却不敢直视。

他又低笑了下，那笑容还没展开，已然消失在她的樱唇间。

已许久不曾的亲昵让她失措微慌，不安地轻挣了下。

白世非慢慢松开她，直起身子，唇角略翘，凝视着她俏红的小脸，那紧张神色让他莞尔的眸波荡起柔情。转头看见榻上棋枰，清眉向鬓角斜飞，对眼前人道：“来战一场三尺之局？”

尚坠抬起睫来，眸光与他相接片刻，再移到十九路纵横交错的棋枰上，一时好胜心起：“来便来，怕你不成。”

白世非坐到她对面，执过白钵，手掌往棋枰上一比，示意她先行，笑道：“拿点什么做注的好？”

尚坠剜他一眼：“你便认定必能赢我？”

掂起一枚黑子按在棋盘上。

白世非笑颜不改，抬起的手没去拿棋子，却是伸到对面，握住她空闲的另一只手，在长袖叠绕下与她五指轻轻交扣，然后才以左手执棋相应，顺口与她说起闲闻轶事：“契丹有个叫妙观的女棋手，棋艺十分高强，但生性矜持，不苟言笑，所以一直无人敢高攀。”

尚坠好奇地望着他：“后来呢？”

“后来蔡州出了个年轻人叫周国能，他从小爱下棋，又曾得老道指点，年纪轻轻便已声名大噪，从家乡一路远游至汴梁，始终未遇敌手，其后便前往契丹境内，想寻求能与他匹敌的对手。”

“他在契丹遇上了妙观？”

“没错，这国能初见妙观，惊艳得魂飞天外，然而那妙观却对他不假辞色，他便在妙观授徒的棋肆旁边赁了间屋子，挂出一块招牌，上书‘奉饶天下最高手一先’。”

尚坠掩嘴：“妙观看了可不得气死。”

白世非也笑："正是如此，妙观看他这般寻衅，便想与他比个高低，但她生性谨慎，先派了棋肆里第一高徒张生去与国能比试，不料那张生被让先行三子，最后竟还败北而归。"

尚坠惊讶："看来那妙观也不是国能的对手了？"

白世非点头："她自觉胜不了国能，便私下托人许国能一点财物，希望他在比赛中让她，谁知国能却提出要以娶她为交换条件，妙观无法可施，唯有同意。"

尚坠兴趣大增："国能可真个让了妙观？"

"让了，他在观赛的众人面前输给了她。"

"那妙观可有嫁他？"

"没有，她出尔反尔，只让人送去五两黄金作为谢礼。"

尚坠惋惜摇首："这二人若能缔结成事，倒不失为一桩良缘。"

"还有下文呢，后来国能在契丹也出了名，时时被王公显贵邀去对弈。一次酒酣之余，众人评论起时人棋艺，说到妙观时国能大为生气，告之在座众人，他之所以输了那场比赛是因如此这般。"

"也难怪他生气，妙观确实对他不住。"

"贵人们便把妙观招来与他重赛，国能以她曾付的五两黄金为注，妙观匆忙间没带注金，在高官贵族的施压下，只好接受国能提出的以她为妻这一条件做注，结果国能连胜她两局。后经幽州总管裁定，择日迎娶了妙观为妻，婚后两人的感情倒是极为要好，经过国能的点拨，妙观棋艺也更进了一筹。"

尚坠轻笑："果然是世事如棋，这二人兜兜转转一回，最后还是成了夫妻，那前因后果也传为了佳话。"

白世非执起与她交握的手，望定她的笑容，轻声道：

"无需一年，你与我也会成为开封城里的良缘佳话。"

尚坠垂下眉睫，脸上笑痕渐隐，他陪她不着边际地絮絮细语，全因都知道难得一聚，那个她不愿不想接触的话题，他也就刻意避开。而今乍然再度提及，语气那样轻，仿似只是不经心搭了一句，然而语调之间透出的执着却如同在向她陈述，他的承诺从无改变。

心头感动与酸涩齐涌，她定定俯视着棋盘。

舱外雨势早已转弱，只是绵绵不绝，打在江面碧绿的荷叶上，发出一种跳跃着的滴滴答答声，仿佛是谁不经意有一下没一下地拨动着古琴琴弦，幽然中带着无人能解的一丝寂寥。

两人俱默不作声，只闻棋盘上间或哔啵一响，玉子声乾，纹楸色净。

见可知难，步武来还去，这小小一方棋盘，总被人寄世情寓天下——置身其间，或受困而进退不能，或杀戮而破出血路，稍有不慎，盘上只是一局全输，盘下却可能搭上身家性命。

天色阴沉，茫暮愈暗，桨声摇萍碎影，画舫渐渐靠岸。

白世非手悬于空，半晌，却是落子回钵，然后在倏忽间将她的细颈勾下，以唇印了上去，袖肘下棋子被拂得大乱。这一回她没有抗拒，起初对他隐隐的焦虑有些无所适从，慢慢便含怯回应，他直接一手推开棋盘，将她收纳入怀。

棋子撒星滑下，如黑珠白翠滚满一地。

榻上那双紧拥的身影密不可分，共藏多少意，不语两相知。

第十章　杂说

心思别样长

最先回到白府的是晏迎眉，其后张绿漾和夏闲娉也一同回来，前者仿佛有些心神不宁，后者则显得心烦意躁，一听邵印说白世非仍然未归，也不知何时才会回来，两人便各自进了院子。

没多久，尚坠也从后门悄悄溜了回府。

大约掌灯时分，白府大门外来了个青衣仆从，自称是夏尚书家里的，邵印接到门房报后，吩咐小厮往浣珠阁通传。

夏闲娉听了先是一怔，然后马上反应过来，令小厮去将人领进来，转而又把昭缇叫进房里，把嫂儿小婢全都遣开，压低声音问道："我让你留心的事儿，办得怎样了？"

昭缇习惯地就想上前附耳告之，腿刚跨出便想起今时已不同往日，连忙怯然住步，那瞬间脸上不由自主露出委屈之色来。

须知原是夏闲娉指使她欺打别的仆婢，不料在她把人都得罪遍后，夏闲娉却说翻脸就翻脸。自失势后府里没人待见她，遇到她时一个个全都面带鄙唾，浣珠阁里那两位嫂儿的阴损说话更尤为尖酸刻薄，这段日子她过得如同丧家之犬，心里有苦难言。

夏闲娉看她那样子，不耐地挥了挥手："你过来说。"

昭缇愣住："小姐你不怕……"

"过来吧，我知道你没虱子。"夏闲娉冷冷地一撇嘴，"你真以为我那么蠢，就凭那两个贱妇也想愚弄于我？她们要什么把戏我清楚得很，之所以暂且由着她们，是因为你们闹起来对我有用处。"

昭缇一直是她眼前红人，平日行事又跋扈惯了，别的小厮仆婢见到她先忌讳三分，便想让她打听点事儿也不易为。而今人人幸灾乐祸，对她冷嘲热讽之余不免疏于防范，反而方便了她行事。

昭缇闻言既惊又喜，惊的是原来夏闲娉把她也算计了进去，喜的是终于又可出人头地，忙不迭道："小姐，奴婢打探清楚了，院子里原有的下人都被奴婢撵了出去，如今这批无一不是邵管家新招进来，一入府便送到小姐跟前侍候，全不曾在府中别的地儿待过。"

"这里头可有谁不安生的？"

"目前还没发现，他们大都安分做事，平日里也多沉默寡言，只除了那两个嫂儿，不但爱打听，还长舌得很，把咱们院子里的事该说不该说的都添油加醋往外传。"

夏闲娉淡淡一笑："我就是要她们传。"

"奴婢听说李嫂儿曾三番四次去找过邵管家。"

夏闲娉一听留了神，细细问询，然而昭缇说来说去，也说不出什么异样，无非就是李嫂儿想巴结邵印来着，奈何邵大管家每回都避而不见，始终不与她打交道，这事在私底下传开后便成了笑谈。

正沉吟间，门外邵印领了尚书府的仆从进来。

那仆人恭敬地向夏闲娉请了安，把篮子里的精美糕点一一摆将出来："老爷新从扬州聘了厨子，做了好些风味绝佳的江南晚食，夫人用膳时想起了小姐，便差小的送些儿过来给小姐也尝一尝。"

夏闲娉让昭缇打赏了茶钱，将人领出屋外候着，只把邵印留了下来，笑道："我正寻思什么时候找大管家一趟，这会儿可巧得很。"

"不知二夫人有何吩咐？"

"我也是最近才知道，原来前阵子我这院里来来往往的，全因那贴身丫头与底下人处不来。也怪我平日太惯着她，以至于她竟然胆大包天，横施恶为，这一茬茬地闹事换人，辛苦大管家你了。"

邵印忙道："二夫人言重了，这原属老奴的分内事，都怪老奴办事不力，所找之人总不能让昭缇姑娘满意，老奴实在汗颜之至。”

“那死丫头我已经教训过了，可是说句心里话，她从小就跟着我，这么多年了我与她总归有些主仆之情，所以尽管她的行事不着谱儿，我也狠不下心就这样把她撵走。但另一方面我又还是有些担心，万一以后她死性不改，继续瞒着我在这地儿胡来，那就不只给大管家你惹麻烦，下人们说不得也会怪我纵容偏私。”

“二夫人的意思是……”

“在我未出阁前，身边除了昭缇，另外还有两名丫头，我仔细想过了，不如就让我娘家把她们也送进府来。一则她们和昭缇相熟，这样少些是非，日后也无须再劳大管家为这种琐碎事儿费神操心；二来，相比而言她们也更为了解我在饮食起居上的各种习惯。”

邵印一听能脱身出来，自是求之不得：“一切但凭二夫人安排。”

夏闲娉试探地道：“大管家可要和公子说一声？”

“不需了，公子曾一再交代，只要是二夫人吩咐下来的，不管什么事儿，老奴务必遵照夫人的意思去办。”

夏闲娉娇笑出声：“大管家真会说话。”

当下便把昭缇和那仆从再叫进来，当着邵印的面交代清楚了，然后才差他回尚书府去。邵印在暗示了翌日便将李赵两位嫂儿撤出浣珠阁后，临走前到底推搪不过，只得收受了夏闲娉执意塞来的几锭银两，夏闲娉又赏了他几件家里送来的糕点，才送他离开。

房里再无闲人，昭缇一脸佩服地对夏闲娉道：“奴婢在门外想了半天，终于给想明白了。”

“你想明白了什么？”

“小姐原是太后指配给公子为妻，他对小姐只怕未必没有戒心，如今小姐设法把院子里的下人全都换了，假使白公子曾在小姐身边安排有通风报信之人，想来也已被小姐清了出去。”待尚书府里另两名丫头都过来后，这浣珠阁内外可都是夏闲娉的心腹了。

夏闲娉瞥她一眼：“你总算还有点脑子。”等昭珑、昭翎来了，日后她若有事交代她们去办，三人当中偶尔谁出入一趟白府都不会引人注目，否则只得昭缇一个，出府次数多了，必定会令邵印乃至白世非起疑心，“如今公子已回来，你可别再像从前那般行事，万一下人们在背后继续说三道四，坐实了我这个做主子的恶名，我可饶不了你！”

“明白，小姐目的已达成，奴婢也该换笼络之道了不是？”

“没错，别人会以为你是受了教训而改过自新，你只需装得可怜一些，他们很快就会重新接纳你，你便趁这个机会给我好好打听一下府里的消息。”

不道这边主仆二人仍在细斟密谋，却说偏厅那边，白世非偕庄锋璿终于回府，邓达园一直在厅里等候未去，见到白世非，上前低声禀了几句。

白世非轻轻一笑：“她也该消停了。”

“可要小的再做安排？”

白世非手一挥：“不必，她喜欢唱哪出，你便陪她唱哪出。”与庄锋璿出了偏厅，穿过后堂，往寝居之处行去，侧首闲声问道：“你的事情办得怎样了？”

“迎眉曾给寿州的一间尼庵捎过信，可一直没有收到回音，想来那位师太应是云游未归，只能再等等看了。”

由人及己，白世非心生感慨，忍不住轻念：“何日挂冠宫一亩。”

庄锋璿笑应：“相从识取棋中趣？”在岔路口与他作别，转身折往听风院。

白世非原地站定，前方不远便是他独自居住的第一楼，右边园径则通往伊人所在的疏月庭，踌躇了下，唇沿柔邪地往上一勾，仿佛就此打定主意，嘿嘿笑着自言自语：“棋中趣怎比得闺中趣？”

闺趣意情忙

有美人兮，见之不忘。一日不见兮，思之如狂。

凤飞翩翩兮，四海求凰。无奈佳人兮，不在东墙。

张弦代语兮，欲诉衷肠。何日见许兮，慰我彷徨。

愿言配德兮，携手相将。不得于飞兮，使我沦亡。

晏迎眉掩卷，自书中抬起头来，感叹道：“想当年文君与相如私奔，也不知立了多大决心。”

尚坠平日为了避嫌，说话一贯极为小心，甚少与晏迎眉聊及庄锋璿，如今见她一脸神往，心里不免有些担忧：“你不会也想就此一走了之吧？”

晏迎眉无奈地叹息了声：“怎么可能，我若一走，却置我爹和白公子的颜面于何存。”若要私奔何须苦苦等到今日，叫她置高堂不顾只求自己幸福，那样的自私她此生也做不出。

“没错，那是最最下策。”非到万不得已，不可为之。

“唉，当初哪想到我娘竟会拒绝锋璿的求亲，嫌他是武官，不但官职低，家中又十分清贫。”

“其实武官也有武官的好处，当年若不是他，只怕你已成了公子的马下冤魂。”

“可娘的门户之见太重，她把锋璿的提亲推掉之后，不但对我禁足，再不许我外出，还瞒着我开始挑选人家。后来我才知道，当时宁远大将军和济阳郡王府两家的少爷都向我家递了求亲帖子。”

尚坠愕然：“那两位可都是京城里出了名的纨绔之徒。”

“可不是，但娘很固执，觉得只有那样的族中子弟才与我家门当户对，她怕我和锋璿会节外生枝，一心想择定人家把我尽早嫁出去。”晏迎眉轻抚胸口，说起来仍有余悸。

尚坠只觉心头沁寒，身为女人，她们的一生是如此悲凉，无法自己掌握而只能听人摆布——在闺阁中时得听父母之命，出嫁后便得听丈夫之辞，福气好的如过世的白夫人，或能与深爱自己的夫君恩爱一生，但更多的还是像她性情软弱的母亲那般，遇上良人不良，最后也只能郁郁而亡。

“当时我被娘彻底蒙在鼓里，是白公子在外头闻讯后通知了锋璿，锋璿再设法给我递了消息，我苦思无计，情急之下只好央锋璿去求白公子，让他也来向我家递求亲的帖子。”

尚坠惊呆住，瞪圆的眼珠定定地看着晏迎眉：“你说……什么？”

“当时娘势必要把我嫁出去，我心里就想，与其嫁给那些浪荡哥儿毁了我这辈子，不如索性躲到白府来，至少落个身心清静。”

尚坠只觉双腿虚软，当初在晏迎眉和白世非定亲后，她曾自作聪明地私自拦下晏迎眉和庄锋璿秘密来往的信件，一想到自己差点耽误晏迎眉一生，她刹那间红了眼眶，嗓音颤不成语：

“我……我……”

晏迎眉伸手扶住想跪下去的她：“你起来，我都知道了，你也是为了我好，这我心里清楚，怪只怪我没有早些告知你。”此事关乎她一生命运，是故她一直守口如瓶，若不是今日她与庄锋璿大体已算尘埃落定，以她谨慎的性子，即使亲如尚坠也还是会只字不提。

“其实你无意中帮了我的大忙。”晏迎眉笑着又道，“要不是你拦下了那些信，使得锋璿忧思成狂，只怕当时他也不会那么快就下定决心辞官，唯想到我身边来，与我一同谋划共度余生。”

莫怪老话常说，人算始终不如天算，冥冥之中，一切自有定数。

“夫人，”门外晚晴忽然唤道，“公子问你们聊完了没。”

晏迎眉闻声愕然看向尚坠，却见她也是一脸意外，似乎同样不为何白世非会在这种夜深时候来访，眼底掠过丝丝复杂难言的情绪，仿佛连自己也辨不清内心是悲是喜。

默然片刻，她起身出去。

隔壁那间专为白世非而设却一直空置的卧房里，处处烛影摇红，彩幔幽华，床榻上的鸳鸯绣被精致而瑰丽。一道修长身影倚在窗边，神色带着几许守候已久的寂宁，遥视漆黑无边的天际仿佛出了神，直到门扇发出“吱呀”一声响，被微微惊动的他才转首看来。

尚坠站在门口，一动也不动，只是那样看着他。

白世非也没有动，迎着她的眸光，依然安静地立于窗边，不言也不语。角落衾烛在他束着玉带的锦缎衣面上耀出淡柔的浅橘光晕，有流风穿窗而入，他长坠及腰的宝蓝发带迎风轻舞，带上细织的银丝在暗曚中闪闪生光。

尚坠轻轻地反手把门掩上，缓步走过去：“你怎的来了？”

白世非眉间一皱，盯着她眼眸里未褪的红丝：“怎么回事？”

她没再作声，不久前才在日暮分开，只过了几个时辰而已，然而他凝视她的眼神里却流泻着一寸寸呼之欲出的相思，仿佛两人已久别经年，而他终于受不了内心煎熬，只渴望与她一见再见。

晚晴等人曾多次在她面前提及，说他虽然再娶了两房夫人，但却从未踏足浣珠阁与饮绿居，更别说在那两处院子过宿，如今他却在深夜来了这里，就站在她面前，还有这间卧房，他早在成亲前就已预先叫人布置妥当。

所有这些，他是什么意思呢?

她瞳子浮起的薄薄水汽让白世非轻叹了口气，指尖挑起她下巴，无奈而怜爱地摇了摇，把声调放低到柔和极致：“到底怎么了？”

这不经意的温柔几乎让她泪涌长睫，心房内乍涩还甜，杂陈的五味像被人揉成深深的酸楚，往四肢百骸蔓延，让她莫名想哭，却又哭不出来。她微侧过头去，敛上了眼，也尝试敛回最深的情绪。

“小姐才刚与我说了她和庄大哥的事。”

他点点头：“所以你觉得对不起她？”

“你原可早点告诉我。”

他放开她尖细的下巴，却在垂手时缠上她腰间绶带，忽地一扯，在她的惊呼声中，他的嘴角含着一抹笑，带着几许明显的恶意：“我为什么要？你那时不是很喜欢为晏迎眉操心吗？”

身上外衣被他轻缓褪落，她没有委入他怀，却也没避开。

“可就算庄大哥在这儿了，她也没法和他在一起啊，他们怎么办呢？”

下一瞬她已被他猛然推倒在床，他喃声：“我就说了你喜欢为她操心，我偏不告诉你他们怎么办。”

有些赌气地，他连烛火也没吹，直接倾身覆压下来。许是不堪隐忍过久，他的动作极为野蛮狂放，不一会儿两人已是绢衣纠散，鬓云缠乱。

这夜，两人度了一个真正的春宵。

暗流稍涌动

全府都知道了白世非在疏月庭过夜。

通常破晓时分就已起身梳洗的白公子，这天竟睡到日上三竿，不管是闲杂人等还是真有要事请示者，无一例外都被白镜挡在了疏月庭外。

这消息在府里并没有引起丁点反响，所有仆人都如常干活，仿佛大家早心照不宣似的。

会有反应的自然是第一次听说的人。

张绿漾瞪着莫言：“世非哥哥过了日正时分才出来？”

“是，不过晏迎眉起得早，用过早食便带了丫头去后院看武师比斗。”莫言想了想，仿佛有些困惑，“但是很奇怪，她今儿带的丫头是一个叫晚晴的，不是那个什么尚坠。”

张绿漾咦了一声：“这倒真有点奇怪，那主仆俩一向秤不离砣。”

“说到这儿，奴婢想起来了，前些天奴婢曾看到尚坠一个人往林苑里去。”

“什么时候？”

“大约是亥时之初。”

又是一桩奇怪的事，张绿漾沉思，那丫头大晚上一个人去林苑做什么？

此时的浣珠阁里，夏闲娉一脸阴云密布。

昭缇小心翼翼地偷窥她一眼，自觉最好还是别再继续提白世非在疏月庭过夜之事，便改口道：“小姐，奴婢还打听到另一件事，原来三管家是白老夫人的陪嫁侍女，曾许配出去，后来成了寡妇才再回白府来。”

夏闲娉蹙眉：“这么说来，她是看着白公子长大的了？”

“听说在老夫人生前，她一直把白公子当作自己亲生儿似的对待。公子小时家教极严，一天里吃多少箸菜、吮几块糖白老爷都有规定，那商管家看得心疼，常趁白老爷不在时偷偷给公子拿好吃的，为此还挨了白老爷好几回责罚。”

“我知道了。”夏闲娉听到这儿，心里有了想法。

她嫁进白府已月余，可日常便想见白世非一面也十分艰难——他要么外出不归，要么就算人在府里，每日也至少花三四个时辰和管事们议事，入夜之后她更是无法可施，第一楼不允女色入内。

她仅在用膳之时能见着他，可是只要她唤得亲昵些，他面上虽然微笑依旧，邵印却会私下来找，说法师曾经一再嘱咐，夫妻之间的昵称会有损他的命盘，所以府里只能称他公子。

这说法一度让夏闲娉愕然，开始也曾疑心他是针对她，但后来一看晏迎眉确实从不唤他夫君，无可奈何之下，她也只好顺应府规。

其余时候，就算她好不容易逮到一两次机会与他偶遇，可还没等走近他身边，张绿漾就会忽然从旁边蹿出，扯着他的袖子直叫“世非哥哥”，让她上前也不是，退后也不是，站在原地尴尬不已。

由此，到目前为止她还不曾与他单独相处过，事情超出了原先的预计而变得十分棘手，有时也让她备感挫折，为他费尽万般心思，却始终得不到他一点眷顾。

“二夫人。”门外小婢进来道，“门房那的小厮领来两位姑娘，说是从二夫人家里过来的。”

“叫她们进来。”

不一会儿，两个身穿素裙的丫环带着一位家仆入内，喜盈盈地向夏闲娉行礼，为首那个丫环说道："小姐，夫人知道奴婢们今日过府，特地又差厨子做了些新式糕点，让奴婢们带来给小姐尝尝鲜。"说罢侧头朝挽着篮子的家仆努努嘴。

那仆人自进门便跟在两个丫环身后，且一直低垂着头，是故夏闲娉没怎么留意他，如今见丫环脸色异样，她皱了皱眉，漫不经心地往那丫环身后瞥去，这一眼却让她从座位里倏然起立，当即把闲杂人等全遣出屋去。

那仆人终于抬起头，夏闲娉屈膝请安："小女子见过周大人。"

周晋看着她，眼无波澜地道："夏小姐别来无恙？"

"托赖，不知周大人此次亲自前来，可是太后有何吩咐？"

周晋也不多话，从袖中抽出刘娥手书，夏闲娉阅罢，在他转过身去燃烛的瞬间，她的神色有丝不定。

周晋把纸笺当场焚毁，淡声道："夏小姐如有所获，务必尽快告知周某。"

"闲娉明白。"当下把昭缇唤进来，将人再送出府去。

接下来的几日，白世非寝于疏月庭一事仿佛只是昙花一梦，那夜过后他便恢复了原状，仍只宿在第一楼。

尚坠依然跟着晏迎眉在府中各厅堂偶尔出入，只除了地位较高的仆人们在遇见两人时，神色之间显得比从前更恭谨，府里其他一切尽皆如常。

至于夏闲娉，三不五时带着精致果点往商雪娥房里跑，既乖巧又恭敬，直把商雪娥当长辈似的早晚请安，不但出手阔绰，和昭缇唱起双簧来更把商氏哄得乐不可支，逢人便说白世非讨的妻房里就数这位最淑德贤良。

这日晚膳后不久，当白镜入禀，商雪娥请白世非去一趟时，他仿佛并不觉得讶异，只是微微笑了笑，便往商氏寝居而去。

一见白世非出现在自个院子的门口，商雪娥即刻堆起笑容，忙不迭吩咐："快给公子上茶！"一边把他往上位让座。

"雪姨找我有事？"白世非笑问，在正中交椅落座。

"也没什么要紧事，好久没见着公子的面了，怪想念的。"

白世非一笑："怪我最近忙得分不开身，对雪姨疏了问候。"

"公子这是哪儿的话。"商雪娥赔着笑，自个儿心里再清楚不过，她早前逾越本分，擅自促成尚坠和丁善名定亲一事，犯了白世非的讳，从那之后，他便对她冷淡疏离多了。

面对商雪娥欲言又止的惴惴不安，白世非笑着垂了垂睫，不用邵印报告他也知道，这段日子以来她异常识趣收敛，不但再不敢管事，样样皆向邵印或邓达园请示，便连日常说话也谨慎得很，仿佛生怕让他察觉她存在于府里似的。

也难为她了，白世非原本就微浅的笑容转向轻淡：

“抽空把那纸婚书拿给我吧。”

商雪娥一听这口风隐约似再不计前嫌，不由得大喜过望，急巴巴应道：“是，是，我赶明儿就给公子取来。”心头重压已久的大石终于落了地，她长松口气，一双眼睛往白世非脸上端详，“二夫人说公子近来瘦了些，让我仔细看看。”

话声刚落，门口已走进来一道娇袅身影。

“雪姨。”夏闲娉软唤，蕴情双目斜眺向白世非，“真巧，公子这会儿也在呢。”

白世非含笑看着她：“是很巧。”

“二夫人也来了？快请坐！”商雪娥笑吟吟地招呼她在白世非旁边坐下。

“我家里人从南边带回时新果子，今儿给我送来一些，我拿几个来给雪姨尝尝。”夏闲娉接过昭缇手中藤篮，从里取出两簇新鲜的荔枝，分别摆放在白世非和商雪娥座旁的案桌上。

“二夫人真有心。”商雪娥叹道，“不仅脸蛋儿长得那叫国色天香，德行也是兼而备之，像二夫人这般好女子，上天偏生便宜了咱们公子，按我说，公子你的福气可真不小哪！”

白世非笑容无改，深深看了一眼夏闲娉：

“雪姨说的是，娶到二夫人，谁说不是我福气好？”

明明他俊美脸上笑容浓郁得很，那一眼却让夏闲娉没来由地心头一慌，她赶紧剥了颗荔枝，纤纤玉指轻掂着递到白世非面前：“公子请。”

“谢二夫人。”白世非从善如流，接过后却斜斜地一倾身，把荔枝塞进毫无防备的商雪娥嘴里，“雪姨你先吃。”

商雪娥捂着嘴，指着他“呜呜”怪叫连声，好一会儿才艰难地说出话来，又好气又好笑道：“你这孩子！”

夏闲娉与昭缇被逗得扑哧一笑。

这时白镜走进来：“公子，二总管请您往书房一趟。”

“什么事？”白世非起身，只不过往那随意一站，俊容安雅修身飘逸，长袖拂过锦裳，他曼声道："雪姨、二夫人，你们慢聊。"说罢人已大步流星地走了出去，只余房内人一起痴痴望着他的背影。

去远后，白镜才嘿嘿笑道："小的没叫晚吧？"

白世非瞥他一眼："我本来想，若你等她剥好第二颗才开口，我就能扣你一个月粮饷了。"

"公子你好狠心！"白镜叫屈，又回头望了望，"三管家好像被二夫人哄得七荤八素了。"

白世非笑起来："你别小看雪姨，她跟在我娘身边长达三十年。"虽然好贪些蝇头小利，为人却机巧不过，对于府中的种种利害关系，只怕她掂量得比谁都清楚。

回到第一楼前，白世非顿住脚步。

"那些给二夫人送东西来的夏家人，以后留意一下。"说罢没有进入院门，却往右边石径行去。

白镜识趣地没有再跟上去，在他转身进入第一楼后，从远处一棵大树后走出一道身影，四周望望无人，迅速奔向右边石径，眨眼已没入一人高的花丛掩映中。

无月之夜，暗黑迷离。

当白世非悄然在凉亭里坐下时，孤清笛音的第一缕刚好划过微风中浮动的空气，湖水无光无色，似亦在静静倾听。

闲餐适日昌

"被你气死了！"张绿漾狠狠敲了莫言几下响头。

"呜呜呜……"莫言痛得乱叫，捂着脑袋抱屈，"奴婢真不是故意的！跟到岔路口时不知怎的摔了一跤，爬起来时公子已经不见了，不清楚他往哪条路去了，大半夜那林子黑幽幽的，奴婢一个人也不敢再往里走……"

"真是成事不足，败事有余！下次本小姐亲自出马！"张绿漾怒瞪莫言一眼，转头看向窗外，碧空如洗，白云遮日，不觉出了会儿神，而后被莫言的走动惊醒，微微烦躁道："日日在这府里待着，除了睡便是吃，闷死人了。"说罢起身，领着丫环出了房。

张绿漾到达膳厅时，夏闲娉已然在座。

当着一众下人的面，两人尽管口不对心，也还是照例假笑一回，昭缇和莫言则是给对方的主子请安后就都撇过头去，互不理睬，不多会儿，晏迎眉也偕尚坠而来，三位夫人又敷衍地虚笑若干。

尚坠也不与昭缇及莫言打交道，只安静地站在晏迎眉身后不远。

待得庄锋璿入席，没等白世非出现，邵印已吩咐上菜。

夏闲娉和张绿漾几乎异口同声："公子又出去了？"

"公子没出门，只是吩咐今儿在第一楼用膳，不过来了。"

闻言晏迎眉与庄锋璿极快地交换了一个默契的眼神。

那位白公子原本就一个月里难得在府中用几回膳，然而自从上次纵容了张绿漾的嬉闹后，许多时他还没吃几口，就有佳人端酒布菜，他受也不是，拒也不是，总尴尬不已。

如今与尚坠才刚有所好转，想来是不欲再节外生枝。

张绿漾懊恼地嘟了嘟嘴，夏闲娉则掩饰不住脸上的失望，在商雪娥的刻意安排下，虽然她与白世非见面时依然还只寥寥数语，但感觉已不那么疏离，本想找机会和他再亲近一点，谁料他不来了。

一个吃得索然无味，一个暗藏心思，另两人声色不动，餐桌上一时寂静无声。

这时白镜却来了："大管家，公子说再添碗三脆羹。"

邵印一怔，这餐桌上的菜式不是早给第一楼都依样送去了吗？困惑中转首，不经意迎上晏迎眉投过来别有含义的带笑眼波，他在刹那间明白过来，关于三脆羹，这膳厅里曾经上演过一场公子逗美婢的好戏。

接过小厮盛好的汤碗，邵印自然而然把托盘递给旁边的尚坠，低声道："坠姑娘，我这边儿脱不开身，你代我走一趟可好？"

不料这话被耳尖的夏闲娉听见了，她忽地从座位上站起，娇笑道："大管家也真是的，迎眉姐姐还在用膳呢，你怎么就劳驾起尚姑娘来了，还是我给公子送去吧。"说完便从尚坠手里端走托盘。

下一刻夏闲娉便觉得有些不对劲，与那天莫言叫尚坠做事时一样，厅里的仆人一下子齐刷刷全看向她，却无人作声。这奇特的情形让她不自觉有点背后生寒，还没来得及想明白意味着什么，脚尖忽的一麻就钩在了门槛上，啊的一声惊叫连人带汤往门外扑了出去，打了两个趔趄后虽然勉强收住冲势没有摔倒，却被汤羹溅湿了大片衣袖。

她狼狈不堪的样子使得张绿漾当堂哈哈大笑，晏迎眉矜持地以袖掩嘴，余人则训练有素地死死憋着，尤其白镜，明明一脸僵硬，嘴角却控制不住地连连抽搐。

庄锋璿的目光则在白镜身上稍停了停，仿佛略有些趣味。

邵印赶紧再盛一碗，无言看了眼尚坠，却不得不快快递给就要恼羞成怒的夏闲娉。直到主仆两人端着托盘走远、白镜也跟随去后，厅里众人才放胆低低笑出声来，便连尚坠也忍不住微微翘起嘴角。

时移影换，日照中天。

约摸过了刻漏时分，昭缇急步走回膳厅来，脸上满是笑容，径直对邵印道："我家小姐在陪公子用膳，还请大管家给奴婢再添几样下酒的小菜碟儿端去。"语调声声满怀刻意。

张绿漾哼声拍下筷子，微有恼意："不吃了，莫言我们走。"

晏迎眉与庄锋璿再次相视一眼，两人皆有些讶异，不由得侧过身去。尚坠神色如常，见她回过头来，只朝她轻轻笑了笑，看不出半点端倪。

余下的两人一时无语。

晏迎眉细想了下，抬手招来邵印，轻道："我们也吃饱了，这饭席撤了吧，过会儿你往公子那儿去一趟，就说庄大哥新学了一式仙机棋局，请他到棋室来比试比试。"

邵印躬身退下。

晏迎眉便与尚坠、庄锋璿二人往棋室而去。

逐汝又何妨

小厮摆好棋枰，斟好香茶未久，白世非闲步到来。

晏迎眉看他意态从容，本想损他一句可消受好了美人恩，话到嘴边，念及会不会勾得尚坠不开心，也就咽了回去。

白世非见她神色有异，略为不解的眸光转往庄锋璿，后者却只笑着以手势示意他入座，他便望向尚坠，眼波相投。尚坠轻瞥了他一眼，他心里有些好笑，这丫头在外人面前总是对他不咸不淡的。

他悠然落座，执起棋子，开始与庄锋璿对弈。

然而不过三五子，房中人便都看出了他心不在焉，时不时抬首，一味顾盼小佳人，这情形让晏迎眉和庄锋璿发笑。尚坠被他看得渐渐脸红，微有些恼了，起身走过来，却站定在他身后。

白世非自己也忍不住笑，仰首向后："你过来些。"

尚坠迟疑了下，对面晏迎眉投来的揶揄眸光让她越发不好意思，心里并不想挨过去，可是又怕万一自己没依他的话去做，他不定还会说些什么不中听的，只得向他挪了挪步。

这忸怩之色落入白世非眼内，定睛凝视她的俏颜，心里不禁浮起渴想，若哪天她能待他亲热一些，便折几年阳寿也是甘愿。

晏迎眉再也看不下去，取笑道："你俩可亲热够了没？"

尚坠的面容刹那大红，一看罪魁祸首听闻晏迎眉的话后竟还扑哧一声笑出来，仿佛很得意似的，她发急了，掂起指尖便戳向白世非的脊背，恼道："笑什么笑，还不好好下你的棋！"

这娇嗔令白世非心头大悦，感觉犹如已与她心心相印，一时间意态飞扬，冲庄锋璿叫道："遵命，小坠叫我下棋我便下棋，来来来，大哥，你我今日便厮杀三百回合。"

庄锋璿失笑，换了几手后，对弈中的两人皆静下心来。

晏迎眉与尚坠在旁静默无声地观战。

渐渐地，两者落子的速度都慢了下来，神色异样专注。

晏迎眉看着看着，对庄锋璿轻声笑道："你的群鹊依枝不如公子的征鸿赴沼布得好，白子不但取得了实地，还保有对黑子的攻击力。"

盯着棋面的尚坠却微微摇首："未必，白子外势较虚，且上方还有孤棋，如果黑子强行开劫，可能会抢到先机。"

白世非与庄锋璿相视一笑，庄锋璿再下一子，没有选择开劫，却在右下小飞守角，晏迎眉与尚坠顿然叫好。白世非见状，反而往左边扩展势力，几个来回后他忽然来一记暗藏杀机的小尖。

尚坠啊了一声："这手是绝好点，白子在中腹的出头要顺畅起来，黑子可能麻烦了。"

庄锋璿沉思了会儿，以一手拈来化解白世非的攻势。

又过了约半炷香的工夫，白子造出三块受夹攻的黑棋来，白世非开始强杀，连环劫争之后庄锋璿依然无法把黑子盘活，破不了白空，最终白世非以一路取胜。

晏迎眉与尚坠长舒口气："可算下完了，这局棋真精彩。"

"世非的算路精细至极，子子紧逼的同时还步步为营，我自叹弗如。"庄锋璿收好棋子离座，"你们俩谁来？"

白世非笑看尚坠，晏迎眉才要推她，张绿漾已从门外冲了进来。

"世非哥哥，原来你在这儿！我说怎么找不到人呢！"

白世非无奈地看了眼已停步不前的尚坠，转头笑问："找我有事？"

张绿漾一屁股坐在他身后长榻的软垫上，百无聊赖地踢脚："就是没事，我快被闷死了。"

"咦？人这么齐，好热闹嘛。"盈盈笑着的夏闲娉也从门外走了进来，嘴里向众人问候，一双美目却只停在白世非身上，仿佛蕴含着千言万语。

早在张绿漾进来时，尚坠便已悄悄移至晏迎眉身后一角，见夏闲娉也来凑热闹，她惯常平静的面容下不为人注意地终于出现了一线裂痕，娇俏容颜隐约透出轻微不奈和一丝薄恼来，明显再没了待下去的兴致。

夏闲娉看见榻上棋枰，目光闪了闪，直接走到白世非对面坐下。

"我来向公子领教一下如何？"说罢纤纤玉手伸至他面前，姿态优雅地执起黑子，娇声道，"公子，先下为敬了。"将棋子按落，眼风瞥见晏迎眉带了尚坠正待离去，唇沿暗暗微翘起来。

白世非笑应："本公子岂能欺负女流，莫如你和大夫人来一局。"说罢人已起身，走到庄锋璿旁坐下一同品茶。

晏迎眉方要推搪，夏闲娉已盯着她笑："不如我和大夫人赌点彩头如何？"

晏迎眉一怔，反不急着走了，也笑道："不知二夫人想赌什么？"

"如果公子不反对。"夏闲娉的目光掠过白世非，再看向晏迎眉时不无挑衅，"就赌今夜公子宿在哪一院如何？"

不顾尚坠在身后轻轻拉扯，晏迎眉朗声道："既然如此，倒是不妨来上一局。"心想这女子也忒精于算计，白世非从来就没进过浣珠阁，她赢的话可得他一夜，输了却全无损失。

"那大夫人请——"

晏迎眉却不坐，只把身后的尚坠强拽出来，笑道："我的棋艺倒比这丫头还逊半分，就让她代我好了，二夫人不介意吧？”

“小姐！”尚坠低声恼叫，却已被晏迎眉一把按在了座位上。

“当然不介意。”夏闲娉的脸冷了冷，这个晏迎眉也未免太低估她，竟然让一个丫头与她对阵，转念又想，既然她这么乐意送她机会，她不如好好把握，管对手是什么人，只要能赢便好，当下脸色又缓和了些。

在晏迎眉的无声逼视下，尚坠无奈之至，只得拿起棋子。

盏茶工夫之后，尚坠布下星无忧角，原本怀有轻忽之意的夏闲娉开始心惊，抬头盯了她一眼，没想到这小丫头竟然深藏不露，再也不敢轻敌，收摄心神仔细沉思起每一步来。

张绿漾看得异常无趣，见门外莫言在偷偷招手，便跑了出去。

夏闲娉的棋艺倒并非浪得虚名，不多久双方便成拉锯之势。

尚坠似是已久未逢敌手，被挑起了兴趣，凝起眉心格外专注，而夏闲娉由于前面十几手大意，不假思索落子的结果使得自己开局不利，再加上担心会输而想快点结束棋局，不免有点心浮气躁。

又过片刻，当夏闲娉猛攻白中腹四子时，坐在她左后侧的庄锋璿摇了摇头，白世非则含笑看向尚坠，正好她在等待夏闲娉下棋的间隙抬起眼来，他嘴角一弯，别有用意地朝她暧昧地眯了眯眼，仿如在说今夜他将任她为所欲为。

尚坠垂下眼睫，手中捏着的黑子悬在棋盘上方，迟迟没按下。

晏迎眉忍不住问：“你想什么呢？”白子败势已显，她只要开始劫杀，基本就可以进入官子决胜。

尚坠手中的棋子终于轻轻落下，却使得旁观三人一同面露惊讶，他们同时看向她，无论如何不应该下在这一个位置，却见她低低垂头看着棋盘，没人知道她在想什么，除了她自己——

那一刻她想，他要她时不容她拒绝，但，她就非他不可吗？

他是不是觉得她已经没了脾气？还是他以为她心里真的一丝怨恨也无？他不是喜欢把每个人都当作手中的棋子，不容人离他掌心半寸吗？今日她也让他试这一遭，他自己的命运就掌握在她的举手之间，而她，将会把他赶离身边……他既然喜欢娶那么多夫人，何不好好消受？就让她成全他。

在看着她仿佛心意已决般落子如飞，连下了几手败子后，白世非脸上的惊讶缓缓敛起，神色越来越淡，直至毫无表情。庄锋璿和晏迎眉对望着双双疑惑不解，而原本已沉下脸的夏闲娉则很快面露喜色，手筋连发展开更强猛的攻势。

终于，再几手后，尚坠投子："二夫人棋艺精湛，奴婢服输。"

夏闲娉展开笑颜，心里半惊半喜。惊的是这不起眼的丫头棋艺之深竟是自己前所未遇；喜的是幸而她后来大失水准，被她有机可乘，否则今日她想赢这丫头还真不容易。

她望向白世非，含情道："那么公子——"

白世非展唇一笑，容颜生色灿绝："今夜亥时，我与二夫人不见不散。"说罢撇下一室的人，独自飘然离去。

夏闲娉继而起身，临出去前睨了眼晏迎眉，她不无嚣张的得色让脸容阴郁的晏迎眉气得几欲吐血，若不是庄锋璿一再以眼神阻止，差点当场就对始终低着头的尚坠发作起来。

夜半听篱墙

不知不觉间蔷薇绽晓，一院香来，圃中、树下、墙角、径边，风过处花事格外招摇，然而，也是这样的不知不觉间，寒木春华未尽，已是红衰翠减，眼看着暮春时分芳菲逐日败谢，原来的姹紫嫣红枯敝凋零，便连阑珊枝头也似有些不堪时节变迁的凄凉。

一连三夜，白世非在浣珠阁待到凌晨寅时方离去。

府里私下最热的话题，除此之外还有他和二夫人在膳席上的谈笑风生。

晏迎眉斥责尚坠自作孽不可活，她没有作声，可以怎么回答？要怎么告诉别人自己心头丝丝作痛的伤痕，要怎么说，她无法控制自己对他不再用情，却矛盾地也无法控制内心的抗拒，有时候只想远离他，情愿双方只是路人。

笛音低回吟尽，沉入湖水一寸的足尖已被浸透，潮湿水意沿着袜子往上蔓延。也曾想过，如果就这样在无人之夜放任自己栖身湖底，是否从此便没了世间一切烦恼，再也不用爱，再也不用恨，再也不用忆起早逝的娘，还有绝情负义的父亲……

轻轻甩了甩头，将不请自来的消沉荒谬的念头赶出脑海，从多年前已是孑然一身，在这世上还有什么好祈盼的呢？这一年来流了那么多泪，也应该够了，从此以后，再也不要为任何人而哭了吧。

自水中收回双足，起身时指尖无声抹净眼底染泪的余痕。

片刻后，两道偷偷摸摸的人影走进水榭。

左寻右找却始终没半点发现，张绿漾懊恼地不住挠着后颈上的斑肿："你说那丫头是不是有病，大半夜跑到这儿就为了吹笛！早知如此，你不要叫我跟来嘛！"躲在树后被蚊子叮得又痛又痒，强忍了许久结果却是白受罪一场，真气死她了！

明明是她自己好奇心重非要跟来看看，莫言心里暗自嘀咕，嘴里却不敢回半个字，只赶忙追上已快步离去的主子。

良久，再没有任何人打扰，湖边的芙亭里终于传出声音。

"这个又是怎么回事？"庄锋璿朝已走远的两人扬颔，若说白世非娶夏闲娉是迫不得已，那么这个张绿漾呢？

"小孩子赌气。"白世非意兴阑珊，"你的事怎样了？"

"终于联络上那位师太了，她回信说开封城外无心庵的主持是她同门师妹，让迎眉先上山去与她师妹商议，她过几日便来开封。"

"若按我的意思，你们便走了又如何，何必顾忌那么多。"

"迎眉有她的道理，就算你无所谓背负休妻的骂名，她终归也需要给晏大人和晏夫人一个交代。"说话间庄锋璿深感歉意，"说起来还是我们二人连累了你。"若不是白世非代他娶了晏迎眉，使得刘娥能够挟晏殊以威逼，白府原本无须再迎娶什么二夫人、三夫人。

白世非不以为意地一笑："就算没有你们，老太婆也会想方设法寻别的由头。"

双亲亡故后一颗孤零心无从寄托，全心全意终日钻研生意，唯愿让父母在天之灵也能看到，他没有枉费他们生前苦心的教导。那三年里，他唯一只在忙碌中才能获得慰藉，直到，她来了这里……

"我记得你当时虽然答应了太后要娶夏闲娉，但直到年初她召你进宫催婚，你也硬是把婚期拖到了三月份。"

"所以我也算没保住晏大人。"作为交换条件晏书本不应被办，无奈他拖延太久，还是把老太婆给惹出了火气。

庄锋璿微微笑起来："为了小丫头吧。"

白世非沉默，半晌后懒懒起身，走出亭外："回去睡了。"

已然用上一生真心，却仍捉不住她的半点肝肠，得不到丝毫眷恋，动辄将他推开千里之外，这般一而再地反复纠缠还乱，内心只觉倦意索然，已不欲朋辈慰寂寥。

锲而不舍的声音从背后追来：“迎眉说那天她之所以故意输棋，是因为你和夏小姐撇开众人独自用膳去了。”

白世非愕然回首：“胡说八道，我何时与她独自用膳了？”

庄锋璿好笑扬言：“那个叫昭缇的丫头可是当众这么说的。”

微蹙俊眉乍然展开，了悟的暗眸从庄锋璿脸上一掠而过，谢绝旁人看戏而拂袖转身，再出声已隐然含笑：“绝无此事。”

原本的满腔郁闷，终究淡淡驱散了些。

漫步而回，还未走出花丛小径，已隐约听闻第一楼外传来压低的说话声，仿佛受了天大的冤屈，白镜既气愤又冷冷地怪叫：“那死丫头说的话你们也信？院里的小子们全都告诉我了，那日公子在屋里等得心焦，便出了庭院外头，不料那女人正好端着托盘到来。”

“是不是公子就让她进第一楼了？”晚晴心急质询。

白镜几乎气绝：“你今儿是不是没带脑子出门？公子要是会让她进第一楼，当初又何必煞费苦心在院子里摆一个五方龙神银阵？”

“你嚷什么嚷？！没有便没有呗，后来倒是怎样了？”

“既然被那女人撞个正着，以公子的风度翩翩自也不会马上掉头就走，便与她婉言了两句，只说已用罢午膳正有事要去管事房。”言下之意自是无暇多做逗留，说到此际白镜声调陡然拉高，变得甚为不屑，“谁知道那女人竟然面露委屈之色，当场流下泪来，又一味低声央求，希望公子陪她到那边的凉亭里稍坐片刻，等她自个儿饮了那碗三脆羹。”

晚晴讥讽：“果然和那丫头是一条扁担上的货色。”只差一个挑担的人了。

“那女人娇滴滴梨花带雨似的，便是铁石心肠的人见了也会动三分恻隐之心，更何况咱们公子。他平素待人有多温柔你也不是不知道，便是对我们这些下人也不曾疾言厉色过，虽然以他的绝顶聪明未必看不出那女人的用意，却总归忍不下心就这么撇下她走了不是？”

晚晴恨啐一声：“有什么忍不下心的，狐媚手段了不起啊？也就你们这些骨头轻的男人才吃那一套。”

看她一脸愤色，白镜不敢辩驳，只道：“公子无奈之下只好陪她到那亭中坐了片刻，我听小子们说便连半刻更漏也不到，那会儿昭缇没跟过去，可能为了让那女人和公子独处吧，她约摸便是趁这空儿去了膳厅装模作样。”

“那死泼蹄子！总有一日非收拾收拾她不可。”

“不是我多嘴，你也劝劝那位小祖宗，别有的没的总和公子置气，她进来白府的这大半年，公子就没过上几天好日子，不是今儿要费神哄她高兴，便是明儿要花心思讨她欢喜，我们这些做小的看着都替他觉得累。”

说到这个晚晴便泄气：“又不是没劝过，晚弄、晚玉和我姐妹三人，数不清戳着她脑门说了多少回，可她就那性子，我们能怎么办呢？话说回来，公子不就喜欢她那硬脾气吗？不然放着府中那么多如花似玉的侍婢他一个也不中意，偏偏就只看上最死心眼的那个。”

半抹弦月从乌云中探出来挂上西梢，淡柔月光洒在石径中独立的身影上，一袭白衣被月色银华照映如水，直到花丛外的嘟囔收起而后脚步声渐悄消失，俊秀身影依然未动，轻浅笑痕似在回味方才无意中听篱察壁的所言。

恻隐？温柔？当其时他不过是顺水行舟。

夏闲娉需要时机，他便予她合情合理的时机，如此而已。

第十一章　入真

祸因夕节起

清明插柳，端午插艾。

从五月初一起开封城内的铺棚便开始售卖蒲叶、葵花和佛道艾等物，每家每户都用艾蒿编成虎形悬挂在大门外以镇恶驱邪，又在神案供上粽子、五色水团和茶酒等物，到端午日更是会佩艾、戴符、缠彩线、挂香囊。

节日前夕，已久没谋面的丁善名提着一串粽子来了疏月庭寻尚坠，在庭院外走来走去，不时翘首往里眺望，神色忐忑又心急。

几个月前短工期满后他便离开了白府，那之后不知为何，从前很喜欢叫他来走动的商雪娥竟再也不曾让人来唤过他。后来他实在忍不住，寻了个借口来探望自家大姨，心里自是想找机会见上尚坠一面，奈何商雪娥好像很忙似的，还没等他把凳子坐热就拣了一堆果品塞给他，有点紧张兮兮地快快将他送出了白府。

大姨这种一反常态的举动让他心里莫名不安，也曾问过娘亲要不要托媒婆子进府来和尚坠商议一下大婚之事，得到的却是娘亲支支吾吾的答复，只说他的婚书已被大姨取走，让他少安毋躁，家里人自会给他把事儿办好。

他便听话再不擅来白府，却月复一月，漫长等待总毫无消息。再这般下去只怕尚坠终将对他渐淡渐忘，想想不是办法，便趁着节时，悄悄瞒着娘亲和大姨找了来，唯愿亲眼见上伊人一面，确定她仍安然无恙于此间。

好不容易看见游廊下走出来尚坠的身影，丁善名喜色乍现。

他腼腆地把粽子递过去："这是我娘做的，送些来给你尝尝。"方才说上两句，耳根已然通红一片。

"谢谢丁大哥。"尚坠感激地接过。

不意看见她另一只手中握着香囊，丁善名惊喜交加，说话冲口而出："是给我的吗？"

长睫飞快一敛压住眼内掠过的尴尬，微不可察的迟疑被他脸上深深的期盼打败。她局促地笑笑，无声地将手中香囊递了过去，这原是前几日应承晚弄的，本想见过他后直接给晚弄送去，如今看来只能再另绣一个。

"多谢尚姑娘！"丁善名大喜过望，小心翼翼接下，凭着冲涌上来的一脑门昏浑血气，面红耳赤地鼓起劲，却紧张得连舌头都打了结，"不、不知道尚姑、姑娘过节那天得不得空？"

低了低首避开他的炽热目光，尚坠极为不安地绞着十指，轻声婉拒："我这两日要陪小姐出门。"

"哦……那——尚姑娘，我走了。"丁善名失望不已，又手足无措，唯连声告辞。

尚坠无言静立原地，看着他落荒而逃的背影，愧疚之情油然而生，千不该万不该，不该把他拖进自己蹚下的浑水。

当初之所以会答应这门亲事，是因心里确想嫁人，那时想，如果以后迟早要出这道门，嫁给谁不是一样呢？不如早早离开白府，不用再与那人朝夕相见，每日间自己心里难受万分，还得万般掩饰装作什么也不曾发生……

院子里远远传来晚晴的叫唤。

被惊醒回神，她提起裙子方要转身，却在别过脸的瞬间呆住。院径拐角的一株梅树下，白世非已不知站在那里多久，他定睛看着树干上的一处枝丫，仿佛那上面有什么极新奇的东西吸引了他。

容颜上的恐慌在下一瞬转淡，她低声请礼："公子。"

啪的一声脆响，白世非抬手把那枝梅丫缓缓折下，这才转过头来，看着她微微笑道："这串粽子想必会十分美味？"手中枝条一小折一小折，全被他拗断落地。

她温吞吞道："回头奴婢蒸热了，送几个给公子尝尝？"

竟敢回嘴，最后一截细枝自指缝间落下地面。他抚净双掌，走到她跟前，看着她不再刻意隐藏情绪、此时正闪着一抹抗拒以及浓浓戒备的黑眸，他脸上笑意愈加浓郁。

“你吃醋了？”他忽然问。

尚坠轻声冷哼，燃火美眸迎着他的注视：“你在说你自己？”

他垂下眼，看着她手中的粽子，简直碍眼至极，回头叫白镜通通扔了！“如果我说我是……”说话出口的同时他倏然抬首，捕捉那一刹那她来不及矫饰的真实反应，“你会不会承认你也有？”

虽然飞快错开了眼，然而耳垂下乍然泛开的浅浅粉色还是出卖了她内心的一丝羞赧，继而才明白过来又被他捉弄了，神色即时变冷：“怕是要让公子失望了，难道公子忘了奴婢已许下人家？”

“那又如何？”不信这开封城内外有人敢和他抢女人。

尚坠勾起唇角：“也不如何，只不过是奴婢的婚期就快到了。”如愿看见他眼底尽漾的笑意乍然冻结。

他再度垂下眼，长袖拂了拂纤尘不染的前襟：“我今日便和你明明白白说清楚，这些话本公子不爱听，你记好了。”

尚坠盈盈一笑：“哦？是吗？长在富贵之家就是好呢，像公子这般，随便娶几房三妻四妾，外头个个称道，反观奴婢不过是规规矩矩许了门亲事，倒像不容于人似的，奴婢只是想把自己嫁掉罢了，这和大贵人你不相干吧？怎么就让公子不中听了呢？还望公子明示，奴婢到底哪儿做错了？”

一顿连珠快语的讥损，把白世非堵得胸口闷气翻腾，她最近太沉静以致他几乎忘了，必要时她会变得多么伶牙俐齿。

他并不想与她做无谓的口舌之争，只淡声道：

“你想嫁人可以，我叫邵印制好三书送给你。”

“许二婚是要入狱的，公子还是别害奴婢上公堂挨板子的好。”

“你趁早死了这条心，那纸婚书早被我撕了，至于你手中那份，我给你两个选择，要么你动手，要么我代劳。”

她抿紧唇角：“你有本事便去代劳好了。”

还未及转身已被他扣住了手腕。

他的眸色极淡，淡如无波湖泊在深冬结成千年沉冰一样肃杀寒冷：“你是不是真的以为，我没有了你就不行？”

她费尽全力甩开他，一声不发握着红痛的手腕往疏月庭里碎步跑去，脸上不争气地又滑下了再无法承受的两行清泪。

勾心计未穷

白世非像是对尚坠失去了从前的兴趣，再没有刻意地制造机会让两人单独相处，就算偕庄锋璿与晏迎眉及她私下遇见，也没了任何逗弄或亲昵之举，待她与其他婢女无异。在人多的场合，甚至对她比其余下人还更客气，他从不吩咐她做事，偶尔叫到，也会温和地称一声坠姑娘。

晚晴、晚弄等人看在眼里，回过头来又见尚坠一日比一日沉默，这两人相逢如陌的决绝样子已不若寻常口角，而像是缘分在一夜间走到尽头。大家私下一合计，都觉不妙，便在尚坠面前再也绝口不提前事。

书房中，白世非背着双手立在窗前，眼底园色清幽，一双翩跹蝶儿不知从何处追逐而来，在半残花间忽高忽低地嬉戏。

“宫中已通过以张士逊大人为首的群臣的奏请，颁下了旨意，要把文明殿重新修葺后改作文德殿。”邓达园道。

一只蝶儿仿佛飞累了，在花色犹剩的蕊心栖息下来，另一只不舍得离去，围绕着它轻轻振拍双翅，停驻的那只不时也一扑一张着薄翼，如同在回应对方的窃窃私语。

半晌，立定窗边的身影才百无聊赖地回了一句。

“谁是修葺使？”

“任命了年初刚奉调进京的殿中丞滕宗谅。”

悠然翩飞的那只蝶儿还好端端的，停栖在枝头的那只却像是与它一言不合发了脾气，双翼陡地一展，眨眼已没入苍郁的枝叶丛中消失不见。被遗弃的蝶儿懵然停在半空，片刻后方懂得在四周来来回回地着急扑腾。

心底绵绵地轻叹口气，他不忍再看，回过身来。

“范履霜的同年，也是晏书门生并由他举荐入朝的河南滕宗谅？”

“正是此人。”

低首沉思了一会儿：“那文德殿可是在大庆殿之西稍次？”

“不错，与紫宸及垂拱两殿有柱廊相通。”

白世非的眸光闪处，幽波流动："邓二，你可知本朝的烟球是如何制成？"

邓达园一怔，不及多想，依言道："小的只知道用料含硝石、硫黄、炭粉、干漆、松香和黄丹等等，至于每种用料如何配制，则不甚了解。"

白世非轻轻笑了，浅极的笑颜在窗色映照下仿如淡玉无瑕，转瞬之间却像换了世人遥不可及的深沉，与此同时，他平稳柔和的嗓音里透出一抹百花杀绝的无情和冷酷。

"去，把广备城里做烟球的配料方子弄来，再设法从火药窑子的工匠入手，了解清楚每道制作工序。"

回过身，窗外那只最后的蝶儿也已不知所终，天色阴郁不定，微风过处有花瓣从枝头缓缓落下，凄清地宛转飘飞，着地时分，从前光景终如梦去。

他微微侧首向后："别起用白府明面上的人脉，事成后也无须知会皇上，记住了？"分明是在叮嘱，语气却淡得不以为意。

邓达园心头一突，隐隐觉得惊悚，低声道："公子放心，小的定尽己所能把事情办隐蔽了。"

此时书房外，雕廊画工繁复，钩檐色泽瑰丽。

夏闲娉状似不经意地在廊下来回走动，一双娇眸却耐不住时时瞥向门扇紧掩的书房门口。好不容易挨到将近正午，终于见到邓达园从里出来，她连忙挽起霓裙快步过去。

"二夫人。"侍立在门外的白镜连忙躬身请安，仿佛压根儿没发现她早在附近晃悠了个把时辰，表情异样恭敬。

夏闲娉心里很想叫这下贱胚子滚开，脸上却绽开如花笑颜。这死侍从在府里只听命于白世非，其地位之高是她目前还不能轻易得罪的，脚下跨进房去，声如出谷黄莺，娇媚脆生："公子。"

白世非从书案后抬起头，看见来人，眸光略微一定，便以眼神示意跟在她身后进来的白镜退出去，搁下笔管，慵然含笑，定睛望着夏闲娉走到身前："二夫人找我有事？"

鹅黄的束腰长裙外披着一层薄薄的华贵黄金缕，这袭提早上身示人的初夏新装将夏闲娉的容颜衬得更形绝艳，她微微低头，再抬起眼来看他，带羞含情的眸风撩人心神："明儿便是端午，我特地雇巧匠为公子定做了一个香囊。"

淡淡馨香钻进鼻端，面对这样一位风情万种的天香国色而毫不心动的男人，世上只怕不多。白世非不动，脸上笑容依旧，对于眼前女子他向来不给予任何暗示，偶尔她过分热情，他一贯能回避则回避，倘若回避不了，便也极有风度地从不拒绝。

夏闲娉没有征询白世非的意思，直接弯下腰把香囊结在他腰间佩玉上，直起身子后水汪汪的动人眸子凝视着依然端坐在椅子里的意中人，他安静不语，她便也闭嘴不言，有时无声更胜有声。

白世非轻咳一声，微微笑道："二夫人还有事？"

她转眼看向案上打开的账册，上面不少地方写着他的批复："公子已经忙了整个上午，不休息一下吗？"

白世非无奈地摊摊手："这本账还没看完。"

夏闲娉移步到他身后，满怀关心："公子日间如此劳累，最易肩酸背痛，我给公子捏一捏可好？"纤纤十指搭上他的肩膀，沿着后颈缓缓往两边外侧按压。

白世非全身僵了僵肩头就要摆动，下一瞬情急生智就势伸展手臂，以掩饰原想甩开伊人双手的直觉反应，几回屈肘舒张，又伸了一个长长的懒腰，颈后指劲所到之处仿佛让他十分受用，舒服得眯起了眼，满足地带笑叹息一声："谢谢二夫人。"

再度拿起笔管，继续专注地一页一页批阅账本。

就在他批到最后几页时，门外白镜咳的一声，叫道："大夫人！"中气十足异于平日，好像生怕书房里的人听不见似的。

夏闲娉倏然抬首，嘴角一勾，原本停在白世非肩上的双手向下垂落。

下一刻晏迎眉领着尚坠走进来，首入眼帘见到的便是夏闲娉俯身贴着白世非身后椅背，一双华袖垂散在他胸前，十只青葱玉指交握。她搁在椅背上的下巴与他黑发头顶的白玉簪冠近在吐纳之间，正柔然对着进门来的两人轻笑。

不曾料到夏闲娉会有此一举，白世非想避开已来不及。

尚坠缓缓垂下眼，精致五官除了略显憔悴外，沉静得不见一丝别样情绪，小脸上波澜不惊的模样与她的年纪极不相称，仿佛只不过几日之间，她整个人已截然不同，变得深沉成熟起来。

晏迎眉却毫不掩饰，当下就脸色一沉。

原本十分尴尬且颇为不安的眸光在掠过尚坠毫无反应的表情后，白世非的脸容跟着变淡，他隔衣拍拍夏闲娉的手。

夏闲娉松开他站直，双眼翘如弯月，斜瞅向对面的晏迎眉。

“不知大夫人找我何事？”白世非笑问。

晏迎眉连眼梢也不瞥夏闲娉一下，权当并无此人，冷声对白世非道：“我打算明儿带尚坠出城，到山上的无心庵住几天。”

白世非点点头，眸光再度从垂首而立的尚坠脸上掠过，也不多问，只温声道：“路途较远，我担心不安全，让锋瘖送你们过去。”

“不劳公子挂心，你还是好生顾着你自个儿吧。”晏迎眉冷嗤一声，拂袖而去。

白世非倾身靠向椅背，不知何时脸上笑痕已全部消失，神色少见的寡淡森冷，让正暗自得意的夏闲娉心里一惊，明白到不宜再做逗留，须知过犹不及只会坏事，也随即告辞。

合起案上账册推到一旁，他眉心轻蹙起来。怎么回事，她的脸色怎的一日比一日难看，即便从前两人闹得最凶那会儿，也没见她像最近这般萎靡，难道是生病了？可按说又不可能，她若抱恙在身邵印定早就报知他，这到底是怎么了……

“世非哥哥！你还没忙完吗？”

隐忧的思绪被打断，白世非以手掩面，不无厌烦地低叹。

再抬起头面对飞奔而来的张绿漾时，神色已恢复惯常的温和。

“世非哥哥，我娘约我明儿一同去相国寺烧香呢，要不要我顺道帮你求支上上签回来？”

她喜笑颜开的样子让白世非莞尔，出门拜佛而已，何至兴奋如斯。

“去吧，让邵印备一份好礼，你代我送给张夫人。”看看窗外天色，是时候该用午膳了，自案后起身，那丫头……不知道会不会又像往常一样避在了疏月庭里不肯出来，唉……

“咦？”张绿漾眼尖，盯着白世非腰间的香囊，“世非哥哥，这是谁绣给你的？”眼珠子骨碌碌转了几下，警觉道，“是不是那个下贱之人？”

白世非一怔：“什么下贱之人？”

张绿漾掩嘴：“就是夏家那个贱人。”

白世非明白过来，咳声连连：“在人前可不要乱说。”

“知道啦，真是她送给你的？”见白世非点头，张绿漾马上伸手去解，这近身一看，不由得惊叫出声，“哇！这香囊是用纯金丝绣的呢，她可真舍得下重本，世非哥哥你先借我看看，回头我找个金匠揣摩揣摩，也依样绣上一个玩玩。”

这借口十足蹩脚，白世非无奈站定，笑着任由她把绳结拆开。

门外白镜一脸好奇地往里探了探头，仿佛极欲看一眼纯金丝绣就的香囊是何样子。

张绿漾得手后笑嘻嘻告辞，出门未远，挑了个隐蔽的角落前后左右看看，确定真没人后把香囊扔在地上，连踩几脚，狠声骂道：“哼，就你这德行也想和我抢世非哥哥？做梦去吧！”脚尖一挑，那绣工精巧无比名贵的香囊，便被踢到了廊柱外头的杂草丛中。

张家刁蛮女咯咯笑着跑远。

白世非终于步出书房：“白镜。”

“小的在。”

“这几日张家曾来人吗？”

白镜侧头想了想：“小的没听门房提起啊。”

白世非弯唇一笑，果然。

白镜偷看了眼走在前面的主子，忍不住道：“公子这回恁老实，怎的就告诉了三夫人，那香囊是二夫人给你的呢？”越说越深感遗憾，明眼人都看得出来那两位女子的明争暗斗，公子只须推说是邵管家订的，也不至于东西会被人夺去，那可全是金丝，金丝啊！

白世非唇边的笑容深了深，不告诉张绿漾难道要他挂着那玩意儿招摇过府不成？如若真的佩着那只金丝香囊出了书房这道门，笃定不需半个时辰，便府里尽人皆知那是夏闲娉送予他的信物。

这当儿不由得想起了尚坠和丁善名，一思及有别的男子日间会贴身佩戴她亲手绣就的香包，胸口总还是有些生闷。

留人宜天晚

月黑风高，宵禁下的汴梁城被笼罩在薄烟似的暗夜迷雾中。

在城西的某家客栈，一道着夜行衣的身影腾地跃上屋顶，在屋脊上快速行进，到了东厢某间客房，悄无声息地一个鹞子翻身，足尖钩着拱檐倒挂而下，剑尖方触及窗格，房里已骤然传出警觉的低喝：“谁？”

悬在花格糊纸上的寒光剑刃静悄悄一动不动，内里也已毫无声息，隔着一道窗棂，仿佛里外贯通了无形紧绷的气势，眼看一触即发。

忽地，客房门口柱廊外的庭院里飘起一声仿似觉得十分有趣的低笑。

紧闭房门内再度响起暴喝：“什么人？为何半夜三更在此装神弄鬼？”

那笑声低低延绵了会儿，方才悠然道：“本朝招待贵客的礼宾院你不住，都亭舍和怀远驿你也不宿，偏屈身在这等无名客栈，不知所为何来。”

听出了这个声音的主人是谁，房里一时静默。

“令尊虽然接受了大宋朝的册封，令兄却贵为契丹驸马，我听闻他最近不但加强兵营训练，私底下还在本朝和契丹边境买马，其数目颇大。你乔装私进汴梁一事若被报上朝廷，凭你的武艺虽能全身而退，但若宫里对你此行起了疑心，进一步联系到令兄所为，由此向令尊怪罪下来，难保不会增兵压境，对你族人加强监管防范，就不知你回去后却如何向令尊和令兄交代。”

房中传出一声傲然冷哼：“废话少说，你想怎么样？”

庭院里的人笑了，令贴身侍从燃亮挂在梅枝上的灯笼，朦胧橘光将一方无人小院照得温煦：“今夜虽无月，却有客自远方来。我不想怎么样，只想邀你及屋檐上的那位兄长下来，一同举杯把盏而已。”

内里长时间静默，仿如天人交战良久。

虽说不惧这前狼后虎，却不得不担心，此刻甩手一走形同自绝后路，这开封府明着是天子脚下，暗地里却属那人的半壁府城，这番走了以后再想在此间出入，恐怕会举步维艰，再加上……终还是顾忌万分。

喀地微响，似门闩被迟疑拉开，最后清晰响起吱呀的一声，与此同时，窗后檐瓦上倒挂着的黑衣人无声无息翻身落地。

梆梆梆，寂夜里遥遥传来更声。

当天交四更，院子里早灯灭人去，汴梁城内外的寺院敲响晨钟，报晓人开始打着铁板儿沿街报晓。

适逢端午佳节，赶早做小买卖的生意人更是闻声而起，不多时贩卖早点的各式摊子如雨后春笋般涌现，煎白肠、羊鹅杂碎、血脏羹、七宝素粥和馓子应有尽有，又有货郎挑着烧饼担子穿街过巷唱卖，一些大食店还派出般载车，兜售各种调气养生的汤药和药丸。

圩闹一番，早市罢时，各处陆续收起摊担，回家去用早食。

白府里，邵印一大早就已开始忙碌，先吩咐了厨房把紫苏、菖蒲和木瓜全切成细蓉，以香药拌和，用梅红匣子盛起来摆到神案上，又差小厮们把百索艾花、银样股八花、细巧画扇、香糖果子和粽子白团等供神物什逐一摆好。

白世非带领府中拜神祭祖之后，众人各自散去，他与庄锋璿去了偏厅议事，准备出行的晏迎眉和尚坠则返回疏月庭收拾行囊。

不过三五天，也不须带些什么，收拾好换洗衣物后尚坠坐在床沿休息，眸光不经意落在一旁的旧箱奁上，想了想，有些疲乏地起身，走过去把箱盖打开，从箱底一角包得严严实实的棉衣里取出一个漆金的描花匣子。

将里头最上面那张折叠方正的文书取出来，打开细看一遍，沉吟半晌，终于还是将之重新叠好，又从匣子中取了几件金制的首饰，与那纸文书一起塞入了袖底，把匣盖子扣好放回箱中。

“坠子，夫人问你好了没。”房外传来晚晴的叫唤。

“这就来了。”她挽起小包袱起身出去。

厅里仆人们已开始着手，把布施用的斋食和礼品都提出去。

出了疏月庭，晏迎眉边走边道：“这行车骑马的总归颠簸累人，若不是那白公子太不像话，我原本只打算自个儿去走一趟。”

尚坠笑笑：“我也好久没出府了，正好趁这机会出去走走。”说话有些软绵绵的，像使不上力气。

晏迎眉关心地细看她的脸色：“邵印差厨房送来的补汤你喝了没？”

尚坠沉默片刻，轻声应：“喝过了。”

“你要是身上哪里不自在，可得说出来，别死撑硬瞒，这病可不能拖。”

尚坠摇了摇头：“也说不上哪里不自在，就是偶尔觉得胸闷气喘，全身乏力，可能是春夏之交吧，每年这种季节更替时候，我总有些不适。”

两人有一搭没一搭地闲聊，到了前庭，看着仆人们把东西都搬上已等候多时的富丽马车，安置停当后主仆二人踩着踏子上去，垂下帘帷，坐在车厢里等待庄锋璿到来。

微露倦容的尚坠将身子倚在嵌饰着精绣厚幔的窗沿，刚想合上眼稍息片刻，已看见庄锋璿出现在前厅门口，他身后还跟着一人。

“怎么了？”察觉她表情有异，晏迎眉伸手掀开帘子。

“大夫人。”白镜小心翼翼地朝探出头来的晏迎眉躬身长揖，偷窥了眼她旁边神色几分落索又几分疲倦的尚坠。

晏迎眉挑了挑眉："你家公子想留人？"

白镜笑着讨好："大夫人真个绝顶聪明。"

晏迎眉手一拂甩下帘子，声音从里冷冷传来："你让他找别人去。"

毫无商量余地的口气让白镜急了："大夫人，您别为难小人啊！"求救地看向一旁已飞身上马的庄锋璿，却只收到他爱莫能助的带笑眼神。

晏迎眉不再理他，只对帘外的车夫道："还不走？"

白镜狠剜一眼，把打算扬鞭的车夫瞪得脑袋一缩，他朝车厢里劝道："坠姑娘，公子的脾气你是知道的！小的今日要是不能把你留下来，这府里的下人可通通都得遭殃——"

绣帘霍地再被掀开，晏迎眉冷笑道："那是你们白府的事，尚坠又不是这府里的什么人，与她有何相关？你若再拦在这儿，我可不客气了！"

白镜既急还苦，又不知如何是好，看那车夫在晏迎眉的怒视下为难不过就要起驾，他慌得脱口而出："大夫人！公子素来对你如何？就算只看在他让晏大人免了牢狱之灾的分上，你也不能这么忘……"死死咬舌把后面"恩负义"三个字吞了回去。

这句话却正正击中了晏迎眉的软肋，顿时让她哑口无言。原本的怒气再没了发作依凭，她和庄锋璿二人确实欠白世非良多，别说只是这几日把尚坠留下来不随她离开，便要她把尚坠整个送给白世非做小的，也不足以还他的恩情。

晏迎眉明白这点，她旁边的尚坠又何尝不明白。

她人已起身钻出帘外，扶着车辕踏落地面，回首对晏迎眉笑了笑："其实我本来也在想，你难得出门一趟，我这么不识眉不识眼地跟了去，也不知会不会碍着你们。"眸光别有含意地掠过庄锋璿。

晏迎眉脸一红，啐了一声："这几日你就安心待在疏月庭，无须搭理那些乱七八糟的人。"顿了顿，瞟了白镜一眼，又对尚坠叮嘱道："若是厨房还给你送补汤来，可别忘了要趁热喝，那样才有效用，若是有其他什么事，等我回来再说。"

"你便放心吧。"尚坠边应声，边示意车夫出行。

晏迎眉便垂了帘子坐回车中。

待庄锋璿跨下健马跟随马车一道出门去远，白镜才算是放下心，抬袖拭了拭额头急出的大汗。

尚坠回过头来，定定看着他。

白镜被看得心虚垂头，心里暗暗叫苦，这次就算大夫人不计较他说的话，也把主子的心上人给得罪了。

“你回去告诉他，”尚坠淡声道，“就说我告半天假，上未来夫家过个节去。”转身向府邸大门徐步走去，原本还想着从山上回来时再找机会去一趟丁家，如今倒好，可以先把这桩事给办了。

白镜彻底傻在原地，却不敢拦她，还得向守门的家仆使眼色让他们好生放行，心想这下惨了惨了，正急得团团乱转，不意瞥见晚玉从前厅出来，他像见到了天降救兵，连忙大叫：“晚玉你快过来！”

晚玉狐疑地依言行近：“怎么了？”

“坠子独自出府了，你快点跟过去。”

晚玉睁大双眼，着慌道：“可别像过年那会儿似的把人弄丢了，公子发起脾气来可不得了。”

“所以说你还不快跟上去！”白镜直跺脚，恨不能把眼前人一把推出门口，管她是死是活。

“哎！”晚玉挽起裙摆急急追向门外。

愁似水流东

由于张绿漾也出了府，午膳时便只有白世非和夏闲娉两人。

白世非几乎没起箸，只是慢慢地一杯一杯喝着酒，容颜淡到极致。

但凡经历过年初三事件的仆人都知道，平日和颜悦色的公子一旦动怒，那情景有多恐怖。由此一干下人全立在他身后丈外，谁也不想惹主子注意，那淡淡瞥来的一眼，冷冽眸色冰薄无情，令人心脏紧缩得全身都渗出冷汗。

白世非不哼声，厅里便一直没人敢开口说话，包括夏闲娉在内。善于察言观色的她眼见着连邵印也极其谨慎，不若平日那般趋身上前侍候，她便也在忐忑中安静进食，不敢轻举妄动。

死寂般的膳厅里只闻白世非自己动手执壶的斟酒声。

本来良机难得，奈何气氛太过压抑，夏闲娉草草用罢，带了昭缇告退。

“白公子今儿是怎么了？”昭缇拍拍心口，仿佛仍心有余悸。他明明既不言语，也不做何举动，只是独自坐在那里，旁若无人地自斟自饮，却让周围的人觉得不寒而栗。

“我也在想这个问题。”

“真让人好不明白，按说今儿也没发生什么特别的事嘛——”

主仆二人不约而同望向对方，只除去——有人上山去了。

夏闲娉不由得面露笑容。

昭缇嘿嘿笑道：“恭喜小姐的目的达到了，看来晏家那女人受不住你接二连三的刺激，这不，还真个和公子大闹别扭了呢。”

夏闲娉摇摇头，辛苦了许久，也仅是让那两人出现些许感情上的罅隙，这显然远远不够。照目前情形看来，晏迎眉离府的这几日很关键，倘若这良好的时机她利用得宜，很可能就此扭转局势。

细细思索一番，夏闲娉附耳与昭缇窃语了几句。

昭缇听了讥笑出声：“奴婢这便出府去知会周大人。”

说罢快步离去。

在白世非离开膳厅回了第一楼后，那极压抑的气氛依旧笼罩着白府上空，非不得已无人愿进第一楼里禀事，至于有要务必须进禀的，面对他时无不战战兢兢，一个个说话极其小心翼翼。

张绿漾在日夕时分回府，前脚刚进饮绿居，后脚便听闻侍女们绘声绘色地描述了午膳时的骇人情景。

她和白世非算是青梅竹马，从小一起长大，却从来没见过也没听过他这种情形，虽然明知与自己无关，却还是没来由地觉得有点心虚和暗慌，以致晚饭也没出去吃，只叫人弄了些羹点送进房来，躲在饮绿居里派莫言不时出去打听。

跑了几个来回的莫言还在微微喘气，张绿漾已等不及她开口，抢先问道：“怎么样？怎么样？”

“公子还是一声不哼地喝酒，奴婢四方都打探过了，确实没人知道他因何事坏了心情。”

张绿漾担心起来：“世非哥哥为什么会这样？真叫人担心死了！”在房中忧虑地走来走去，过了一会儿，像是忽然想起什么，她顿住脚步，回首问道：“那日他们几人在棋室对弈时，你叫我一道去布下的石堆可曾被人碰过？”

“一直没呢，最近公子入夜后都留在第一楼里，不曾出来过。”

张绿漾望了眼已黑沉压窗的天幕：“你再去看看，实在不行我豁出去了，拼死也得去劝他一劝！”

莫言只好再次去探，却没多久又跑了回来，急道：“小姐，快！”

“什么？”

“公子往那边去了！”

在夜色的掩护下，两道从饮绿居里窜出的身影飞快而隐蔽地奔入第一楼西边的石径，偷偷摸摸踅向花丛深处，在一处三岔路口前停下，莫言掌着手中的灯笼蹲下往每条路面细细察看。

“这里！小姐，这条路的小石子被踩散了！”

“走！”

沿着小路穿过藤蔓缠绕的拱门，拐了个弯后黑暗中开阔的林苑骤然出现眼前，张绿漾登时恍然大悟，难怪在第一楼正后方通往林苑的宽阔院径上从没见过白世非的身影，原来此间别有曲径通幽。

两人又往里走了片刻，终于隐约看到前方有座亭子，夜色下依稀可见亭里一抹白衣身影，仿佛被她们的脚步声惊动而回了回首。

“绿漾？”白世非问。

真个被发现了，张绿漾微怯上前：“世非哥哥……”

“来，坐。”白世非笑了笑，端起酒杯，望向远处，“陪我喝酒。”

镰式弯月悄然半上，湖中水榭空荡无人，想必今夜她不会来了。未来夫家，好一个未来夫家，多久以来她始终这样，从推拒到践踏他对她的真心，如今还多了一个未来夫家。

看见白世非在眨眼间已三杯下肚，张绿漾按住他又要去拿一壶新酒的手，劝道：“别喝了，世非哥哥你到底怎么了？”顿了顿，她试探道，“是不是和迎眉姐姐闹别扭了？”

他摇了摇头，取过酒壶，神色萧索地仍然只是静望着湖中央。

张绿漾再也忍不住，叫了出来：“难不成真的为了那个丫头？你是不是常常一个人到这里来听她吹笛？”

白世非看她一眼，咧了咧唇角，勉强拉出的笑容底下涩意异常浓重：“是不是觉得世非哥哥很傻？”他自嘲问道，神色苍茫如孤城被困，既脱身不得，又无计可施，最后终于放弃突围，在缴械的那一刻颓废自厌中还有丝厌世。

张绿漾只觉眼眶一酸：“世非哥哥！你别这样！看得我难过死了。”

已倾空的酒壶再斟不出半滴，此时此刻满腹心事难以倾诉，然而因着有人陪伴在侧，那份今夜尤为噬骨的寂寥像是终于可以安置，胸臆间整整拧绞了半日的一团郁结渐渐散发开来，渗入肢骸，往心脏最深处蔓延。

自制力一旦放松，原本铁壁一样的心防便全线溃败，酒意如滔天浪涌上头，晕眩中他以长袖覆桌，鬓颜侧枕，醉眼微合，而人犹不自知地在轻轻痴笑，仿佛思绪抛开躯体潜回了从前，过去种种美妙时光此刻正历历在目。

“世非哥哥！”用力摇了摇他的肩膀，张绿漾难过得哽咽起来，微红双眼盛满怒意，“既然你喜欢她喜欢得那么辛苦，不如别喜欢了！不就是一个丫头吗？她有什么好的，凭什么让你这么伤心？”

“你说得对……”他半趴着的脸庞点了点，额头滑下磕在石桌上，混沌中也不觉着疼，只喃喃道，“还是不要喜欢了……”手中酒杯无声倾斜，滚落在地摔成无法复原的破碎。

风过林间，带起枝叶一阵婆娑。

泼墨夜色下园苑荒僻，身后芙蓉树的树影仿佛当头罩来，让久候一旁的莫言开始有些怕，轻声催促：“小姐。”

张绿漾闻声望去，看见她时呆了呆，像是直到此刻才知道她的存在，下一瞬已吼出声来：“是不是想我用脚踹死你？还不快点过来帮我扶世非哥哥回去？”回过头，看着醉倒在石桌上的白世非，发誓般恨恨道：“那个该死的丫头！”

弯月渐上中天，被搀扶着走到拐角的拱门时，原本已近不省人事的白世非忽然抬了抬首，眼神迷茫，混乱神思中模糊地掠过一念，才刚……好像做了一梦，梦里隐约听到笛声……

星点波光映着水榭，在微粼湖面拉出长长的寂夜孤影。

远处传来狗吠和更声。

隐若藏风浪

端午这夜，白世非彻夜宿在饮绿居，直到第二天隅中时分才从里间出来。当时的他便连身上衣物也全都换了，在他领着白镜因事出府后，府里便像炸开了锅，私下里传得沸沸扬扬。

昭缇最为自家主子气恼不过：“没承想给那姓张的捡了一回大便宜。”真是千算万算不如天算。

夏闲娉阴着脸不说话。不管疏月庭还是饮绿居，白世非都已宿过，唯独她的浣珠阁始终留不住人，大户家的下人一个个眉精眼细，再这般下去，迟早会被府中那些势利的婶嫂儿看低，这种人又最是嘴碎，只怕用不了多久，闲言闲语便会传出府去。

届时别说会连累家中父母在亲戚朋友里没面子，一旦那些闲话传入宫中，只怕日后不管自己再报上什么，都难以让太后取信，她夏闲娉便连白世非的人都得不到，更遑论其他？

“二夫人。”门外侍女唤道，“你家里来人了。”

夏闲娉连忙起身。

进来的是做家仆打扮的周晋，身形高大的他行走间自有一股沉稳气势，昭缇斟好茶退下，周夏二人邻案而坐。

“何劳大人亲自来一趟，捎话让我叫人去把东西取了便是。”

周晋看了她一眼，端起茶杯，轻呷几口，“夏小姐近况如何？俘得君心没有？”

夏闲娉微微变了变脸：“周大人交浅言深了吧。”

反应这般大，可见还没。周晋不以为意，平声静气道：“这白世非也堪称半个圣人，在浣珠阁出入几晚，纯是与你对弈而别无举动。”放着这般模样的娇妻在府中，几个月下来硬是连碰也不碰，韬隐目光再度注视过来，“就因为如此，你越发不肯死心，是吗？”

夏闲娉霍地从椅子里站起：“你这算什么意思？”

周晋目光淡淡一沉，有种武人的凌厉，让人倍感压迫。夏闲娉一时忌惮，将还想骂出的其他说话勉强咽回嘴里。

“近日朝廷接连收到七八个州府的上奏，指盐钞引突然水涨船高，十分紧俏，官府便派人冒充客商前往交引铺，欲出贵价购入也不可得，是故疑有商号在暗中哄抬垄市，太后问，你到底何时才能报上切实的消息？”

听上去仿佛形势开始吃紧，且他又祭出刘娥来，夏闲娉忍气吞声：“快了，做什么都不能一步登天吧？因是太后指婚，起初白公子对我防得滴水不漏，我便费了极大工夫，如今终于近得他身，要打破他的心防让他接受我，循序也需一段时光不是？”

周晋不再说什么，默坐了会儿，把杯中茶饮净，起身从袖底掏出一个小纸包："这便是你要的东西。"

夏闲娉接过，面色有丝尴尬。

"医官交代这药粉相当霸道，若使得不当，轻则伤身，重则会令男不育女不孕，最好小心慎用。"那白世非是何等样人，可别到时偷鸡不着蚀把米，不小心自食其果。周晋又看她一眼，转身时淡淡道："你好自为之。"

夏闲娉咬了咬牙，冲着他的背影道："有一件事还需周大人帮忙。"

周晋停下脚步，却没有回身，只是略带无奈："还需我帮什么忙？"

"白公子有个极难缠的贴身侍从叫白镜，到那日，倘若昭缇她们无法用借口把白镜引开，说不得还要周大人用武力将他打昏扔去柴房，以免他留在外间碍事。"

"你择日施计前捎话给我。"周晋冷冷道，顿了顿，像是终于忍不住，不无讥讽地抛下一句，"想不到堂堂兵部尚书家的小姐，却争不过一个丫头。"便想以身相许还得使出此等手段。

他头也不回出了房门。

夏闲娉愣立不解，他这话什么意思？什么争不过一个丫头？

此时，疏月庭里晚晴、晚弄和晚玉正面面相觑。

若说白世非在浣珠阁虽也曾待到半夜，但总归离去，还算给他与尚坠之间留了一线生机，那么端午节在饮绿居整夜不出，在旁人看来，无疑是为两人冰冷的关系彻底打上了死结。

然而，奇就奇在，个个都以为坠子这回肯定气到疯掉的时候，她的表现却出人意表。

只除了晚弄在闲聊中无意提到从邓达园处听来的管事房规矩时，尚坠曾出声打断她的说话，蹙着眉心问了句："你说什么？露泄库房辖物及账房所管钱数者，都会被杖击出府？"

"没错，二管家是这么说的，怎么了？"

她径自陷入沉思，只对晚弄的问话下意识摇了摇头，神色间似微有领悟。对她们三人再度提起的白世非夜宿饮绿居的话题，既没反应，也不好奇，仿佛毫无关系的局外人一般，一概不闻不问，置身事外处之泰然。

没人明白她不同寻常的反应从何而来，由是才令旁人惴惴不安，已经看不透她的心里在想什么。

最后还是晚晴率先开口，相劝道："要不是你去找丁大哥，公子也不会喝醉。我听那些婢儿私下说了，男人醉死时行不了事，我估摸着公子也没那么容易失身，你就不要计较了。”

尚坠没理她，只是端着热腾腾的汤药轻轻吹气。

一旁晚弄嘴快：“这也难说，公子便行不了事，可谁知道那位会不会霸王硬上弓——哎哟！死晚晴，你掐我干吗？”

晚晴骂道：“你是嫌坠子不够烦吧？或者这是你的经验之谈？你个泼蹄子是不是对二管家上过弓了？”

晚弄急得跳起来，伸手就要扇晚晴的嘴巴：“你再这般瞎嚼舌，我可不依了！”

闪身躲过的晚晴还待再损几句，一旁安静的晚玉已看不下去，起身将两人隔开：“我求求你们都歇下来吧，坠子还什么没说呢，你们这就打上了，真是不知所谓。”

晚晴以手指戳她额头：“就你知所谓，这几日当完值后总是神神秘秘地独个儿出府，你说你都干吗去了？”

原本专心慢慢抿喝着汤药的尚坠长睫微微一动。

“我……我娘这几天老毛病又犯了，我抽空回去看看她罢了。”晚玉怯声如蚊，低得几不成言。

“别说我没提醒你，也就咱家公子宽宏海量，且大夫人不问事，邵管家又为人慈蔼，故而府中门制宽松。若是在别个士人家里，你便触了‘无故不得出中门’的规制，只怕早被主母杖挞了。”

“我以后晓得注意了……”微弱声线压不住心底惶恐，明显透出一丝不安，晚玉低头道，“我一会儿还有活要干，不和你们多聊了。”匆匆告辞而去。

“她这是怎么了？模样儿怪怪的。”晚弄好奇道。

尚坠抬起眼，望向门外柱廊里渐走渐快的背影，回过首来，沉思了会儿，向晚晴道：“晚玉可是典雇于府中？”

“可不是，当初她家里穷，姐妹多，都快活不下去了，她爹听说白家心善，便寻到府门来。邵管家奈不过她爹苦苦央求，最后出七百贯与他立了十年典身契，如今一晃眼，也已过了五年。”晚晴说着说着，轻叹起来，“我们也幸得是寄身白府，倘若流落在外，难保不会被主人逼纳收房，始乱终弃，万一碰上妒心重的主母，只怕免不了还会被加事问罪，鞭挞逼杀。”

晚弄听了，也心生凄凉：“一日为婢，终身为奴，律法说是至多只能卖身十年，年满当送还，事实上谈何容易。真能像白府这般，在约满后切切实实出得了门的又有几人。”

“你我至少还有片好瓦遮头，有些官富之家，典雇时故意避立年限，使人永无出期。”这汴梁城里比她们还更凄苦的不知万千。

有几户人家的婢女能如她们这般好运，偶尔午后得个空儿，还有闲情逸致感怀一下身世，怅惘将来归宿何方。

晚晴望向尚坠，语重心长道：“你也别嫌我啰唆，像公子那般品行高洁从不曾淫乱家中婢女的男子，当是世间难求，你倘还不好好珍惜，真要遭天打雷劈。”

尚坠放下手中空碗，密睫轻颤，久久没再说话。

灵犀又点通

晓向云间没，宵从海上来。

当石榴花小朵小朵开满枝丫、花团锦簇耀眼的时候，汴梁城突然大张旗鼓，在各州街要巷贴出告示，指官府拟蓄钱二十万缗，在京城设官收购交引，每张盐钞将较私营交引铺的五贯贱收价高给五十文，以五贯五十文收进，望众所周知。

榜文贴出后，各大金银彩帛交引铺无不哗然。

本朝由盐铁司执掌盐政，下设京城榷货务，主办盐的专卖和盐课收入，律法规定盐商必须凭盐钞运销食盐，盐钞由榷货务发放，令商人付现，按钱算钞引，钞中载明盐量及盐价，商人凭钞到盐产地请盐。

没有盐钞而偷贩盐者，会被官府问重罪。

一方面由于每年发钞多少视盐场产量而定，是故为了获取尽可能多的盐钞份额，大小盐商之间竞争激烈，无不极力打通盐铁司和榷货务的层层关系，又或使尽其他法子。

另一方面不少沿边郡县从事贩盐者少，造成积年滞钞不用，这些偏远郡县更需要日常用物，有眼光敏锐的客商看准了机会，便解运粮食物品到边州，易换盐钞，往往一趟有数倍入息，得钞后有的直接去盐场支盐，有的则把盐钞卖掉换取现钱。

由此，通过贱买贵卖盐钞来谋利的交引铺便应运而生，但凡官府设立了榷货务的地方，都有家财殷实的商人开设的交引铺户，其数量之多、规模之大、交易之频、涉额之巨，又以举世繁华成行成市的京城为最。

白府的书房里，逢朔望日例行的议事，已经进行了半个上午。

白世非几乎没怎么说话，眉宇微凝，似乎在专心倾听属下的汇报，带点迷离的眼神又仿佛灵魂早已出窍，徒留肉身在此而思绪不知所终。可是，每到邓达园想轻声提醒他时，他却又会忽然开口问一些要害之处，这反常之态，使得在场众人无不打起十二分精神来小心应对。

要务商议完毕后，有管事终于忍不住疑惑道："官府为何在此时突然宣布收购交引？此前还毫无风声，实在令人费解。"

此话一出，当即引来其他人的附和。

"上一次官收交引还是在天禧五年，距今已有十年。"

"那次是因为交引铺的行会牵头，几家老字号联手垄市，压买抬卖盐钞，朝廷认可盐钞为币，与铜钱、铁钱和会子一样公私通用。交引铺联手抬市会大大不利于京师国库和各地官府的收入，自然不能等闲视之，故而被迫设官拨钱平市，使交引铺不得为轻重。"

"难道说事隔十年，盐钞又再次被断了货市？"

一时众说纷纭，颇多猜测，最后还是议而无解，渐渐便起身散去，直到最后一名管事也离开之后，白世非才侧首望向邓达园。

"各大冲要州府官员的变更进行得如何了？"

"已按原定计划大体完成，只个别比较棘手的职缺还需一些时日才能安置上去，不过这对朝中的权力牵制不会有太大影响。"

白世非点点头，想了想："那知秦州的薛奎如今怎样了？"

"薛大人自往秦州上任后力求节俭，不但教当地百姓改良耕作方法，而且大力促进与党项及其他族人的榷场边贸，又务求开源节流。据说秦州已积存粮食近百万石，税入过千万缗，又核查出州民隐瞒不报的田地数百顷，收缴田租几万石。"

施政收效如此之大，想来薛奎在秦州定深得民心。

白世非挥了挥手，邓达园躬身退下。

他以指腹轻揉眉心，人有些不堪疲倦。

晏迎眉与庄锋璿已从山上回来，知道他曾在饮绿居一宿未出后，她愤而责怪："你以后到底想怎么办？"

他无言以对，自己也万般无奈，一向千杯不醉的他那夜是有生以来第一次喝醉，第二天醒来便知道事情要糟。

原本担心得要命，以尚坠的性子说不得会对他恨之入骨，哪怕一时之间不会想到与他恩断义绝，也免不了要闷在疏月庭里一月半月不见人影，没承想平日性子刚直不阿的她真到事到临头时，竟没有闻风起浪，自始至终一如寻常，也就那般待他冷淡以对而已。

反倒是晏迎眉为她动了气，从回府后便怒而不允她再出疏月庭，他已经好些天没再见着她。

她越表现得成熟，他心里就越觉得有些把握不住的慌乱，与其问他想怎么办，倒不如问那磨人的丫头到底想他怎么办，便要他摘下天上星、掬来蓬莱水为聘礼，他也会费尽心机办到，可是她肯不肯登上八抬大轿嫁给他呢？

"公子。"有人轻唤。

白世非恍然回神，抬首望去，不知何时邵印已走进房来，而在他身后恰巧有一道灵致的身影挽着裙摆从书房门口奔掠而过，那一刹那白世非几乎想站起来，强按下心头冲动，他问："什么事？"

"府外有位法号真明的师太求见大夫人。"

白世非一怔："什么师太？"

邵印摇头："老奴也不清楚。"

白世非忽然轻啊一声，像是想起什么，笑了笑："我知道了。"

他懒懒地靠着椅背，目送邵印退出去，柔和眸光停留在门外不动。一会儿后，似等得有些无聊，双手交叠，倾身向前，软软俯趴在书案上，俊美下颌搁在环抱双臂的手腕上，有一下没一下地轻咬着樱色薄瓣似的下唇。

又过了片刻，终于看见门外尚坠挽着一名身穿灰色僧袍的师太往回走，脸上溢满惊喜的由衷笑意。他心头微微牵动，梦里落花三千，醒来一世去远，已有多久，他没再见过她如此纯真的笑容。

便在那一刹，仿佛感应到他的凝视似的，尚坠没来由地忽然侧头朝里看来，四目在那瞬间交汇，仿如将人带回遥远的相见之初——那一日，他披戴着新郎官的衣装，便是在百千人当中，独与她相见在这府中的廊柱底下。

两人都没想到会这般心有灵犀，他唇边不由得漾出曼妙勾魂的一点笑痕，柔若芳菲尽处的深山寺里桃花，又像是岩石缝隙中的寒冬枯草，经意外的一夜春雨后绝处逢生。他几乎就要像从前那般朝她淘气地眯一眯眼，无奈她只一瞥已端起小脸飞快掉转视线。

白世非遗憾地努了努嘴，可怜稚子还未识调情之趣。不过无妨，以后他有大把时光，可以巨细无遗地对她言传身教，那情景，便是想想已觉得和美……

他伸伸懒腰，从椅子里起身，微弯唇角犹笑意不绝如缕。

不自觉轻抚了抚怦怦直跳的心口，尚坠为自己的反应微有些懊恼，更多的还是心有不甘。深吸口气，决心将那人赶出脑海，她挽紧真明宽大的袖袍："好师父，这回你可得多住些时候才走了。"

"几年不见，你这小丫头已出落得水灵灵了。"真明慈爱地看着她，神思仿佛飘得有些远，而后摇了摇头，睿目蕴含悲悯之色，叹道："只可惜自古红颜，情深不寿……"

"师父怎的无端感慨起来？"尚坠轻声道，心头依稀浮起一道未曾忘怀的娟秀身影，整个人静默下来。

真明以掌心怜爱地覆着她的手背，安抚般拍了拍，佛眉抬动，神色间似有点心不在焉，左右观看着白府中的地形走势，湖池水脉，再开口时有着一抹不明所以的隐忧。

"我待个三五日，便得起程返回寿州，到时你可愿和我一道离开？"

尚坠大为惊讶，才想问个清楚，一转头已见到立定在身后不远的白衣身影，白世非面容上闪过的愕然之色比她尤甚。

她敛起讶色，向白世非屈身请安，低声为两人相介绍：

"公子，这位真明师太，是小姐故人。"

白世非点点头，定睛望向年纪五十上下、长得与尚坠有几分相像的佛尼。

真明手中拂尘一抖，微笑合十："贫尼见过白施主。"

白世非抱了抱拳："师太有礼。"

相互客气几句，原地看着两人去远，他转身步入一旁的茶室，对惶恐起立的奴仆们轻说了声"都出去"，在霎时空荡的房内独自坐下，沉思片刻后差人召来白镜。

第十二章　审局

古闻当羡叹

疏月庭里晏迎眉见到真明也是十分高兴。

盏茶过后，真明道："实在罪过，贫尼西游已久，归来后才得知小姐所托之事，赶紧到汴梁来安排妥了，特地前来知会一声。"

晏迎眉闻言喜出望外，起身就行大礼："迎眉拜谢师太。"

"你们在说什么呢？"尚坠不解，好像有事瞒着她似的。

晏迎眉看了真明一眼，笑着对尚坠道："一时半会儿也说不清楚，赶明儿我再和你细说。"

真明随意打量着房中摆设，目光不期然落在尚坠随手搁于案台的玉笛上，霎时惊"咦"一声，眼露祈盼之色，便连说话也带起一丝急切："坠儿，快，去把那笛子拿来我看看。"

尚坠虽不明她因何异样，还是乖巧地去取来。

真明接过笛子，前后左右细看一番，在指间一旋举至唇边，几根手指搭上笛眼，轻轻颤按，就听闻房中飘起极其清绮瑰丽的奇异之音，使人在刹那间不由自主地觉得愉悦，内心的舒服无法形容。

尚坠惊叹："这是什么曲子？我竟听也不曾听过。"

真明放下手中笛子，久久看着它，先是摇了摇头，然后不自觉又失笑起来，最后长叹一声："世间万事果有天意，竟让贫尼有生之年，能亲眼见到这管问情笛。"

"啊？它叫问情笛吗？"

"这笛子出自两百年前江湖上一对有名的神仙眷侣。"真明把笛子还给尚坠，将一段武林典故向两人娓娓道来，说到梵问天是如何为柳还情归隐山林，又是如何夺来寒玉玦为她雕了笛子。

晏迎眉听得入神，忍不住追问："那后来呢？"

"后来两人百年归老，一次机缘巧合，问情笛落入了以制造机栝闻名的巧圣张天工手中。张天工觉得这寒玉玦已是至宝，问情笛更缔造了传奇，不如他也加点什么上去，同样留个万世之名。

"由此他千方百计觅来世间罕见的冰蚕，此蚕须用霜雪覆盖方能作茧吐丝，所产之丝长一尺，色五彩，以此织就的穗带入水不湿、入火不烧。他的机括便做在这穗带上鹁鸽蛋大小的丝纨中，在纨球的底部独有一小截如发丝般纤细的金线，只要拈着它往左右各轻轻捻旋三周，看上去密合无缝的纨球便会打开。"

尚坠好奇地依言而为，那小纨球果然像花儿一样无声绽开，变成精巧的六瓣五彩坐莲形："真有趣——哎，这里头还有东西！"她惊叫，只见纨球里藏着一张折叠成方寸大小的蚕丝笺，以及两粒极小的浅绿色晶莹药丸。

一旁晏迎眉已看得呆了。

真明把丝笺取出，轻柔展开，脸上露出无限欢喜之色。

"这便是我刚刚吹奏的《问天还情曲》，从前没教你是因这谱我也知之不全。相传柳还情是在问情笛雕成后作了此曲，在她与梵问天过世后张天工只得到了笛子，曲谱却另外落入医术高明的女医仙徐回生之手。

"那巧圣和医仙两人，一个拥笛，一个得曲，都觉得不能两全是件心头憾事。有一年寒食清明，两人不约而同都上了万泉峰凭吊仙逝的问天还情，经此巧遇才得知，原来另一样东西就在对方手中。已届中年的二人原都抱有终身不嫁不娶的想法，谁知道此次邂逅，竟然互生情愫，也从此双双归隐万泉峰，再也没有返回尘世。

"由于冰蚕乃世间剧毒之物，张天工捕蚕时曾一度中毒，虽然他凭借深厚内功遏制住毒力的发作，却一直无法完全清除。后来为了医治他，徐回生穷毕生医术炼成可解天下百毒的圣仙丹，这两粒小丸想来便是了。"

尚坠听得心驰神往："真让人艳羡。"

"在巧圣和医仙归隐之后，武林中流传出了一种说法，只要拥有问情笛便可遇见命中爱侣，此生定能长宿相飞、白头至老，传说中的问情笛自此成了武林中多少有情人梦寐以求的圣物。"

"师太怎的如此清楚这中间典故？"晏迎眉奇问，按说既是武林中事，应没哪一出是博古通今的庄锋璿所不晓得，但也未曾听他说得这般详尽。

"在那万泉峰的峰脚下原有一座尼庵，庵里主持正是贫尼的太师祖，有一日她醒来时发现桌上多了一支笛子、一封信和一本医谱。原来巧圣和医仙也到了百年之时，不想这笛子在他们逝后就此失传，但又不想这件奇珍引起武林中人的血腥争夺，故而留书说明过往因由，把笛子托付给了贫尼的太师祖。太师祖一直保管着这支笛子直到去世，只是在她圆寂那日问情笛离奇失踪，从此如泥牛入海，百多年来再没了消息。

"贫尼的师祖当初曾听太师祖吹奏过《问天还情曲》，只是太师祖没等到她从外地赶回来见最后一面便已圆寂，而问情笛也随之消失。后来师祖凭记忆默出一小段曲谱，就是贫尼才刚所吹奏。在太师祖去世后，伤心自责的师祖也离开了万泉峰，后来在寿州落脚，自立门户，收了贫尼的师父做弟子。十多年后师父云游到开封，又在此建了无心庵，这些都是师父她老人家临终前告知贫尼的。"

尚坠只觉荡气回肠，心念念向往，彻底忘了那管传奇的问情笛此时就握在自己手中。

真明却问了："这笛子你们从何得来？"

晏迎眉笑看尚坠："听见师太说了没？白头偕老，长宿相飞。"

尚坠脸颊大红，不去理她，只对真明道："是白公子从宫中带回的。"

她神色之间若隐若现的小女儿窘态惹得真明莞尔："便是才刚那位传说中财雄势大的年轻人吗？"倒也真如传闻所言，仪表俊绝，气宇非凡——怎的好像有些儿不对，真明皱了皱眉，定睛察看尚坠眉目，不觉脸色微变，沉声道："把手给我。"

尚坠一怔，继而便垂下眼睫，慢慢抬手上桌。

真明以三指搭上她手腕，于寸口切脉。

"怎么了？是不是我生病了？"见真明把好脉收回手后却不说话，她便低低道，"难怪最近总是觉得气喘气虚，稍微做点什么活计，不过一会儿就已乏力得想坐下休息。”

真明定睛看着她，睿目闪过一缕光，片刻之后，才若无其事道：“没什么大碍，只是有点儿血亏气滞，我开两张方子给你调养一下。”忽地目光一凛，侧首陡喝：“什么人？！”手中茶杯如白光激射，破窗而出。

说时迟那时快，窗棂外暗影一闪，有丫头飞快奔至门边，但廊道里已空空如也。

真明紧蹙眉头，不想这府里竟卧虎藏龙：“他何时来的我竟不知。”

尚坠和晏迎眉吃惊地面面相觑，第一个便想到庄锋璿，但他已因事出府好些天了，一时再想不出可能会是谁来。

晏迎眉召人摆上文房四宝，真明开好药方，待小丫头陪着尚坠出门往药房去后，真明脸色凝重，仔细问及尚坠和白世非之事，晏迎眉知无不言，言无不尽，对她的疑问一一详尽作答。

真明听罢，沉吟了良久，最后方道：

“其实贫尼还有一事，昨日到汴梁之后，不知为何觉得心神不宁，便在山上焚香卜了一卦，卦象显示西方日辰冲克，交重阻滞。当时还不明所以，今日到这府中一看，方明白卦象所示正是坠儿栖身之地。贫尼原想把她带走留在身边，但今日看她身子却不宜奔波，只能作罢，还劳小姐在离去前代贫尼小心看顾着她。”

晏迎眉一惊：“以师太道行，难道也不能破解吗？”

真明摇了摇头：“此卦鬼煞伤身，凶险之至，恐她年内必有大劫。”

晏迎眉忧心道：“既如此我今年便不走了，只留在这府中陪她。”正好她打算离开一事也瞒着尚坠，还未曾提及。

“这且不必，万物皆顺天而行，应运而生，福祸所依，无非造化，阿弥陀佛。”

今人何乖张

在晏迎眉的安排下，真明在白府里说了几日禅，余暇尚坠陪着她在府中各处观赏亭台楼阁，或学吹新曲，或游园闲话，其间见她再没提起要带自己同走一事，便也默声不问。

这日午后，两人往林苑而去，经过第一楼时尚坠轻声介绍：“这里头便是白公子的寝居之所。”

闻言真明的目光往庭院里掠了掠，这一看却顿了脚步，神色似极其意外，转身便往院门里走，打算进去看个真切。

没想到她临时起意，尚坠阻拦不及，连忙跟上前：“师父——”

那厢真明已被护院拦下：“这位师太请止步，第一楼不允女子入内——”

“都下去，不得对师太无礼。”

一句带笑温声斜插进来，白世非的身影出现在花廊下，眸光恰恰迎上急步过来的尚坠，星眸深处因乍见久违的她而漾起微波，似柔肠无声百转，又似相思已在红尘中走了千年。

眼前人依旧是一身锦缎胜雪，白衣风流。楠木般挺拔的颀秀身形，头顶上一支冰净无絮的玉簪别着密黑发髻，三指宽的抹带一根飘垂在背后，一根长坠胸前，因风轻舞的带梢饰着亮蓝描银的精致华绣，嵌宝云纹绣带环出窄条修腰，膝下衣摆迎风微微飞起一角，悠然露出底下的白袜锦鞋，说不出恁般优雅华贵。

尚坠失了失神，只短暂瞬间，已将脸别开。

白世非朝真明拱手，笑道：“奴才们不懂事，还请师太莫怪。只因这楼里摆了个破什子阵法，有少许禁忌，故而鲜有女子出入。只不过依小可看来，师太乃佛门中人，菩提树下四大皆空，又焉有男女之别？师太这便往里请。”转头又吩咐白镜，“你好生陪师太到处转转。”

白镜连忙应是，跟在道了声谢后就不客气地往里走的真明身后，临去前给杵在院门入口的几尊门神暗暗打了个眼色。

几名护院先是发愣，而后便留意到了主子的眸光始终只停在一个人身上，终于领悟过来，赶紧接二连三找借口溜了开去。

很快院门边便只余下两道一步之距的身影。

尚坠留也不是，走也不是，便那样冷冷地低垂着头对白世非不理不睬，也还能感觉到他温熙的眸光始终没有移开片刻。

“小坠。”他轻唤。

她没有应声，便站在那里不动，过了许久，才瞥他一眼。

难能得见伊人一面，他声柔如水：“不气了好吗？”

这回她有了反应，却是将身子背过去一些，对他仍旧爱理不理。

凝视她的侧影，他无声微微笑开，有情绪便好，与她的这些小脾气相比起来，他心里真正害怕的是哪一日她无缘无故就不再恼他了。眸光落在她别于腰后绶带的玉笛，不觉想起许久以前，他与她初次交谈的那日清早，曾恶意取走她的桂花。

那时送她这管笛子，便是借口还夺花之情。

唇边笑意因回忆的美好而荡开，无边温柔的语声中更带了一抹甜蜜："记不记得你曾经问过我，怎知道你会吹笛？"

她垂低的下巴动了动，仿佛想抬起，最后始终还是没有。

"因为你到我家来的第一天夜里，跑到水榭中吹曲子的时候，我就在那湖边坐着。"顿了顿，仍是得不到她的回应，他也不急，依旧只喃喃细语，"你信吗？我夜夜都在芙亭里等你，只是一夜又一夜，你始终没有来，总是只得我一个人……我好寂寞。"

她的密睫轻轻颤了颤，眉目间有丝迷离的哀愁，似也被他勾起了回忆而心间酸涩，又仿佛有些紧张，这样倾诉心事的他是她从未曾见过。她不安地把身子再转过去一点，不愿被他看见自己的不知所措。

"小坠。"他再次满含柔情地轻轻吟唤。

好一会儿，她才不情不愿地，低应了声："嗯？"

"再吹一回曲子给我听听好吗？"他软语央求。

她轻咬下唇，因为始终不肯回头，所以也就没看见蕴藏在他眼内与温柔语调极不相衬的浮幽星芒。自我挣扎了良久，终究还是狠不下心拒绝他楚楚可怜的请求，她勉强开口："你想听什么？"

他眼底笑意再藏不住，从俊唇跃上眉梢，腻语销魂："你喜欢我。"

"哪有这首曲子——"一怔之下脱口而出的瞬间，她终于反应过来，当下大怒回身，瞪视他的黑瞳里似要喷出火来。

明知再不收敛下一瞬她可能会扑上来杀人，他脸上笑容却还是抑制不了完全荡开来，心底快乐绝伦，便收也收不住，在她爆发之前，他朝她柔声轻道："小坠，我真的爱死你了。"

一腔烈火当场被他说的话噎在胸口，上不得下不得，憋得她几乎窒息。

"坠儿——"两人身后传来一声叫唤，真明从里间出来，凝眉思索着什么，脸容上隐见一丝意外喜色，又还有些未能尽然堪破的困惑，从而忽略了眼前一对小儿女之间的暗波流动，过来后径直与白世非合十告辞，对尚坠道：

“走吧。”

尚坠勉力恢复镇静，再也不看白世非一眼，只行近真明身边。

身后却传来白世非的两声带笑轻咳，仿佛意犹未尽，急欲唤她回一回眸。

尚坠恼得紧紧拧住腰间绶带，只恨不能此刻指间死绞的是白世非那张仿若偷腥得逞而恶劣至极的笑颜。

旁边真明兀自沉浸在思绪当中，自言自语道：

“正东贵人六合盘，主紫火吉庆；正西九字天柱扣，破绿木三煞；正南龙龟铜葫阵，化白水贪狼；正北古帝七星钱，解赤金破军；中宫位三十六眼天珠，镇黑土病符……五方龙神以贵人居首，乃至尊之辰，六合联奎加上润甲生干，既济成功。此阵看去不但催财旺势、趋吉避凶，难得的竟似还荫佑子孙，也不知摆阵的是何方高人。”

尚坠听得茫然：“师父说什么呢？”

真明定了定神，慈爱地看着她，连日来的忧色略略化淡了些：“没什么，为师只是在想，世间事以是因缘，经百千劫，业果相续，正所谓种何因者，是何果报。”

祸有其因，福有其源，听那侍从话中的意思，仿佛白家公子是为了这小丫头才请人摆下的阵法。这原本的无心之举，却可能为他白家带来意外的福德……但愿真能如此。

看尚坠似懂非懂，真明和蔼微笑：“你便谨记，以后那玉笛不要离身。”掩下眼底未尽然散去的一丝隐忧，她不再多说什么。

鸳鹭相期遇

不几日，真明终于在尚坠的依依不舍中辞别而去。

在她离开之后，晏迎眉却像是受了点化，开始茹素吃斋，早晚都去佛堂诵经。如此一来，尚坠更终日待在疏月庭里，甚至晏迎眉以她身体不适仍在吃药为由，仍旧禁止她晚上再去湖中吹笛。

然而《问天还情曲》还是引起了尚坠极大的兴趣，这日清早，趁着晏迎眉和院子里众人还没起身，她偷偷取了笛子，自去无人的林苑里练习。

在白府宅院的另一边、偏厅隔壁的书房里，仆人如常打扫过后，前往各管事房把上一晚已准备好的账册、库本和录簿搬来放在案上，只等白世非用完早食过来批阅，都安置妥当后，奴仆们陆续离开，只留下一个小厮在准备茶点和笔墨。

便在此时，夏闲娉恰巧经过书房门口，不意往里看了看，仿似觉得一早也无所去处，由此信步走进房来。

先前已有过几回，她在白世非结束与众管事的早议时到来，为他斟茶研墨，陪他批阅账本。故而书房里的小厮也习以为常，向她请罢安继续做事，留她自个儿在房中转悠。

夏闲娉沿着墙上的字画观赏过去，一路走到书案后头。无聊之下，随手打开桌上账本，有一页没一页地翻着，直到一旁专心研墨的小厮放下手中墨锭，往门外张望了眼，想是时辰已至，白世非和管事们就快到来。

夏闲娉合上账本，离开案后，也不急着离去，又在房里别处转悠了会儿，而后坐在东侧的椅子里安然品茶。

片刻后门外响起轻软的脚步声，跨进房来的白世非不意看见座中有人，微讶笑道："二夫人这么早？"

夏闲娉眼波流动："公子好久没往浣珠阁了。"微羞垂首，低低道，"闲娉不免有些思念。"

白世非一指案上账册，无奈笑道："最近琐事繁多，实在腾不出空儿。"神色自然地只回了前一句话，而对后一句置若罔闻。

夏闲娉犹豫了下，似不好意思："再过些时候便是我生辰。"

白世非眉一扬："是吗？不知二夫人想要什么贺礼？只管吩咐邵印去办。"

夏闲娉眉端勾出一点幽怨："闲娉什么都不要，只盼公子能相陪半宿，与闲娉把酒对弈，这对闲娉而言，便是世间最好的贺礼了。"

白世非一笑："区区小事，又有何难。"

夏闲娉面露喜色，瞥见远处管事们已陆续向书房走来，便识趣道："那一言为定，我不打搅公子忙活了。"

"二夫人慢走。"白世非含笑将她送出门口，再返回书案后，落座，头也不抬，"如何？"

小厮躬身答道："今日看了三本，一本度支房的，一本金房的，一本仓房的，仓房那本只看到五十六页。"

白世非点点头，拿起笔管，翻开第一本账册。

朝阳初升，晨雾破散，尚坠从林苑里出来。

快经过浣珠阁前方的宽石径时，不意看见前方迎面走来两道身影，她低了低首，悄悄把笛子别到身后绶带中，待两人行近，才搭下双手，行了万福：“二夫人早。”

步履匆匆的夏闲娉心不在焉，闻声冷淡地瞥了她一眼，便与她擦身而过。

反倒昭缇脸色有点怪异，走过去之后还回头多看了尚坠几眼。

直到那主仆两人没入庭院，尚坠才轻吁口气，把玉笛再握在手中，匆匆往疏月庭回去。

也不知是不是合该有事，避得了头一回，却避不开下一回。便才刚那么一耽搁，她还没走几步，已然撞上从饮绿居里出来的张绿漾，莫言跟随在她身后，两人仿似正准备往膳厅去用早食。

要藏笛子已来不及，尚坠只好拿在手中，依样请礼。

垂低的脑袋不闻对方回应，也不知是否不欲理睬她，方待自行退开，不料张绿漾顿时叫出声：“你给我站住！”

她一怔，停住脚步。

张绿漾三步并两步走到她身前，围着她转了两圈，藐蔑地撇了撇嘴：“长得是还可以，在丫头里面你也算姿色上等的了，不过也还没美到配得上我家世非哥哥嘛。”

黑瞳收入张绿漾的睥睨，不明她一脸敌意从何而来，尚坠沉默不语。

她手中幽光流转的玉笛惹起了张绿漾的注意，眼珠一转，起了动念，手臂倏然前探。

尚坠一时不备，笛子便被她骤抢了去。

“世非哥哥什么都告诉我了，以后他不会再去林苑里听你吹笛，你死了这条心吧！”张绿漾边说边把玩着笛子，越看越不像寻常之物，扯了扯穗带，“这是不是世非哥哥送给你的？”

尚坠微微蹙眉，仍旧一言不发。

看这样子便是了，张绿漾哼了一声，翘起下巴道：“你这丫头竟然害世非哥哥伤心，他亲口和我说以后不会再喜欢你了！你别以为我撒谎骗你，这话可千真万确是他自个儿说的，反正你以后别想和世非哥哥再扯上任何关系！这笛子看上去价值不菲，我这便代他要回去！”

尚坠一双长睫垂了垂，而后抬起来，精致眸子里闪过清冷亮光，看得张绿漾心里惊了一惊，那乍掠而过的一抹光芒似是谦恭，又带着点包容三岁小孩儿似的讥讽。

那抬眼太快，张绿漾还没来得及看真切，她又已低下头去。

也不与张绿漾争辩，她只缓缓说道：

“这管玉笛尚坠用着确实过于矜贵，交由三夫人还给公子也好，耽搁了这会儿，小姐应该已经起来，尚坠还得赶回去侍候，就先告辞了。”没待张绿漾开口，已自转身。

“喂！你——”

尚坠没再停下，对身后传来的恼叫声置之不闻。

张绿漾气得直跺脚：“这死丫头！竟敢对我如此不敬！哼，来日方长，总有一天叫你落在我手里！”回手把玉笛扔给莫言，“给我拿好了！”

莫言手忙脚乱地捉住笛子：“是不是现在就拿去给公子？”

张绿漾拍额呻吟，一副孺子无可救药的表情，朝昭缇低声吼道：“拿给世非哥哥？你是不是想找死啊？要让他知道我欺负那丫头，还不知会怎样与我急呢！你赶紧把它拿回房去，别杵在这招摇让人看见才是真的！”

“是，奴婢这就去。”莫言被她吓得落荒而逃。

却说夏闲娉回到浣珠阁，拿起小狼毫蘸上昭缇快快研好的墨汁，凝神沉思，把早前看过的几个管事房分别登造的账册，包括一系列钱货出入账、金银彩帛交易账和利账等，竟一字不差地默了出来。

昭缇在旁看着，迟疑问道：“小姐真的把这些都上交给太后吗？万一以后让白公子知道了……”

夏闲娉摇了摇头：“不看不知道，看了真是让人心惊胆战。白府营业之广超乎想象，就连官府管制的茶、盐和矿产等交易，有相当部分也是被白府在背后操纵着。如让太后知晓这些，恐怕白公子会招杀身之祸，我虽然不得不为太后做事，这是她与我当初谈好的条件，但我又怎么可能会害公子呢？你再铺些纸来，我另外誊抄一份，且把个别敏感的名目去掉。”

昭缇心里暗暗称奇，不可能会害公子？小姐的心肠何时竟变得如此仁慈了？脑筋打了几个转，终于恍悟过来，钦佩地道：

“小姐真是绝顶聪明，就算哪天公子知道小姐给太后送消息了，小姐也没有对不住他，反而一直是在为他掩饰，暗暗护着他，这天大的恩情日后让他知晓了，可怎么报答小姐得好？就算有朝一日，太后从别的门路查清楚了白府的情况而怪罪下来，小姐也能推说记不牢或当初便没看全，而到那时，公子说不得要想方设法保小姐周全了。”

夏闲娉翘唇瞥她一眼：“你倒也没全笨了去。”笔下故意把一些数目改掉，若真有一日对证起来，她也可自圆其说。

刘娥之非她不可，自然是因从郭皇后那儿得知她有过目不忘的本事；她之非刘娥不可，无非为了对方能将她嫁入白府，让她来到梦寐以求的白世非身边。只不过刘娥懂得利用她，她却也不是无知妇孺，便在答应刘娥之初，已早为自己想好了这条后路。

得罪了刘娥，凭白世非与皇上的交情，未必不能令她免罪，倘若得罪了白世非，她多少年来的相思和所下苦心，便前功尽废。

他是天之骄子，她是绝色佳人，在她看来只有自己才是那个与他天生相配的女子。奈何他始终视她如草芥，对她若即若离，从小到大，有哪样东西她凭自己的聪明和手段弄不来，未曾尝过他所给予她的如此挫折的滋味。

得不到这个男人，她绝不甘心，便赌上这条命也要博它一博！

把已晾干的抄本折好递予昭缇，夏闲娉叮嘱道：“你这便送出府去给周大人，小心别让人注意到你的行踪。”顺手拿起案上铜镜，照了照发鬟。

昭缇看着她插在花鬟间的碧玉簪子，随口道：“才刚回来，晏迎眉那贴身丫头远远看见咱们时，好像把手上一样什么东西藏了起来。那东西也如小姐头上的簪子那么翠，碧青碧青的。”

夏闲娉不以为意，只当闲话听了，对镜抬手扶了扶钗簪。

昭缇见她没反应，讨了个没趣，便自出门去了。

放下镜子后，也不知是哪根筋受到触动却反应慢了半拍，昭缇的说话不由得在夏闲娉脑中又浮了起来。她微拧眉心，神色有丝困惑，仿佛想努力抓住那点倏飞而逝的头绪，却始终徒劳无功，只好从椅子里起来。

方待抬腿跨出，脑海里骤闪而过周晋曾经的说话：“想不到堂堂兵部尚书家的小姐，却争不过一个丫头。”夏闲娉像被闪电当头劈中，脸色瞬间青白如纸，搁在案上的右手控不住地微微轻抖。

“昭珑！”她厉喝。

一个丫头飞快闪身入内，被她吓人的神色惊住，赶紧小心应在。

夏闲娉用力扯过一张歙州白宣，提笔在纸上飞快勾画罢：“你马上拿着这个去潘楼街上的邓家珍珠铺子，找他们掌柜，问他公子在去年底私下定造的那款翡翠手链，样式可是正如这般。”

紧咬的牙关已令五官微微扭曲，待昭珑快步离开后，她出死劲把手中毛笔一折为二，笔毫的残汁在袖衽上溅出朵朵墨点。

两心终不藏

入了六月，时有密云过境，欲雨而不雨，灰沉沉地压在秋水无际的湖面上，叫人心里闷堵得慌，每到夜幕降临，最后一缕绛紫残霞消匿于山边，拂面晚风总送来淡淡一息湖波翠菱的独特清味。

石案上原本的佳酿酒香，自那夜之后便换了芳茗碧沏。

人不成寐，候者难安。

“庄大兄台。”芙亭里又一夜等不到人的白世非长长叹息，“我拜托你说一下你的未来娘子，让我见一下我的未来娘子，再这样下去我可要翻脸了，到时候别怪我把你们通通撵走。”

只留下尚坠一人让他日日看饱看够。

庄锋璿无奈：“我已经说过了，但是她固执起来连我的账也不买，说这回非让你后悔至死不可。”目光忽然向侧后方瞥了瞥，却不作声，只唇边笑意浮现。

白世非抬首仰望夜空，哀声道：“皇天在上，求求你闪个雷，把那女人劈了吧。”

“世非哥哥要劈谁？”张绿漾从小径里蹿出来。

白世非逃也似的扎跳而起，苦闷大叫：“你怎么又来了？”

他见鬼一般避之则吉的反应让张绿漾十分郁闷，蛮横地道：“就那丫头能来吗？我干吗不能来？”

庄锋璿好笑地旁观着这出一连几晚依时上演的好戏。

白世非向张绿漾长揖：“小妹子，我求求你了，以后千万不要再到这儿来，尤其是晚上，否则你世非哥哥真要讨不到四夫人了。”

张绿漾娇哼一声：“那丫头有什么好的，还让你念念不忘了？你已有了我这个三夫人，还娶四夫人做什么？不行！我不同意！”

白世非对庄锋璿使个眼色，别让她跟着来，边大步离去边抛下狠话："谁不同意我便休了谁！你要是坏我好事，我第一个休你！"

"世非哥哥！"张绿漾不忿叫嚷，那道身影却已飞快走远。

出了林苑，回到第一楼前，站在门口踌躇了会儿，终究还是抵不过心底牵动的情思。

袖摆拂处，他轻叹了声，转身往疏月庭而去。

罢了，他白世非俯首认栽，他确实没了她就真的不行，去他老祖宗的、他天杀的通通都认了，那死丫头一定是上天派来收拾他的，才会把他折磨得如此不堪。

"公子。"看见他到来，还在厅堂里做活计的晚晴意外惊喜，望了眼尚坠的房间，"坠子已经睡下了。"

"这么早？"他皱眉，她身子还没好吗？那庵尼开的什么调养药方？

隔壁房里传来晏迎眉的讥损："白公子今儿有空哪，真难为你了，还记得我们尚坠住哪一院呢。"

白世非尴尬万分，生受了下来，轻手推开尚坠的房门。

她和衣侧卧在床，桌上烛灯未熄，大概是听到了他们在外头的对话，由是看到他时脸上并无惊讶，安静的眸子中闪着星点幽光，似陌生还似久违，又似孤零无依，还有一丝狐疑和惊悸，像只被遗弃已久独自蹲在角落里怕受到惊吓的孤单小猫。

他心头微微一涩。

两人谁也没有开口。

过了好一会儿，他才缓步走进房中，挨着她在床边坐下，抬手以指背轻轻触摸眼底的小脸，轻声道："你哪里不舒服？"

她垂下眼帘，别开头躲过他的手，翻了个身背对着他。

白世非苦笑，心想她至少没有叫他滚开不是。

弯身把她抱了起来，往自己备置的房间走去，那边要舒适得多。然而当走出房门，却不期然顿住脚步，只得这半个夜晚，到明日一早疏月庭里的丫头便人来人往，终究不大方便。

转身朝外走去，对守在门外的白镜道："去我房中取张薄毡来。"低首看向怀内连挣扎也提不起精神的蔫蔫的小脸蛋儿，再度泛起一阵心疼，不明白为何厨房已经天天往疏月庭送参茸燕窝了，她的脸色还是这么差。

以薄毡覆好怀中人儿，白世非抱着她往第一楼踏月而回。

白镜跟在他身后，不时顾盼四周有无人看见。

人在夜间易变得软弱，更尤其此时倦困难捱。尚坠早抗拒乏力，蜷缩在他怀里的感觉那般温暖安定，已不想费神去想自己会被抱到哪里，迷迷糊糊中很快眯着。

也不知过了多久，她不踏实的浅眠被轻微的晃动惊醒。

白世非正轻柔地把她置于床上，见她悠悠醒转，他的眸色歉然中带着一丝宠爱，俯下首来想亲亲她，却被她脸一侧躲了过去。

唇边凝起半朵无可奈何的微微笑意，他动手为她褪了外裳，然后也除去自己的外衣，躺下抖开丝被，把绵软的小身子环拥入怀，在她耳际爱怜道："我与飘然约了明儿在高阳楼会面，把他唤进府来给你把把脉，好吗？"

"不好。"她难得出声，却是直接拒绝。

"你气色太差了。"

"那是因为看见你的缘故。"她翻身背对着他。

他哭笑不得，看着她仍枕在自己臂上没有挪开的背影，莞尔了下，俯过身去从背后再度搂着她。

她痒得将他拍开。

"我很想你。"他轻轻道。

她不作声，良久，才有些赌气道："怎么不去那两院了？带我来此作甚？"

"你明知我心里只得你一个……"

"我不知道！"她打断他。

他叹气："不管我说什么你都不信是不是？"

那细微的受伤语气让她再度沉默，两人又陷入僵持。

他只得闷声道："睡吧。"

此刻实不忍逼她，她身子这么差，再把她惹恼伤身非他所愿。可是心头被怀中人儿带起的抑郁却无处宣泄，微气薄怒之下他掂着她雪柔的耳垂微拧，不无恨意地附唇啮上："我咬死你！"

她哟的一声惊呼，而后叽叽低笑出来，整个人缩成一团躲避他的掌控。因了这动作，原本僵硬的身子软柔下来，仿佛激起他按捺不住的烦躁让她心里好受多了，顺带着连气也消了些。

他欢喜不已，指掌趁势探入，犹不太敢确定，低声下气地求饶："你可真个不恼了？”

这耳鬓厮磨之下还如何恼得起来？她隔衣捉住他的手，只仍有些气闷：“谁说我不恼了？只是我如今没空，便留到以后再恼你。”

“只要你今儿不恼我，”终于守得云开见月，淘气之心当下便故态复萌，他调笑地吮她雪肩，“以后便要我为你死了都成。”

“少来这一套！”艰难地拨开他垂涎不已的俊脸，想了想，她低声正经道，“官府拨现银收购交引，可是与你有关？”

“嗯，至本月初为止，白氏属下的金银交引铺已经把京兆、大名、真定、凤翔、汉中、江宁、江陵七府过半盐钞收入囊中，接下去我便要控制兖、郓、青、陈、许、亳、襄等二十一州郡。”

闻言她骇然动容，这岂非是变相地想掌握朝廷除贡赋之外的最大财库入脉？翻过身来，她不无担忧地看着他：“你这么做，是要与朝廷抗衡吗？”

他不以为意地弯了弯唇。

榷货务给钱五贯五十文买入盐钞，为平市估，且以钞引所载的六十贯对外货出，白氏便定价六十贯二十文暗中收进，由此不管官府从市面买回多少，自有一些与主事官员关系密切的铺户为获利而从中大量转出，最终还是会流入白氏手里。

不枉他花了三个月精心设计，不说这官营买钞场，便刘娥身边的左辅右弼，也等着被他一一踢出局。什么大宋朝廷，在他眼里也不过是粒大了点的蚂蚁，需要稍微费点力气才能捏死而已。

为免惊吓到她，他不再多说，唇沿安抚地轻慰她耳畔：“你只管养好身子便是了。”

合目低哝了声，对于他的事，她便想担心也无从入手，睡意袭来，不自觉挪了挪身子窝往他怀里。

他唇边笑痕涟漪，眼看着她慢慢睡熟。

截流国库银饷之后，下一步，该是着手夺取兵权了。

此生他不会让怀中人儿再次遭受被人投毒之苦，在他白世非的头顶之上，绝不容任何威胁存在，就算有也只能是——乾宇玄黄，朗日青天！

春意未闲了

到过浣珠阁，宿过饮绿居，最后白世非又去了疏月庭。

消息一早传出后，浣珠阁中能摔的东西全被摔了，昭缇瑟缩在一角，眼看着满地狼藉，既不敢出声劝解，也不敢贸然收拾。

夏闲娉衣鬓散乱，脸容愤懑而阴狠。

费尽曲折终于打探清楚，一切真相大白。

难怪当初白世非会一再拖延婚事，难怪在那丫头把棋输给自己后，一直待自己客客气气的他会一反常态地到浣珠阁来，难怪那丫头在这府中地位超然得全不像丫头的样子，还以为她是仗着晏迎眉的高看，不承想——

原来是她，竟然是她！

夏闲娉慢慢在一张椅子里坐下，目中恨意愈积愈浓。

昭缇战战兢兢地挨上前来："小、小姐……那、那以后……"

"以后仍旧装作不知道这回事！尤其是在疏月庭那几个贱人面前，你别给我露出端倪来，不然我活活打死你！"

昭缇大惑不解，斗着胆子进言："难道小姐就这样放过她吗？"

"如今最重要的不是找那丫头的麻烦，而是不能弄砸了公子与我的生辰之约。"夏闲娉咬牙切齿，来日方长，况且敌明我暗，她不怕逮不到机会整死那丫头。

第一楼的书斋里。

坐在榻上与白世非对弈的尚坠无端打了激灵，啊啾一声。白世非抬了抬眼，白镜连忙放下小厮奉来的热气腾腾的参茶，去取了件披风为尚坠披上，然后掩上门退出房外。

尚坠拈起棋子，瞥向对面："若被有心人知道我在此间，你怎么解释女子不得入第一楼？"

"本公子做事何时还须向人解释了？"

"你的那些夫人对你可是痴心一片。"

"是吗？可我对强迫就手的东西全无兴趣。"

尚坠斜挑眉端，没兴趣还娶回一个又一个？垂睫将子落下。

仿佛看出了她心里在想什么，他笑了笑，不再作声，只把白子挨着她的黑子放在棋枰上。

平心而论，既然娶了晏迎眉，多一房少一房对他而言已无所谓，会惹出那么些事端，除了因为他无法与她细述个中缘由，更多时还是因了她对他不够信任。

便由此，他与她也赌上了三分闷气。

放下手中棋钵，捉住对面想从棋枰上收回的皓腕，把她牵至面前，借出胸膛让她舒适靠着，再端起参汤喂至她唇边，看着她浅浅啜饮，他柔然轻笑，微有些好奇："你怎的想通了？"

她仰起脸，瞥了瞥他，又低下首去喝汤："晚弄说泄露库房辖物及账房所管钱数者，都会被杖打出府，如果这条府规是真的，那么端午节前你与那位二夫人在书房中的那天，摊开在案桌上的账册……是你故意的吧？"

若管事房的规矩如此严苛，那些机密账簿又怎可能轻露人前？

他笑得温柔而欣赏，这小东西也算心细如发："再给我些时日，所有事情很快就会结束。"

环鬓抵着他衣下锁骨，向上承望他半垂凝视她的眼，她翘起的唇角略含讥诮："包括你的三位夫人？"

他轻吻她的鬓角，施然笃定："包括我的三位夫人。"

"本朝休妻可是件缺德的阴损事，你想学那陈姓状元一般惹后世骂名吗？"

他装作十分惊讶，捏玩她尖秀的下巴："本公子是那种人吗？休妻这种遭天谴的事我怎么会做呢？那绝对是万万不可。"被怀内幽香引出一丝心猿意马，俯眸掠去，惊奇道，"你在长身子？"一阵子没见，怎的衣衫下好像饱满了不少。

"你别乱来。"她羞红了脸，微有些恼。

她不说犹可，这一开口拒绝，他索性在她耳际挑衅地吹气："我哪儿乱来了？"扬高的尾调拉出一抹逗弄。

枕在他肩的螓首朝上微仰，半恼媚眸瞟向他时仿如水潮泛过，又若娇嗔挑情，他心口一荡，就在她想开口的瞬间他已飞快堵住她的唇，她只听到一句含混不清的垂询："那个尼姑是谁？"

勾缠之间魂昏魄迷，无法思考，她微微应声。

“我娘是寿州人，小时候听她说过有一对孪生妹妹，生下来没多久小的便夭折了，外婆恐怕大的也活不长，便把她送进了佛门，祈求菩萨保佑她平安成人。娘说我刚出生时她曾来看过我们，后来爹升任京官，我家搬到了开封，渐渐便没了音信。娘去世前好像曾托人往寿州给她捎过信儿，但她长年云游在外，直过了几年才知道我娘已不在人世，那时我已去了晏府。”

他一动不动只专心聆听，而她说着说着脑袋渐垂渐低，由此并没看见头顶上的脸容密布柔情，俊美双眸内延溢出万千怜惜，掌心覆上她的额头，将她勾回怀内，叹息之中满含爱意：

“乖，以后会有我对你好……”

交缠的两心被掩得毫无缝隙的门扇紧藏在内，只间或隐约传出一两声压抑的低嘤。

在屋子外头，惊雷伴着惨白蜿蜒的闪电劈下，积聚了几日的浓云翻腾滚滚，墨漆得似吞天覆地，天际刮起急风，斗大的雨点噼里啪啦砸落在檐瓦上，转瞬已倾盆而下。

复听雨檐忙

连日大雨，湿漉漉的钩檐不曾干过，白府里除了轮值的仆婢外，皆被这绵绵不绝的雨幕困得动弹不得，闲暇时三五成群聚在房中，伴着窗外芭蕉叶上的滴滴答答声磕牙闲话。

“坠子你气色好多了。”晚弄嬉笑。

“她能不好吗？每日里喝三顿补汤，养膘一样吃吃睡睡，你没看她已经一身赘肉了。”晚晴出言挖苦，继而又抱怨，“你们说晚玉到底去哪儿了。今儿又不是她当值，这大雨天的连人影也不见一个，真是怪事儿。”

尚坠慢声闲应：“你理她作甚，该回来时她自晓得回来。”

晚弄嘴角动了动，迟疑地看了眼尚坠，仿佛话就在嘴边，却不知说好还是不说好。

眸底闪了闪，尚坠笑笑：“怎么了，这会儿我是外人还是晚晴是外人？你有话还不好说了？”

“昨天我去管事房时，恰巧遇上商管家和她外甥儿，虽然他们把声音压得极低，但迎面走过去的那会儿我还是觉察到了，他们好像在争执，为了什么而有点相持不下。”

晚晴好奇道：“他们争什么呀？为了坠子吗？”

尚坠斜她一眼：“别有的没的都扯到我头上。”

晚弄迟疑半晌：“不是坠子，我隐约听见他们提到晚玉的名儿。”

“你说什么？”晚晴吃惊地瞪大眼。

“他们……”晚弄忽然住嘴，面色尴尬万分。

尚坠反应最快，当即抬首往门外望去——门槛处搭着裙裾一角，晚玉就站在那儿，可能是在进门时刚好听到了晚弄的说话，一下子进退不得，脸色因极度难为情而有些发白。

晚晴跳了起来，惊骂道：“你这死蹄子赶紧进来给我说清楚了！”

晚玉没有动，只是望了望尚坠，神色歉疚中还带着一丝怯懦。

见她低垂下头，极度不安地紧绞着十指，尚坠微觉好笑，开口招呼：“你进来吧。”

她这才往里挪了挪步。

晚晴发急，大步走去将她硬拖过来：“到底怎么回事？”

“我……”晚玉哑语，一句话堵在嗓子眼上不知如何出口，眼圈便红了红，咬唇抬首，定定望着尚坠，“我真不是存心想瞒你们，我自个儿也没想到后来会、会……”

“会什么呀？急死人了！”晚晴恼叫。

“你静点儿。”尚坠白了她一眼，再回望晚玉，浅声缓道，“你也没想到会喜欢上丁大哥吗？”

“你端午那日去找他退婚，我看他伤心成那般，只觉得心里十分不忍，开始只是想安慰他一下罢了。”也不知晚玉是被逼急了头绪慌乱，还是被识穿后仓皇失措，再脱口时已有点不择言，“你早已是公子的人，明知与他并无可能，若非你拿他做挡箭牌，也不至于……”

晚晴和晚弄齐齐愕然：“坠子你和丁大哥解除婚约了？”

尚坠面容微白，慢慢从晚玉身上收回转淡的眸光，牵了牵嘴角：“你说得是极，这事我确实对不住丁大哥。”口气诚挚而平静，除此旁人再听不出她的任何情绪。

“我不是这个意思。”晚玉几乎就要哭出来。

"那你是什么意思？"一旁晚弄忍不住呛声，"就算坠子再怎么不是，谁来说她也不应是你来说吧？你也不想想她平日怎么待你的？如今你因自己喜欢的男子便这样责怪于她，你有没有良心？！"

"我说了我没这个意思！"

"好了好了！你们别吵了！"晚晴双手一挥吼出一声。

尚坠闭眼揉了揉太阳穴，片刻后睁开长睫，不以为意地轻轻笑了笑："我被你们吵得头都晕了。"望向晚玉，脸上笑意又更深了些，"你是担心我介意吗？其实每回想起来，我始终都觉得有愧于丁大哥，你喜欢上他，我高兴还来不及，又怎会在意？再则我与丁大哥虽曾有婚约，两人之间却从无情分，所以你也别太放在心上。"

她说罢低头想了想："要是商管家不赞成他与你一起，过些日子等我身子好些，再帮你想想法子。"掩嘴轻欠，懒声道，"这雨淅淅沥沥起来没完，下得人困乏不住，我先去眯会儿，你们聊着吧。"

晚玉早被眼泪打湿眼帘，已说不出话来。

晚晴和晚弄对视了眼，尚坠的神色表情与平时没有两样，一番话也让人挑不出毛病来，但两人心里就是觉得有点不对劲儿。从来想不到一贯少言的她原来也能轻描淡写地把话说得那般周到，不但令人惊讶，还觉得陌生。

仿佛如今的坠子，已不是过去她们所熟悉的那个坠子。

那时舟中听雨，楫浪泼荷；而今檐下听雨，昏帐暗罗。

幽静无人的房中，尚坠枕着一臂侧躺在床上，眸光无声落在地面，人一动不动，只静静听着屋上帘外的雨声，外头厅里晚晴和晚弄还是晚玉又低低说了会儿话，之后便似散去了再没声响，她翻个身，朝里合上眼。

这雨怕是下到入夜也不会停……

一任阶前，点滴到天明。

此后又过几日，老天爷才终于收住雨势。

入晚时分，青空灰霾，碧树如洗，风过潮枝带起清新气息。

"各色绫罗绸缎和珠钗头面都已给二夫人送去，厨子正在准备她亲自拟定的菜肴，二夫人说只想与公子独酌一更，这等生辰小事并不愿对外声张，故而让把酒菜都端到浣珠阁。"

书房中邵印禀道，旁边小厮正把灯烛一一掌起。

白世非漫不经心地笑笑："你依足她的吩咐去办便是了。"方待回过身去与邓达园说话，转瞬想起什么，把已走到门口的邵印叫住，叮嘱般补上一句，“你去疏月庭和小坠说一声，我晚点儿过去看她。”

邵印应声退下。

他这才侧首向邓达园：“薛奎那儿怎样了？”

“有支突然而来的流寇最近在玉门关附近扰民生事，薛大人把此事报上了朝廷，朝中回旨让他按兵不动，先静观其变，大臣们私下议论，不少人怀疑那支流寇是日益壮大的党项族人假扮为之，其意在试探我朝反应。”

白世非颔了颔首，没说什么，沉思会儿后，又问：“宫中呢？”

“文德殿已修葺得七七八八，京畿南郊王氏砖窑的王二爷费了几遭酒食，又破费不少银锭和两名侍婢，终究获得修葺使滕宗谅首允，把那批上好的铺地青砖卖了进去。”

白世非点点头，指尖有一下没一下地轻叩案面：“找一个当把文德殿修得更堂皇的名目，又或是把邻近几殿也同葺一新的借口，使人上道奏折，请皇上从内库再支十万缗给滕宗谅挥霍。”

“是。”

“榷货务的盐钞引收得如何了？”

“他们收来的钞引大部分经指缝流出落入吾府，官营买钞场也被白氏的交引铺顶得门庭冷落，那些中饱私囊的官员们只留着一小部分压仓，然后层层上报说所收甚微，此举措效果欠佳，或望调高买入价以试后效云云，朝廷已即日批允，又多拨了十万缗出来。”

“你把盐钞的私市价抬到一券七十贯，而后以每券六十贯九十文、八十文、七十文依次减价，把收进的盐钞引一点一点全数卖予官收，记住要做得不着痕迹。”

邓达园笑诺：“如此一来，白氏从中赚取的差价便极为可观。”

白世非唇如弯月，向椅背悠然靠去：“何止，过去几年间榷货务连年有羡余，三司往往多收为额，又各地州府每年所纳民户税帛，皆多为进贡京中。”

邓达园精目一闪：“那想必今年内库的入缴大减无疑。”

白世非懒懒望了眼窗外，连绵多日的雨水虽歇了，天色却始终没有真正放晴，入夜后乌云压顶，黑漆漆的没半丝光亮。

“今夏雨季来得早，按这天时，不需多久京师便会接到地方水灾的急报。你把我的话传出去，今年不管何方水涝，商绅富户只许捐米捐衣，一律不得出钱赈灾，就让各地州府全向京师借调粮银。”

“公子的意思是……”

白世非笑着起身：“把内库耗空，让宫中入不敷出。”

小厮忙提起灯笼领在前头。

侍立在外的白镜看见他从里出来，忙不迭递上一个小巧的白釉瓷瓶：“任医官差人送来的，说里头是公子向他要的东西。”

白世非把瓷瓶纳入袖中：“夏家最后一趟来人是上月初几？”

“上月初六，昭缇初五日出了趟门，第二天夏家便来人了。”

白世非停下脚步，细想了想，唇边漫起一抹细笑，那笑容分明很浅，然而看在白镜眼里，只觉深不可测。

“你走快一步，去把锋瓉找来。”闲声吩咐白镜，继而抬首对掌灯的小厮道，“往浣珠阁去吧。”

第十三章　权舆

聪明多反误

铺天浓云如墨漆，天际无月无星。

浣珠阁里则是一室灯火，便隔着窗纱也觉明如白昼，平日在门外值守的下人此时全不见踪影，似早就被遣了开去。从灯影幢幢的柱廊延伸到廊外院子里黑沉沉的林木扶疏，尽显神秘静谧。

便在屋角旁一棵枝叶茂密的树干后面，无声站立着一道黑影，背负着双手，默然凝望着正堂虚掩的门扇。从那门缝里正不时传出低低劝酒的娇声，间或夹杂着一声欣然应允的朗笑。

门内房中，白世非与夏闲娉对面而坐，两人笑谈着汴梁城内种种古今趣闻。难能像如此这般独处一室，夏闲娉分外欢喜，不时与他推杯换盏，畅饮开怀。

酒过三巡，一壶已尽。

夏闲娉摇了摇空注子，仿如有些不能置信，脆声道："这么快就没了？公子先尝几箸小菜，那酒便在耳房里温着，我去取一壶来。"起身时不经意道，"今晚怎的好像不见白镜，他没随你过来吗？"

白世非闲闲一笑："邵管家为二夫人准备的贺礼漏了一份，我让他去给二夫人取来，再过片刻便该到了吧。"

夏闲娉走进东侧耳房，里头桌上摆着几个盛满热水的注碗，碗中温着酒壶注子，其中三个都是青花缠梅枝注子，旁边则别有一个是青花缠莲枝纹样。她取了个青花缠梅枝注子，又顺手拿起与众不同的那一壶，临去前往耳房的窗户外瞟了一眼。

房中白世非抬起右手，小指指甲往夏闲娉的酒杯中轻轻一浸。

藏身树后的周晋眼看着夏闲娉端着两壶酒转身走出耳房，并把折门轻轻拉上，婀娜身影消失在他的视线里。他立在原地仍旧一动不动，浓浓夜色遮去了他脸上所有的表情，而屋内再度隐约传来夏闲娉的轻笑声。

“这是丰乐楼今年新酿就的眉寿，我特地叫丰乐楼掌柜给留出来的，公子尝尝看。只这眉寿酒虽美味如琼台玉液，奈何后劲太大，我恐怕不胜酒力，故而自备了一壶白矾楼的和旨，便陪公子小酌。”

白世非端起酒杯，就到唇边闻了闻，赞不绝口：“香飘四溢，入喉甘醇，如此好酒二夫人不尝一尝未免可惜。”说着放下手中杯子，执起壶来为夏闲娉满上，笑道，“来，我与二夫人对饮三盏。”

丝毫没想到他会亲手为自己斟酒，夏闲娉眼底飞快掠过一丝慌乱。这时对面的白世非已经端起酒杯，正含笑注视着她，眼看无法推拒，她只得堆起笑容，勉为其难地也伸手去拿酒杯。

“二夫人请。”白世非笑容可掬地向她举一举杯。

“公子请。”夏闲娉咬咬唇，把心一横，长袖掩上，将整杯酒一饮而尽。

白世非举杯就唇，赞赏道：“没想到二夫人豪气干云……”话还没落，已不小心被呛到，噗一口酒全喷了出来，人连咳不止。

夏闲娉慌忙上前，以绢帕擦拭他溅湿的衣摆：“公子不要紧吧？”

屋外树下，默立良久的周晋松开扣在背后的双手，似是想起自己还有要事待办，又仿佛是终于听腻了一墙之隔内红袖添香的娇声软语，决然地一转首，身形无声倏掠而起飘向院外。

才刚点足落在某枝树干上，已看见前方不远处白镜正摇头晃脑，咿咿呀呀地哼着小曲儿走过来。

周晋冷眼看着他一步步走近，直到自己藏身的树下。他无声无息跃下，就在提起的右掌恰恰要劈上白镜后颈的刹那，白镜却像是背后长了眼睛似的忽地侧身向旁一闪，反手一抹寒光匕刃直取他近在咫尺的咽喉。

陡生的突变让腾身在半空的周晋大惊，原本只提了三分力道的掌劲说时迟那时快，凝足为十分，以雷霆之势拍向白镜头顶的百会穴。这不惜两败俱伤的攻势将白镜逼得身子一矮，借此喘气之机周晋旋身跃落丈外，然甫落地那抹匕刃已如影随形攻至，周晋险险避开他直取胸前的凌厉一式，还未站稳已骤觉背后一道厉气袭来，紧接着腰后一凉，已被利刃抵住。

他整个人一僵，便这眨眼工夫白镜手中的追身寒匕已横在他颈上，与此同时将他胸前几处大穴疾手点住，令他再动弹不得。白镜这才退后两步，手腕一翻匕首已没入袖中不见。

周晋仍不能置信地瞪着他，直到此时，才悔之已晚地明白了一件事——不谙武功的白世非出门从不带护院武师，唯独这名长得眉清目秀却总是嬉皮笑脸的年轻侍从不管白天黑夜，时刻与他贴身不离。

全怪自己疏忽，不曾有防备之心。

轻微的脚步声悠然地由远及近，白世非从浣珠阁里走了出来，脸容异样温雅，含笑朝周晋长揖一礼："周大人，多有得罪了。"

虽失手被擒，周晋仍十分淡定："白公子欲如何处置周某？"

"周大人误会了，大人你不仅是朝廷命官，更深得太后信任，小可纵有天大胆子也不敢对大人不敬。只不过是看夜色已深，想必宫内也已下匙，故请大人在敝府留宿一宵，明日清早定让大人安然无恙地出府回宫。"

白世非笑语完毕，朝旁边白镜瞥去一眼，那意思自然是该怎么做你明白了。然后朝周晋再抱一抱拳，便偕庄锋璿一同离去。

"到底怎么回事？"庄锋璿好奇问道。

白世非弯唇如月："在上个月初，周晋曾向医官杨可久私讨秘药。"

"就是那位被太后派去诊治李氏，结果李氏却暴毙而亡的杨可久？"

"嗯，本来这种小事医官院里谁也不会在意，可偏巧在杨可久跟前听差的小黄门和飘然的随从相熟，无意中说了出来。后来飘然与我在高阳楼会面时随口提了提，我便想起那期间周晋好像刚来过白府，因此多了个心眼，事先让飘然给我另配了些药粉。"

"即使这样，你又怎么知道他会在今夜潜入府来？"

"其实我并不确定他今夜一定会来，只是猜想，倘真如我推测那般，夏闲娉确实打算对我下药，那么她首先须得支开白镜，而若想把白镜引开，则没有比周晋更合适的办事人选。"

"和你耍心眼儿，他们真是自寻死路。"庄锋璿摇头叹息，又道，"这边的事情已经差不多，我打算过两日便回杭州，在迎眉过去之前先做些准备。”

“白府在西湖边上有座别院，我让邓二把屋契与你找来。”

不容庄锋璿推辞，白世非已笑着与他作别，径往疏月庭而去。

穿过蜿蜒庭径，走上笔直柱廊，花窗里悄静无声，想必都已回房歇息。他抬手轻推门扇，吱呀开处却见尚坠独自坐在厅中，神色微为寥落，仿佛一个人坐着也无所事事，便取下了鬓上的簪子无聊地一点一点剔着烛花。

门声响处，抬首乍见白世非推门进来，她眼底仿似悬了许久的一抹浓重不安慢慢卸下，继而涌起说不清道不明的复杂情绪，似终于松了口气，又仿佛异样欢喜。

她如释重负的微悄变化，让他脸上笑意隐去，眸波如轻雾弥漫，夹杂着心动和感动——他心爱的人，在为夜归的他等门。白世非只觉得桌上轻轻摇曳的半截寻常烛光，比从前他见过的任何一盏华灯都要温暖，那一霎心间念想再度强烈浮现，并较从前任何时候都还明晰——这辈子，他确然只会与眼前的女子在一起，从此莫失莫忘。

走上前，指尖挑起她的下巴，他怜爱轻喃：“小傻瓜。”

俯首深深吻住她的唇。

何事登高呼

天色将明未明时分，浓雾漫山遍野，大地暗茫茫，整个白府仍沉浸在曦宁梦中。一道身影不知从何处掠出，在花木丛中无声无息地几个起落，从人迹稀至藤蔓遍生的府西高墙飘了出去。

又过一更，鸡啼声终于将眠梦悄然惊醒，随着后院东西两厢陆陆续续打开门的轻微吱呀声，不多会儿府内仆人已开始走动忙活，或劈柴挑水、生火煮食，或擦拭案台、扫楼净阁。

浣珠阁里夏闲娉也已醒转过来，迷蒙中定了定魂，清醒后第一件事便是将昭缇唤进房来。

“昨晚公子什么时候走的？”

昭缇惶恐道：“奴婢该死！昨、昨夜里奴婢睡死了……”

夏闲娉面容上略有失望之色，人似疲倦不已，也无力斥责昭缇，只挥了挥手让她退下。

日子一天天过去，白府内依然平静。

明明几位夫人之间暗波涌动，却平和得连鸡毛蒜皮的事都不曾发生。人在府中总觉得像是跌进了一张看不清但势力强大的网，无法为所欲为，甚而挣扎不得，使出去的力很快就会被一股无形的力量消弭。由此府里各种势态久衡长安，便如同盛在碗中的水，不管水面往哪个方向偶尔倾一倾斜，却始终溢不出碗外。

施展和统治这种力量的人无疑正是白世非，而为他把这种力量渗透下去的，则是府内随处可见的忠实仆人。

大雨时下时歇，正如白世非之前所预料的，没过多久河东、两浙、荆南等地便纷纷呈上亟须朝廷支援的水灾折子，其间薛奎也向京中递来急报，指关外流寇竟夜袭秦州兵营，虽未发生伤亡，但被掠去了一批兵械武器。

未几，河北和永兴路的转运使上书曰“虑及承平岁久，州县不复阅习，今请选将练兵，为二边之备”，请求朝廷增加兵费补助。

尽管刘娥垂帘在侧，赵祯在朝上也还是被烦得焦头烂额，每询及内藏库及左藏库能往各地支拨多少，两藏库使不是说近年赦宥既频，赏给复重，年纳贡赋税余却较往年大幅减损，就是答月前刚修宇葺殿度支几何，又官收交引花费多少，故而库内所剩无几。

言下之意，藏库国用日绌，已是捉襟见肘。

一连几日无人能够切实提出解决之道，赵祯大发脾气，当朝骂道：“平日个个坐谈机变，神勇智谋无人能及，临难时候却全束手无策，谨躬慎默只求苟安，端的是一群庸碌废物！”索性撒手不管，只托病在寝殿安养，把朝政诸事甩给了刘娥。

牵涉到财银用度，任是刘娥心藏万机也一样无能为力，每日为政军之事乱绪扰心，费神耗力，便连夜间也难以寝安。

随后有大臣提请不如向富户募银，这一说马上人人都想到了京中第一富绅白世非，此时又有臣子说听闻白公子人不在汴梁，据说偕好友去了游山玩水，也不知何日方归。

这一来百官再度束手无策。

须知不仅是汴梁城，便东京以外大名、真定、江陵等府的各式行会也唯白氏马首是瞻，没有白世非的登高一呼，朝廷想从各地富商手中募集到相当数量的钱银，只怕比登天还难。

无计可施之下，刘娥也还是让人往白府送去加急诏书。

未料白世非的信函竟在几日后回了过来。

大意是说他如今正在应天府拜望晏书，眼见岳丈大人零落他乡，无亲无故，更用度微薄，陋室故旧，自觉为人子婿却孝道未尽，内心甚为不安，故而打算多待些时日，为岳父母建筑庭院，购买田地雇请仆婢。

信中更诚意拳拳，言道亦自急朝廷之急，只待他把事情安托妥当，定快马加鞭赶回京城，以为太后及皇上略尽绵薄之力。

朝中众人面面相觑，这信里含义再明显不过。

翌日，便有官员上疏，为解燃眉之急，应行权宜之策，请太后下旨将晏书复调入京，夏闲娉之父夏竦当堂出列反驳，然附议或派系不明者居多，明确反对者零星，他孤掌难鸣，终被支持一方的大臣们驳斥得再缄口不言。

刘娥暗恼不已，不说同白世非素来交好的赵祯特地置身事外，几位与晏书颇有交情的老臣子也都出列陈情，加上连日来各地急报如飞，牍上已积了厚厚一摞，事态紧急再拖无可拖。她心里虽大为不甘，然国事当头，也无法一意孤行而置朝中居高不下的呼声不顾。

又几日，钦差大臣终于携圣旨连夜赶往应天府，令晏书官复原职，择日返京。那钦差回来时便携了白世非亲笔书信一封，私下差人送至白府二管家邓达园的手中。

与朝廷上不曾间歇的唇枪舌剑相比起来，白府显得分外安宁。

画室里，晏迎眉运笔挥毫，或精心勾勒，或浓色淡抹，画着窗外碧水池中迎风招展的荷花。陪伴一旁的尚坠坐在椅子里，没什么精神地观看晏迎眉作画，间或恹恹地掩嘴打个哈欠。

晏迎眉看她一眼：“你要不要先回去休息？”

尚坠摇摇头：“一个人待着更闷。”

“过几日我会再到山上去，与无心庵的师父们一同斋戒半旬。”

尚坠不以为然：“你又是茹素，又是上山，底下都在猜测大夫人极可能会做个在家修行的居士，就只差没传出说你想遁入空门了。”

晏迎眉笑着别开话题：“公子什么时候回来？出门已好些日子了。”

“邵管家说上下这几日便该回来，老爷要返京了吗？”

“娘的信里是这么说，仿佛对夏闲娉的爹还颇有微词。”

尚坠笑了笑："和你相比，我怎地总觉得二夫人好像更不待见我似的。"

"你小心为妙，女子忌妒起来面目尤为可憎。还有你那笛子，也最好趁早要回来。"见尚坠无精打采地又打了个哈欠，晏迎眉不禁好奇，"他仍未知道吗？"

尚坠唇一勾："聪明一世，难免会糊涂一时。"

"你也适可而止，改日他若知道，责怪起来只怕便连我也容不了。"晏迎眉叹气，再度执起画笔，"你先回去吧，我把这个画完。"

尚坠不再作声，看看天色已近午，这时候汤药应送往疏月庭了，便从椅子里站起来。

其实也不是没想过，瞒着他极可能会连累身边诸人，可就这么告诉他，她又不是那般乐意，心里也始终有着几分难以理顺的顾虑，在说与不说之间踌躇难定，不紧不慢中也就拖了下来。

悔曾寻错处

不知不觉间走至膳厅，若是平时，只要远远听闻屋子里传出声音，尚坠定已悄然绕道而行，只是今日她心中有事而没多加留意，这便疏忽了。

"那丫头！"

一声突如其来的呼喝打断了游走的思绪，尚坠一愣停步，转首看向声音来处，厅堂里夏闲娉与张绿漾正在用膳，七八个仆人侍候在侧，只是不知何故没见大管家邵印的影子。

叫住她的人正是把玉笛抢走的张绿漾。

微犹豫了下，尚坠转身走过去，抬腿跨入门槛，施礼道："奴婢见过二夫人、三夫人。"

张绿漾一撇嘴角："你是不是没把我们这些夫人放在眼里啊？"

夏闲娉眼底冷光暗闪，掠过尚坠后转而看了张绿漾一眼。

尚坠低声谨应："奴婢不敢。"

张绿漾嗤声哼道："那怎么你身为丫头，路过主子在的地儿，也不进来问候一声？"

这话一出，夏闲娉终于确定张绿漾在找尚坠的麻烦，眼内霎时滑过一抹刻骨怨芒，她本来还在愁找不到机会整治这丫头，没想张绿漾倒先出手了。

“奴婢才刚在画室帮小姐研墨时把衣赏弄脏了，怕进来会碍观瞻，扰了两位夫人的食兴，故而打算先去换过衣裳，再回来侍候二位夫人。”尚坠恭声道，回答得竟滴水不漏，让人挑不出错处来，以至张绿漾被噎得一时作声不得。

夏闲娉看这情形，便放下手中茶杯，冷声道：“给我倒杯茶来。”

“是。”尚坠垂下长睫，要来的始终还是会来。

在她转身瞬间，夏闲娉向昭缇暗暗递了个眼色，昭缇跟随她多年，自然明了她的暗示，对她微微颔首，倒把旁边的张绿漾看得一愣，不知道这主仆俩在打什么主意。

尚坠把茶斟好，端过来递给夏闲娉。

夏闲娉抬手去接，却一下没拿稳杯子，茶水泼溅出来落在手背上，她烫得哟声一叫，紧接着啪的一声脆响，尚坠已被昭缇猛地甩了一巴掌：“你个贱人！倒这么想烫死我家小姐吗？！”

尚坠被打得头都侧了过去，只觉耳朵里嗡嗡作响，一阵头晕目眩，几乎站也站不稳，而她嫩白的半边颜面已清晰浮起几道通红指痕，嘴角也隐约见到一丝裂开血痕，可想而知下手的人有多狠。

在场的仆人全呆住了，张绿漾第一个反应过来，跳起来指着昭缇破口大骂：“你也不过是个下贱婢子！在这儿撒什么野！”她虽然也很讨厌那丫头，但也不至于动手打人吧！

昭缇不哼声，站回夏闲娉身后，对张绿漾的叫骂根本不理不睬。

有年长的仆人先回过神，低声慌道：“快去把邵管家请来。”

夏闲娉唇一抿：“谁敢出这门口！”

她喝止的同时有个小断踌躇了下，最后还是低着头匆匆往外走，把夏闲娉气得便要从椅子里霍然起立。

就在这混乱当中门口忽然传来声音：“怎么了？”

这一声让全场顿然安静。

谁也没想到出门多时的白世非竟恰在此时回来，他的眸光停在尚坠红肿的半边脸颊上，眉心略皱，继而望进她的眼瞳。从他进来伊始，她神色冷凝若冰，且始终一声不发，没人知道挨了打的她心里在想什么。

跟在白世非身后进来的邵印一看眼前情形，惯常处变不惊的他连脸都变了，不为人察地摇了摇头，对旁边小厮道：“速去冰窖取些冰来。”

温和不再的眸光扫过强自镇静的夏闲娉和面带怯然的张绿漾，白世非在餐桌旁拣了张圆凳子坐下，轻笑问道："怎么回事？"

没有人敢出声，仆人们全都胆战心惊地低垂着头，只缩躲在夏闲娉身后的昭缇嗫嚅了一下。然而白世非脸上仿佛带着一丝无温寒气的浅笑，不知为何让她恐惧得始终不敢上前。

小厮很快便拎端着一小桶冰块跑了回来。

白世非望向尚坠，淡声令道："过来。"

尚坠静立不动。过了片刻，屋里所有仆人祈求的目光全都集中在她身上，被迫不过的她面上浮起一抹厌色，缓步走到白世非跟前。

手掌搭上她的腰将人揽近，下一瞬她已被强迫坐在他的腿上。坐在餐桌对面的夏闲娉和张绿漾当即绿了脸，紧接着在她们面前凌空扔下的冰块激射起桌上的菜汁汤水，把尖叫着来不及遮挡的两人溅了一身一脸。

白世非也不看两人，若无其事地弹了下染湿的指尖，接过邵印递来的绢纱，卷起桶里冰块，轻轻印上尚坠肿痛的脸。

被汤汁溅得狼狈至极的夏闲娉看在眼内，恨得差点把下唇咬破。

意识到就连主子也很可能自身难保，昭缇吓得赶紧上前跪倒，颤声道："是奴婢打……打了尚坠姑娘。"

"为什么？"自嘴里吐出不带情绪的三个字，白世非的眸光始终没有离开尚坠的脸，见她被冰块冻得脑袋一侧，他无限同情地叹了口气。

"因……因为她端茶给小……小姐时，烫……烫了小姐的手。"

拿着冰块的手一顿，白世非转过尚坠的脸正对自己，极其不悦："为何你会在这里端茶？"

尚坠依旧抿着唇不肯哼声。

手忙脚乱拭罢身上黏腻的张绿漾偷看她一眼，怯惧轻唤：

"世非……哥哥。"

便这充满忐忑的不安叫声，已能让人明白个事情大概。白世非只是充耳不闻，手中冰块再度敷上尚坠的脸颊，眼角斜光掠过跪在地上的昭缇，说话仍旧不温不火："给我倒杯茶来。"

不明白他什么意思的昭缇满怀恐惧地站了起来，转身走向茶案，看着眼前形状不一的七八个茶壶，犹豫着不知该斟哪个，便挑了最大的一壶，倒好回到白世非面前，却不敢擅自放下，端着杯子全身颤抖地等他指示。

白世非放下手中渗水的绢纱，取过另一块再卷起冰块："管家。"

"在。"邵印躬身上前。

"念。"

"公子喝茶只喝龙凤团和扬州贡，仆婢之出差错者，按白府家规第八十五条，罚三月薪饷。"

白世非往尚坠脸上爱怜地轻轻吹气："就这一条？"

"仆婢中有擅自殴打、责罚、谩骂、欺凌他人者，按家规第五十三条，杖二十。"

昭缇扑通一声再次跪倒，手中的茶水抖了出来，眼眶里早吓满了泪，却强忍着一点也不敢哭。

邵印却还没说完："主母管教不当者，按家规第三十六条，禁于后山祠堂，省过十到二十日不等。"

夏闲娉与张绿漾同时惊圆了眼。

白世非专注在尚坠脸上的眸光这才终于调了过来，率先看向昭缇，语调温然不变，但就是能让人听出杀一儆百的无情意味："扣三月薪饷，杖二十，下次再犯，永逐出府。"

"奴婢知错了！公子饶命！"昭缇哭着连连磕头。

在邵印的示意下，旁边几个高大的仆人上前将她架了起来。

想起自己先前在浣珠阁作威作福，也不知得罪了多少人，如今落入别人手中，那二十板下来未必还有命在，昭缇两腿发软，恐惧中哭喊不止："小姐！小姐快救救我！奴婢都是为了你啊！小姐！"

夏闲娉侧过头去不发一语，对昭缇的哭求恍若未闻，此时此际让她怎么帮？这不是为难她吗？另一方面又暗恼昭缇在白世非面前叫出什么都是为了她的那种话，让人下不来台。脸色一沉，便冷眼瞥着昭缇被架出门去。

白世非转而望向张绿漾："撩事生非，篾撣十下。"

"不要！"张绿漾吓得大叫，连连退后，转身便想夺门而出。

他最后盯着夏闲娉，出语一径无情："禁足于浣珠阁二十日。"

夏闲娉满目通红，将下唇咬得泛白，无比怨恨地定定瞪视着被他抱在怀中的尚坠，面色极其吓人，仿佛随时都会冲上去拼个玉石俱焚，不惜与之同归于尽。

另一边被仆人堵下的张绿漾惊慌尖叫："世非哥哥！"

白世非扳回尚坠又似不耐别开的脸："这里间的下人，是不是都看着你挨打？”

尚坠垂下眼帘，淡而薄厌：“你好了吧。”

他点头：“既然你求情，杖刑可免。”望向邵印，“全部罚两个月薪饷。”

“是。”邵印一个字也不多说。

“叫药房制些消肿的膏药。”白世非放下冰块，搂着尚坠站起。

被拦着不能向白世非靠近的张绿漾眼看他就要走出门去，她急得再也顾不得，大叫道：“世非哥哥你不能打我！”

白世非还是没有看她一眼，甚至没有稍微收停脚步。

张绿漾几乎是当堂吼出来：“你真的不能打我！我有身孕了！”

惊魂还未定，复来又一惊，在场之人无不被这句话镇住。

便连白世非向外跨出的右腿也顿然一止，缓缓落在门槛上。他回过头，有丝茫然地看着张绿漾，对她乍叫的话似明非明，在他终于反应过来时胸口忽然袭来强烈力道，冷不防被尚坠推得趔趄后退，脊背重重撞上了门柱。

尚坠恼极了瞪着他，无端被人刮了一耳光痛到牙齿根里，说不窝火是假的，可是能怨谁呢？怨天怨地怨他人，说到底还不就是因为他自己？惹来这么一堆善妒的莺莺燕燕，让她平白吃苦也就罢了，最恨的是这种日子还不知何时才能到头。

白世非张嘴欲言，下一瞬顿悟时机不对，只好什么都不说，懒懒靠在门柱上，脸上挂着浅浅笑意，一眨不眨凝视着她。

他神色间的捉摸不定却让她更为恼怒，想也不想，她抬脚狠狠踢向他的小腿胫骨：“你心内不是希望我为你争风吃醋吗？”当着仆婢们的面，她毫无顾忌地一踢再踢，他疼得哟哟直叫却始终不躲不避，只任她发泄。

“我真的很讨厌你的这些二夫人、三夫人！不过老实说这府里我最讨厌的人还是你！你比一头猪还不如！以后别让我再见到你！”怒气涨至小脸通红，胸部因连串激烈的说话而喘得起伏，大发完脾气后，她挽起裙摆霍然转身，撇下作声不得的众人三步并作两步飞快走了开去。

厅堂内长久死寂。

片刻之后，就见白世非一个人慢慢笑了开来，嘴角几乎咧至耳根，笑容欢畅得府中前所未见，掸了掸衣摆，他亦扬长而去。

药煮石菖蒲

饮绿居里，任飘然为张绿漾把完脉后，对白世非道：

“一个多月了，按日子算应该是端午前后怀上的。”

白世非没说什么，只是盯着角案妆台上的玉笛，终于明白为何这丫头这阵子再也没去过花园，也难怪她会积郁到当众发飙，这几个月里他忙着布置朝廷中事，确实有点疏忽她了。

“世非哥哥……”看他去拿起笛子，张绿漾微为心虚。

白世非笑了笑：“你好好休息。”便送任飘然出去。

两人沿着院径而行，儒雅的任飘然斯文笑道：“没想到你动作这么快，竟已逼得太后让晏书返京再度参与朝事。”

白世非唉声一叹：“不快不行。”那头小雌虎已经快没耐性了，“我计划在半个月内令晏书从枢密副使提为枢密使，执掌专管武事的枢密院。”

任飘然讶异了下，继而赞赏道：“太宗当初设置枢密院本意是为了文武分权，倘若晏书掌管枢密院，则在权位上不但与太后倚恃的丞相吕夷简平分秋色，而且朝中权力更迭，定然引发一连串官员变动，也必不可免会侵夺到专管军事的兵部尚书夏竦手中的权力，你这招还真是一箭双雕。”

“除了枢密院，殿前司也是我要拿下的地盘。岁平日久，京中禁军失于训练，每指挥营统兵四五百人，而艺精者不过百人，其余皆疲弱不可用，锋瓘留在汴梁这半年，便是为我训练一批强武之士。”

“可是殿前司一向由太后的人全力执管，主位者周晋更是她最信任的得力帮手，你想神不知鬼不觉地渗透进去并不容易。”

白世非轻笑道：“难度是很大，所以这半年来我真正动的只是宿卫军。”

任飘然面色一惊：“皇上身边最亲近的扈从军？”

白世非颔首：“如果皇上的安全没有保障，我又怎么放开手脚对付那老太婆？至于殿前司嘛，唯一的关键只在周晋而已。”

他笑着住了口，前方走来一名小婢，手中端着的托盘上放有一碗汤药，行至两人跟前时屈身请礼。

碗中热气萦绕，药香飘散，任飘然不禁多看了眼。

白世非随意挥了挥手，那小婢便端着药往两人身后走去。

“你今儿有没有带消瘀的药膏？”白世非对任飘然道，可怜他的小腿那日被踢得青紫了大块，下一瞬他忽然回头，“站住。”

正要拐入疏月庭石径的小婢慌忙停下脚步。

“谁的药？”怎么还在往疏月庭送药，她还没好吗？

“是大夫人吩咐煎的。”

白世非想了想：“去吧。”

那小婢自行而去。

任飘然走着走着，终于忍不住笑起来，那笑容十分暧昧：“桑寄生、菟丝子、黄芪、川续断、地榆和石菖蒲。”

“无端端念什么药名？”白世非不解看他。

任飘然笑吟吟道：“没想到除了谋划朝廷中事，你便在生育子嗣上也是一箭双雕。”

听出一丝端倪的白世非慢下脚步：“你说什么？”

“那碗是安胎药。”

白世非大愕，第一个念头就想不可能是尚坠，否则她为何没有告诉他？那么真是晏迎眉？然这府中事不会有几件能逃过他的眼，他可以肯定庄锋璿在府里一直恪守礼节，从未逾矩，只除非——他们是在端午上山时珠胎暗结。然而心里始终隐隐觉得，有些什么地方不对。

“你寻思什么呢？”任飘然问。

白世非掉头往回走：“你随我来。”

很快便到疏月庭，以手势示意庭院里的婢女全部噤声不得通报，在檐廊下悄声问明后，白世非带着任飘然直奔晏迎眉寝房。

两人的突然出现，让房中挨坐在一起的晏迎眉与尚坠怔住，尚坠迅速别开头，不肯去看白世非嘿嘿笑的脸。

白世非也不介意，看了眼桌上空碗，这主仆俩挨得近，那碗又摆在两人之间，也看不出是谁的：“我才刚见下人送药过来，你们谁不舒服吗？”

晏迎眉笑着回道：“是我呢，这几日觉得心口有点闷。”

白世非闻言十分关怀：“正好飘然也在，不如让他给你把把脉？”

“那就有劳任医官了。”晏迎眉说罢，大方地把手抬到桌上。

任飘然搭上她脉搏，凝神片刻，回首望向白世非：“与那位一样，也是一个多月的身孕。”转头又对晏迎眉叮嘱道，“那药适合冲任不固之用，但你是下元虚寒，所以别再吃了，我给你另开一张方子。”

没想到还真是晏迎眉。白世非颇为失望，抬头看向尚坠，从他进房之后她便侧脸半背对着他，始终没再看他第二眼。

他走过去，弯腰对上她的黑瞳，从背后拿出笛子放入她手中，柔声哄道：“不气了好吗？”

她不语，只瞪着他，每回都是如此，这样很有意思吗？

白世非眸光魅闪，毫不避嫌，低首啄了一下她的唇瓣，然后心情愉悦地看着她微红微恼的脸，嘿嘿笑着讨好：“要不我先把三夫人休了？岂有此理，竟敢抢我家小坠的笛子，我一定要把她休了！”

尚坠一咧嘴：“是吗？你可别让我白高兴。”讥讽罢已将假笑收起。

把她当三岁小孩吗？他早不休晚不休，在人家刚有一个月身孕的时候才说休，别说张绿漾自己会怎么样，便她的父亲张士逊就饶不了他。

隐藏在清冷眸光后、她刻意掩藏的那抹怕接近他的绝望之意，使得怜惜的滋味在白世非心底蔓延。不是不知她内心的恐惧和不安，事实上他比她更心焦，更想早些把事情解决掉，只是他必须每一步都小心翼翼，因为只要犯下哪怕最微不足道的一丝错误，都极可能会导致最后满盘皆输。

他可以输掉白府，但，他输不起她。

如果他不能在这场云谲波诡的凶险较量中以绝对压倒之姿胜出，那么往后他与她的性命都会被人捏在手中，生死不由自己。

温热掌心抚过她的脸，他如同承诺一样轻轻说道：“好，我答应你，不会叫你白高兴。”

任飘然给晏迎眉开好方子，便与白世非一同告辞。

走到门口时白世非忽然回首，不经意道：“先前那服安胎药是谁开的？”

不防他突出此言，晏迎眉愣了愣，不知该如何回答。

白世非也不追问，含笑看了眼脊梁明显一僵的尚坠，转身翩然离去。

逼离若休夫

白世非这一回果然言必行而行必果，翌日便亲笔拟就两份书契，把邵印唤来，差他去一趟饮绿居。

邵印迟疑了下，欲言又止。

白世非看他好像心事重重的样子，问道："什么事？"

"今晨一早老奴接到二弟捎来的家书，说老奴的娘已病入膏肓，天天唤着老奴的小名儿，急盼老奴赶回家乡去见最后一面。本来此间正值多事之秋，老奴原不想与公子告假，只是……"

白世非摆摆手："有什么比你回家更重要，府中还有邓二在呢。去完饮绿居你便赶紧收拾东西，这么多年了你也难得返乡一趟，便带家人孩子坐府中的马车去吧。还有，让账房支一百贯给你做盘缠，回去也能给老人家请个好点的郎中。"

邵印深深一躬揖谢了白世非，出门之后才抬手抹了抹眼角。

饮绿居里，听邵印道明来意，张绿漾整个跳了起来。

"什么？你说世非哥哥要休我？！"

邵印郑重其事地摇了摇首："公子一再和老奴强调，说是希望三夫人休了他。"把其中一份书契递给张绿漾。

张绿漾不能置信，惊圆了眼，要她休夫？这种惊世骇俗之事便前朝女子也鲜有载录，扫了眼书契，无非都是套话，大意不外乎她与白世非感情已逝，故两人自愿解除婚约，从今后男婚女嫁互不相干云云。

她当即就道："谁说我和世非哥哥没有感情的？我不签！"

邵印抬袖印了印额头细汗："公子的意思是，倘若三夫人不肯休夫，那他就……只好休妻了。"说罢把另一张纸也递上去，"公子希望三夫人好好比对过两份书契后再做定夺。"

张绿漾狐疑接过，这份却是七出书，一看之下她当场变脸，既羞又怒。

邵印小心道："公子说了，倘若三夫人不肯签和离书，那么这封七出书……便会送到夫人府上张大人的手中。"

张绿漾一听，霎时气红了眼眶，将手中和离书大力拍在案上，怒道："不就休夫吗？！有什么了不起的！我便签了！”

邵印赶紧从笔架上取过小毫，蘸了墨递将过去。张绿漾咬着牙唰唰书下自己的名字，再就着邵印递来的印泥按下指印，然后把书契拨落在地，坐在凳子上哭了起来：“你去问他满意了没有！死人世非哥哥！这么欺负我！”

邵印唯唯诺诺，只觉得额上的汗越来越重，先折好休夫书塞进袖中，再取出一个锦盒：“这是公子送给三夫人腹中孩儿的礼物。”

张绿漾一掌将锦盒打翻在地，里面的东西撒了开来，她看也不看只是哭叫：“我才不要他充好心！你走！”

邵印便躬身退下。他前脚刚出门，后堂里已走出来一位气宇轩昂的高大男子，一双异域人才有的浅褐色瞳仁内精光蕴敛。

张绿漾勉强止住泪，哽咽着对他诉苦：“世非哥哥也太绝情了，说休我便休我！最可恶的是——”她抓起那份七出书抖了抖，“他居然指责我不守妇道，犯了七出中的淫佚之条！”

“你已经是有身孕的人了，不宜再这般大动肝火。”无奈地为她抹去脸上泪痕，赵元欢强自忍下嘴边笑意。其实白世非写得一点没错，当然这话便打死他也不会和张绿漾说，更断不能让她知晓“休夫”一事自己也参与其中，“其实我很佩服白世非。”

“我呸！他有什么让人佩服的！”枉她对他那么好，他眼里就只有那个死丫头！

凝视着张绿漾，赵元欢棱角分明的脸颊线条柔和下来：“佩服他戴了那么久的绿帽子却硬是一声不响。”

张绿漾脸一红，眼珠子有些心虚地左右乱转，发泄过后，想想自己好像还真没一点恨世非哥哥的立场，抬头瞪向面前的男人：“都是你不好！要不是你当初不肯上门和我爹提亲，我也不用赌气去要挟世非哥哥娶我！”

“是，是，都是我不好。”赵元欢低声下气，这事是他心头大痛，当时之所以没马上答应向张士逊提亲，是因为他不若她那般天真。试想哪个朝官愿意把自己的女儿嫁到大漠孤烟的边塞之地，且还是嫁给一个异族人？

他原打算从长计议，没想到她冲动起来，一下子就把自己嫁了出去。

“最让我生气的是成亲那日夏闲娉使人拦我轿子，你既然出现了，索性劫走我也行，却偏偏把人击退了就走，便连我的面也不见，我想起来都气！还不如端午那夜索性和世非哥哥弄假成真，也好过被你……”张绿漾红着脸说不下去，心里却气恨不过，捏起拳头来捶他。

赵元欢捉住她的手，叹道：“你以为你爹为什么会同意让你嫁给白世非？”还不是因为察觉了她的不对劲，担心自己的掌上明珠单纯无知，一不小心便被来历不明的野男人拐跑了。

为了她，他从关外一次次潜入关内，千里而来。

每次抽空探望，她口口声声都是世非哥哥，听得他心里酸溜溜的，尤其在林苑里的端午那夜，见到从不爱哭的她竟因担心别的男子而落泪，虽然明白两人纯为兄妹之情，也还是让他醋急而怒，便在那夜里彻底强占了她。

只没想到一箭中靶，竟让她有了身孕，怎么可能让怀着自己孩子的女人，还继续留在别个男子家中做名义上的妻子？不管以后命途多舛，他都必须把她带在身边了。

“我父亲已然病重不起，族巫说怕是熬不过这个夏天，如今族中事务都由大哥掌管，我与他的意见分歧愈来愈大，很多时候十分为难，已不想再待下去。我打算带你去秦州，以后我们便在那里隐姓埋名过一辈子，你可愿意？”

赵元欢略带沉重和忧虑的语气让张绿漾心里一揪，将脸埋入他精壮的胸膛，她低哝道：“只要能与你在一起，我便再没有其他心愿了。”

两人紧抱着再不言语。过了会儿，目光掠过地上锦盒及散落一地的物件，赵元欢弯身捡起，发觉屋契、田契、银号票据应有尽有，而数额之巨竟连他也不免有一丝动容。

此间主人越接触便越觉得可怕，其城府之深和谋算之细只怕天下无人能出其右，幸而，自己不是他的敌人。

“你的世非哥哥对你很是慷慨。”

“什么？”

赵元欢笑了笑：“他送给我们孩儿的礼物，足够他出世以后富及三代。”

滋扰祸及奴

秦州寇匪日益猖獗，但因其行踪诡秘，官兵始终奈何不得。

后来晏书上疏，指贼远来只利速战，而州兵数众，宜以奇制之，扼贼归路俟其衰而出击，如此必胜无疑。

白世非听闻后，又捐了大笔资财作为秦州的助边费。

赵祯便把晏书之意转达秦州，薛奎依其建议而行，果然得手，奏折上说流匪经此一役死伤七八，终得保边关百姓安宁。

如此一来，在其他大臣的撺掇下便把晏书拱上了枢密使之位，刘娥不得不同意赵祯下诏提拔晏书的同时，也隐隐警觉到了朝中势力已不若从前那般受自己控制。

白府书房里的细细斟酌，仍然日复一日在秘密进行着。

“在玉门关和萧关一带活动的党项族族主赵德明已然亡故，其继位的大儿子赵元昊有意不再接受大宋封号，欲废除朝廷所赐赵姓改为嵬氏，为防患未然，朝廷应该会加强对西边边境的布防。”邓达园道。

白世非点点头：“看样子枢密院与兵部很快就会为了争夺驻边大军的控制权而明争暗斗，你便与薛奎密通消息，将那边形势知会晏书，令其针对边关的布防用兵多提建议，设法打败夏竦夺取兵权。”

这时有小厮走进来：“禀公子，给张士逊大人的礼品和轿子都备好了。”

白世非起身，赵元欢与张绿漾之事还是由他出面解决比较稳当，若让赵元欢亲去造访，只怕会被大怒下的张士逊扫地出门，并从此与女儿断绝来往。出了书房，他对邓达园道：“你寻个空儿，让小坠搬到第一楼。”

此时疏月庭里，晏迎眉已如期出府去了无心庵，尚坠和晚晴两人得闲来，坐在厅堂里边纳着针线活儿边闲聊絮叨。

不知不觉，到了晡时初，两人突闻外头传来急促的脚步声。

“坠子！晚晴！不好了！不好了！”一个小丫头急步冲进门来，却是平日与晚玉素为交好的晚风，一看两人都在厅里，就像是终于见到了主心骨似的，冲过来便扯尚坠，人急得差点要哭出来，“快！晚玉出事了！”

两人吓了一跳，顾不得细问，脚下已先跟着她往外走了。

“晚玉怎么了？出什么事了？”晚晴着急问道。

“才刚我和晚玉在偏厅里当完值下来，走到书房附近时她手上的木佛珠子断了线，有几颗在地上弹起来落到了廊柱外头的园子里，她便下去捡，结果发现草丛中有一团东西金光闪闪，捡起一看却是个金丝香囊，不知为何被人踩扁了扔在那儿。”

尚坠忍不住皱眉，但凡做仆婢的在主人家里最怕捡到贵重东西，没有比这更容易惹祸上身的了：“她当时没把东西拿去交给哪位管家吗？”万一府中传出什么盗窃事件，那可是十张嘴也说不清。

“她便是想交上去才捅了娄子！”

“到底怎么回事？”晚晴不住催促。

“大管家回了乡，二管家又去了潘楼街巡视铺子，她便想把那金丝囊拿去交给商管家，谁知道就在商管家屋外与二夫人碰个正着，浣珠阁那几名丫头一看晚玉手中的香囊当即便叫了起来，揪着她就骂她是贼，这不事情闹大了嘛！”

“公子人呢？你怎么不去找他？”晚晴埋怨道。

“我便找了！可是小厮说他出府去了三夫人家里。”

“二夫人和晚玉她们如今在哪儿？”尚坠蹙眉问道，这些日子她始终小心谨慎，使得夏闲娉苦无机会，今儿好不容易逮到与自己交好的晚玉做替死鬼，只怕不肯善罢甘休。

“我过来时昭缇正叫人押了晚玉去偏厅，说是要让二夫人亲自发落。”

“要不要叫人去张府告知公子一声？”晚晴担心道，浣珠阁那两位不是一般难缠，而眼下府里能说话的人都不在，只余下一位极可能与夏闲娉沆瀣一气的三管家，恐怕晚玉会凶多吉少。

尚坠冷静道：“不必了，倘若公子有要紧事与张大人磋商，此时打搅他未必合适。”快步行进间脑筋急转，简明扼要地吩咐，“晚风你去告诉晚弄，让她赶紧出府把二管家找回来，晚晴你去武院……”那地儿太远，一来一回不知折腾多久，“你还是去第一楼，就说我的意思，让那几位护院的大哥全都到偏厅来。”

“让晚风去。”晚晴断然拒绝，“公子、大夫人和管家都不在府中，我便陪在你身边。”哪怕晚玉会挨上板子，暂时也还死不了，但若坠子有什么差池，她便万死也难辞其咎。

尚坠想了想，也就同意了，那晚风赶紧跑去寻晚弄。

两人到达偏厅时，只见里头晚玉嘤泣着跪倒在地，夏闲娉端坐在屏风前正中的交椅里冷眼瞧着，昭珑站在她身后，而在她跟前昭缇正扬高手掌，眼看就要往晚玉脸上抽去：“我让你这贱蹄子还不说实话！”

“住手！”尚坠淡声一喝。

昭缇被惊得缩了缩手，抬头一看是她，黑瞳里两道清冷目光正盯着自己举高的手腕，隐隐有种不可违逆的威仪，心里又更怯了怯，这一巴掌便再抽不下去。

尚坠的眸光转而望向跪倒在地的晚玉，她脸上红肿一片，显然已吃过苦头，充满泪水的哀伤眼里满是无助和祈求。

她定睛看了晚玉一会儿。

坚润的黑瞳仿佛有种安定的力量在让人镇静下来，又似在隐隐承诺她一定会为她主持公道，满心恐慌的晚玉终于惊魂稍定了些。

便在此时，商雪娥也闻声而来，看见跪在地上的晚玉，脸上不由得露出厌弃之色，转瞬看到尚坠也在此间，便敛了敛面容。

夏闲娉笑了笑："商管家来得正好，我便想请教你，一个不三不四的丫头在主母跟前大呼小叫，这可有犯下府中哪条规矩？"

商雪娥迟疑了下，恭声应道："回二夫人，由于府中从来没有丫头在主母跟前大呼小叫，故而并无明确定下相干规矩。"才刚她在门外也听见了尚坠叫住手，只是昭缇的遭罪为前车之鉴，她虽然曾经从夏闲娉那儿得过些好处，但事关利害，也不能平白就这么被利用了。

没想到商雪娥如此圆滑，夏闲娉心里暗恼，却发作不得。

晚晴见站在昭缇身边的几位家仆全都面生得很，而以往惯在偏厅里当值的仆人却一个不见，心里暗觉蹊跷，便附唇在尚坠耳边轻提了句。

尚坠眼底掠过一抹微光，看样子夏昭二人自进府以来，银子攻势也并非全无着落，多少豢养了几名此刻仗势助威的帮手。

夏闲娉又干笑两声，语气冷了下来："那我便再问商管家一句，丫头偷盗主人财物者，按白府家规，又当如何处置？"

商雪娥这下异常配合，便答得飞快："府中仆婢盗窃不得财者，杖三十；得财十贯以下，杖五十；得财十贯以上乃是重罪，当移交官府处置。"

"我这金丝香囊少说也值十贯，把人移交官府我嫌麻烦，传出去也影响白府声誉，莫如杖五十，来人，给我打！"

尚坠缓声插进话来："便移交官府问罪，也讲一个人证物证，却不知二夫人如何就肯定了，你那金丝香囊是晚玉盗窃而得？"

"奴婢真的没有偷二夫人的东西！晚风当时便看到了，奴婢是在草丛里捡到那个香囊，看它式样贵重，也不知是被谁遗落了，本想赶紧拿去交给三管家。"晚玉朝商雪娥亟亟解释，说着又怯声哭了出来。

商雪娥便面无表情地站在那儿，只看也不看她。

这下尚坠明白了，料是晚玉原想拿那捡到的金丝香囊去讨好商雪娥，不料夏闲娉也正好去了商雪娥的屋子里探视……真是何苦来哉。

夏闲娉睥睨着晚玉：“此乃我端午节赠与公子的礼物，我便不信公子那般幼稚，竟把它踩扁了丢进草丛当中！不打你便没句老实话是不是？”

“既是如此，等公子回来问个清楚，不就真相大白了吗？二夫人又何必急在一时。”尚坠依旧平声静气。

夏闲娉含寒带怨的目光向她蔑视过去。

“贵贱有等，长幼有差，本夫人乃堂堂兵部尚书之女，同时亦是白家以三书六礼明媒正娶回来，我坐在这厅堂之上，便是管我这个夫人位子的分内之事，何时轮得到你来多嘴？”

商雪娥看这情形，赶忙道：“老身还有事要办，就不滋扰二夫人了。”既然事不关己，又两边都不好得罪，还是抽身为妙。只要她人不在此间，不管发生什么事，白世非也怪不到她头上不是？

夏闲娉冷眼瞥了瞥商雪娥的背影，这死活养不熟的老妖婆趁早滚了也好，少了她在这里碍手碍脚，反倒方便自己行事。

第十四章　品格

一花杀百尽

却说商雪娥去后，偏厅里尚坠再度开口。

“二夫人尊为主母之一，当得有权管家辖事，倘若这香囊真是被人盗了，那盗主不但没把二夫人放在眼里，甚还殃及他人，若二夫人能把这等恶行彻查清楚，端是好事一桩，只不过如此匆匆忙忙，不问缘由便妄下定论，却怕会不会放过了那坏人，反冤枉了好人。”

夏闲娉被她拿话堵住，张了张嘴，怒得一拍桌子！

“我不管公子把你个贱民户籍的货色看得如珠如宝还是当鸡当狗，便怎样也改不了贱户一辈子就只能是贱户的事实！你个贱人有何资格在我跟前指手画脚？再不闭嘴信不信我便连你也打了！”

尚坠仍旧不温不火，她平时惯于垂眉低首，总安静低调不愿惹人注意，如今被逼无奈与夏闲娉起正面冲突，却也淡然不惧，一双清澈见底的黑眸绝伦如焕，波光明亮。

“奴婢也自知没资格在二夫人跟前说三道四，只是天下万事总大不过一个理字，便那公堂之上，便那朝廷之中，就算是身为万民之主的皇上要将大臣问斩，想必也不会不分皂白，只安一个欲加之罪，而定然会是兼听明断、以理服人，二夫人你说是吗？”

若说是，则相当于承认自己不分青红皂白，又独断专行；若说不是，又岂非被她绕进话语里，犯下口谤皇上的罪名？夏闲娉气急败坏，再忍不住从椅子里霍然站起，指着尚坠破口大骂。

“别以为有白世非护着你便如此嚣张！我夏闲娉乃太后指婚，有如丹书铁券护身，今日便拼个你死我活，将个把丫头杖毙于此，那白世非又能奈我何？来啊！左右与我把这两贱婢一同往死里打！”

那几个大约是低等仆人，纵然对府中诸事有所耳闻，但因离主子甚远而知之不详，且又不曾识得尚坠庐山真面，看她只是个丫头，以为最多不过是个通房，焉能与白府二夫人相提并论，又加上早收了昭缇的银子，便想在夏闲娉面前好好表现一番，一个个如狼似虎地挽起袖子就要抓人。

晚玉脑袋轰的一声，吓得七魂失了六魄，想也不想便抱扯住其中一人的大腿，哭着急叫：“坠子你别管我了！你快走啊！坠子——”还没喊完，已被那人反手一掌打倒在地，嘴角渗出血来。

晚晴一看情势混乱，虽然也惊恐不已，却赶紧张开双臂挡在尚坠面前，壮起胆子慌声喝道：“你们谁敢过来！都不想活了是吧？”

反观站在她身后的尚坠，便似泰山崩于前而色不变，麋鹿兴于左而目不瞬，清灵幽瞳的亮光落在晚玉染血的下巴，片刻后回到夏闲娉神色怨毒的脸上，眸底终于淡淡地浮入一抹不耐寒波。

美奂容颜却笑了笑，对全场视若无睹，只朝晚晴缓声吩咐：“我便站得累了，你去给我拿把椅子。”应声回首的晚晴迟疑了下，尚坠嗓音倏沉，一声令下，“去。”

晚晴再不敢拖延，撒腿便往桌边奔去。

少了晚晴的阻拦，两名恶仆转瞬便欺至尚坠面前，茧掌刚要扯上她的手臂，忽闻一声闲逸轻笑：“我只是个丫头，你们这么拉扯我不要紧，可别说我没提醒你们，我腹中那位却是白府纯正的血脉，公子三代单传，这点香火他重不重视，你们要不要当心一点，自个掂量清楚了。”

漫不经心的语气仿佛只是在闲话家常，然而出口的每一个字都铿锵有声，让闻者惊悚，那两名男仆的手臂霎时便僵停在半空。

夏闲娉脸色大变。

那边晚晴已把椅子端来，小心地扶尚坠坐下，而她这当堂一坐，便成了与夏闲娉分庭抗礼之势。

晚晴转身一手一个奋力把两名男仆推得踉跄后退，恃势泼骂："即便大夫人也不敢支使坠子做事，你们二夫人又算什么东西？一个个蠢不可及，在她跟前喊打喊杀，都活腻了不成？"手一横，直指始终缩躲在夏闲娉身后的昭缇，"便是这个贱蹄子！日前只是摸了摸坠子的脸，就被公子责令挨了二十棍，差点连命都没了，你们随便去寻个下人问问有没这回事！"

屋子里一道道惊疑不定的目光全向昭缇射来，她瑟瑟地缩了缩脑袋，嗫嚅着看看尚坠，又看看夏闲娉，不敢发出一声。

那几名牛高马大的男仆虽然都是粗人，但出来讨生活也有了年头，不至于笨得连一点眉头眼端都瞧不出来，看昭缇那样子，便多少明白了晚晴的话十有八九是真的，当下无不变色。

便在此时，晚风带着第一楼里的护院赶了过来。

夏闲娉一看这情形，急怒攻心，反手啪啪两声赏了昭缇两个耳光，一腔火气无处发泄，对着已哭叫求饶的昭缇脸上又狠扇了多下，直把自己的手掌都抽痛了才止下手来。

昭缇哭倒在地，两侧脸颊已高肿了半边。

尚坠皱眉，不忍再看，只向晚晴示意让她去把晚玉扶起。

夏闲娉抄起案上茶杯砰声摔碎在地，她鬓发凌乱，眼神恶狠，始终是出身大户，发作起来自有一股霸道乖戾的气势，这便把晚晴吓得不敢再挪步，厅中众人也都垂首躬身，未敢稍有举动。

"我亲眼看见那金丝香囊就在这死丫头手中，我说是她偷的，便是她偷的！"纵使对付尚坠不得，但若连晚玉也治不了，她以后在这府中还有何颜面？"昭珑！你便上去打死她，我倒看谁敢拦你！"

"是。"昭珑怯惧地偷看了眼凄哭的昭缇，不敢违逆，走过去揪起晚玉的衣领就是一耳光。

晚晴和晚风虽然心里发急，可晚玉毕竟不是尚坠。白世非把尚坠当作心肝宝贝，人人碰不得，所以大家有恃无恐，但换成晚玉或府中别个婢女，夏闲娉这般铁了心要对付，纵然公子平日里对她们都客客气气，但他会不会为了个下人而让这位二夫人面目无光，可就难说了。

故而两人心下虽大为愤慨，却也只敢怒不敢言，夏闲娉明显一副谁开口帮腔下一个便轮到谁的模样，摆明了就是要杀鸡给尚坠看，以及儆诫他们这群猴子。

眼看着晚玉又挨了一下，尚坠十分无奈，那夏闲娉喜欢把事情做绝也就罢了，如今却逼得她也非把事情做绝不可。早知如此，当初就该嫁给丁善名去过清平岁月，也不用待在这富贵府中涉身数不清的倾轧斗恶。

轻叹口气，她缓声清语：

“按本朝刑统律制，奴婢有罪其主不请官司而杀者杖一百，无罪而杀者徙二年，倘若晚玉不幸今日死在府中，她家人定报官鸣冤，却不知届时会是二夫人受杖一百，还是极可能由昭珑你代罪被徙二年？”

昭珑闻声一惧，下手果然迟疑起来，便拿眼望向夏闲娉。

“愣什么愣！继续打！”夏闲娉尖喝。

尚坠眉心一蹙，略含暗恼，密睫往下眨了眨，轻笑起来。

“那金丝香囊不是晚玉偷的，端午那日在书房里，二夫人离开之后公子便把它送给了我，我嫌它无趣，故而转手送给了晚玉，不知这个解释二夫人听得进、听不进？”

便不信这手冲断，还劫杀不死这局棋。

夏闲娉既惊又怒：“你少在这里信口雌黄，蛊惑人心！”

“那我便问二夫人，你可曾在人前见公子佩过这金丝香囊？”虽然不明白这东西为何会被扔在荒草丛中，但从未见白世非戴过却是事实。尚坠转首望向第一楼的几个护院，“你们平日与公子最为相近，有谁见公子戴过这玩意儿？”

护院们纷纷摇头说不曾见过。

夏闲娉猛拍案面，嘶声厉叫：“我不信！公子断不会把它送人！”

尚坠轻轻一笑，眸波生色，抬手时绣袖滑下，露出一截皓白玉腕以及腕上碧绿无比的白府徽花翡翠链子，她撩了撩发鬓：“倘若我说这链子便是公子送的，那二夫人信也不信？”脸蛋儿向晚晴微微一侧，蛾眉因那抹轻笑而淡展，“还有，那只黄玉经火龙把杯，如果我没记错，好像也是公子送的？”

晚晴扑哧一笑，与她一唱一和：“便是太后赏给公子的那管玉笛，现今不也在你手中吗？你便是想要那天上月亮，只怕公子也会为你摘下来。”

夏闲娉一张脸已经涨如猪肝之色。

尚坠施然复望向她，气定神闲：“如今便是人证在此，我说晚玉并没盗窃，二夫人倘不信，还是那句话，何不等公子回来问个清楚？再说了，二夫人已将这香囊送与公子，那便是公子之物，不管晚玉有罪没罪，当不当打，也应由公子发落不是？”

门外传来一阵急促的脚步声，邓达园领着晚弄匆匆赶至，目光掠见厅里仆人为数众多，尚坠安然无恙地坐在椅子里，第一楼的护院全立在她身后，一颗紧悬的心总算稍宽了宽，而那些面色凝重的仆人见主心骨终于出现，明显全都松了眉头。

邓达园低首便待向夏闲娉请礼。

然而在他开口之前，尚坠已抢进话来，笑吟吟地道："二管家，公子日日差人往疏月庭送补汤，他便不嫌烦，我却喝腻了。今儿尤其闷得慌，便想寻些消遣，可是又怕遭旁人言语叱责，所以想问一问二管家，这白府中的事儿，我尚坠是管得呢，还是管不得？"

邓达园身形定了定，改而朝她深深施下礼来。

"回坠姑娘，那自是管得，公子今晨便吩咐了，让小的择个吉时安排姑娘搬入第一楼。"

这话一出，厅里众人无不倒抽口气。

昭珑赶紧松开晚玉，夏闲娉一脸失惊无神，直直跌坐在椅子里。

尚坠原本带笑的脸容陡然沉下，面寒如冰：

"既然管得，那我可不客气了，当日大管家曾经说过，仆婢中有擅自殴打、责罚、谩骂、欺凌他人者按家规应杖二十，今念尔等初犯，杖刑可免，但此等恃凶为恶之劣行却断不能容，来人！这昭珑，掌嘴二十！"纤纤食指转而点向先前把晚玉打倒在地的仆人，"这位！扣一月薪饷以作晚玉药资，从今后罚为杂役！"

屋里气氛紧张异常，那几个昭缇请来的帮手无不瑟瑟发抖，只悔不当初。

在偏厅东面紧掩着的边门外，躬身侧耳躲在门后已不知偷听了多久的张绿漾笑弯了眉眼，没声没息地直起身子，正待悄悄招呼莫言离去，回头瞬间却被身后不知何时潜来的白影吓得差点尖叫。

白世非一把捂住她的嘴，含笑竖起食指示意她噤声。

闺房宜教妻

晏迎眉从山上回来时，尚坠已带同晚晴搬入了第一楼。

绮帐如画，月华灯影，白世非屈肘支颔半卧床屏，如水眸光随着尚坠在房中四处移动，含笑看她低簪拂绣领，微步动瑶瑛。

直到她走过来坐上床沿，也不知是否怀孕之故，只觉眼前人绛绡缕薄，凝雪酥香，从前的青涩已从眉间唇边褪去，不知何时悄然添了一抹初颜如花的味道，似乎渐渐风姿绰约起来。

碗中的老参汤喝了一半，看他懒懒慵慵地凝视着自己，尚坠手中汤匙在碗边一顿，便递到了他唇边。

他就着匙边轻抿了口，笑："这是熬给你的。"

"我喝腻了，苦得要命。"

手掌来回爱抚她薄绡下微凸的腹部，他低声取笑："你还比不上我孩儿，他可从没嫌苦。"

她瞥他一眼："你孩儿托梦给你的？"

滑入喉咙的参汤差点被咳出来，他弯了俊唇："小坠。"

"嗯？"

他顿了顿，又呢喃轻唤："小坠。"

盛着参汤的匙子往他唇中一塞，淹没了他的叫魂。

"我喜欢你。"一边啜饮一边从眼角瞥窥她的容颜。

她颊上微微一红，在他痴缠的眸光下悄然含羞，别开了螓首。

"小坠。"他死心不息。

她回过首来，反瞥他的眼神开始不耐。

"你喜欢我吗？"

原本微粉的脸颊霎时如抹了胭脂，她几乎是把碗中参汤灌也似的去堵他的嘴。

好苦，他皱眉。

"小坠。"

她即刻打断他："不许说话！快喝掉！"

委屈地看着她，其实他只不过是想问："我能不能吃块糖？"语气很是被虐的幽怨。

她霍然站起，贝齿咬了咬，大步走去把果品拿来："喏！"

看她已然恼意飞眉，他稍有收敛，笑着低首专心只喝参汤。

她才松口气，谁知——

"小坠。"他已又唤。

她把手中果品递到他面前。

“你喜欢我吗？”

她觉得自己就快要疯了，他只要再来一句，她定然让他好看！

心虚地躲开她的怒视，他隐着笑，把身子滑下，靠过来偎在她和孩儿身边，耳语般低低又唤：“小坠。”

她垂眼看他，满脸戒备，那戒备之后，却隐隐可见一丝化不开的甜恬羞色。

他微微一笑：“吹支曲子给我听。”

见他不再捉弄，她放缓了神色，把笛子取来：“想听什么？”

他合上长睫，笑容未去：“照旧，你喜欢我。”

脸上终于再忍不住，被他逗出浅浅的一抹嫣然笑意，她动手推了推他：“倒是与你说件正经事儿。”

“不听，我只爱听不正经的。”指尖逗弄地勾勾她的下巴。

她半恼半羞地捶了他几下：“我想出钱帮晚玉赎回典身契，你去劝劝三管家，便让她把丁大哥与晚玉的亲事同意下来，成不成？”

“成倒是成，只是你这钱却不能贸然出了。”

“有何不妥？”

“府中个个都是人鬼精儿，你的心慈手软若传了开去，只怕日后不管大小事情都会有人过来求你，到时你定不胜其扰。”

偌大一个白府，人多事杂，关系繁复，身为主母单纯的好心往往只会坏了规矩。若想府中长宁久安，真正需要的是统辖手段与处事技巧，最讲究如何把一碗水端平了，让亲疏远近尽皆为这公允而服服帖帖。

尚坠听后不语，神色之间从若所有思，渐变为领会：“我明白了，那便等邵管家探亲回来，我再与他细议。”

白世非赞赏地笑了笑：“璞玉可雕也。”一手枕在脑后，一手仍温帖在她腹部上缓缓摩挲，懒声道：“以后府中诸事不须再问我，你便与邵印商量着办了……只别累着吾儿。”

她噗声失笑，小手覆在他的手背上，心中油然而生一股母爱。

当邓达园劝她搬入第一楼时，她几乎没怎么考虑就答应了，从前孑然一身还可率性而为，眼下却是世上任何物事便包括自己都比不得腹中孩儿重要。

既然事已至此，也唯有住进来才能确保万无一失。

却说纷争那日后，夏闲娉便把自己关在浣珠阁里闭门不出，只差了昭缇私下去问白世非，那金丝香囊到底是怎么回事。

白世非如实回说香囊在端午日被张绿漾强行要走，只没想到她会那般孩子气，竟将之扔在了杂草丛中，他表示很是过意不去，又命珍珠铺子送了大批金玉簪钗到浣珠阁，权当向夏闲娉赔罪。

夏闲娉听了回话，觉得那种举动确会是张绿漾所为，料想他所言非虚，知道白世非没有把香囊送给尚坠多少让她心里好过一点。然而再想到不管自己如何用心，付出多少情意，通通如同石沉大海，便觉苦渗入心，在听闻尚坠搬入第一楼后更绝望得无以复加。

是夜她提笔修书一封，吩咐昭缇翌日送进宫中。

还未消停几日，到了七月初，白府里再度传出天大的消息。

白世非与三夫人张绿漾因夫妻不相和谐，经官府判了和离，在判文出来的当天张绿漾拣包袱带同莫言出门而去，临走前她给尚坠和夏闲娉各留了一封书信。

对尚坠道："经本大小姐慧眼鉴断，汝必乃泼妇一名。"又叮嘱尚坠要对白世非千依百顺，好好遵照三从四德，倘若日后让她知晓白世非再为她伤心，便叫人半夜回来取她首级。

对夏闲娉则说："经本大小姐慧眼鉴断，汝必乃弃妇一名。"又说若然哪日夏闲娉被尚坠逼得在白府再待不下去，不妨去秦州投奔她，她会好心大方收留夏闲娉的，如此一来，她便有知己可以天天一同口伐尚坠了。

尚坠看了哭笑不得。

夏闲娉则气得当场把信笺撕成粉碎，心中种种郁结无处发泄，逮着身边奴婢半点错处便是一番打骂。每每夜深入睡时分，浣珠阁里偶尔会传出拼命压抑的低泣声，让人闻之恻隐。

便从此以后，白府里少了那位调皮捣蛋的三夫人。

会仙楼上客

汴梁城内，在曲院街的东头，有家知名的酒肆会仙楼。

这家店是天子脚下最高等的酒食去处，门面规模宏大，檐拱下大大的匾额漆云髹光，其格局前楼而后台，走廊依着流水间竹，院落里曲桥梭风，店内卖的银瓶酒七十文一提，羊羔酒八十文一提，价昂至极，非寻常百姓能光顾得起，反之，自然便成了贵族富绅常相畅饮的销金地儿。

大约日入时分，一顶华贵软轿停在了会仙楼门前。

随行在侧的白镜撩起帘子：“坠姑娘，到了。”

尚坠就着他的托手从轿子里出来，轻声笑道：“公子可是喝醉了？”不然为何像发酒疯似的，酒食中途竟然兴之所至，吩咐白镜回府非把她接过来不可。

进了雕梁画栋美轮美奂的店门，才刚踏上通往二楼的木梯，便看到白世非站在楼梯最高那阶的尽头，迎上他期盼的视线，两人不约而同微微一笑。

看着她拾级而上，他脸上笑容慢慢渗入一丝孩童般顽劣的意味，明白到他可能玩心又起，她才刚问出口“你要干吗”，已被他拦腰一把抱起，嘴里笑着喝道：“通通让开！”

一时间筷子声、杯盘声、抽气声、椅子摔倒声、后脑撞上木板声、小二在梯口震惊过度摔倒声、菜汁溅起飞落声、尖叫声、斥责声、惊慌赔罪声、匆忙走动声，全楼叮叮当当络绎不绝。

满堂客人无不对着那道大笑而过的白衣身影惊骇瞩目。

“你疯了！快放我下来！”头晕眼花的尚坠胡乱拍打他胸膛。

得意又嚣张地直把她抱进阁子间，雅致厢房内，庄锋璿和任飘然已经在座，两人全因白世非在大庭广众之下的禁忌举动而面露愕色，他这才满意地轻轻放下尚坠。

庄锋璿望向任飘然：“勾栏里关于他的银字儿说到第几回了？”

任飘然十分诚恳：“还不算多，不过是区区第十四回而已，我记得上一回是‘娇娘饮妒施狠手，公子涌怒杖凶婢’。”

旁边白镜咭声笑出来：“那可都是上上回的旧事了，小的听说最新一回是‘不敌败北浣珠阁，被扫出门饮绿居’。”

庄锋璿默契接上：“我猜无须多久下一回便会出来，名目大约是‘惊世骇俗会仙楼，离经叛道私生子’。”

白世非大力一拍桌子，惹来笑谈中几人的愕视。

顿了顿，他若无其事道：“小二！上酒！”

庄锋璿和任飘然失笑，尚坠更是以手掩唇。

白世非以肘抵桌支颊，侧首凝视她，见她笑弯了眼梢的样子十分可爱，另一只手忍不住伸过去，毫无顾忌地当众轻轻捏玩她的耳垂，柔声道：“什么浣珠阁饮绿居，只这位才是本公子的内人。”

桌上二人对他的说话唾弃地充耳不闻，只举杯对饮。

捏玩耳坠的手垂下，落在她已然遮掩不住的腹部上，眼角余光接收到出现在雅间门口的身影，他脸上笑容愈加浓郁：“嘿嘿，这位小的是犬子。”

“白公子今日好雅兴。”年过五十仍仪表堂堂的当朝丞相吕夷简不请自来，带笑向在座诸人抱拳。

桌上三人相继起身回礼，便此时，外头楼梯口走上来一个人，行经白世非所在的阁子间，恰巧听闻他在里头笑道：

“相请不如偶遇，吕丞相快请上坐，且与我等同饮几杯。”

“不了。”吕夷简推搪道，“才刚在门外听到公子的说话声，特地进来打个招呼，不碍三位的雅兴了，本官这就告辞，免送，免送。”说罢连连抱拳，临去前不经意看了眼始终安坐椅中望着窗边卷帘一动不动的尚坠。

出了门，吕夷简面转忧色，在阁子间外略站了站，终究还是转身离去。

斜对面另一间阁子的门帘被无声撩起，从里探出一个头来，那人看了眼吕夷简的背影，又看了眼白世非所在雅阁，复缩回脑袋，把帘子垂了下来。

这边厢里，庄锋璿和任飘然交换了一个眼神后齐齐望向对面。

白世非安然撩袍落座，笑饮杯中酒时眸光掠向尚坠，她垂眉低首地定定坐在那儿，不知何时笑容已消失不再，一张小脸不为人察地微微沉了下来。

庄锋璿道：“难怪你今儿恁般张扬。”

任飘然接上：“就为了引起吕大人的注意吗？”

“好像我们到后不久，便听闻外头说丞相大人来了。”

“故而一向不携眷的白公子叫人回府接来尚坠姑娘。”

“其后他又刻意制造喧哗，让会仙楼上下几层无人不知无人不晓，白公子的新宠已然在此间露面。”

“紧接着，丞相大人终于得与坊间传闻的尚坠姑娘打了照面。”

白世非似惊讶不已，扬眉笑道：“你们还真能想。”侧首看尚坠仍旧不言不语，他拿起牙箸，往她碗中夹了些菜，柔声哄道：“这肫掌签是出了名的好味儿，你尝一尝。”

她抬起睫来，神色微冷地看了他一眼，转而对庄锋璿和任飘然露出笑容：“我有些不适，先回府去了，两位兄长慢用。”桌下手指毫不留情地狠狠一拧白世非的大腿，在他的痛呼中站起身来。

“你偷偷拧我……”他嘟着嘴，状若委屈不禁。

不意他会当众说出来，她脸容乍然嫣艳，因了庄任二人在场而尴尬不已，却又发作不得，只瞪他一眼，似在发狠说便拧你又怎样。

“去吧，让白镜送你。”他笑起来，却在她转身之时倏地轻拍了下她的圆臀。

她失色惊呼，这行径未免太过出格！通红着脸逃也似的出了阁子间，白世非脸上一抹报复得逞的笑容异样愉悦，目送她的身影在白镜的伴随下走远。

任飘然忍不住呻吟：“这位公子，拜托你从极为寒碜人的郎情妾意中分些心神回来，先为我俩解惑可好？你缘何要演这么一出戏？”

“今日可是初三？”白世非闲声反问。

“便是初三，那又怎么了，和这日子有什么关系吗？”

“我便问你，太后在军国大事上最倚重的人是谁？”

“自然是刚刚离去的那位。”非位高权重的首相吕夷简莫属。

“她在皇宫内最倚重的人又是谁？”

“这还用问吗？除了统领禁卫军殿前司都指挥使周晋之外还有谁？”

“那太后在庆寿宫中最亲信的内侍呢？”

“这宫里头都知道是罗崇勋，他也是个有权势的人物。天圣七年年间，朝中有个叫曹利用的，因参与了澶渊之盟而由小军官迅速升迁入朝，很得太后赏识，便连寇准也一度遭他诬陷。后来也不知是不是为争功邀宠，他得罪了罗崇勋，最后竟被远贬至死。”

“这便是了，太后最亲信的三人当中周晋最为洁身自好，且罗崇勋亦自知他的都指挥使之职无人可以替代，故而两人向来相安无事。但罗崇勋与吕夷简之间却没这么简单，此二人一主内一主外，吕夷简身为执政大臣本来就对罗崇勋这种阉人有些瞧不起，而罗崇勋恃着太后佞幸宠信也不怎么把吕夷简放在眼里，两人暗中时有摩擦那是家常便饭之事。”

“上回李氏暴亡，罗崇勋不是被吕夷简说服了瞒着太后给李氏以皇后礼入殓吗？”任飘然疑惑道。

“这事能成是因了罗崇勋的私心，太后已经多大岁数？皇上才多大年纪？不管怎么样终有一天皇上会亲政，罗崇勋也想给自己留一条后路。”

“你说的便在理儿，可这与今日是不是初三又有何干？”

白世非眼眸半眯，轻笑道：“每逢初三日罗崇勋都会出宫，扮成员外模样到这间会仙楼来，在他惯使的阁子间里点几名歌伎，酒阑滋味，红袖添香，常常逗留到入暮时分方才回宫。”

任飘然若有所悟，“不承想吕夷简今日在此出现，而你晓得罗崇勋随后也会到来，所以……”

庄锋璿骤地敛眉，往门口方向指了指，示意外头有轻微动静。

白世非眸底流光一闪，含笑自斟自饮，对任飘然回道：“我只不过是想给吕夷简提个醒儿，倘若太后知晓了他的另一重身份，未必还能像从前那般信任他而毫无猜忌。”

话声方落帘子已被人从外头撩起。

三人定睛一看，却是小二端着菜肴进来。

任飘然笑看白世非，仿佛在说，你戏词白唱了不是？白世非却把眸光瞥向庄锋璿，似道，那该怪谁让人虚惊了一场？庄锋璿便只装作看不见二人眉来眼去，举箸尝新，连声赞道：“好吃，当真好吃。”

白世非与任飘然对望一眼，一同朗声大笑。

下一瞬三人默契举杯，在半空碰出清响。

扑朔俱成谜

七月艳阳高照，竞相绽放的凤仙花争奇斗艳。

朝中晏书积极上疏，既请罢内臣监兵，使日后边州军士在对敌时可化被动应战为主动攻守，又主张在后方招募弓箭手进行训练，以加强兵力储备，而以夏竦为首的一派则对他的建议提出诸多质疑。

由此，朝议时两派人马你来我往唇枪舌剑，互相严厉抨击，经过几番激烈争辩，加上洞若观火的赵祯不时在旁推波助澜，最终夏竦败下阵来，晏书得掌边州军事大权。

其后赵祯以迅雷不及掩耳之势，把夏竦派系的官员从朝廷到地方都撤换了五六，不是明升暗降就是夺权架空，没多久便把几大要府和多处冲州牢牢控在掌中，朝议时开始对刘娥步步进逼。

刘娥终于再沉不住气，一方面对夏竦的倨傲轻敌和缺乏防范备觉懊恼，眼看着赵祯接连发难而乏力招架，更遑论以牙还牙；另一方面也对自己的疏忽大意后悔不迭。

这日她把周晋召进宫中。

“我愈想愈觉得不对劲，按说皇上本事再大，在哀家的眼皮底下，谅他也难以有所作为，可为何这回他的翅膀竟似在一夜之间硬了起来？”让人措手不及，刘娥皱眉不解，疑惑语气中还带着一丝隐约的慌乱。

“卑职也是觉得奇怪，平日也没见皇上有什么动静。”

刘娥沉思了会儿：“除了夏家那位，别的人还是混不进白府吗？”

“倒也混进了几人，可都只能做些低下差事，连东西两厢的仆房也去不得，更别说各处厅堂和庭院。自从上回那丫头被投毒之后，白府明面上好像没什么变化，实际监管却森严起来，不但对近三年间进府的仆婢全暗中盘查了一番，但凡觉得有点疑心的都剔了出府，便厨房里也巧立名目设了大小厨监，任谁再想在菜食中动手脚也已不可能。”

“白府在京中的店面铺棚为数极多，不能从那些伙计身上下手吗？”

周晋摇了摇头：“邓达园比邵印还更精三分，行事滴水不漏，那些管事的、掌柜的每日间曾与什么人接洽，全逃不出他双眼。而且卑职若没猜错，他可能同时还差遣着另一批秘密的人手，在为白氏暗箱操作着许多我朝律法明令只能官营的生意。”

刘娥不再言语，原本看夏闲娉传来的消息，觉得白府虽财宏势广，可与她所预料的程度还差得远，料白世非那小儿也成不了气候，不足为惧。故而当他挟重金以胁迫朝廷让晏书返京，她只以为这公子哥儿是咽不下她当初强自指婚予他、又削晏书官职拂他颜面的那口气，所以好不容易逮着机会，便锋芒毕露迫不及待地还她以颜色。

如今回头细想，却好像远远没那么简单，若如周晋所言，从白府乃至旗下各商号都像设了铜墙铁壁，便连苍蝇也飞不进去，那她就不得不怀疑，到底是不是白世非在其中兴风作浪了。

思索过后，她开口道：

“那夏闲娉一门心思只在儿女私情，把哀家吩咐之事办得稀里糊涂也就罢了，却还自以为聪明和哀家要起心眼儿来，说什么那丫头如今怀了身孕，只要掠走她便不愁白世非不唯命是从，这分明是争风吃醋，欲借哀家之手为她除去眼中钉！竟敢把算盘打到了哀家头上，真是越来越不像话！此女极不成器，完全不是块办事的料子，你还是设法另行打探清楚。”

说到最后，厌嫌怒意已形之于色。

周晋低垂着头，也不好多话，只恭谨地应了声是。

端起茶杯轻呷，刘娥稍缓了神色。

“那文德殿何时可修成？”

“按滕宗谅所言便在八月初。”

“八月初？”刘娥轻声重复，眼内冷光渐凝，“他可有按吩咐办事？”

“都办了，文德殿连接垂拱及紫宸两殿榫廊里的柱子和弯梁全换了干燥结实的圆木，又新髹了许多漆油，看去已焕然一新，他便问了，皇上的寝宫福宁殿就在垂拱殿之后，可要一道稍做修葺？”

“皇上不喜扰攘，还是让他清静着吧。”刘娥放下杯子，顺嘴道，“倒是紧挨着福宁殿西庑那座策进士、观戏和宫宴之用的升平楼已颇为故旧，最好也翻新翻新。你便叫滕宗谅多运些上好的木料进来。”顿了顿，她又凝神叮嘱一句，“你可得给哀家把京中禁军握牢了。”

周晋心头一咯噔，寒意顿生，隐隐觉得这云谲波诡的皇宫之中已是险浪横生，也不知有多少暗箭已搭在弦上只差一触即发。

便在此时，内侍送进一封信来，与刘娥低低提了句夏氏。

周晋听闻胸中不由得微悬，心想那夏闲娉也太无知妄为，刘娥不过对她和颜悦色几回，便以为已能体察圣意，却全不谙其中凶险。

她若像往常那般先把信传到他的手中，他或能帮她一把，自己过目后再决定是否上呈刘娥，眼下刘娥正对她大为不满，她这么蠢不可及地直接往上一递，万一信里再有什么不中看的话冒犯了天威，只怕便要惹祸上身。

敛目微窥，却见刘娥手中展开的信笺纸质粗糙陋简，不同于夏闲娉平日惯用的歙州上等白宣，周晋心里的不安又更深三分，开始隐隐觉得不对。

刘娥一言不发，把信看完已是脸色铁青，手掌猛地往案上一拍，便在闷响声中把杯中茶震得四溅出来。周晋鲜少见她如此动怒，心里大为吃惊，便原本想探问一句，此时也已不敢再作声。

“真是有其父必有其女，两坨扶不上壁的烂泥，成事不足败事有余！”刘娥把信笺甩给周晋，嘴角凌厉噙起，“你抽空给我走一趟白府。”

难有不离弃

晨曦破晓露，晚风送彤霞。

白府中上罢晚膳之后，白世非仍旧与邓达园往书房细斟密酌，尚坠则偕晏迎眉回了疏月庭。

闲聊过后，晏迎眉看了看尚坠，轻声道：

“有件事儿要告诉你。”

“那便说呗。”这般迟迟疑疑却是为何？

“你还记得张绿漾是如何出府的吗？”

“不是与公子签了和离书，交由府衙判出的吗？怎么了？”

“那日邵印差人送去府衙的和离书其实不止一份。”

尚坠先是不解，眼眸动了动，继而为之愕然：“难道你与公子也……”见晏迎眉默然点头，她心里只觉分外难受，当下便负气地背过身去，“这么大的事儿为何要瞒着我？”

晏迎眉看她急了，连忙解释：

“我真不是存心想瞒你，只是那时你与白公子还闹着别扭，偏巧我又收拾好了准备到无心庵去参禅，若让你知道我与他签了和离书，你非得收拾包袱跟我走不可。”

尚坠冷沉着脸，怒气冲腾：“你自不是存心想瞒我，只不过是想把我丢下不管罢了，你便明白告知我，你早已在做打算想一走了之，我也不至于会觍着脸死死粘牢你！”她早不说，晚不说，偏是今日与自个儿说了，可见离去之期已然在即。

就是想到尚坠可能会受不了，所以晏迎眉一直拖延着只字不提，却万没想到尚坠的反应竟如此强烈，任她如何苦口婆心地解释，尚坠也摆明了听不进去，她头疼不已，最后不得不把心一横。

“我便告诉你实话好了，师太曾与我说过，她无心之中教会你吹笛，白公子却恰巧送了那管玉笛给你，可见你与他之间有着不一般的缘分。上回师太见到你时，说你面相有太阴化忌之星入福德宫的迹象，年内可能会遭大灾劫，而公子极可能是你的贵人，有他在你身边或可帮你破除劫难。”

尚坠犹恼意难消，只将信将疑地瞥她一眼。

“我前次上山之所以半途回来，便是对你放心不下。如今你胎儿安住了，也搬进了第一楼，白公子对你更是百般呵护，那张绿漾头一个被他拿住七出的话柄弄出府去，想来夏闲娉也再待不了多久，难道你要我死赖在这府中，等到公子也来疏月庭下逐客令，才后知后觉地收拾东西走人吗？”

尚坠沉默半晌，神色多少缓和了些，只冷冷道：“这些话也不知是真是假，你不过是想留下我，好方便自个儿远走高飞罢了。”

晏迎眉叹口气：“你我姐妹多年，我还能骗你不成？”

尚坠垂首，好半晌才低低道：“你什么时候走？”

“我娘经历过爹的一番宦海浮沉，对世事已然看开许多。我打算过几日便回家去把事情向他们交代清楚，然后再召齐白府众人，告知大家我已决定到山上的无心庵静修，以后不会再回来。那些下人早看惯我吃斋念佛，大致不会有太多想法，而那庵里锋瓒也已雇好了人代我出家，只待他办完手头之事便会上山接我同往杭州。”

话既至此，尚坠也不得不接受事实：“你何时回去，唤上我一道儿吧，我也好久没见老爷和夫人了。”又闷闷待了会儿，便起身请去。

步出疏月庭的刹那，眼泪终于从睫底汹涌流出。

还记得十岁那年，大雪纷飞的那个傍晚，发现娘过世时她心都灰了，只觉得自己是个没人要的孩子，便连上天也容不下。伤心与怨恨交织，决然破罐破摔一把火烧了父亲的卧室，在熊熊火光中躲避仆人们追捕时心底那种无止境的惊恐绝望，没想到在七年后的今日会再度重现……

与邓达园做完新一轮布置后，白世非带着白镜离开了书房。

然而，还未踏入第一楼，远远便听见了笛声，一支《杨柳曲》如泣如诉，吹奏之人似感怀离情别绪，听着令人分外悲伤。他微为讶异，站定门下一问，得知尚坠刚从疏月庭回来，心下便了然几分，快步往里走去。

见到出现在寝房门口的翩然白衣，凄婉笛音戛然而止。

白世非走上前，把倚窗而立的孤单身影拥入怀中，让肩膀的衣裳承接她已哭得模糊的泪水，柔声安慰道：“她并不是想遗弃你。”

满腔委屈因他的明白而使泪流更凶，夺路逃出家门却差点葬身马蹄的那日，被晏迎眉捡回晏府的她还未谙世事，一声“不要”断然拒绝了晏夫人想收她为义女的好意，几乎让晏夫人下不来台。

若不是晏迎眉适时发话“让她跟着我吧”，就这样帮她解围使她从此有了栖身之地，她不能想象今时今日自己的境况会是何等凄凉。在世间她心里觉得至亲的人只剩下这个姐姐罢了，可如今便连她也说要离自己而去。

恐惧飘浮的一颗心此刻亟须依恃，双臂紧紧箍住眼前人的脖子，身子贴入他胸前，她流着泪哽咽：“我一直很依赖迎眉姐姐。”

从遇上晏迎眉的那一刻起，她便成了她生命中的支柱，在晏迎眉认识庄锋璿而她认识白世非之前，两人从未分开超过十二时辰，是在晏迎眉的关爱和护卫下她才能过着安定生活。突然之间，就说从此将会没了这双羽翼在身边，她心里真的很慌很乱，不知道以后独自一人在这茫茫世上该怎么走下去。

“我今日总在想，她始终守口如瓶，不到临走不肯告知我，是不是这些年头下来，我对她已成了负累？”

白世非想了想，才回道：“也不至于说是负累，不过她如今有了庄大哥，以后自然只得他们两个，其他都不过是外人了。”抬起她的泪眼，他眸光专注，“坦白告诉我，倘若没有身孕，你会不会……与她一起离开？”

他眼底那丝微细的怕她离去的恐惧，在那瞬间使她顿悟，原来他与自己一般也害怕被人抛下，浸在酸涩中的心忽然便对他无限爱怜起来，那种伤心滋味此时她正切肤体会，又怎忍心加之于他？

她摇头，再摇头，一直不停地摇头，泪流满面地偎在他怀里，无法成语告诉他，她内心不为人知地深深矛盾着，被晏迎眉弃在此间她难过欲绝，可一想到要离开他，又让她心如刀割般疼痛不止。

轻抚她的黑发，他唇边浮现一抹抑制不了的微笑，虽明知不该在她这么悲伤的时刻觉得快乐，可确然忍不下获知答案后的心满意足。与此同时，她的泪水让他既疼惜又恶意地期待，晏迎眉这一走最好以后再也别回来。

就让他成为她在世上唯一一个、此生永远不会离开她的人。

屠卒逼将棋

渐夜时分，梆子声刚交戌时不久，潜入白府的周晋直奔浣珠阁而去，身着青衣常服的他看上去英姿飒爽，只不知为何眉头深锁，原本的仪表堂堂便被脸上浓郁如结的沉重峻色破坏了几分。

夏闲娉一见他便面露喜色，急忙起身："可是太后遣大人过来？"

周晋默然不语，只定睛看着她，眼底凝聚起一簇暗光。

夏闲娉被他反常大胆的举止弄得心里没底，又不自觉隐隐有些莫名心慌，只勉强地朝周晋笑了笑，将他延请入座。

周晋转首看了眼侍候在侧的昭缇等人，脸色更暗三分，低喝了句："出去。"沉郁嗓音略显疲惫沙哑。

昭缇惊了一惊，神色不安地退出房外。

夏闲娉只顾着追问："太后收到我的信后可有说什么？"

周晋冷冷道："你若是想问太后有没有吩咐下来如何对付那丫头，我便明确答复你，没有。"

闻言夏闲娉一脸失望："可是……"

"你给我闭嘴！"周晋暴喝一声，手臂倏然探去揪着她的衣襟，毫不怜惜地把人扯到跟前，眼底两簇暗光不可遏止地燃成了怒芒，"我便问你，你是不是直到此刻心里仍然只想着白世非？"

他突发的脾气和粗暴的举动把夏闲娉吓得花容失色，迎着他逼视的怒目她惊恐得连话也说不清："你……快……你快放、放开我……"

"你马上回答我！"

夏闲娉被他逼得急了，蛮性也发作起来，挥着手胡乱叫道："我便想着他又怎么了？关你何事？你以为你是我什么人？"

这话像一根细针猛地扎入周晋的心口深处，他呆了呆，颓然松手，夏闲娉便整个跌落地上，腰臀一阵痹痛，忍不住痛呼出声。抬眼见周晋一脸惨淡，她心慌意乱地爬起来，走到一旁去整理凌乱衣裳，不敢再作声。

周晋神色渐渐平静下来："去拿壶酒来。"压抑的语调里蕴含着一抹无能为力的忧郁，"那夜我在窗外看着你与他对饮，心里便想，倘若他朝我也有这种机会能与你痛快畅饮一场，便死也值了。"

夏闲娉心头一震，虽然已隐隐觉得他今夜的不对劲可能与自己有关，不过到底只是猜测，如今亲耳听他道来，心头翻涌起来的那股滋味一时之间不知该如何形容。

一直以来，始终只是她在苦恋别人，痛而且伤，却从没想过身边竟也有那样一个人在无声无息地关注着自己。也不知是因了心中的百感交集，还是觉得与眼前的男子同病相怜，此刻她也极想喝上一杯。

很快酒便被端了上来，周晋一连几盏下去，喝得既快又急。

看他这样子，夏闲娉心里到底有些不忍，低声道：“多谢大人厚爱，只是……容闲娉来生再报答大人了……”说到最后眼泪不知不觉流了出来，若然她与周晋能相遇在白世非之前，又或者她不曾因了那份痴迷而挖空心思非把自己嫁作他人妇，或许一切都将有所不同，可如今，已经无法回头。

她转过身去抹泪。

周晋苦苦一笑，仰首将杯中酒一饮而尽。

待夏闲娉回过头来，注子里的酒已点滴不剩，她起身把空注子撤了，出去取来一壶满的，重新落座后为两人斟上：“我敬大人一杯。”

周晋盯着她举杯的手，眼底滑过一丝怆然绝望，沙声道：“那夜之事，你当真一点印象都没有吗？”

酒液沾唇时听闻他的说话，夏闲娉一怔，抬首道：“什么那夜之事？”

周晋勉强地扯扯唇角：“便是你给白世非下药的那夜，最后和你颠鸾倒凤的人不是他……是我。”真的一点都不记得吗？

砰的一声响，夏闲娉手中酒杯跌在地上摔成粉碎，酒液触地时竟冒起小团小团的泡沫。她面带惊色地看了看周晋，再看了看地上泡沫散去后的酒渍，从最开始的大惊转为疑惑不解最后变成了惨白，眼内藏着深深的恐惧。

周晋痴望着她，这最后一面，从今便是永诀。

“那夜我被白镜点了穴道动弹不得，而你不但服了春药，可能还被白世非下了紫石寒食散，有些神魂不清。”当白镜把两人摆在帷帐中离去之后，她便爬上来扯开了他的衣裳。

“你……你今夜到此，是要杀……杀我？”她颤不成语。

“不是我，是太后要杀你。”他痛苦地合上眼。

“为……为什么？”夏闲娉以手按住腹部，无边惊惶中想压下那股从内里隐隐传来的绞痛，眼泪再度夺眶而出。

“昭缇向太后告密，说你为白世非改做假账，存心瞒骗太后。”

“啊——”夏闲娉痛得在椅子里缩成一团，鬓边渐渐渗出汗珠，“那贱……贱人！枉我如此信任于她，啊——好痛——”

周晋猛然起身，走过去发狂一般紧紧将她抱住，连绵不绝地亲她的眼睫，右手拇指在她挣扎不休的痛哭中按上她颈后椎骨，抚摸不舍，沙声哑道：“别哭，一会儿就不痛了……你放心，我定把昭缇也杀了让她陪你，今生今世，我周晋便为你不娶……”说到此际，虎目已然蕴泪。

指间才要发力，忽然觉得脚背一阵温热，周晋稍松离她，低首时赫然看见夏闲娉的裙摆末端已被血染成赤红，那血一滴滴落在他的棉鞋上，沿着鞋面滑流而下，在地上凝成了小摊血水。

他整个人傻住。

已然面色灰白、唇皮青紫的夏闲娉脸上密布着豆大的汗珠，当看见自己染血的裙摆和地上血迹时，她再承受不了，身子一软晕死过去。

周晋一把抱住她往下滑落的身子，发疯一般奔了出门。

暗寂夜空下的白府里，骤起响起一声男子霹雷似的暴喝：“白世非！白世非你给我出来！”那叫喊声之暴烈凄厉，甚至把栖息在林梢的鸟儿也惊动了，从枝叶间纷纷扑棱飞起。

附近饮绿居与听风院里的仆婢闻声尽皆好奇，起身出来窥望。

周晋抱着夏闲娉往第一楼里急蹿而入，双腿连环踢飞拦在门下的几位护院，身形划过半空如大鹏展翅向柱廊跃去，便此时数名黑衣剑士从匿身的檐角上和茂密树枝中飞扑而下，寒光在半空交织，极有默契地联手阻击。

脚尖点地的周晋闪电般拍出七掌，将挡在面前的两名剑士逼退，顾不得抱着夏闲娉的左臂已被侧面攻来的剑尖划伤，他大喝一声：“白世非你给老子出来！”伴着叫喝一脚踹开大门，在瞬间闪身避过从门后攻来的利刃。

“白镜，快住手！”

适时的叫唤让白镜手中匕刃幻化为一道虚拉的光弧，他收势立定，朝门外迅速一弹指，那些凭空出现的黑衣剑士便在倏忽间没了踪影。

眉端满是惑色的白世非从寝房里走了出来。

周晋扑通一声，抱着夏闲娉单膝跪倒在地，怆然悲语：“白公子，求你救救她！救救我孩儿！以后便要我为你赴汤蹈火，定万死不辞！”

白世非惊讶不已，忙上前扶他：“周大人快快请起。”一看夏闲娉的情形，不禁皱眉，对白镜道：“你赶紧去找雪姨，让她速寻一名稳婆来。”

“她还服了红信石。”周晋颤声道，幸而他在夏闲娉杯中下的量少，她吃得更少，不然此刻恐怕已毒发身亡。

白世非愕然，急忙唤住白镜：“另外再叫人去问问邓二，上回飘然送来为小坠解毒的药散可还有剩下。”

白镜应声，飞奔而去。

身后传来窸窣声，白世非回首，见是尚坠从里间披衣出来，面容不禁转柔：“怎么自己起来了？”

尚坠轻嗯了声，神色略有不解，她什么时候吃过任飘然送来的什么解毒药散了？困惑眸光从恐慌无措的周晋脸上移向他怀中一动不动面如死灰的夏闲娉，被她裙摆上的血吓了一跳：“怎么会这样？”

白世非看了眼周晋，见他面含悲悔，似有难言之隐，当下便略明白了几分，心里不由得一惊，没想到刘娥第一个对付的人竟是夏闲娉。再转念一想，已明了刘娥的意图，神色顿然轻凝起来。

他不欲在尚坠面前提及宫中之事，只柔声对她道：“乖乖回房去，夜里风寒，你身子不便，可别不小心着凉了。”

廊道里晚弄正好出来，闻言赶紧上前扶着尚坠。

“看着她好好安歇了。”白世非叮嘱。

片刻后邓达园快步赶来：“禀公子，任医官送来的药散上回已经用完，不过小的往药房讨了些有解毒功效的药丸。”虽不知有用没用，先拿些过来总比什么都没的好。

周晋一听，顿时面无人色。

尚坠进房之后并没有上床歇息，听闻外头对话，她蹙了蹙眉，才打算再出去看看，眸光不经意掠过问情笛，当即想起藏在机括里的东西，连忙吩咐晚弄端来小半碗清水，从玉笛的丝纨里取出一粒药丸，捏碎溶于水中：“你拿出去给二夫人喝了。”

晚弄嘀咕：“也不想想她当初怎么待你，你理她呢。”

“人命关天，还说这些闲话作甚，快去吧。”

晚弄便端将出来，只说是尚坠叫喝的。

碗中水色微微透绿，隐约飘出一丝异香，周晋虽不知里面是什么东西，但料想尚坠总不会在此刻加害于夏闲娉，一时病急乱投医，也顾不了那么多，捏开夏闲娉的下巴便把那半碗水全灌入她嘴中。

“我给她服的是圣仙丹，不知能不能解她所中的毒？”房中传出尚坠的声音，微有些她自己也不太确定的迟疑。

“圣仙丹？”周晋喃道，原本已绝望无神的双眼陡然生光，失声道，“难道是传说中医仙徐回生所炼的圣仙丹？”

“我师父是这么说的。”

周晋大喜过望，低首看向怀中的夏闲娉，知晓她必能得救，心头定了大半。可转瞬看到她裙上的斑斑血迹，却只怕胎儿多半保不住了，又觉悲从中来，这大喜大悲两种情绪在心头纷乱交织，终令双目隐见泪光。

这时白镜带着稳婆匆匆奔至，周晋便把夏闲娉抱入闲房中交由稳婆处理，自己掩上门退了出来，转首看见正堂中面含关切之色的白世非与仍然静候在侧的邓达园两人，只觉有如劫后余生。

第十五章　合战

从此销声匿

扰攘了一宿，夏闲娉终于在破晓前醒了过来。

身上已换了干净的裙裳，屋子里的布置陌生得让她不知身在何处。有气无力地躺在床上，她慢慢想起了晕倒之前的种种，只觉恍如隔世，最后目光落在紧挨床前的周晋脸上，他的下巴与颊边都冒出了青髭，她一把抓住他的手，虚弱而惶然地盯着他。

周晋沉默，然而那异样难过的表情已泄露了她想要的答案。

夏闲娉木然地垂下手来，再不言不语。

周晋反握回去，将她手掌紧扣在掌心："你可愿与我离开汴梁？"

他没有杀她，皇宫是断然回不去了，便这京城里也已不能混迹。而她这次幸免一死，难保刘娥不会再派人另下毒手，与白世非和邓达园商量过后，一致认为唯有他们两人远走高飞才是解决之道。

少了周晋，刘娥可用之人更屈指可数，在此形势下定不会因了夏闲娉的出走而对夏竦问罪，那无疑是大敌当前却自折兵将，以她的为人，倒很可能会反过来加强对夏竦的笼络。

夏闲娉呆呆地滞视帐顶，好半晌才微微点了点头。

除此之外，她已无路可行。

周晋暗松了口气，倘若她不肯走，他还真不知该如何是好，又握了握她的手，才放开她起身开门出去。

白世非见他面有宽色，心里料想事成，朝邓达园略一颔首。

邓达园便把连夜写好的义绝书递给周晋，书中大意说白世非欲加害于夏闲娉，结果令其失去未出世的孩子，夏闲娉伤心欲绝故而求去，望府衙大人明察之后判两人婚约失效，从此仳离。

周晋看罢，对白世非深深一抱拳："倒叫白公子担了罪名。"

白世非不以为意地摆摆手："你们先走一步，待明儿邓二拿这义绝书去府衙过了官印，再差人给你们送去。"

周晋点了点头，接过邓达园又递来的笔墨，返身入内让夏闲娉签字。

白世非回身对邓达园道："锦盒可备好了？"

"都备好了，便与三夫人的一式一样，已置于车舆之中，那马车也已候在外头，公子上回去应天府拜见晏大人时顺便置下的那批田屋铺子，小的原打算放租出去，没承想这会儿给用上了。"

白世非轻轻颔首："路上多加派些人手。"

这时周晋扶着夏闲娉从屋里出来，一看白世非就在眼前，她停了脚步，直勾勾望着他。

白世非从未在一个女子脸上看到过这般神色，既不是怨，也不是恨，而像是一潭止水，分明定定看着他，凉目却像穿透了他的身体，仿佛世上根本没有他这个人似的。

"走了。"周晋微涩，挽着夏闲娉不由分说催促她前行。

行经白世非身边，空洞目光望着前方，她还未复原的脸容显得尤其苍白惨淡，嘴里吐出的一字一句分外决绝："多情如我，无情如你，今生今世，何如勿再相见。"

白世非低了低首，朝她略一施礼，心中多少也有些歉疚，只是情之一事，爱与不爱，本不由人。

便此时他的卧室中隐约传来微声，似有人半醒而未醒。

夏闲娉回首，定睛瞧去，只见房门紧掩，内里一无所见，那剔梅描金的门屏，犹如从前至今一直竖立在他与她之间的坚山硬障，唯那人得以入内，而她，却始终只能徘徊在外。一时情伤，不由得潸然泪下。

邓达园见势，忙趋身上前，不着痕迹地引开话由："不知二夫人对浣珠阁里的几个丫头可有打算？”

经他一问，夏闲娉转而想及昭缇，心中愈加五味杂陈，又尤以苦涩为甚。若非她虐打昭缇在先，也不至于会被昭缇告发在后，想自己已落得如斯下场，就算再冤冤相报回去，又还能改变什么？只勉强道：“她们比我能耐多了，都放了出府去吧。”

邓达园应诺，把两人直送至门外。

安置妥当之后，周晋与夏闲娉所乘的马车便在微明雾色中起程，料峭的晨风起处，随着嘚嘚驶过的马蹄声，园径两旁仍浸在雾霭里的花枝飘下零星落英，不起眼的马车出了白府大门，终于渐行渐远。

料想主子可能还会有所安排的邓达园再度返回第一楼，果见白世非仍闲坐在厅里，端着盏茶慢品。

“小的便不明白，太后为何会对二夫人下手？”邓达园问出已积在心里多时的疑惑，再怎么说夏闲娉也只是个无关重要的卒子而已，刘娥有何必要把她置于死地？

“我想主要还是因了夏竦，他在争夺兵权时败给晏书，让皇上有机可乘。太后心里憋着气，便想出来这么一出鹬蚌相争之计，她令周晋杀夏闲娉于白府之中，摆明了是要嫁祸给我，欲挑拨夏竦与我及晏书势不两立。”

抽丝剥茧解释完毕，白世非凝神沉思：“宫中可有动静？”

“昨日之前还是没有明显的异样，只是滕宗谅正准备对升平楼动工，运了许多木材进来。”

“升平楼。”白世非喃喃重复一遍，那不是位于福宁殿西侧吗？眸波乍然闪了闪，看来那老太婆与他想到一道去了，凝声道：“太后既命周晋动手，显然已做好准备，你马上传话进宫给宿卫军及皇上身边近侍，今儿起不分白昼黑夜都得密切留意，绝不能掉以轻心。”稍有不慎便可能酿成灭顶之灾。

邓达园微露惊色，再转念一想，已领会其意。

“倘若到今日午时周晋还是没有进宫复命，太后定然会想到他已出现变故。夏竦败势未止，周晋又突然抽身，而殿前司少了他，不出几日便会为公子瓦解，继而被皇上换将撤领。”照如此看来，刘娥确实随时可能会对赵祯动手，只要挟持了天子，便无须担心不能令诸侯。

白世非微微一牵唇沿：“我倒不怕她发难，只要她一动，我便能牵一发而制全局，怕的却是她不动。以她多年来谨小慎微的行事习惯，倘若耐起性子与我相持不下地耗着，那可成了大麻烦。”

邓达园微惊：“难道公子有意逼她动手？”

“不错，索性趁此周晋出走之机，再添一记重击，将她赶入穷巷。”到其时刘娥必然阵脚大乱，被他与赵祯逼得急了，心浮气躁下难保不会做出什么跳墙之举来。

寝房里传来尚坠半梦半醒的呓唔，仿佛寻他不着。

白世非压低声音：“你速往丞相府告知吕大人周晋已远走高飞，又有他初七日与我在会仙楼偶遇一事不知怎的传到了罗崇勋耳里，为将来计他最好还是先发制人，以此向皇上表明立场。”交代完毕见邓达园犹豫着似想进言，他浅浅一笑：“你放心去吧，不管吕丞相愿意与否，他与我早已在同一条船上。”那是一荣俱荣，一损也俱损。

房中声响渐大，白世非朝邓达园挥了挥手，连忙入内。

几重罗帷梦不来，一宿光景乱晨昏。

床榻上尚坠已完全醒转，鸳褥凌乱，衾枕慵推。

昨夜稳婆来后她困意上涌，不知不觉中沉入梦乡，直到方才迷迷糊糊醒转过来。听闻帘外莺声清悦，几缕晨光如常落在窗台一角，又见适时出现在门口的白世非亦笑容依旧，仿佛昨夜依稀只是她做的一场梦。

“他们怎么样了？”

白世非扶她半靠床屏，取了颗酸梅喂入她唇中：“混在前往应天府的商队里一早出城去了。”

“那……她的孩子呢？”

白世非摇头：“孩子没了。”若不是她有什么圣仙丹，只怕便连夏闲娉的性命也保不住。

尚坠不由得轻抚腹部，举止间充满保护意味，感同身受般低声道：“她很是伤心吧？”

白世非为之感慨：“只怕周晋比她更伤心。”不过是没表露出来罢了。柔和眸光落入她黑幽的眼波，他誓愿般轻轻道：“换作是我，倘若有人伤及我们孩儿，我便让这大宋的天下都陪葬了。”

尚坠静默，眼前的俊颜玉面分明年轻依旧，然而在他的眉宇间不知何时已悄然添上一丝淡淡的成熟，似乎有些什么已不同从前。

水落出身世

晏迎眉得知夏闲娉连夜出府后，大大放下了一桩心事，张夏二人都已离开，府里已没有人能够伤害尚坠，想来自己应可抽身无碍，当下便吩咐下人准备礼物果品，唤了尚坠一同回了晏府。

而这日在朝廷上，任谁也没料到竟有大臣借故重提刘娥应还政于帝一事。别说阶下百官尽皆心中一凛，便连高居殿上的赵祯也愣了愣，虽然敏锐如他马上便想到了事出有因，可不明内里之下也只谨慎地静观事态变化。

没多久晏书与张士逊也参与进来，于委婉遣词中却语锋犀利，一唱一和地力陈刘娥垂帘听政的种种弊病与早应让赵祯亲政的百般理由。最出人意料的是，位高权重的吕夷简竟然几乎没怎么作声，偶尔迫于身份不得不插几句话也是含含糊糊、意图不明。

大家一看就连被太后一手提拔起来、且在军国大事上向来为她倚重的首相都已颇有点倒戈相向的意味，整个局面马上变得微妙起来。原本站在刘娥一方的官员都暗暗心惊，除了死忠的几位，其他大多开始明哲保身，而原来保持中立观望风向的大臣们则迅速做出选择，争相对赵祯献表忠诚。

一帘之隔的刘娥气得手足齐抖，真个惊怒交加，颜面尽失还是小事，真正让她内心觉得紧迫的是那种乌云压顶的恐慌，似乎无声无息之中大势已去，借口身子不适匆匆退了朝。

返回庆寿宫后一问周晋仍没出现，她半倚榻上闭目养神，却似有些坐立不安，不时翻来覆去。

不一会儿一名小黄门悄悄走近，躲在门外的柱子后朝里比了个手势，跟随刘娥从崇政殿回来的近身内侍罗崇勋眼尖见了，趁着刘娥不注意，不声不响地闪身出去，那小黄门俯首与他耳语了几句。

罗崇勋听完后面露喜色，小眼珠子转了转，转身轻步回房，走到刘娥跟前，尖声细气道：“启禀太后，有件事小的不知当讲不当讲。”

刘娥有些焦躁不耐：“啰唆！有什么便说吧。”

“太后可记得乾兴元年的那个冬天，紧挨着南门大街的小甜水巷里的某户人家曾经发生过一场火灾？”

刘娥仔细想了想，皱眉看他：“你指的是吕夷简的旧居？”

“正是，吕丞相时任右谏议大夫。”那几日汴梁城正好飘着鹅毛大雪，会起火稀奇至极，所以不少人都对此事印象深刻。

“这事哀家也曾听说过，怎么了？”

“几日前小的去了趟州西的会仙楼，偏巧那天白世非也在店里，最巧的是竟然连吕丞相也在。”

刘娥目光一寒：“你是说他们约了在那儿会面？”转念一想，脸容又变得略为疑惑，“可是这两人便要做些什么勾当，也不至于在大庭广众之下私相授受。”那也太惹眼了不是？

“小的当时也是觉得纳闷，就花了些银子与小二打听，原来这两人倒不是约了在店里会面，只不过是碰巧遇上。”

“这也寻常不过。”刘娥淡声道，目光却微暗了下去。

“原本也是寻常，谁知那小二转头又说‘今儿最轰动的却是那白公子，当众抱了个丫头走进阁子间呢’，小的一听自然大为好奇，便问他那丫头长什么模样，他说‘极好看的瓜子脸蛋儿，黑幽幽的眼眸儿煞是动人，看上去像是有了身孕’，说着说着他啊的一声，‘不说嘛不觉得，这么一提起来，那丫头倒与吕丞相略有几分相像呢’。”

刘娥倏然抬首，紧盯着罗崇勋：“你赶紧把话与哀家说完。”

“小的当时听了，心里可不是一咯噔吗？只可惜不管小的再怎么盘问，那小二也已说不出什么来，小的便差他趁上菜之机在白世非的阁子间外头悄悄听会儿。后来他回来与小的复述，那白世非说什么倘若太后知道吕夷简的另一重身份后定然不会再信任他云云。”

刘娥的眉头越蹙越紧：“吕夷简的另一重身份？”

“小的听了这话也觉甚为离奇，只是没弄清楚之前却也不敢贸然上禀太后，万一只是什么不必要的口舌之误，小的可不白担了诬诋朝臣的罪名吗？可是小的总觉得其中像是另有隐情，又回想起当年吕夷简家火灾后，坊间曾一度传出说那其实是他女儿纵的火，便越发觉得蹊跷。”

“不是传言他的大女儿死在了那场火灾中吗？”难道说她竟没死？

“当时吕家的仆人对外都是这么放的话，大家也都信以为真。后来小的离开会仙楼，往府衙私下雇请了两名探子，让他们去吕夷简的旧屋附近好好问一问从前那些老邻居，当年那场大火到底是怎么回事？他的女儿又究竟是生是死？”

“可打探清楚了？”刘娥连忙追问。

“都清楚了，那探子便找到了从前在吕家做短工的洗衣妇，证实了确是吕夷简的女儿纵的火。事发后吕夷简的二房给家里每个仆人都塞了两贯钱，叮嘱他们别在外头乱说话，不仅如此，那小甜水巷的巷口原来是家妓馆，几年前妓馆没落了，才被旁边的匹帛店买下，里头的人都已各散东西。”

“和这妓馆又有何关系？”

“关系却大了，可巧今儿一早竟给那探子找到了当初妓馆里的鸨母，吕夷简家着火的那日不是大雪纷飞吗？当天妓馆里上门的人寥寥无几，那鸨母便想早些歇息，就在她出来下帘子关门的当儿，亲眼见着了一桩事儿。”

“什么事儿那么要紧？”

“那吕夷简的女儿从巷子里头惊慌失措地冲出来，差点就被南门大街上疾驰而来的马匹撞着，太后您倒猜猜，骑马的人却是谁？”

刘娥狐疑：“谁？”

“正是白世非！”

刘娥一愕，目光愈加暗沉，仿佛心里已隐隐明白了什么，只差最后一步确凿地证实：“后来呢？”

“吕夷简的女儿没被白世非撞着，后来却被另一名女娃儿带了离去，因为那女娃的容貌在汴梁城里是出了名的，故而鸨母也识得她，那女娃儿便是……”罗崇勋顿了顿，才尖着嗓子咬字道，“便是晏书的女儿晏迎眉。”

刘娥全身一震，方待开口，却看见门外有侍卫匆匆而来，她马上坐直身子，着急问道：“怎样？”

那侍卫跪应：“回太后，都指挥使昨夜不曾回过官邸，白府那边的人说天未亮时有辆马车从府里出去，只不知载着什么人。卯时末夏闲娉的几个贴身丫环被遣了出来，食时过后白世非的大夫人带着丫头回了娘家。”

刘娥面色大变，转头看向罗崇勋：“周晋之事万不能在殿前司中传出去。”五官微微扭曲，一字一顿几近咬牙切齿，“那吕夷简之女叫什么名儿？”

罗崇勋心头一凛，连忙也跪了下去：“说是姓吕，名尚坠。”

先下手为强

仲夏日天黑得晚，一直到酉时末才暮色尽暗，万物朦胧。

晏迎眉与尚坠迟迟未归，想是她临别前最后一趟回门，不但要与双亲述明个中详情，便与晏母私下也不知还有多少依依惜别的体己话儿要说，逗留晚了也是人之常情。

白世非独自用罢膳，闲来无事，照旧踱往书房，当值的小厮燃起书案上和房中四角的数盏烛灯，将一室映得橙光温煦，他从博橱上随手挑了卷《隋唐嘉话》，懒倚座中，慢慢翻看，等待伊人归来。

无人打扰的清静房中，烛芯微微哔啵，间或只闻书页翻过的刺啦声。

约摸过了半个时辰，外头仍然不见动静。

白世非放下书卷，起身踱出房门。柱廊外天井里洒下的月光较往常暗淡，他微仰首看去，天空中一轮弯月被乌云半遮住，月牙儿的外沿围着一圈奇怪的月晕，颜色浅红中带着黄绿，看去极为诡异，仿佛隐隐透出凶险。

他心里莫名地掠起一丝不安，回首吩咐白镜："你到大门外去看看，她们回来没，若是街上还不见轿夫的影子，你便直接去晏府把小坠接回来。"

白镜应声离开，走到拐角处却与邓达园迎面遇上。

"公子。"邓达园匆匆过来，"周晋托人捎了信来。"

白世非微为讶异，偕他步入书房，就着烛光展开一看，却是夏闲娉的笔迹，阅毕他有些无奈地苦笑了下，把信笺递给邓达园："没想到她竟向太后隐瞒了实情。"

邓达园看罢，也颇为意外："她把账册上的名目和金额都改了？"

以夏闲娉骄纵的性子，能担着杀身之祸的危险为他做到这种程度，可见爱得多深。

白世非一时无话。

"公子！公子！"外头传来白镜慌张的叫唤和杂乱的脚步声。

白世非心口一跳，抬首直视书房门口，白镜领着一名小厮冲了进来，那小厮可能奔跑已久，这一骤然停下，喘得上气不接下气。

"大夫人差小的先……先跑回来告……告知公子……"

白镜见他话也说不顺，急了，忙不迭插嘴："坠子被太后强接进宫去了！"

脑袋里轰的一声，当场被这句话炸得魂飞魄散，微微的晕眩过后是极短暂的茫然空白，失控下的手掌却自有主张，倏地一把抓过那小厮，这瞬间白世非的面色已白如金纸："这是几时的事？"

力道之猛便那一下已将小厮的襟口扯破，他眸心风聚云涌的浸冰寒光尤为吓人，双脚几乎被提离地面的小厮心惊胆战，结结巴巴道："便在酉、酉时交戌、戌时之初……"

白世非飞快望向邓达园："现在是什么时候？"

"小的过来那会儿，戌时两刻刚过。"

微颤的长睫下闪电般滑过一抹恐惧，白世非骤然把手松开："皇上的性命此刻定危在旦夕！"

邓达园和白镜俱大惊失色，那小厮踉跄退后，闻言再承受不了惊吓，身子一软整个晕倒在地。

"白镜你速往宫中！务必把皇上从福宁殿中救出来！"按这光景，庆寿宫必然守卫森严，直接去向刘娥要人显然已来不及，只能祈求上天保佑赵祯平安无事，那样尚坠或许还有一线生机！

眸光疾掠之处，邓达园即刻附唇到白镜耳边，密语了几句。

"府中剑卫随后会直闯庆寿宫，你要是能把皇上救离福宁殿，便去庆寿宫与他们会合。"连珠快语在吐出最后一个字时骤然停顿，白世非的下颌僵凝如刀刻，脸容却在那一瞬变得出奇平静，便连肃杀的语调也放软了，轻淡得仿如从远处飘来，"要是小坠……出了什么事儿，你今夜便让整个庆寿宫为她陪葬吧。"

情势危急，白镜半个字也不多说，身影一晃已穿窗飞掠而出。

"邓二，叫人备马！"

白世非喝毕，急欲起步，抬腿时却膝下一软，若不是及时扶住一旁的茶儿，差点便跪倒在地。胸中无边恐惧杂缠着尖锐的绞痛，便如一颗心被活生生撕成了碎片，死命紧撑在案上的手掌已然关节泛白，唯赖此以自制。

邓达园往门边交代小厮后回首，见状暗暗心惊，从未见过他曾在人前这般失态，虽然自己也深感忧虑，仍试着出言相慰："公子且莫要担心，太后不一定会对坠姑娘怎样。"

也许刘娥只是想给他一个下马威，警告一下他罢了。

白世非勉强镇静下来，流星赶月一般往外走。

“要是夏闲娉没有造假，那么财宏势大的白氏或许还有几分威慑力，太后对我可能还会稍为忌惮，因为我若不惜倾尽家财豁出去与她拼个鱼死网破，就算不能把她掌控的赵氏宗室赶出皇宫，也必然会造成大乱，她的太后宝座断不可能再坐得那么舒服稳当。”届时烽烟四起，天下便不再是她的天下，他是不怕玉石俱毁，她却未必会蠢得把手中江山投进去与他两败俱伤。

若真那样他还不至于太担心，就算刘娥把尚坠掳入宫中，也未必轻易便敢对她如何，最多可能只是想以尚坠为人质，来要挟他听命罢了。

“可如今既已知道夏闲娉交上去的是假账，也即太后并不真正了解白氏的财势到底有多宏大，而极可能认为我白府无非与从前不相上下，难保她不会像以前一般轻看于我，以为我仍旧不足为惧。”

前庭里齐刷刷立着十三匹矫健骏马，其中十二匹马背上全坐着武功高强的黑衣剑士，一个个剑柄在握面容肃整，勒紧了缰绳蓄势待发。

“现在我只能寄希望于皇上还好好活着，让太后仍心有忌惮，且她也还不知道小坠的真实身份。”白世非一把抓住领头神骏雪驹的马辔，往马鞍上飞身一跃，心头沉甸甸的焦灼便把他的嗓音也压哑了，“倘若被太后知道小坠是吕夷简之女，即便皇上不死，小坠也必死无疑。”

刘娥势必会误以为，自己的得力臣子吕夷简原来早就与他白世非及赵祯暗中合谋……且别说她对他的诸多动作早忍无可忍，如今更发觉被自己最信任的臣子背叛，双重气急之下焉能不起杀心？

而不管是对他或吕夷简动手，都不如杀一个尚坠最有收效。

“驾！驾——”

雪驹发出一声长嘶，闪电般扬蹄蹿出，在他身后仰马纷鸣，嘶声直冲云霄。

同命两鸳鸯

黑夜下一行十三人加鞭疾驰，铁蹄飞踏，如闪电划过州街，轰隆的蹄声震得街两边未眠的民户好奇地拉开一道门缝，方想探出头来一窥究竟，不料扬尘滚滚扑面，将人呛得赶紧又缩了回去。

便在门后躲了片刻，待雷鸣般的马蹄声尽皆飞驰而过，有胆大者终于开门出来，不意却看见远处红光冲起，仿佛初升之日的光晕染红了半边天幕，亮得能让人看见地上的砂砾。

“天啊，你们快出来看看！快看那边！天都红了！”

这一声惊悚叫唤马上惹来数下急切的吱呀声，众人纷纷开门出来，聚在一起围观，无不觉得天边景象奇异慑人，一时议论四起。

“那边是哪儿啊？太奇怪了。”

“好像是宣德门里头。”

“你说皇城吗？”

“今儿初几来着？会不会是菩萨在宫中显灵了？”

“不对啊，我怎么看这情形像是着了火似的……”说话间一拍大腿，大声叫道，“没错！当年吕丞相家着火时就有点儿像这般光景！只是火势没那么大罢了！”

“我看着也像！难道皇宫里头真起了火？！”

腾地一簇火焰从远远的宫墙里往外探出朵尖儿，如凶猛的蛇芯一吐即逝，将天色映得刹那一红后迅即蜷缩下去。

这一下众人无不失声惊叫起来，不明天灾因何横降，再联想到才刚向皇宫疾驰而去煞气奔腾的黑衣铁马，一时你看看我，我看看你，心中尽皆隐隐觉得不祥。

皇宫中起火的地方是升平楼，就紧挨在赵祯的寝殿福宁殿之西，由于修葺期间并不住人，加上戌时过后邻近殿里的宫人大多已当完值回房休息，故而火苗在静夜里蹿起之初无人察觉。

堆叠在与福宁殿一墙之隔的旮旯里的杂物和木料渐渐燃烧起来。

火势变大后往四周蔓延吞噬，更乘风卷过墙头，福宁殿的廊角钩檐和前方垂拱殿新换的廊柱子率先着了火，熊熊火舌从钩檐俯攀而下，快速往福宁殿关紧的殿门扑卷而来，便此时终于被起夜的宫人发现。

“着火了！着火了！”宫人惊恐中扯开喉咙大喊，慌乱下来不及多想，撒腿便往后门的方向跑去，“着火了！大伙儿快出来啊！”

一时间殿里像炸开了锅，在滚滚浓烟的迅速笼罩下人影纷跑乱窜，叫声此起彼伏，谁也顾不得谁，都只管自个儿逃命要紧。此时殿外的人也已惊觉起火，一看火势如此之大尽皆慌张，侍卫和宫人们聚集在一起或着急救火，或奔走唤人，胆小自私者则趁乱逃逸。

就在这极度混乱之中，一道人影疾越过福宁殿东面还未被殃及的五师殿，以袖掩面飞入火势冲腾浓烟呛人肺腑的高墙内。

与皇宫中央的惊天骚动相比起来，坐落在远离福宁殿的东华门附近的庆寿宫则显得异常静谧，唯一缕若隐若现的笛声，低低柔柔，婉转缠绵。刘娥双目微合，半倚绣锦榻上，仿佛被柔和笛声打动，平静面容下轻蕴一丝缥缈的惆怅神色。

那坐在下方潜心吹笛之人自然便是尚坠。

入暮时分她与晏迎眉两人的轿子从晏府出来，不料竟见二三十名金吾卫围在大门外，领头的便是侍候在刘娥身侧那位尖声细气的宦人，只说太后听闻她善吹笛子，故而请她进宫一见。

除了她之外，其余人包括晏迎眉都被堵在晏府内不允出来。

看他们持刀带械的样子明显来者不善，她未曾遭遇过这等阵势，心里暗觉惊慌，既自知轻易脱身不得，还担心自己要是不从，极可能便会连累晏府。晏书复职未久，晏夫人随夫返京还没过上几天安乐日子，晏迎眉更是已做好准备要起程往祈盼已久的杭州，顾虑到这许多，她当下便默然应承下来，只想尽快把那群人带离晏府，以免节外生枝。

重新起轿的那一刻她心里惊惶难定，此行只怕凶多吉少，不由得万分惦念起白世非来，只不知他若知道了会急成什么样，也不知自己进了皇宫之后是否还能活着出来见他一面。

及至刘娥寝宫，事到临头，她忐忑无措揪成一团的心反而冷静了下来。

既然圣意诡谲难测，何不就以不变应万变。

此时不知何处隐约传来杂乱声响，似有人来回匆忙走动。

罗崇勋眼底暗光缩成一线，侧头细听了下，又窥了眼房中二人，继而悄悄往外张望。过了好一会儿，终于见到不远处有道人影匆匆而来，他连忙躬身退下，迎将出去。

那人上来与他耳语了几句。

听罢他即刻返身入内，无声无息地行至闭合着双目、仿佛专心听曲的刘娥身边，圈起手掌在她耳边密语："从福宁殿至后苑各道门的门锁都被人砸开了，便有十来个人逃了出来，只始终没见皇上的身影，眼下殿中大火正烈，那些没逃出来的……多半是已葬身火海。"

言下之意，赵祯极可能已被烧得尸骨无存。

刘娥脸色微有变化，静止了片刻，一动不动，然后便恢复了原样，隐去似有似无地徘徊在寡情唇沿的一丝寒凉悲悯，不为人察地动了动唇皮：“再去仔细确定一回，此外命人救火吧。”

罗崇勋赶紧再折往门外细语交代。

便此时一曲既终，余音袅袅，渐消渐隐，尚坠垂下手中玉笛。

“不知太后还想听什么曲子？”她轻声道。

榻上刘娥缓缓睁开双眼，深沉目光停在她的脸上，一脸和善地道：“哀家曾听周晋提起，说江湖上流传着一对什么神仙眷侣的故事，还有一首不传世的问天还情曲？”

尚坠垂下长睫，遮去眼底微微流动的眸光，明明外头像是发生了什么大事，但竟不见有宫人入禀，未免过于蹊跷。青葱指尖略为不安地轻绞玉笛的五彩穗丝，克制着无边无底的紧张和恐惧，直觉便想拖延些时光，她谨慎轻应：“确有那么一首曲子，太后可是想听？”

刘娥不过是随口提及，闻言颇感意外，直起身子：“你会吹？”

“便略懂一二，恭请太后圣闻。”举笛就唇，一缕宛如水滴竹叶般悦耳的天籁之音，刹那间便从她指下清盈飘出，流泻一室。

刘娥从她往外凸出的腹部收回视线，继续合目养神。

也不知这小丫头是胆大无知，是城府深得已能不动声色，还是确如黑瞳深处透出来的纯真，她恬淡的容颜上竟不见丝毫惧色，隐藏在毕恭毕敬表情之后的仅仅只是一份平和。

便年纪轻轻，却举止得体，应对周全，不但清绝入画的五官不逊于夏闲娉，清澈明朗的眸波衬着朴素无华的言谈，那份淡定气质更是映出内心的真诚坦荡，从外形到内在几乎无懈可击。

明明名不经传，却好像方方面面都较声名鹊起的夏闲娉更胜一筹，让人不得不暗赞白世非果然眼光高绝。

在门外等候消息的罗崇勋再度轻手轻脚入内。

刘娥听罢密禀，抬手挥退罗崇勋，赵祯既薨，这小丫头也没必要再留了，白世非太不识抬举，竟还暗中越俎代庖，便给他一个永世难忘的教训吧。紧绷的心弦松懈下来，她开始真正凝神，细听起尚坠所吹奏的问天还情曲。

清悦曲声忽而欢如春风拂面，似踏马簪花，相看不厌，忽而又柔如明月别枝，似柳梢树下，依偎细语，曼妙得直让人柔肠九转，不堪勾起早被岁月久远洗尽的酸楚，更难耐那如海潮般涌上心间的历历往事。

除了庆寿宫，福宁殿的大火几乎惊动了整个皇城内外，各殿内无不灯烛通明，亮如白昼，几乎所有宫人和侍卫都奔了去救火。借着殿顶高檐阴影的遮掩，数道黑衣人影乍起乍伏，趁乱往若有若无的笛声飘起之处掠去。

在有士兵把守的东华门外，白世非单枪匹马急赶而来，殿前司诸班直的将校虞侯无人不识他，又见他手中拿着周晋从不离身的腰牌，只道心急如焚的他心系福宁殿中皇上的安危，此时也已顾不得于宫制不合，连忙放之入内。

白世非翻身下马，乘了一顶两人轿舆，只差脚夫往里急奔。

兰室合香，余音绕梁，一曲荡气回肠。

当尚坠微颤指尖在笛眼上收起最后一个音符，刘娥意犹未尽地长叹一声："这问天还情曲果然不同凡响，哀家今日方谙'此曲只应天上有，人间能得几回闻'之诗中真意也。"说话间缓缓抬了抬手。

侍候在旁的罗崇勋连忙上前，差宫女撤下她与尚坠面前已半凉的茶盏，尚坠定睛看着他把新沏的热茶奉到面前，微倾身言谢。

"哀家看你也累了，先喝盏茶休息片刻，一会儿往中门领了赏后便回去吧。"

"谢太后。"尚坠轻应，慢慢端起定窑白底蓝釉缠枝杯子。

也不知是屋顶之上还是偏窗之外突然传来叫喝："谁？"紧接着便是一阵快速的金戈交击声，有人边打边大叫："快来人啊！这里有刺客！"

榻上塌下的两人即时表情各异，刘娥倏然坐直身子，神情略见紧张地向罗崇勋飞快递了个眼色。尚坠的黑眸则暗暗一闪，心里惊喜交加，动作便变得略为迟疑。

守门的侍卫反应极为迅速，呼啦一下就把宫门紧紧关了起来。

罗崇勋趋前一步向尚坠靠近，皮笑肉不笑地道："这可是今春福建新进的小团，一个小小的茶饼便值二两金子，太后便连臣属也不轻易分甘，没想到今儿吕姑娘恁有福气，竟得了茶赐。"

尚坠只得又起身再谢刘娥一回，宫外杂响纷呈，在连连的惨叫中似有大批侍卫迅速涌了过来，刀剑呼啸声愈接近愈剧烈，而在她跟前虎视眈眈的罗崇勋双手拢于袖中，手臂似微微绷直。

他奸狡脸容下暗藏的凶狠把尚坠吓了一跳，手掌迅速护在腹部上。看他的样子就像是她若还再拖延，他便不晓得会抽出什么凶器来让她血溅三尺。挺着个肚子她避也避不得，逃也逃不了，而只怕她一有动作马上便会与腹中胎儿一起命丧当场，情急之下，她以长袖半遮面把那茶一口气饮了下去。

人为刀俎，她则是笼鸟瓮鳖，除了束手就擒再别无他策。

紧盯着她的刘娥神色一松，罗崇勋便退后了几步。

却此时紧闭的宫门外突然传来大声喧哗："白公子请留步！"

"滚开！"一声极冰的寒叱陡响，"今夜挡我者死！"

众侍卫倏然变色。

尚坠骤闻门外那个此生最熟悉不过的声音，眼泪几乎夺眶而出，下一瞬身子晃了晃，一手扶着椅背，一手捂着肚子，似痛不能忍，腿一软已跪了在地上，颤声道："求求太后，便让民女见……见他最后一面……"

刘娥冷冷一撇嘴角："放他进来。"

罗崇勋即时劝阻："太后——"

"庆寿宫前后左右都被侍卫围得水泄不通，谅他也不敢对哀家如何！"

罗崇勋无法，只得扬声让人把宫门打开。

开门的吱呀声方响，白世非已发狂一般冲了进来，首入眼帘便见尚坠跪倒在地，面容苍白，满额大汗，唇角更渗出淡淡血丝。他几乎肝胆俱裂，扑过去一把抱起她，嘶声大叫："小坠你撑着点！我们去找飘然！"紧紧把人抱在怀内，便哭也哭不出来。

罗崇勋上前便要阻拦，恨极的白世非二话不说，当胸一脚把他踹得滚出丈远，脑袋撞上柱子当场便晕了过去。这狂性大发把原本不把他当回事的刘娥及跟进来护驾的众侍卫全都惊得失色。

埋首在他胸膛的尚坠感觉到抱着自己的双臂一直控制不住地微微发抖，她勉强撑开眼帘，极度虚弱中欲抬手攀附他的颈项，白世非连忙俯首，见她已近气若游丝，眼泪再忍不住如断线的珍珠般大滴大滴落在她的衣襟上。

"公子！我来了！"

一道身影在空中连番变换，躲开侍卫们的联手截击飞蹿而入，被烟熏得满衫乌黑的白镜立定一看，白世非神色异样悲痛，紧紧抱着尚坠，脸上挂着前所未见的两行泪，他差点呆住，没说完的半截话就那样堵在了嗓眼里，"皇上已经……"

白世非仿若未闻，倏然回首，直直望向被惊疑不定的侍卫们团团护在中央的刘娥，她似已被他的失控震慑住，微微发白的面容终于略显惧色。

通红双眸中冲腾的沉怒几乎能毁天灭地："你便对付我不要紧，只万万不该取她性命。"侧首看向白镜，便面容和语调，两皆无情至极，"你知道该怎么做了？"

白镜眼睑一垂，"是。"

出来前邓达园便已交代过。

在皇宫中文德殿正门内，左掖墙角有几块没铺死的青砖，只要把它们掀开，便能看到砖石下铺着一层薄薄的油毡纸，纸中夹层埋着无数裹满硝粉的绳线线头，那些青砖全都掺了半拉子火药。

只要把油毡纸点燃，不需片刻，文德殿便会被炸得片瓦无存。

白世非俯首望向怀中人，如同从前般带泪笑了笑，哑声哽咽："你放心，你若死了，我绝不独活。"

尚坠全身一颤，攀在他颈上的手腕便用力了些，急欲将他勾下。

众人见此情景，再没有谁敢上前拦阻，只看着他抱着尚坠大踏步跨出门外，在对已聚集到一起剑拔弩张的黑衣剑士下格杀令之前，白世非终于听闻尚坠的微语，眼中泪水先是愕然而止，下一瞬便紧抱着她奔流得更凶。

便此时，廊道的拐角处走出一道气定神闲的身影。

原本严阵以待的侍卫们忙弃械跪迎，除白世非与无法置信的刘娥外，全场都伏了下去。

此情至归臻

好不容易福宁殿的大火将近扑灭，不料文德殿却突然在一声巨响中蹿起通天火光。此次火势较先前更凶猛十倍，已累极的宫人们近身扑救不得，唯只能作鸟兽散匆忙避了开去，便短短几个时辰之内，大火延及崇德、长春、滋福、会庆、崇徽、天和、承明、延庆八殿，近三分之一的皇城陷于滔天火光之中。

明道元年八月的这场火，整整烧了一宿，直把连绵八殿全部化为灰烬。

直至翌日晨早，百官上朝的时辰到了，皇宫宫门仍紧闭不开。

包括吕夷简在内，早在夜里就已闻讯赶来，已守候多时的辅政大臣们一个个坐立不安，纷纷请求入内，没多一会儿，赵祯终于从内殿出来，亲自登上拱宸门的门楼，城楼底下的追班百官听到门楼上内侍的唱喏，便还没亲眼见到赵祯本人，也已忙不迭跪倒。

唯独吕夷简仍直挺挺地站着，没有随众行拜礼。

内侍入禀，赵祯闻言觉得蹊跷，便派人出来问他，为何有此不臣之举。

吕夷简恭声谨应：“臣听闻昨夜宫中有变，恕臣斗胆，还请皇上出来让微臣等一瞻圣容。”

赵祯听了，微一敛眸，吕夷简如此态度，分明是向在场百官暗示此次宫中失火事件颇费猜疑，存心想惹群臣揣测浮想，是否太后已经动手对他这个皇上如何怎样。

在这个时候，来这么一着，倒也微妙至极。

按下心里的赞许，他起身掀开帘子。

吕夷简一见他在城楼上露面，忙将袍子一撩跪了下去。

赵祯想起昨夜的凶险，不禁心有余悸：“若不是有人带朕逃出火海，朕差点就再见不到众卿家了。”

楼下百官忙高呼“吾皇万岁”。

每年天干物燥时节，宫中失火时有发生，事后除了挑几个官员出来责罚后命人重新修葺，多数都不了了之。原本福宁殿的这场火起得大小恰好，便合了刘娥心意，尽可在事发后推诿到宫人身上。

怎料白世非在大怒之下，趁她放火之机在一夜间把半个皇宫夷为平地，惊动了整个汴梁城，如此一来，不说赵祯龙颜大怒，便刘娥自己也不得不惺惺作态，诏令下去务必追查起火原因。

殿中丞滕宗谅成了首当其冲的被严查者。

令人意想不到的是，也不知是否有人暗中授意，滕宗谅与秘书丞一同上疏力谏，认为宫中失火的原因表面上是宫制不严，未能尽力做到防患未然，但究其根本，却是因为太后垂帘所致，妇道人家干预军国大事，使得朝纲不整政失其本，这才导致了天降大火。

这番言论引得朝下议论纷纷，都认为此次火起无迹，怕是天意示警，确宜修德应变。

此后，催请刘娥还政之人越来越多，态度也越来越强硬。

赵祯顺利接管了殿前司，且封吕夷简为修葺大内使，派四路工匠给他役使，更委婉地逼迫刘娥交出二十万缗钱作为重修赀费，又以各种借口把庆寿宫中的乘舆之物借去做担抬之用。

致使刘娥不但手中无半金，便足下亦寸步难行。

不管朝廷之上还是皇宫之中，刘娥都被逐步架空，渐渐便称病不再上朝，免遭难堪。这期间庆寿宫里的宫人也被撤换得七七八八，到九月末，传来她最后一支倚助的力量，分司西京的永兴军左卫大将军去世的消息，她的装病一下子便变成了真病。

赵祯马上一道诏下，不许人扰太后清净，实际则是把病中的她彻底软禁了起来。

这日，移御延福宫的赵祯下朝后对任飘然问道：

“世非在哪儿？”

“带了吕姑娘往杭州待产。”

赵祯皱眉：“从离宫翌日便出门至今，他是不是不想回来了？”

任飘然躬身虚应，不再作声，他便明白个中因由，奈何唯独就是不能对赵祯明言。

赵祯瞥他一眼：“他不会是以为，朕也会对他来飞鸟尽良弓藏的那一套吧？”

任飘然忙应：“这自然不是，汴梁冬天极阴冷，比不得杭州气候宜人，待产至为合适。皇上实不必多虑，便想深了，他大致也只是因为受了那场惊吓，不愿吕姑娘再留在汴梁，怕还会令她再涉险吧。”

赵祯冷哼：“这倒稀奇了，他都敢瞒着朕在宫中暗埋火药，这世上还有他白世非会怕的事吗？”真个是胆大包天，恣意妄为。

任飘然赔笑：“他那么做也是为了皇上着想，太后一拖再拖，始终谨慎不肯动作，这样皇上也不好率先动手不是？”倘若被史官记载入册，难免会被后人诟病其为君失德，“世非原是想寻个适当的机会在宫中制造一场火灾罢了。”便以此嫁祸刘娥，让天下以为她要加害于赵祯，如此一来，赵祯纵有任何逼宫之举，也是师出有名。

只没想到，白世非竟歪打正着堪破了刘娥的心思，她还真想通过一场人为的火灾诛杀赵祯于无形。

赵祯笑笑，算是默许了任飘然为白世非的辩解，转口问道：“那小丫头却是如何避过一劫的？”颇有些好奇。

任飘然感叹：“奥妙便在太后从前赏给世非的玉笛之中。”

圣仙丹便为夏闲娉用了一粒，却还余有一粒，之所以说万事必有因，万事亦必有果，刘娥要杀之人，最后却因她曾经无心的赏赐而得以保住性命，冥冥之中，果有天道。

此时在遥远的杭州，微风吹拂着西湖上的亭台檐角，岸边拱桥清流，秋雪芦花，远云下水映山色，渔舟唱晚，不远处湖面上一艘画舫，便在这派让人心旷神怡的美景中随波荡漾。

装饰华贵的船舱里头，白世非懒拥佳人半卧于榻，不时拣一粒甘甜可口的净壳脆菱喂入她厌食的小嘴中："你随晏迎眉归宁时，怎的会想着把笛子带上？"

"师父曾叮嘱过我不要让玉笛离身，再则那阵子我刚好在习问天还情曲，不知不觉便养成了笛不离手的习惯。"

"你又怎知前面那盏茶里便没毒，后面那盏却下了？"

"我其实不知。"只是因为经历过夏闲娉被害一事，面对刘娥时她自然多了一分心思，自入宫起便时刻小心，一直滴水不沾，片果不食，"后面那盏茶上来，不但太后开了金口要我喝，那宦人无意之中称我为吕姑娘，也让我起了戒心。"

白世非赞许地以鼻尖蹭蹭她的脸颊，幸而聪颖的她没把那丹丸浪费在了前一盏茶当中："你从一开始倒地便是装的？"

"嗯，那时宫门紧闭，我若不装中毒，太后一来不定就会放过我，二来恐怕她也不会掉以轻心，没那么容易就让你进来。"为了装得像样些，她还不惜咬破舌尖，让血丝沿唇而下。

白世非抱紧她，低低道："只把我也吓得没命。"

听闻她附在耳边说"我没事，我们快离开这儿"的那一瞬，他还以为是自己悲痛过度而产生的幻觉。

尚坠以额头贴着他的额头："你知道吗，当我坐在轿中跟着那宦人进宫时，心里一直不断地在后悔着，后悔从前与你置气，后悔不曾好好对你，后悔那天没与你多说几句话儿，后悔没早些与你……燕好，那样我们的孩儿便可以早生出来，不至于为我所害……"

白世非动情地连连亲吻她的颈子。

她越说越低："那时我便暗暗与自个儿许誓，倘若上天能够让我活着出来，从此后，这一生一世，绝不会再有任何人任何事能使我与你有半些不开心。"

"我也是，每月每日，每刻每时，我便只要永远与你在一起。"

微凉秋雨深

冬去春来，眨眼便是明道二年，病情加重的刘娥已起不来床。

某个午后，从太后垂帘之后便大门不出的荆王赵元俨进宫面圣，告知赵祯，刘娥并非他生身母亲。至此怨愤交织的赵祯终于明白，为何白世非始终要远离京城，在外独安一隅不问世事，不管他如何催请总婉拒不肯归来。

向当初抚养自己长大的杨太妃私下求证后，赵祯命人为李氏开棺，发现果以皇后服安葬，可见当时众人皆知李氏的身份，唯独为人子的他被蒙在鼓里，一时大悲大恸。

当即下旨把曾亲附刘娥的众大臣全部罢黜，即便吕夷简也罢了相宰之职，若不是念及他当初曾使尽浑身解数，得使李氏以皇后礼入葬，怕是便不止罢相那般简单了。

也因此，吕夷简甚为佩服白世非的卓越远见，若不是当其时他上门提点，吩咐自己如此这般，只怕此刻自己已锒铛入狱。

这之后，赵祯把薛奎和降任河中府通判的范履霜都召了回来。

是年三月，刘娥病逝，死前已几乎无法开口说话，却还数次提及殓葬的冠服，始终死心不息想穿皇帝衮冕，后来她病逝，在薛奎的谏说下，赵祯最终还是以皇后服将她殓葬。

又过了月余，赵祯的心情终于慢慢平复下来。

他差急脚递往杭州送去手书。

内里只得三句话：

“朕可是绝情绝义之人？朕若不是，你白世非可是？”

白世非看罢不由得苦笑，当下收拾行囊，辞别庄锋璿与晏迎眉，带同妻儿返回汴梁。

只是一路游山玩水，回到东京已是七月底。

八月，吕夷简复相。

是月白府喜事连连，先是晚弄与邓达园结为连理，而后晚玉也被放出府，嫁予丁善名为妻，便晚晴也传出与人私下订了终身，只大家不知是谁。

这年深秋，尚坠带着孩子出现在梁门外州西瓦子对面的相宅。

身为人母之后，前尘往事，日渐淡去。

她与白世非的良缘，终成了勾栏里传世的佳话。

时人有诗云：

当时恨火摧心，挥缰跃雪，泪阑惊飞鹊。
疏影香寒积冷，暗山行云，听悲风吟月。
愁与尘事别约，何堪忆小，回首画楼孤鸿灭。
珊阑光景犹在，尘途世外，教花容迷悦。
素心缘何悄结，袖底日深，明若相思挈。
却怨栖凤衔羽，环芳拥蕊，情深莫敢问宫阙。
鸳鸯鸥鹭同池，争如不见，一意蒲磐绝。
使君难为情苦，邀下帘钩，壶中独荡跌。
忘了除非醉罢，凄凉花间，任局残杯倒剑缺。
芙蕖似解伤心，并蒂齐枝，亭外私语窃。
眉弯终吹不散，问天还来，拂净多情裂。
何人叫唤莺归，幽影昔时，归去微凉秋雨歇。

后记

因为这篇是古代文，有些方面需要说明一下：

一、本书不是历史文，只是一篇借托历史为背景的言情文。

书中取宋仁宗即位的一段年间、一些史实和历史人物做背景，但全文故事实为架空，经不起历史方面的考究与推敲，此外，文中写到的个别史实，有些细节会与历史上真正发生的时间不同。

二、书中提到的中卫郎一职实际上是到宋徽宗时才置设，但因为我喜欢这个武官官职名，所以拿来用了。

三、宋朝称呼年轻女子为“小娘子”，即使达官贵人家的女儿也不叫“小姐”。当时凡是做妓女的都得登记入籍，别称“小籍”，所以和“小籍”同音的“小姐”是个贱称，一直到元末明朝，“小姐”才普遍作为官家女儿的尊称。

不过为了顺应大家对于古代言情文的阅读习惯，书中对女子还是以“小姐”相称，特此说明。类似的还有“着火”等词。

四、宋朝男女风气仍相当开放，譬如元宵节会、相国寺丢纸团约人、过年时游夜等，是到明朝理学兴起之后，才对女性进行极大的道德束缚。

五、书中不少古代用词，譬如交引铺，非为“交易”等的错别字，而是当其时开封城里使用的各种称谓。

又如，宋朝的阉人不叫“宦官”“太监”，而多为“内臣”“内侍”之称，阉人、仆婢等的自称也不叫“奴才”，而多为“小的”，皇宫里的医师也不叫“御医”，而称“医官”，凡此种种，不一一列举。

六、因为只是一个言情故事，所以在一些细枝末节上也不会太过于严谨讲究，譬如古代皇室赏给臣子的赐品，本书中有白世非把太后赏的笛子转赠给尚坠之类的虚构情节。

综上所述，本书仅是一个虚构的言情故事，与真正的史实颇有出入，故而请勿把书中情节等同于历史看待。

图书在版编目（CIP）数据

吹不散眉弯 / 安宁著 . -- 南京 : 江苏凤凰文艺出
版社 , 2019.11
ISBN 978-7-5594-4098-3

Ⅰ . ①吹… Ⅱ . ①安… Ⅲ . ①言情小说 - 中国 - 当代
Ⅳ . ① I247.5

中国版本图书馆 CIP 数据核字 (2019) 第 228627 号

吹不散眉弯

安宁 著

责任编辑	丁小卉
特约编辑	丁文君　武姗姗
装帧设计	季融融
责任印制	刘　巍
出版发行	江苏凤凰文艺出版社
	南京市中央路 165 号，邮编：210009
网　　址	http://www.jswenyi.com
印　　刷	北京中科印刷有限公司
开　　本	680×990 毫米 1/16
印　　张	20.5
字　　数	232 千字
版　　次	2019 年 11 月第 1 版　2019 年 11 月第 1 次印刷
标准书号	ISBN 978-7-5594-4098-3
定　　价	49.00 元